물빛안개

푸른 하늘에 붉은 해

물빛 안개 下

영온 장편소설

히스토리퀸

일러두기

1. 이 이야기는 실제 역사를 바탕으로 작가의 상상력을 더하여 만든 작품입니다. 이에 따라 실제 역사와 가상의 설정이 섞여 있으며, 특정 인물에 대한 작가 개인의 상상력이 첨가되어 있다는 점을 미리 고지 드립니다.
2. 본 작품에는 외국어 대사가 많이 등장합니다. 개중 등장 비중이 높은 일본어는 [] 표기로 하고, 러시아어는 원어와 병기하니(한국어는 ""으로 표기됩니다), 이 점 참고 부탁드립니다.
3. 일제강점기 당시에 실제로 쓰였던 용어가 많이 등장합니다. 현실성을 높이기 위해 비하적인 표현이 포함되어 있을 수 있으나, 이는 그러한 혐오 표현이 개정되기 이전의 시대 상황을 반영한 것이므로 양해 부탁드립니다. 그 외 생소한 단어들은 각주를 참고해 주시기를 바랍니다.
4. 중간에 해석이 안 된 러시아어가 자주 등장합니다. 오류가 아닌 의도적인 것이니, 착오 없기를 당부드립니다.
5. 『물빛 안개』는 인물의 감정 및 심리 묘사에 치중하고 있으므로, 이야기의 전개 속도가 빠르지 않고 다소 우울하게 다가올 수 있습니다. 느린 전개나 감정 소모를 힘들어하시는 분들은 독서를 지양하기를 권합니다.
6. 인칭대명사는 성별 구분 없이 '그'로 통일하는 점 참고 바랍니다.

더 나은 세상과 올바른 가치를 위해,
미래를 향해 목숨으로 앞장서 주신 독립 투사들께
존경과 감사를 담아 묵념합니다.

아울러 35년간의 식민 통치 속에서
스러져간 모든 이들에게 이 글을 바칩니다.

차례

2부

**새하얀
밤을
향해**

물빛 안개	011
밀정密偵	037
은명隱名	044
정화	061
메별袂別	075
속내	119
백야와 극야	144
Корея, ура(대한이여, 만세)	170

3부

안개가 걷히다

석별惜別	186
개명開明	202
해후邂逅	242
푸른 하늘에 붉은 해	285
종장終章	315
작가의 말	325
미리 읽은 독자들의 후기	329

2부

새하얀

밤을 향해

물빛 안개

1900년 10월 28일

 더위가 가시고 하늘이 높아진 것이 벌써 언제였던가. 황량한 북쪽의 땅에서는 어느덧 추위가 다가오기 시작했다. 운이 나쁘면 새 샤프카[i]를 장만하기도 전에 눈이 내리는 땅은 차갑고도 단단했으나, 한양의 땅은 그에 비하면 춥지는 않았다. 비가 오지 않았기로서니 굳어진 땅을 누구보다 당당히 밟고 지나는 자의 옷차림은, 자신의 곁을 지나는 이들과 확연히 달랐다. 말끔한 양복에 짧게 자른 머리까지, 한눈에 보아도 서양인의 차림을 한 중년 남성의 이름은 최재형이었다.

 이 정도 추위는 아무것도 아니라는 듯 편안한 얼굴로 이곳저곳 구경하듯 걸음을 옮기던 그가 불현듯 어딘가에 멈추어 섰다. 혹한의 추위는 아닐지라도 얇게 입고 다닌다면 고뿔에 걸릴 날씨였다. 아라사만큼은 아니지만, 한양도 한겨울에는 마냥 따뜻한 곳이 아니었다. 이곳에 사는 이라면 더더욱 모를 수가 없는 사실이리라. 허나 며칠은 굶은 듯 잔뜩 마른 사내아

---

i 동물의 털을 이용하여 만든 러시아식 챙 없는 모자

이 하나가 한 겹의 얇은 옷을 입은 채 구석에 웅크려 앉아서 담벼락에 몸을 기대고 있었다. 낡고 계절에 맞지 않는 옷이지만, 걸인이라 볼 수는 없는 모호한 행색이었다.

"얘야, 여기서 무엇 하느냐?"

재형이 차마 당황스러운 표정을 숨기지 못하고 아이에게 천천히 다가가 말을 건네었다. 지치고 하전한 얼굴로 아이가 천천히 고개를 들었다. 잘 먹지 못한 양 움푹 패인 양 볼에 낯빛도 어두웠음에도 켜켜이 층이 진 눈꺼풀과 뚜렷한 이목구비까지, 사내치고는 곱상한 얼굴이었다. 앉은키가 작지 않거늘, 다리를 한껏 접은 것을 보아, 잘 먹지 못했어도 나이에 비해 제법 큰 듯하였다.

"…… 여기가 그나마 따뜻해서요."

아이의 멍한 눈은 텅 비어 있었다. 저 어린 나이에 저런 얼굴을 해 본 적이 있었던가. 가슴 속에 묻어 두었던 아픈 기억이 다시 꿈틀거리며, 재형의 가슴 속을 헤집었다.

"어서 가셔요, 저는 여기 숨어 있는 것이어요. 남들이 보면 쫓아내요. 이 날씨에 길거리에서 잘 수는 없잖아요."

"날이 이리 추운데 어찌하여? 집에 데려다 주마."

"집은 없어요. 그리고 있더라도 지금 들어가면 맞아요."

"혹여 무엇을 잘못한 게니?"

"…… 그냥 눈에 보이면 맞아요."

"누가 그러느냐?"

"우리 아버지와 혼인한 사람이요……."

잠시 할 말을 잃은 채로, 재형이 아이를 멍하니 바라보았다. 이 어리고 가녀린 아이에게서, 서른 해도 더 지난 자신의 어린 시절이 겹쳐 보였다면 그 또한 이곳에 발걸음하게 된 필연적인 연유일까.

"아버지께는 말씀드렸느냐?"

"아버지는 제 편을 안 드셔요. 말하면 감히 주제넘게 어머니를 모함하려 든다며 되려 더 혼나는걸요. 맞는 것보다야 추운 것이 훨씬 나아요. 그래서 집을 나왔어요."

변성기조차 오지 않은 앳된 목소리였고 말도 길게 하지 않았으나, 아이의 표정은 한없이도 공허했다. 마치 모든 기대를 저버린 것처럼.

"헌데 아저씨는 누구세요? 이 근방에서는 처음 보는데, 옷차림도 특이하고……."

"그저 지나가는 나그네다."

덩달아 공허해진 얼굴을 한 채, 속으로 한숨을 내쉬던 그가 몸을 일으켰다. 금일 한양에 오고자 결심한 것이 결코 우연이 아니라는 사실을 깨닫고서는.

"애야, 너만 괜찮으면 나를 따라오겠느냐?"

언질도, 무언의 신호조차 없이 꺼낸 한마디에 아이가 제법 놀란 눈치였다. 제아무리 그릇된 부모를 두었기로서니, 낯선 이를 따라가 도망치는 것이 득이 된다는 보장은 없으니 그럴 만도 했다. 허나 경계심과 더불어, 한 줄기 실낱같은 희망이라도 붙잡고 싶은 손가락이 옷자락을 세게 움켜쥐었다.

"어디로 가는데요?"

"멀고도 넓은 곳이지. 그리고 이곳보다 훨씬 추운 곳이란다."

"저기 북쪽 땅보다 추워요?"

"그래, 조선 땅 그 어디보다도 추운 곳이란다."

"그런 곳도 있어요?"

"걱정 마라, 집은 따뜻할 테니. 너만 좋다면 함께 가서 살자꾸나. 지금 학교에 다니느냐?"

아이가 고개를 저었다. 몸을 굽혀 앉은 재형이 아이를 향해 손을 뻗었다.

"그럼 학교도 보내주마. 나와 함께 간다면, 그때부터 우리는 진정으로 한 가족이 되는 거다. 부모님께 허락을 맡으러 가자꾸나."

"아니요, 이제는 제 부모가 아니어요. 그러니 제게만 여쭈시면 되어요."

아이가 다급하게 재형에게 다가서며 도리질을 쳤다. 두려움에 떠는 가녀린 이의 어깨를 재형이 가만히 다독였다.

"…… 헌데 아저씨는 누구신데 제게 이렇게 잘해주시는 건가요?"

아이의 눈에는 두려움과 더불어 알 수 없는 무언가가 가득했다. 부디 나를 내치지 말아달라, 지금 내 앞에서 말한 모든 것이 사실이라고 말해달라고 소리 없이, 누구보다도 간절히 애원하고 있었다.

"그저 너와 같은 어린 시절을 보냈던 한 어른이라 생각해 주련."

긴 말은 아니었으나, 때로는 짧디짧은 한마디가 더없이 와닿는 법이었다. 그제야 아이가 잔뜩 웅크리고 있던 몸을 조금 빼서 재형의 두 눈을 똑바로 바라보았다.

"헌데 그곳을 무어라 부르나요?"

"Владивосток[i]."

"…… 네?"

처음 들어보는 말을 들은 아이가 잘못 듣기라도 한 양, 눈을 껌벅이며 되물었다. 귀엽기라도 한 듯, 재형이 그만 호탕한 웃음을 터뜨렸다.

"해삼위[ii]라 하면 알지도 모르겠구나. 조선 땅 끝자락과 맞닿아있는 아라사의 영토란다."

"아라사요? 조선이 아니라요? 그치만 전……."

"아라사 말을 몰라도 괜찮다. 조선인들이 모여 사는 곳이니 말이다."

망설이던 아이가 재형의 손을 잡았다. 마르고 버석거리는 작은 손은 차가웠고, 생전 처음 온기를 느껴본 듯 재형의 손 안에서 굼질거렸다.

"그러고 보니 통성명을 하지 않았구나. 난 최재형이라 한다. 아라사에

---

i 블라디보스토크. 원어 발음은 [블라지바스똑]
ii 러시아 블라디보스토크의 한자식 표기

가면 아마 '페치카'라고 부를 거다. 연추ⁱⁱ의 도헌ⁱⁱⁱ이기도 하니 그리 불러도 상관없다만, 너는 아마 개척리ⁱᵛ로 갈 테니 그리 부를 일은 없겠구나."

"그게 다 무언가요?"

대답 대신 재형은 빙긋 웃어 보이며 아이의 헝클어진 머리를 쓰다듬었다. 아이를 바라보는 그의 눈은 다정하고 따스했다.

"전…… 백운이어요. 나이는 여덟입니다."

* * *

"형님, 무사히 돌아왔……."

재형을 맞이하러 문 앞으로 달려 나오다시피 한 이상설과 김정일은 전혀 예상치 못한 낯선 얼굴에 당황한 기색을 감추지 못하였다. 조선에서는 좀처럼 볼 수 없는 통나무집이 낯설기라도 한 듯 재형의 뒤에 숨어서 눈치만 보고 있는 운과 그런 아이의 머리를 다정하게 어루만지며 빙그레 웃음을 띠고 있는 재형과는 달리, 상설과 정일은 서로의 얼굴과 재형, 그리고 운을 번갈아 바라보았다.

"이 아이는 누구요?"

"금일부터 우리와 함께 지내게 될 아이일세. 자, 인사하렴."

"아, 안녕하세요……."

기어들어가는 목소리로 운이 고개를 숙여 인사했다. 자신에게 처음으로 손을 내밀어준 이의 따스함을 믿으면서도 이 모든 상황을 믿지 못하였

ⁱ Печка. 러시아어로 '난로'라는 뜻이며, 최재형의 호이기도 하다.
ⁱⁱ 일제강점기 당시 연해주에 있었던 대표적인 한인 마을. 현재 러시아의 추카노보 인근 지역이다. 러시아어로는 '얀치헤(Янчихе)'라고 한다.
ⁱⁱⁱ 지금의 군수에 해당하는 직책
ⁱᵛ 블라디보스토크에 세워진 한인 마을. 러시아어로는 'Корейская Слободка(까레이스까야 슬라봇까)'라고 한다.

거늘, 안심이 되면서도 적잖이 불안한 마음에 손끝이 차게 식으며 떨려오기 시작했다.

"이 아이는 어디서 만나셨소?"

"한양에 갔다가 연이 닿았네. 스쳐 지나가다 눈에 밟히는 것만큼 중한 연이 어디 있겠는가?"

여전히 당황한 기색을 온전히 저버리지는 못하였으나, 상설과 정일은 연유를 묻지 않았다. 이미 같은 연유로 개척리에 발을 들인 아이들의 수가 결코 적지 않았기 때문이리라. 게다가 그 아이들이 누구의 손을 거쳐서 연을 쌓게 되었는지를 생각하면, 그다지 이례적인 일도 아니었다. 이리저리 떠돌다 험한 일을 겪을 바에야 이곳에서 자식처럼, 조카처럼 함께 키우는 것이 낫다는 재형의 가치관을 함께 공유하고 있던 이들이었기에 더더욱 그랬다.

"식구가 늘었군그래."

묵직하지만 분명한 포용이었다. 그 무엇보다 바랐던 말에, 운이 참았던 숨을 소리 없이 내쉬었다.

"애야, 이름이 무엇이냐?"

정일이 아이의 앞에 무릎을 굽혀서 눈높이를 맞추었다. 여전히 긴장을 풀지 못하는 운의 얼굴을 그가 조심스레 어루만졌다.

"백운이어요."

"귀엽게도 생겼구나. 장성하면 아주 훤칠하니 잘생겨지겠구나. 반갑다. 나는 김정일이고, 이쪽에 있는 자는 이상설이다. 편히 아저씨라 부르렴. 한양에서 왔느냐?"

"네……."

"이곳의 추위가 매섭기로서니, 금방 적응할 수 있을 게다. 헌데 나이가 몇이나 되었느냐?"

"여덟이어요."

"여덟이라면, 가만있자……. 운학이는 이미 장성하였고, 성학이는 너무 어리고. 갑[i]은 아니지만, 그나마 자현이와 터울이 제일 적게 지는구나."
 골똘히 생각하던 상설이 운을 바라보며 말하였다. 엄정함이 묻어 나오는 다부진 얼굴에 옅은 미소가 번졌다.
 "이리 오너라, 소개시켜 주마. 나이는 너보다 네 살 위이지만, 아마 거리낌 없이 대할 게다."
 뒤이은 상설의 말에 운이 뒤돌아 재형을 바라보자, 그가 빙긋 웃어 보였다. 저 너머 먼 곳 땅에 조선인들이 많이 모여 산다는 이야기를 오면서 들었기로서니, 제 동무가 있으리라고는 상상하지 못하였다. 집을 피하여 거리에 앉아 있을 때면 제 또래의 아이들이 삼삼오오 짝을 지어 다니는 것이 그리도 부러울 수가 없었다. 혹여나, 하는 기대감에 가슴이 콩닥콩닥 뛰었다. 이 집에 발을 들여놓을 때와는 사뭇 다른 감정, 그것은 필경 행복이었다.
 정신을 차려 보니, 어느새 자신은 상설의 손을 붙잡고 한결 가벼운 얼굴을 한 채 위층으로 올라가고 있었다. 처음 느낀 설렘에 감정이 부풀어 올라서일까, 낯가림이 심한 평소의 성격은 간데없고 상설의 손을 꼭 움켜쥐고 있었다.
 "자현아, 안에 있느냐?"
 운의 손을 붙잡고 방 앞에 멈춰 선 상설이 문을 두드렸고, 그와 동시에 꽤나 성숙해 보이는 여인 하나가 문을 열고 나왔다. 저도 어디 가서 작다는 소리를 듣는 체격은 아니었으나, 이 여인은 저보다도 훨씬 컸다. 이 정도의 키를 가진 여인이 있다니, 놀라서 커진 눈을, 운은 좀처럼 '자현'이라는 여인에게서 떼지 못하였다.
 "아저씨, 무슨 일로…… 어?"

---

i 동갑

"소개시켜 줄 이가 있어서 말이다."

아직 당황함을 감추지 못한 자현을 보며 상설이 낮게 웃었다.

"금일부터 여기에서 함께 자랄 네 동무이다. 한양에서 온지라 아라사 땅이 처음이란다. 모든 것이 낯설 터이니, 네가 잘 챙겨주련. 나이는 여덟인데, 너와 터울이 가장 적게 지더구나."

"뭐…… 네, 그리하겠어요."

낯선 상황에 둘을 번갈아 쳐다보던 자현은 잠시 떨떠름한 얼굴을 하더니만, 이내 그의 말에 고개를 끄덕였다.

"운아, 이쪽은 최자현이다. 동무이지만 너보다 네 살 더 많으니, 동시에 누이로서 존경하고 말을 잘 들어야 한다. 알겠지?"

"네, 네……."

둘이 놀고 있으라는 말과 함께 상설이 자리를 뜨고서도, 운은 여전히 자현 앞에서 고개를 제대로 들지 못하였다. 마찬가지로 입술을 꾹 다문 자현은 그런 운을 멀뚱히 바라만 보고 있었다.

"너 이름이 뭐야?"

침묵을 깬 것은 자현이었다. 또랑또랑하면서도 나직한 목소리에 운이 흠칫 놀라 떨구고 있던 고개를 바짝 치켜들었다.

"백, 백운이요……."

"뭐야, 동무라며 어찌 존대를 해? 낯간지럽게."

자현이 맘에 들지 않는다는 투로 이맛살을 구겼다.

"하지만 나보다 키도 크고, 나이도 많고, 아까 아저씨도 존경하라 하였는데……."

"어차피 나중에는 네가 나보다 크게 자랄 텐데 무어가 문제야? 네가 자꾸 존대하면 끝까지 어색해질 수밖에 없으니 그리 말하지 마."

"아, 알았어……."

친해지고자 부러 큰 소리를 내었으나 어깨를 잔뜩 접으며 시무룩해하는 운을 본 자현이 머쓱한 듯 헛기침을 하였다.
"헌데 예까지 어떻게 왔어?"
"응? 기차도 타고 걷기도 하고,"
"뭐라는 거야, 그런 소리가 아니거든? 너, 페치카 선생님께서 데려오신 거야?"
"페치카 선생님?"
그제야 한양에서 처음 만났을 때 재형이 제게 했던 말이 생각났다. 알 수 없는 발음이었기에 금방 잊었으나, 그 낯선 발음이 머릿속에 희미하게 남긴 족적이, 방금 자현이 한 말과 비슷한 듯하였다.
"아…… 응. 맞아. 헌데 그게 무슨 뜻이야? 빼취카?"
"Печка (페치카)[i]. 따라 해 봐."
"뻬-취까……?"
"뭐야, 잘하네?"
"아라사 말이야? 조선어는 아닌 것 같은데."
"맞아. 난로라는 뜻이야."
"난로?"
연유를 말해주지는 않았으나 그 답은 묻지 않아도 알 것만 같았다. 그토록 추운 겨울날 불 앞에서조차 느껴보지 못했던 온기가 무엇인지를 비로소 깨달았으니.
"선생님께서 너와 같은 어린 시절을 보냈다 하셨지?"
"어찌 알았어?"
"내게도 그리 말씀하셨거든."
덤덤한 투로 말을 꺼내는 자현의 눈에서는 일말의 상처조차 찾아볼 수 없었다. 이곳에서의 삶이 어떠하였길래 나와 닮은, 또 그와 닮은 과거를 지녔다는 이가 저리도 생기 있는 눈을 하고 있을까. 투박하면서도 어딘지

---

i 원어 발음은 [뻬취까]에 가깝다.

모르게 차분한 어투와는 비교할 수 없을 정도로, 그 눈은 맑게 빛나고 있었다.

"정확히는 당신께서 나와 겹쳐 보인다고 하셨는데, 정신을 차려보니 여기 살고 있더라. 그게 어느덧 칠 년 가까이 되었네. 하기야, 우리 마을에 낯선 조선인 아이를 데려올 사람이 어디 페치카 선생님밖에 더 있나."

"허면 너도 아라사 말 할 줄 알아?"

"당연하지. 헌데 너 오늘 막 도착한 거면 아직 아라사 이름 없겠네?"

"아라사 이름? 그거 꼭 있어야 해?"

"예서 학교 다니려면 있어야지. 가만있어 봐, 내 지어줄 테니."

멀뚱하게 고개를 갸웃거리는 운을 보고 자현이 골똘한 표정을 지었다.

"…… 알렉세이 (Алексей) 어때? 'Братья Карамазовы'ⁱ라고 내 근래 들어 읽는 소설인데, 거기 나오는 사람 이름이야."

자현이 책장으로 손을 뻗어 책 한 권을 들어 보였다. 도형처럼 생긴 기이한 글자가 빼곡하여 도무지 알아볼 수가 없었다.

"그게 뭔데? 좋은 거야?"

"뭐, 이 안에서 제일 영특한 인물이긴 하지."

"그럼 나 그걸로 할래. 비록 아직 이런 건 읽지 못하지만……."

"너도 곧 이리 될 거야. 아라사 살면서 아라사 말 배우는 건 금방이지."

"헌데 나는 이미 조선말이 더 편해서 말이야……. 아마 배워도 다른 이들처럼 잘하지는 못할 텐데……."

"허면 조선에서 살다 왔는데 조선말이 편한 것이 당연하지. 너 한 해만 지나 봐, 이것저것 섞어서 쓸걸?"

"정말? 나도 그럼 조선말 말고 다른 나라 말도 할 수 있는 거야?"

"허면 거짓말이겠어?"

---

i 『카라마조프가의 형제들』. 표도르 도스토옙스키의 장편 소설. 원어 발음은 [브라쨔 까라마조븨]

어깨를 툭 치며 당연하다는 투로 내뱉는 자현의 말에, 운의 얼굴에 비로소 웃음이 피어올랐다.

"그럼 나도 알려줘. 배울래!"

자그마한 얼굴에 처음으로 기쁨이 배어났다. 찰나 동안 당황하던 자현도 이내 함께 옅게나마 웃어 보였다. 해는 진즉 떨어져 어두웠고 한양과는 비교조차 할 수 없을 정도로 추운 날씨였지만, 좁은 방 안은 더없이도 따스하고 밝은 기운을 내뿜었다. 마침내 원래 있어야 할 곳으로 돌아와서, 원래 가족이고 동무였던 이들과 재회한 것처럼.

1908년 9월 17일

"결국 상황이 이리되는군. 이대로라면 정말 망국은 시간문제일세."

탄식과 함께 슬픈 응어리를 내뱉는 이는 황경섭이었다. 어둑해지는 하늘을 뒤로하고 한데 모인 이들의 사이에서는 눈에 보이지 않지만 더욱 깊게 가라앉은 분위기가 손에 잡힐 듯 선명해졌다.

"조선 영토가 사실상 왜놈들의 차지가 된 이상, 우리 마을도 더 이상 안전하지 않을 겁니다."

"이 모든 일들이 부당하다 외치는 것만으로는 가망이 없소. 우리도 무언가를 더 해야 하오."

호소하듯 외치는 김정일, 아니 김이직의 목소리가 메아리쳤다. 울분에 찬 주먹을 꽉 쥔 손등의 뼈와 함께, 다부진 턱 끝이 도드라졌다.

"그렇지 않아도 동지들에게 묻고 싶었네. 새로이 군대를 조직하여 만일에 대비하는 것이 어떠한가?"

재형의 말에 김이직과 황경섭, 이범윤, 이위종, 그리고 최자현의 눈동자가 일제히 그를 돌아보았다.

"군대 말씀이오? 허나 동의회[i]가 결성된 지 반년이라는 시간밖에 흐르지 않았소. 아직은 때가 이르지 않겠소?"

"작금의 상태로 '물빛 안개'를 위한 일들을 지속하기에는 확연히 무리가 있네. 처단해야 하는 이들은 너무도 많으나 우리의 사람은 턱없이 부족한 현실이 아닌가. 하여 엄선된 자들끼리 군대를 조직하여 본격적으로 일을 도모하고자 하네. 지금 계획하고 있는 모든 일들은, '물빛 안개'에 몸담은 이들 모두와 함께하고 싶네. 우선 보재[ii]와는 이야기를 마쳤으나, 자네들의 의견을 묻고자 하였네."

---

i 1908년 4월에 연추에서 결성된 한인 구국 운동 단체
ii 독립운동가 이상설의 호

"형님께서 이끄신다면야 두말할 것 없이 따르겠소. 행여 염두에 두신 분이 더 있소?"

"작금은 그 무엇도 확실한 것이 없네. 당장 보재 또한 미리견의 일로 바빠서 말이지. 허나 갈수록 이곳 아라사로 걸음하는 조선인들이 늘고 있네. 개중에는 '물빛 안개'에 뜻을 품고 있는 이들도 다수지. 훗날 이 일을 함께 도모할 이들을 수월히 모으기 위해서라면, 지금부터라도 체계를 잡아 놓아야 할 성싶네. 지금이 어렵다면 우리의 뼈를 깎는 수밖에야 없겠지만서도."

숙연해진 분위기 속에서 누구도 말을 꺼내지 못했다. 모두가 총칼을 겨누고 있었고, 상대를 일격에 쓰러뜨리지 못하면 죽는 상황이었다. 뼈를 깎는다는 것은 단순한 노력이 아니었다. 말 그대로 온몸을 갈고 목숨을 바쳐야 하는 것이었고, 그 목숨의 개수가 몇 개일지는 가늠조차 할 수 없었다. 설령 모든 목숨이 지더라도, 그 결과가 어떠할지는 결코 장담할 수 없는 것이었다.

"조직이든 군대든 그 규모가 커지는 것에 반대할 연유는 없소. 허나 아시다시피 근자에는 이곳도 결코 안전하지 않소. 말만 조선 영토 밖이지, 아라사군은 우리 편이 아닐뿐더러, 날이 갈수록 왜놈들의 영향력도 거세어지고 있지 않소?"

이직의 무거운 말에는 일리가 있었다. 다소 날카로운 말에도 누구 하나 불편한 기색이 없었다.

"형님께서는 염두에 둔 이가 있으시오?"

"지난해 조선에서 산포대를 조직한 여천 선생을 기억하는가?"

여천 홍범도, 그는 산포수[ii] 출신의 의병장이었다. 젊은 나이도 아니기로

---

[i] 미국

[ii] 산속에서 사냥하는 일을 직업으로 하는 사람. 여기서는 특히 호랑이 사냥에 특화된 포수들을 일컫는다.

서니 수십 보 밖에서도 동전은 물론 손톱만 한 유리병의 입구까지 정확하게 쏘아 맞힌다는 전설과도 같은 일화를 몰고 다니는 이에 대한 소문은 산을 넘고 물을 건너 이곳 개척리까지 전해져 내려왔다. 백두산 인근에 근거지를 두고 있으니, 예까지 터를 옮기는 것도 무리는 아니었다.

"달포 안에 그분께도 말씀드리고자 하네. 아마 별일이 없다면 찬성하시지 않을까 싶네. 그분이라면 자네들도 믿고 의지할 수 있겠지."

"허면 두말없이 함께하겠습니다."

어느새 스무 살이 되어 거사에 몸을 담게 된 자현이 나직하게 말을 보태었다. 어릴 때처럼, 그는 늘 차갑지만 단호하게 불타오르는 기운을 내뿜고 있었다.

"언제부터 일을 시작하고자 하십니까?"

"여천 선생께서 내년쯤에 돌아오실 성싶으니 그때 행할 생각이네."

"그때라면 참여할 수 있는 이들이 늘어나겠군."

"혹여 염두에 둔 다른 자가 더 있는가? 있는 자가 있다면 말해주게."

아무도 대답하지 않았다. 허나 스쳐 지나가는 사람은 많은 듯 모두가 한 손으로 턱을 괴고 고심에 잠겼다.

"관영이는 어떻소?"

이직의 말에 모두의 시선이 그를 향하였다. 의외라는 듯, 재형 또한 자리에 앉아 그의 말에 귀를 기울였다.

"우리가 이화학당을 통해 장학금을 주었던 그 '윤관영'이라는 아이 말인가?"

"그렇소. 금년 열일곱이니, 아마 당장은 아니더라도 빠른 시일 내에 조직에 몸담을 수 있을 거요."

"허나 그 아이에게 장학금을 준 것은 그저 선의에 의한 것일세. 그걸 미끼로 삼아 이 험한 일에 끌어들일 수야 없지, 아니 그런가?"

"그 아이가 먼저 연락을 청하였소. 부디 '물빛 안개'에 동참하도록 해달라고 말이외다."

그의 말에 이직과 경섭을 제한 모두의 눈빛에서 생기가 사라졌다. 서로를 불안하게 쳐다보던 네 명의 고개가 천천히 서로를 바라보았다.

"이고르[i] 선생님, 그자가 우리의 정체를 어찌 안단 말입니까? 설마 중간에 정보가 샌 것은,"

"처음부터 어느 정도 짐작하고 있었다 하더이다. 학당에 다니며 자연스레 '물빛 안개'에 대한 뜻을 품었는데, 그걸 실현할 때가 온 것 같다고 말이외다."

자현의 말을 잠시 멈춘 경섭이 담담한 어조로 말을 이었다. 언제나 무뚝뚝하고 냉철한 그는 잔정이 많아서 가까운 이들을 잘 챙겼다. 허나 동시에 새로운 이를 좀처럼 반기지 않는 그조차, 꽤나 오랜 시간 동안 염두에 두었던 인물인 듯하였다.

"듣자 하니, 학당에서 함께 뜻을 모은 이들과 몰래 총포술을 연습하여 총을 웬만큼 쏠 줄 아는 듯하더이다. 학당에 다녀 왜말도 곧잘 할 테니, 전투가 걸린다면 밀정의 역할도 할 수 있을 거요. 총포술에 능한 이가 있다는 것만으로도 주목할 만하거늘, 본인이 간절히 원하고 있으니 우리로서는 오히려 감사할 일이 아닐 수 없소."

한 치의 틀린 말도 없었으나, 그렇기에 더더욱 망설일 수밖에 없었다. 한 사람을 덜 들이는 한이 있더라도, 변절자가 될 수도 있는 이를 가까이해서는 아니 되기에.

"어찌하시겠습니까?"

"…… 다들 어찌 생각하는가?"

"그 정도라면 지금부터라도 능히 참여할 수 있는 자들이 아니오?"

"허나 아직은 너무 이르오. 당장 우리가 운의 입단을 반대하는 연유 또

---

[i] Игорь. 김이직의 러시아 이름

한 아직 지학[i] 남짓한 어린 나이 때문이오. 관영이라는 그 아이는 금년 열일곱이라 하지 않았소? 그래봤자 운보다 한 살 더 많을 뿐이외다."

"그걸 어찌 모르겠소, 지금 당장을 뜻하는 것이 아니오. 그 아이 또한 성인이 된 이후에야 정식으로 '물빛 안개'에 참여할 수 있겠지. 내가 하고 싶은 말은, 이곳 개척리와 연줄이 없더라도 고려해 봄 직한 인재라는 뜻이오. '물빛 안개'를 향한 그 아이의 의지만큼은 누구보다도 뛰어나지 않소? 잃고 싶지 않다는 연유만으로 떼어놓기에는 그 기개가 아까울 따름이외다. 게다가 총포술을 연습하고 있다는 말인즉, 몸도 어느 정도 쓸 줄 안다는 방증이 아니오?"

틀린 것 하나 없는 경섭의 말에 모두가 동의하는 듯, 천천히 고개를 주억거렸다. 여전히 한마디도 하지 않는 이범윤을 제외하고는.

"유리[ii], 자네는 어떠한가?"

"설령 한민회[iii], 아니 나아가 앞으로 생길 그 어떠한 조직의 일원이 된다 한들, 아직은 시간이 좀 남은 일이오. 성인이 될 때까지는 아직 삼 년이라는 시간이 남았으니, 그 사이 의견이 어찌 바뀔지는 모르는 일이 아니오?"

"…… 헌데 만일 모종의 연유로 '물빛 안개'를 향한 그자의 뜻이 틀어지고, 우리를 발고하기라도 한다면 그때는 어찌해야 합니까?"

자현이 문득 내뱉은 말은 차분하기 그지없었으나, 내용은 전혀 그렇지 않았다. 동의회의 내부 사정을 알고 있는 자가 개척리가 아닌 외부에, 그것도 조선 본토에 존재한다는 것은 결코 안심할 수 없는 일이었다.

"…… 우선은 기다려 보십시다. 설혹 뜻이 강하다 하더라도 열일곱이면 자현이보다도 어린 나이외다. 지금은 어찌 되었든 우리와 함께 일할 수 없

---

i 학문에 뜻을 둔다는 뜻으로, 보통 15세를 가리킨다.
ii Юрий. 이범윤의 러시아 이름
iii 한인 지위 향상 및 마을 질서 유지를 목적으로 한 개척리의 자치기구. 훗날 '신한촌민회'로 이어진다.

지 않소? 게다가 마음이야 언제든 바뀔 수 있는 것이니, 무엇도 장담할 수 없소. 물론 우리가 장학금을 준 이가 그릇된 선택을 하지는 않으리라 믿고 싶지만, 정 불안하다면 다른 비책을 마련할 수밖에 없겠지."

 범윤의 말을 끝으로 탁상 위에 놓인 촛불이 꺼졌고, 모두가 자리에서 일어섰다. 각자의 집으로 돌아가는 발걸음들이 하나같이 분주하였다. 비교적 늦게 몸을 일으킨 이직은 맨 뒤에서 나섰다. 제 뒤에는 아무도 없으리라 생각하였으나, 누군가가 살며시 그의 옷자락을 잡아당기자 화들짝 놀라 뒤를 돌아보았다.

 "저…… 정일 아저씨."

 자현은 어디에서든 늘 깍듯한 예의를 갖추었다. 특히 조직에 몸을 담은 이후로부터는 어떠한 상황에서든 '선생님'이라는 호칭을 빼놓지 않았으나, 유일하게 이직에게만큼은 사석에서, 예전처럼 아저씨라 불렀다. 이직이 개척리에 처음 발을 들였을 당시 사용하던 이름인 '김정일'을 부르는 것 또한 자현뿐이었다.

 다소 은밀하고 작게 속삭이듯 말하는 자현의 눈에 담긴 속뜻을 눈치챈 이직이 조용히 그의 곁으로 다가섰다.

 "무슨 일이냐?"

 "혹, 바쁘십니까?"

 "지금은 괜찮다. 어찌 그러느냐?"

 잠시 뜸을 들이며, 자현이 앞서 방을 나서던 이들을 향해 시선을 힐끗 틀었다. 그러기를 잠시, 그가 들릴 듯 말 듯 한 목소리로 헛기침을 하였다.

 "바쁘지 않으시면 운에게 한 번만 가 주십시오. 아마 자기 방에 있을 겁니다."

 "또 혼났느냐?"

 이직의 한숨 위로 자현의 한숨이 얹혔다. 부러 길게 말하지 않아도 서로가 어떠한 심경인지를 모를 수가 없었다. 늘 자신도 작전에 참여하게 해달라고 간청하고, 조르고 애원하기를 멈추지 않는 운이었다. 나이 스물이 될 때까지 기다리라는 말조차도 듣지 않았다. 어르고 달래다 못해 엄히 혼내도 소용이 없었다. 차후 동지가 될 이를 혼내는 것조차 우스울 따름이요, 동시에 자식과도 같은 아이를 꾸짖고도 마음이 편치 않은 것이야 당연할지니, 운의 이러한 태도는 모두에게 골칫거리가 아닐 수 없었다. 좀처럼 언성을 높이거나 싫은 소리를 하지 못하는 이직에게는 더더욱 가슴이 찢어지는 일이었다.

"보재 형님도 안 계시거늘……. 설마 페치카 형님께 혼난 게냐?"
"그런 듯합니다."
"연유야 물을 필요가 없겠지. 어찌 그리 매를 번다는 말이냐. 자현이 네가 가서 달래주지 그랬느냐."
"달래는 것도 불쌍해야 그리하지요. 안쓰럽다가도 잘 모르겠습니다. 저 나이에 혼인을 하는 이들도 부지기수이거늘, 여직 철이 덜 든 모양입니다."

곁에 운이 있었다면 서러워 마지않아 할 정도로 단호하고도 냉정한 자현의 말에 이직이 그만 참지 못하고 너털웃음을 터뜨리고 말았다.

"너랑은 가깝잖느냐. 다른 어떤 이의 말보다도 네 말을 잘 들을 듯하구나."
"가까운 것과 말을 잘 듣는 것은 다르더이다. 선생님들 말씀도 안 듣고 저리 어린아이마냥 떼를 쓰는 마당에 제 말을 들을 리가요. 저희는 동무, 그 이상도 이하도 아닙니다."
"하긴, 그 아이가 어릴 적부터 너를 그리 따랐기로서니, 뜻을 꺾는 법은 없었지. 헌데 나라고 하여 다를 바가 없다. 대체 어찌 고집이 저리도 센 것인지, 원."

이직에 이어 자현도 어처구니가 없다는 듯이 피식, 하는 웃음을 내뱉었다.

"그래도 아저씨 말씀이라면 좀 듣지 않겠습니까?"

* * *

"왜 우느냐?"
"아니어요……."
이직의 목소리를 들은 운이 부러 한껏 몸을 접었으나, 어느덧 훌쩍 자라 있는 것을 눈치채지 않을 수가 없었다. 다만 얼굴 군데군데에 말라붙은 눈물 자국은 아직도 앳되었고, 아직 가시지 않은 여름의 바람이 스치는 것조차 쓰라릴 정도로 붉게 부어오른 종아리에는 털조차 나지 않았다. 훤칠한 키와는 별개로 한참 어린 모습만 가득한 운의 곁에 이직이 털썩 주저앉아 그의 어깨를 한편으로 잡아끌었다.
"녀석, 또 고집을 부리다 혼난 게냐?"
"…… 아저씨, 저는 왜 작전을 할 수 없나요? 이제는 혼인도 할 수 있는 나이가 아닙니까?"
억울해 마지않는다는 목소리로 운이 따지듯 외쳤다. 그런 그의 머리를, 이직은 가만히 쓰다듬으며 다독였다.
"여기 있는 것만으로도 이미 작전에 가담한 거나 다름없지 않니?"
"그런 말이 아닌 걸 아시면서요……."
차마 언성을 높이지 못하고 고개를 숙인 채 작게 투덜거리는 운을 보는 이직의 얼굴에 알 수 없는 빛이 감돌았다. 말없이 그를 바라보기만 하던 이직이 천천히 그의 가라앉은 시선을 들어 올렸다.
"…… 운아. 너처럼 젊고 어린아이들은 살아남아 주는 것만으로도 애국이다. 앞으로 남은 미래를 살아갈 재목이 아니더냐? 우린 너희와 같은 아이들이 좋은 터전에서 살아가도록 지키기 위해 목숨 걸고 싸우고, 대신 다치고자 한다. 헌데 어찌 네게 위험한 일을 맡기겠니."

"그래도요······."

"말하지 않았느냐, 성인이 되면 곧바로 널 입회시키겠다고. 이젠 정말 몇 년 남지 않았으니 조금만 더 기다려 주려무나. 그날이 오면 나와 함께 나가 싸우자꾸나. 그때는 내 자식과도 같은 어린아이가 아닌 동지로서 너를 대하겠다고 약조하마."

"정말로 약조하시는 것이지요? 절대로 그 약조를 무르시면 아니 됩니다."

"너는 제아무리 사소한 것일지라도 내가 허투루 된 약조를 하는 걸 본 적이 있느냐?"

여전히 다정하고 따스한 그 말은 어떠한 것보다 분명하고도 단호했다. 조금 전, 재형에게 맞았던 회초리보다 더욱 아픈 한마디에 마치 머리를 세게 부딪힌 기분이었다. 멍하게 흔들리던 머릿속에 무언가가 자리 잡았다. 죄책감이었다. 마음속 깊이 자리 잡은 그것은 다시 한번 고개를 깊이 수그러들게 만들기 충분하였다.

"······ 압니다. 제가 그저 다급했을 뿐이어요."

깊은 반성을 하는 듯한 목소리는 더욱 깊게 가라앉았고, 물속에 던져 가라앉은 돌만큼이나 묵직했다.

"사정을 모르는 바가 아닙니다. 다들 저를 너무 어리게만 보시기에, 혹여 성인이 되더라도 그 약조를 무르실까 내심 걱정을 했던 것도 맞습니다. 그래서 주제넘게 조급하게 굴었어요. 잘못했습니다."

"잘못했다 할 것이 어디 있느냐."

이직이 잔뜩 풀이 죽은 운을 꼭 끌어안으며 등허리를 쓰다듬었다.

"운아, 이것 하나만은 명심하거라. 언젠가는 우리가 네게 의지할 순간이 올지도 모른다. 하여 우리에게도 어린 시절부터 보아온 너를, 어엿한 동지로 바라보기 위해 준비할 시간이 필요하다. 갓난아이를 두고 변소에 다녀오는 것만으로도 불안한 것이 부모의 마음이거늘, 전장에 내보내는 심경은 어떠하겠느냐. 차마 형언할 수 없을 정도로 참혹하고 한없이 죄스럽다. 네가 성인이 되면 그 뜻을 막을 수 없겠으나, 그전까지는 우리가 너를 지켜 주어야 할 의무가 있으며, 훗날을 위한 마음의 준비가 필요하다. 그러니 네가 우리를 한 번만 이해해다오."

품 안에 안긴 고개가 몸을 끄덕였다. 가슴속 깊은 곳에 담아 둔 진심이 닿은 듯, 운이 평소와는 사뭇 다른 얼굴로 그를 더 꽉 끌어안았다.

"아저씨, 허면 무엇 하나 여쭈어도 될까요?"

"무엇이니?"

"제가 작전에 동참하게 되는 그날에는 조선에 가나요?"

"글쎄다, 작전이 아니라도 언젠가는 가게 되겠지. 너는 영민하니 우선 아라사의 대학에 가서 공부를 하거라. 작전과 별개로 네가 하고 싶은 일을 하며 기량을 한없이 펼치거라."

"대학이요? 그럼 작전을 못 하잖아요."

"어이하여? 못할 것이 무어가 있느냐?"

"공부와 작전을 어찌 같이하겠어요. 시간이 없잖아요."

어린 운의 말에 이직이 그만 웃음을 터뜨렸다.

"그건 나중에 생각해도 충분하다."

"저, 아저씨…… 그보다도, 조선은 어떻습니까?"

예상치 못한 질문에 이직의 눈이 커졌다. 고향을 떠나 개척리에 뿌리내린 이들의 어린 자식들이 부모에게 이야기로만 전해 듣던 조선의 땅을 궁금해하며 이리 물은 적은 더러 있었다. 허나 조선에서 자란 시간이 짧지만은 않은 운에게서 이런 말을 듣게 되리라고는 상상조차 하지 못했다.

"시간이 흐를수록 이곳에서 지낸 세월이 조선에 살던 때와 엇비슷해집니다. 어릴 적 살던 기억은 나지만 어렴풋하고, 그마저도 점점 흐릿해져 갑니다. 좋은 기억이 있던 곳은 아니기에 부러 빨리 잊으려 하였으나, 내 나라마저 잃어가는 듯한 공허함이 찾아들 때가 잦습니다."

제법 담담하게 내뱉는 말이 이직의 가슴을 울렸다. 어찌 설명해야 하나, 고심에 잠긴 그가 허공을 향해 시선을 높이 들었다.

"산이 많아 울창하지만, 논밭을 일굴 수 있는 평야도 분명 있는 곳이지."

"또요?"

"여름에도 북풍이 불지 않고, 땀방울을 송골송골 매단 어린아이들이 일곱 점이 넘을 때까지 뛰어노는 곳이지. 조선의 여름은 그 이후에는 해가 져서 더 나가 놀 수 없단다."

"참말로요?"

"북쪽은 우리 마을과 진배없겠지만, 적어도 내가 있던 곳은 늘 그랬구나. 운이 네가 살던 한양도 마찬가지이다."

한평생 추운 곳에서만 지내왔던 이에게는 땀방울을 매달고 산다는 말 자체가 신이할 따름이었다. 커다랗고도 원초적인 꿈을 태어나 처음 꾸게 된 이의 눈빛은 극야에 떠오른 한 송이 별처럼 초롱초롱 빛났다.

"너는 추위에 익숙하니 아마 더위를 잘 타겠구나. 조선은 겨울에도 바다가 얼지 않고, 여름에는 예와 비교도 아니 될 정도로 덥단다. 그럼에도 내 고향 물가에는 늘 상서로운 물빛의 안개가 서려 있었지. 근래 들어서는 그 안개마저도 참으로 그리웁구나."

"…… 그런 것쯤은 아무래도 상관없어요. 그래도 내가 나고 자란 곳에 가서 살아보고 싶어요. 여기도 좋지만 그래도 다들 고향이 그립잖아요."

"아무렴."

"아저씨, 그럼 나중에 저도 조선으로 보내주실 거죠? 가서 무슨 일을 해도 다 할 자신이 있으니 저도 거기서 살게 해주세요."

"그럼. 비록 작금의 조선은 평안히 살기에 여의찮지만 네가 반드시 그 땅을 밟고 조선인임을 자랑스러워할 수 있는 날이 오리라고 내 약조하마."

"참말이죠?"

"그럼. 그러니 엎드려라. 작전을 하려면 상처 하나 없이 튼튼해야지, 매번 종아리가 이게 무어냐······.”
 부어오른 운의 종아리에 약을 발라주며, 이직이 안타깝다는 듯 혀를 끌끌 찼다.
 “이따 가서 잘못했다고 사과드리고 오너라.”
 “이미 혼났는걸요······.”
 “네가 장성하면 누구보다 너와 함께 작전을 세우고 싶어 하는 이가 페치카 형님이시다. 아마 누구보다 네게 미안해할 것이다.”
 “하오나······.”
 “내게 말했던 것처럼만 솔직히 말하렴. 형님만큼 너를 어여삐 여기는 이가 또 어디 있겠느냐. 부모가 자식에게 회초리를 들고 어찌 마음이 편하겠느뇨. 아마 너그러이 안아 주실 게다.”
 땅이 꺼지듯 한숨을 쉬며 다시 고개를 묻는 운의 어깨를 토닥이며 이직이 자리를 떴다. 멀어져 가는 발소리를 들으며, 운이 두 눈을 질끈 감았다. 아직 마르지 않아 눈꺼풀 사이로 새어 나오는 눈물도, 욱신거리는 종아리도 전부 견딜 수 있었다. 다만 자신이 아무런 것도 할 수 없다는 무기력함만큼은 도무지 견딜 수가 없었다. 모든 것이 막막했다. 늘 한편이 되어주던 이직마저도 이런 때에는 좀처럼 제 바람을 들어주지 않았다.
 “하아······.”
 기척이 끊긴 줄로만 알았으나, 이상하리만치 누군가가 제 앞에 서 있는 느낌이었다. 묘한 기류에 천천히 고개를 든 운의 앞에 서 있는 이는 다름 아닌 자현이었다.
 “부러 그런 것은 아니고, 이번에는 지나가다 들었다. 너 또 혼났지?”
 “묻지 마.”
 “대체 이게 몇 번째야? 정말 어찌 그리도 융통성이 없어?”
 답답해 마지않는다는 투로 자현이 언성을 높여 운을 꾸짖었다. 뾰로통해진 얼굴을 차마 드러내지 못하고, 운이 다시 한번 고개를 깊이 숙였다.

"선생님들께서 목숨을 거는 일 앞에서만큼은 얼마나 단호하고 엄하신 지 알면서. 성인이 될 때까지 조금만 기다리라 하셨잖아. '물빛 안개'가 한 두 해 만에 이루어지는 것도 아니고 말이지."

"'물빛 안개'가 무언데?"

"Наша цель. (우리의 목표.)"

"난 그런 것도 모른단 말이야, 안 알려주셔서. 너, 이미 나이가 차 입회했 다고 나를 놀리는 거야?"

풀이 죽은 얼굴로 앙알거리던 운이 자현을 향해 어린아이처럼 투정을 부렸다. 어처구니가 없다는 얼굴로, 자현이 그의 곁에 털썩 주저앉았다.

"내가 너를 놀려 무엇 하나, 단지 부러울 뿐이지."

"말도 안 되는 소리. 너도 진즉부터 이 일을 하고 싶어 했잖아."

"그야 당연하지. 허나 내 하고픈 말은 그런 것이 아니야."

"허면 무언데?"

"넌 조선에 갈 수 있잖아."

이해할 수 없는 말에 운이 눈동자를 이리저리 굴렸다. 허나 아무리 생각 해 보아도 무슨 뜻인지 짐작조차 할 수가 없었다.

"무슨 말이야?"

"몇 년만 지나 입회하면 네게도 임무가 주어지겠지. 허나 넌 이곳에서만 살았던 데다 한인 학교도 나오지 않았으니 조선에 가더라도 당분간 정체 가 들통날 일이 없잖아?"

"그건 너도 마찬가지잖아. 십오 년 넘게 예서 살고 있으면서."

"아니, 넌 아예 기록이 없는 자잖아. 설령 우리의 정체가 들통나서 이곳 Корейская Слободка[i]에서 계획하는 모든 일들이 발각될지라도, 마음 만 먹으면 얼마든지 속일 수 있다는 거지."

"해서?"

---

i 개척리의 러시아어 표현. 원어 발음은 [까레이스까야 슬라봇까]

"그 점을 이용해. 적진의 가장 깊숙한 곳에 침투하여, 적들을 속이는 일을 해. 아무도 너를 의심하지 않는 그 순간을 틈타서 왜놈들을 제거하는 거야."

"나더러 밀정이 되라는 거야?"

자현은 말이 없었다. 허나 평소 단둘이 있을 때는 결코 찾아볼 수 없는 그 눈빛은 그 어떠한 말보다도 확실한 답을 하고 있었다.

밀정, 단 한 번도 생각해 본 적이 없었다. 한때 동지였던 이들이 친일파로 변절하여 갈라서게 되었다는 말이라던가, 통감부[i] 쪽에서 보낸 사람들이 의병들을 감시하며 뒤를 캐고 다닌다는 이야기는 숱하게 들어왔다. 허나 자신이 역으로 밀정이 되어 왜놈들의 틈의 잠입한다는 것은 상상조차 하지 못했다. 아니, 우리 쪽에서 보낸 세작[ii]을 두고 '밀정'이라 칭하는지도 불분명할 정도였다. 멍한 두 눈이 자현을 향하였다. 그토록 입회를 바라는 나는, 어째서 그러한 생각조차 하지 못했을까. 그들이 밀정을 보낸다면 우리 또한 밀정을 보낼 수 있다는 그 생각을, 이리 매번 떼를 쓰며 어찌 한 번도 하지 못했을까.

"…… 넌 어찌하여 하지 않았어? 네가 우리 쪽의 밀정이 된다면 어떠한 일이든 잘 수행할 텐데 말이야."

"왜놈 장교나 경찰 중에 여인을 본 적이 있나? 행여 얼마 안 가 생길지라도 조선인일 리는 없겠지. 나야 의지도 능력도 충분하지만 그들이 선발치 아니하니, 내가 할 수 있는 일은 한정적이야. 기껏해야 게이샤로 변장하여 고관들의 이야기를 엿듣는 것밖에는 할 수 없겠지. 우리에게 필요한 건 고관이 되어 직접 작전의 모든 것을 간파할 수 있는 사람이다."

다소 씁쓸한 얼굴로 이어가는 말은 단호했다. 한없이 영민하고도 존경

---

i 을사늑약 이후, 일본 제국이 대한제국 황실의 안녕과 평화를 유지한다는 명분으로 서울에 설치한 통치 기구

ii 한 국가나 단체의 기밀 혹은 상황을 정탐하여 경쟁 또는 대립 관계에 있는 국가나 단체 등에 제공하는 사람. '밀정'과 같은 의미이다.

받아 마땅한 이가 왜놈에 의해 스스로의 날개를 꺾어야만 했다. 저도 모르게, 운이 손톱이 살갗을 파고들도록 주먹을 꽉 쥐었다.

"또한 그런 말이 있지. '적을 속이려면 아군도 속여라.'"

그 어느 때보다도 두 눈이 번쩍 뜨이는 한마디였다. 단 한 번도 지어본 적 없는 표정으로 그가 자현의 얼굴을 뚫어져라 쳐다보았다. 정녕 가능한 일일까, 자신을 키워준 이들을 배신하고 밀정이 되는 것? 혹여 미처 사실을 알지 못한 다른 이들의 손에 목숨을 잃는 것은 아닐까?

허나 그럼에도 불구하고 자신이 아니라면 아니 될 성싶었다. 자현의 말마따나 자신보다 나이가 많은 이들은 이미 입회하여 물빛 안개를 위해 힘을 쓰고 있었고, 그걸 모르는 개척리 사람들은 없었다. 또한 자신보다 나이가 어린 이들은 전부 한인 학교에 다닌지라, 왜놈에게 잘못 걸리면 단원이 아니더라도 신변이 위태로울 수 있었으니 정말 자신이 아니라면 할 사람이 없었다.

"도움이 될 수 있다면 무슨 일인들 하지 못하겠어. 다만 이곳 출신인 것만으로도 왜놈들에게는 접근하기 힘든 것이 한이 될 뿐이지."

"허면 네 의지를 보여. 네가 직접 일본육사[i]에 들어가면 되잖아?"

"조선 땅이 아니라 왜놈들 땅에서 대학에 다니라고? 그것도 군사 학교를?"

"Да какое это имеет значение? Ты ведь сам не от души. (무어가 문제란 말인가? 진심도 아니거늘.)"

까무러칠 듯한 운에게 응하는 자현의 답은 생각보다 더욱 차분했다. 놀란 가슴을 진정시키려는 운의 가슴 속에 무언가가 차올랐다. 개척리의 밀정이 되어, 일본의 틈에 잠입하리라. 그렇다면, 일찍 입회할 수 있을뿐더러 누구보다 물빛 안개에 가까워질 수 있으리라.

---

i 일본육군사관학교

밀정密偵

1910년 12월 16일

"금일부터 우리와 함께하게 될 동지일세. 자네들도 전부 알고 있는 이이지."

"반갑습니다, 윤관영이라 합니다."

언제나처럼 당차고 씩씩한 목소리로 관영이 고개 숙여 인사를 올렸다. 또렷한 눈매는 정결하고, 또 의연했다.

"제가 학당에 다니는 내내 장학금을 주신 것을 알고 있습니다. 덕분에 무사히 학업을 마칠 수 있었습니다. 그에 보답하고 학당을 다니며 키워 온 제 뜻을 이루고자 이 일에 동참하게 되었습니다. 아직 많이 부족하지만, 동지들께 누가 되는 일은 없을 겁니다. 잘 부탁드립니다."

동의회의 다른 이들과 한 차례씩 악수를 나누는 관영의 얼굴에는 뿌듯함이 가득했다. 저마다 각기 다른 표정으로 그를 맞았으나, 누구 하나 기쁘지 않아 보이는 이는 없었다. 다만 원체 표정의 변화가 적은 자현은 늘 그렇듯 큰 환희도, 웃음도 없이 그에게 인사를 건넬 뿐이었다.

"저, 동지."

모두가 인사를 마치고 방을 나서던 중, 관영이 누군가를 향해 말을 건네었다. 모로 보아도 자신을 지칭하는 것인즉, 확적하지 않은 상황에 망설이던 자현이 천천히 뒤를 돌아보았다.

"저를 부르셨습니까?"

"예, 만나 뵙게 되어 영광입니다."

호방한 모습으로 악수를 청하는 관영의 손을, 자현은 잡지 않았다. 되려 경계하는 눈빛으로 그의 얼굴을 빤히 쳐다보았다. 텃세도, 연유 없이 그가 싫어서도 아니었다. 그저 처음 보는 이에게 쉽게 곁을 내주지 않고, 만일을 대비하여 매사에 경계하는 것이 습관이 된 자현의 본래 성정이었다.

"저는 이름조차 알려지지 않은 범부일 뿐입니다. 금일 처음 만나 뵈었을 뿐인데, 어찌 이리 갑자기 영광이라 하십니까?"

"진심입니다. 이곳에 계신 몇 안 되는 여성 동지이신 데다 저와 연배도 비슷해 보이시니 내심 달갑습니다."

"그런 것이 중합니까?"

"낯선 곳에서 유달리 믿고 의지할 사람이 생겼다는 것만큼 중한 것이 어디 있겠습니까?"

의도와 관계없이 날카롭게 다가온 말을 관영은 부드럽게 감싸안으며 온화한 미소를 지어 보였다. 여전히 내리지 않는 손을, 능선을 그린 입꼬리와 번갈아 바라보던 자현이 천천히 손을 잡았다.

"잘 부탁드립니다. 이름과 호가 같으니, '관영'이라 편히 불러주십시오. 한자는 '너그러울 관寬'에 '꽃 영榮' 자를 씁니다."

"…… 최자현입니다. '사랑 애愛'에 '좋을 량良'을 호로 쓰니 그리 불러주십시오. 아라사 이름은 '일례나(Елена)[i]'입니다."

---

[i] 러시아어로 '횃불'이라는 뜻이다.

"무슨 자를 쓰시는지는 몰랐는데, 소상히 알려주시어 감사합니다. 성함에는 어떤 자를 쓰십니까?"

"제 호를 어찌 알고 계십니까?"

순간, 싸늘한 분위기 너머로 적막이 흘렀다. 크지 않은 소리로 둘만 나누던 대화였으나 듣지 못할 정도는 아니었기에, 앞서 걸어가던 이들이 일제히 걸음을 멈추고 뒤를 돌아보았다. 아직 노출된 적이 없는 자현의 정체를, 관영이 알 리는 더더욱 없었으니.

"어제 이곳에 당도했을 때 지나가는 모습을 뵈었습니다. 그분이 누구신지를 묻자, 어떤 사내가 이름이 아닌 호를 알려주더이다."

"그게 누구입니까?"

"키가 크고 이름이 외자였는데 기억이 잘 나지를…… 어? 저기, 저 분입니다."

관영의 말에 모두의 시선이 일제히 반대편으로 향하였다. 발돋움하지 않아도 저 멀리서부터 얼굴이 훤히 보일 정도로 큰 키를 가진 이는 개척리에서 단 한 명뿐이었다.

"운아, 네가 여기 어쩐 일이냐?"

"선생님들께 긴히 드릴 말씀이 있어 왔습니다."

"아직은 때가 아니라 하지 않았느냐."

"입회하고 싶다며 무작정 떼를 쓰려는 것이 아닙니다. 허나 꼭 이 자리에서 말씀드려야 하는 일이라 결례를 무릅쓰고 찾아왔습니다. 제 미래와도 관련된 일이니 부디 들어주십시오."

어느 때보다도 굳게 뭉친 운의 눈동자를 본 재형이 주변을 천천히 돌아보며 눈짓을 하였다. 잠시 망설이던 모두가 다시금 자리로 되돌아갔다.

"그래, 할 말이 무엇이냐?"

"장차 왜로 귀부[i]하여 일본육사에 가고 싶습니다."

일말의 망설임조차 없이 내뱉은 말은 모두를 기절초풍하게 만들기 충분했다. 차마 삼키지 못한 탄식이 곳곳에서 터져 나왔고 일순간 역적을 보는 듯한 눈빛마저 오갔으나, 운은 눈썹 한 오라기조차 떨지 않았다.

"결단코 생각하시는 그런 뜻이 아닙니다. 다만 밀정이 되고 싶을 뿐입니다."

"그게 대체 무슨 소리냐?"

"호랑이를 잡으려면 호랑이 굴에 들어가라는 말이 있지 않습니까. 시간이 흐르면 흐를수록 그들의 전술을 미리 파악하여 정보를 빼낼 자가 분명 필요할 것입니다. 제가 직접 적진에 잠입하여 그 역할을 하고자 합니다."

"기회가 올지조차 장담할 수 없는 일이다. 그리 큰 도박에 누군가의 삶을 거는 것은 차마 할 수 없는 일이다. 하물며 너의 목숨을 어찌 그곳에 걸겠느냐."

"제가 선택한 일입니다. 허니 실패하지 않도록 온몸을 바칠 것이요, 결단코 후회하지 않겠습니다. 부디 허락해 주십시오."

이직의 단호한 말에도 운의 호소는 짙었고, 그 어느 때보다도 간절했다. 친누이나 다름없는 자현 또한 치맛자락을 부서질 듯 꽉 쥐었다.

"…… 제 나이에 동의회의 일원이 될 수 없다는 것을 누구보다 잘 알고 있습니다. 허나 저는 곧 있으면 대학에 갈 나이이고, 성인이 되자마자 한민회에 입회하여 물빛 안개를 향해 힘쓰고자 합니다. 향후 어떠한 길을 걸어갈지는 지금부터 논의해야 마땅하다 생각하여 이리 걸음하였습니다."

담담하게 할 말을 마친 운이 고개를 숙여 인사를 올렸다.

"…… 운아, 대학은 한두 해 정도 늦게 가도 충분하다. 허니 조금만 더 생각을,"

---

i 스스로 와서 복종한다는 뜻으로, 여기서는 '망명'을 뜻한다.

"전 가하다 생각합니다."

이직의 말허리를 자르고 튀어나온 자현의 말에 모두의 시선이 미끄러지듯 한 곳으로 향하였다.

"제아무리 한두 해 안에 물빛 안개를 이룰 수는 없기로서니, 일이 늦춰져 좋을 것은 없습니다. 정녕 나이 때문이라면, 이미 그 규정과 관계없이 입회하신 분이 계시지 않습니까?"

자현이 천천히 몸을 돌려 누군가를 바라보았다. 이 모든 상황이 유독 당혹스러운 이가 휘둥그레진 눈을 한 채 자현과 다른 이들을 번갈아 쳐다보았다.

"동지께서 운보다 나이가 한 살 더 많으시다 들었습니다. 제가 잘못 들은 것이 아니라면 임진년[i] 출생이시겠군요. 연말이라지만 아직 신해년[ii]이 되지 않았으니 관영 동지 또한 나이 스물이 되지 않으신 분이 아닙니까?"

자현의 말에 운이 그제야 관영을 바라보았다. 어딘지 낯이 익다, 하였더니 불과 하루 전 제게 길을 물었던 자였다. 처음 보는 이의 앞에서도 일말의 낯가림은커녕, 당차게 인사를 건네던 그 모습이 더없이 기억에 남았는데, 앞으로 동지가 될 이자와의 기억은 이리 강렬한 것뿐일까, 하는 생각이 스쳐 지나갔다.

"허나 이건 너무 위험한 일이다. 바늘구멍을 통과하는 것보다 어려운 일이 아닐 수 없다. 성공할 수 있을지도 미증유일뿐더러, 운에게 모든 부담을 안길 수는 없는 일이다."

"우리는 이등박문[iii]의 저격 또한 성공시켰습니다."

일격과도 같은 자현의 말은 공격적이었으나, 틀린 바가 없었다. 하르빈[iv]

---

i 1892년

ii 1911년

iii 이토 히로부미

iv Харбин. 하얼빈의 러시아식 표기. 이 당시 하얼빈은 러시아의 사법권 하에 통치받고 있었다.

에서의 의거가 성공한 지 한 해 정도밖에 되지 않았고, 그 의거는 분명 개척리로부터 시작되었다.

"물빛 안개를 향한 길 중, 그 어떠한 것도 가능성을 기대할 만한 일은 없습니다. 허나 이미 가장 어려워 보이는 일도 성공시키지 않았습니까?"

"해서 도마[i]가 어찌 되었는지를 알면서도 그런 말을 하느냐? 더 이상의 희생은 아니 된다."

"여기 누구든 죽음을 각오치 않고 가담한 이가 있습니까?"

평소 말을 많이 하지도, 이리 강하게 제 뜻을 펼치지도 않는 자현이었으나, 이번만큼은 아니었다. 내뱉는 모든 말들이 단호하고 차가웠으며, 묘하게 서슬 퍼런 기색을 품고 있었다.

"…… 다른 이도 아닌 운이 누구보다 간절히 원하고 있는 일입니다. 일이 어찌 되더라도 그것을 전부 감당할 자신이 있기에 이리 제안하였으리라 믿습니다. 제가 어릴 적부터 보아온 운은 지키지 못할 말은 결코 입 밖으로 내지 않았습니다. 게다가 혹여 성공한다면, 전세는 완전히 역전될 것입니다."

어느 것 하나 틀린 바가 없었으나, 아무도 입을 열 수 없었다. 피붙이나 다름없는 이를 사지로 내몰아야 하는 작전이라면 더더욱.

"난 차마 동의할 수 없소."

상설이 한숨 섞인 목소리로 내뱉었다. 당장이라도 무너질 듯한 얼굴을 하고서는. 늘 과묵하고 표정의 변화가 적던 그에게서 쉬이 찾아볼 수 없는 것이었다.

"어째서인가?"

"운아, 네가 정말 밀정이 되고자 왜로 귀부한다면, 넌 개척리 사람들에게 평생토록 용서받지 못할 만고의 역적이 될 것이다. 운이 좋으면 네 뜻

---

i 안중근 의사의 호

을 소명할 기회가 올지도 모르나, 그러지 못할 공산이 더 크다. 우리가 이리 힘쓰는 데에는 역사 앞에 부끄럽게 남지 않고자 하는 연유 또한 있거늘, 너는 평생 친일파로 남게 될 것이다. 누구보다 네 뜻을 잘 알기에 더더욱 너를 보낼 수 없다."

　유독 운에게 엄하기만 했던 상설은 애원하고 있었다. 부디 위험한 곳으로 가지 말아 달라고, 그 누구보다 간절히 청하는 그의 눈가가 젖어 드는 것을 운은 보고 말았다. 부러 고개를 숙여, 덩달아 붉어지는 눈시울을 감추었다.

　"…… 알고 있습니다. 또한 이미 각오하였습니다. 그렇기에 부러 이 자리에 찾아온 것입니다."

　다른 이들의 키 높이만큼 숙여진 고개는 곧 다시 솟아올랐으나, 그 높이가 이전만치 높아지지 않았다. 다른 이들이 차마 말릴 새도 없이 운은 무릎을 꿇었고, 그 어느 때보다도 굳은 의지를 둘러멘 채 자신을 제한 여덟 명의 얼굴을 죽 훑었다.

　"청컨대 진실은 오늘 여기 계신 분들만 알고 감추어 주십시오. 물빛 안개를 위해서라면, 전 기꺼이 개척리의 역적이 되겠습니다."

은명隱名i

1911년 11월 3일

[하시모토, 누군가 자네를 기다리네.]

하시모토 히로유키, '백운'이라는 익숙한 이름을 뒤로하고 여전히 낯설기만 한 그 거짓 이름을 붙인 채 일본육군사관학교에 들어온 지도 어언 한 해가 저물어가고 있었다. 여느 때와 다름없는 평범한 하루를 보내던 운에게 그와 같은 기숙사를 쓰는 생도 하나가 던지듯 말을 건네었다.

[나를 말인가?]

[정문으로 가 보게. 꽤나 있는 집안에서 보낸 사람 같더군.]

반신반의한 채 방을 나서는 운의 가슴 한 켠에 불안감이 엄습했다. 아무에게도 말하지 않은 제 속뜻을 누군가 알아차린 걸까? 혹, 내가 잠꼬대를 하다 동지들의 이름을 부르거나 물빛 안개에 관해 이야기하기라도 하였나? 그도 아니라면, 방구석에 숨겨둔 송신 장치가 발각된 걸까? 그리하여 설마 출신 빼고 전부 조작해놓은 뒷배경을 들키기라도 한 걸까? 아니다, 그

---

i 이름을 감추거나 가린다는 뜻.

런 일이라면 이리 곱게 불러내지는 않았으리라.

　허나 그에게는 그 어떠한 연줄도 없었다. 그러니 어느 곳에서든 있는 집안 왜인으로부터 연락이 올 리 만무하였다. 수만 가지 생각이 머릿속에서 불안하게 꿈틀거렸다. 콩닥거리는 가슴을 억누르고 마침내 정문에 다다르자, 한눈에 보아도 값비싼 양복을 차려입은 사내가 회중시계를 들여다보고 있었다.

　[저기, 생도 하나를 찾으신다 들었습니다.]

　떨떠름하게 묻는 운을 향해 사내가 몸을 돌렸다.

　[당신이 하시모토 히로유키요?]

　[그렇습니다만. 누구이시며 어떻게 오셨습니까?]

　대답 대신 사내는 운을 위아래로 훑어보았다. 음습하고도 묘한 기운이 온몸을 에워쌌다.

　[단도직입적으로 말하겠네. 어린 나이에도 육사에서 단연 압도적인 기량을 자랑하고 있다 들었소. 조선인 고아 출신임에도 그 실력은 일본 생도들을 거뜬히 뛰어넘는다지?]

　이 말을 하며, 사내는 명함을 하나 건네었다. 귀퉁이에 선명히 박힌, 등나무와 이파리가 어우러진 동그란 문양이 무엇인지는 알 수 없었으나, 한가운데에 적힌 이름과 직함이 그 정체를 알려주고 있었다.

藤原修 (후지와라 오사무)
朝鮮總督府總督 (조선총독부 총독)

　[당신이라는 재사를 후지와라 가문에서 거두고자 하네. 총독 각하의 장자로 말일세. 후지와라 성씨를 갖는 것은 물론, 임관 직후 총독부에서 일하게 될 걸세. 그 가문의 일원이 된다는 것이 어떤 의미를 갖는 것인지는 모를 리 없으리라 생각하네만.]

후지와라 가문, 적어도 일본 땅에서 그 성씨를 모르는 이들은 없었다. 역사가 깊은 만큼 일본 내에서는 단연 권세가였고, 그 성씨를 가져 득을 보지 못한 이는 없었으니. 가슴이 쿵쿵거리는 소리가 입 밖으로 들려오는 듯하였다. 간절히 바라고 기다리는 자에게 기회가 온다고는 하였으나, 이리도 빨리 올 줄은 전혀 예상치 못하였다. 지위가 좀 높은 군인이 되어 작전에 대한 정보를 미리 얻는 것 정도를 바랐기로서니 거기다 더해 후지와라 가문의 양자라니, 생각보다 일이 수월해질지도 모른다.

[연유가 무엇입니까.]

참을 수 없는 환희를 애써 감춘 채, 운이 침착하고 건조한 어투로 물었다.

[연유라 할 것이 있나? 후지와라 가문에 대를 이을 사내가 없다는 것은 이미 유명한 사실이 아닌가?]

[허나 저는……]

[당신이 신한촌[i] 출신이라 그런가? 그런 것은 상관하지 않아. 되려 좋을지도 모르지. 우리의 답은 이미 정해졌소.]

알 수 없는 말을 마친 사내가 몸을 틀 때까지 운은 환희와 신이, 그리고 기이함에 가득 찬 얼굴로 그를 응시하였다. 다른 연유는 없었다. 이 천금 같은 기회를 놓쳐서는 아니 되지만, 이례적이고 갑작스러운 이 모든 상황에 적당한 의문을 가질 필요는 있으니.

[헌데 어찌 일본인이 아닌 저란 말입니까? 게다가……]

[적진이 단숨에 흔들리는 순간이 언제인지 아는가?]

운의 물음에 사내는 되려 그에게 사뭇 다른 것을 되물었다.

[가장 믿었던 이가 변절을 했을 때이지. 그리고 인간은 생각보다 쉬이

---

[i] 1911년 개척리가 폐쇄된 후, 그 뒤를 이어 블라디보스토크 북쪽에 새로 세워진 한인 마을. '신개척리' 또는 '노바야 까레이스까야 슬라봇까(Новая Корейская Слободка)'라고도 한다. 러시아어 명칭의 경우, 본작에서는 개척리와 동일한 '까레이스까야 슬라봇까(Корейская Слободка)'로 통칭한다.

변절한다네.]

　앞선 것보다 명확하였으나, 여전히 안개에 가린 듯한 모호함에서 헤어 나올 수가 없었다. 다만 한 가지는 확실했다. 이들은 조선인을 양자로 들임으로써, 다른 조선인들의 희망을 짓밟으려 한다.

　주저했다. 저 멀리로 사라지는 사내를 차마 붙잡을 수 없을 정도로. 물빛 안개를 위한 일이 되려 신한촌과 조선을 향한 독이 될까, 잠시 동안 망설였다. 허나 이미 저는 신한촌을 배반한 난신적자요, 매국노였다. 아무런 수확 없이 다시 신한촌으로 돌아가는 것이야말로 반역이 아닐 수 없다는 생각에 그가 무언가 결심을 한 듯, 어딘가로 출발했다. 삼십 분이 넘게 걸었을까, 학교와 거리가 한참 먼 곳의 공중전어[i] 앞에 선 그가 수화기를 들고 손잡이를 돌렸다.

　"Алло? (여보세요?)"

　교환수의 목소리가 끊기고 전어가 이어지자마자 익숙한 목소리가 답하였다.

　"Кто вы? (누구시오?)"

　"Водяной туман. (물빛 안개.)"

　"선윤 동지, 어쩐 일이오?"

　선윤은 운의 호였다. 밀정이 되고자 일본으로 떠난 직후, 신한촌에서 그 나이대에 가장 한문에 능했던 관영은 제게 호를 지어주었다. 선윤鮮允, 고향을 저버리고 왜놈의 앞잡이가 되고자 한다는 불명예 뒤에 가리어진 선연한 진실. 신한촌의 사람들만 알고 있었고, 그조차도 몇몇이었으니 일본에서의 누구도 그 뜻을 알지 못했다. 언제 다가올지 모르는 기회만을 기다리며 한없이 절망감이 들어찰 때면, 운은 늘 제 호를 떠올렸다. 마음 한가운데서부터 맑은 기운이 환연히 퍼져 나오는 듯하였다. 목소리와 어투가 관

---

i 공중전화를 의미한다.

영의 것임을 확신하자, 운이 비로소 마음을 놓았다.

"동경에 우리 쪽 동지들이 있다 들었습니다만, 동지가 받을 줄은 몰랐습니다. 혹, 곁에 다른 이가 함께 있습니까?"

"애량ⁱ 동지와 함께 있습니다."

"허면 함께 들어주십시오."

"Алло? Почему позвонил? (여보세요? 어찌 전어했어?)"

수화기 너머 지직거리는 잡음과 함께 어찌 된 것이냐는 사람 목소리가 조금 섞여 나는 듯하더니만, 이윽고 자현의 목소리가 선명히 들려왔다.

"Это я, Алёша. (나야, 알료샤ⁱⁱ.)"

"Знаю. Что это? (알아, 무슨 일이야?)"

"Ну наконец-то, у нас появился шанс. (드디어 기회가 왔어.)"

"…… 그게 무슨 말이야?"

도무지 믿을 수 없는 말에, 자현은 자신이 말을 내뱉은 것조차 잊고 멍하니 서서 관영을 바라보았다. 관영의 표정 또한 마찬가지로 당혹감에 휩싸여 있었다.

"후지와라 가문에서 사람을 보내어 묻더군, 총독의 양자가 될 것이냐고."

"…… 뭐? 조금 더 소상히 말해 봐."

"추적을 피하여 멀리 나온 것이라 소상히는 말할 수 없어. 자세한 이야기는 만나서 전하지. 금일 일곱 점에 만날 수 있겠나?"

운이 고개를 살짝 틀어 주위를 살피며 들릴 듯 말 듯 한 작은 목소리로 물었다. 다행히 아무런 기척도 느껴지지 않았고, 주변 열 보 이내에서 움직이는 이조차 없었다.

"우리는 금일 새벽, 신한촌으로 돌아가는 배를 탈 예정이다. 직접 만나

ⁱ 愛良. 최자현의 호.

ⁱⁱ Алёша. 백운의 러시아 이름인 '알렉세이(Алексей)'의 애칭

기는 어려우니, 소상한 건 밀서로 전달하도록 해. 그러고 보니 조만간 연해주에 은밀히 들른다 하였지? 언제 올 생각인가?"

"닷새 후에야 시간이 날 듯하군."

"허면 나흘 뒤 서신을 보낼 테니, 거기 적힌 시간에 맞춰 항구로 나오도록 해. 이치가야 형무소[i] 옆 서점 뒷문에 넣어둘 예정이야. 도착하는 대로 다른 동지들께 네 소식을 알린 뒤 회의를 거치고 있을 테니, 네 밀서도 거기에 넣어 둬. 신한촌 가는 길에 갖고 갈 테니."

운은 답하지 않았다. 긍정의 의미였다. 묘한 기분에 가슴이 떨렸다. 적진에 발을 들인다는 긴장감과 더불어 마침내 바라던 바를 이루었다는 희열에 그의 커다란 손이 수화기를 강하게 쥐었다.

"Корея Ура.[ii]"

"Корея Ура."

운의 대답을 끝으로 전어는 끊어졌고, 자현과 관영 둘 중 누구도 먼저 입을 열 엄두를 내지 못하였다.

"제가 지금 들은 것이 환청이 아니겠지요?"

관영이 가히 충격적인 것을 보기라도 한 양, 영혼 없이 무기력한 어조로 물었다.

"동지께서는 어찌 생각하십니까?"

"반대할 수 없는 제안이라지만 걱정이 되는군요. 무엇보다 소상히 들은 바가 없으니, 충격적이라는 말 이외에는 할 수가 없습니다."

"저 또한 그러합니다."

약속이나 한 듯, 자현과 관영이 동시에 깊은 한숨을 내쉬었다. 오랜 시간 계획했던 작전이 성공한다면 뛸 듯이 기뻐할 줄로만 알았으나, 가족과도

---

i 현재의 도쿄 구치소, 이봉창 의사와 박열 의사를 비롯한 많은 독립운동가가 옥고를 치른 곳이다.

ii '대한이여, 만세'라는 뜻의 러시아어. '대한 독립 만세'와 같은 의미로 사용되었다. 원어 발음은 [까레야 우라]

같은 이가 사지로 걸어 들어가는 것을 마냥 행복하게 여길 리 없다는 것을 잊고 있었다. 별다른 수가 없었고 답은 정해져 있었으나, 마음이 무거운 것은 어찌할 도리가 없었다.

"우연히 듣기로 총독부가 조선인 여급을 들인다던데, 선윤 동지가 그곳에 가게 된다면 여급들 사이에서 소문이 돌지는 않을까 우려가 됩니다."

"동의회에서도 운의 정체를 모르는 자들이 상당수입니다. 그만큼 정체를 확실히 숨긴다는 뜻이겠지요. 허나 총독의 양자가 되는 것은 다른 차원의 이야기가 아니겠습니까?"

"…… 단지 서로가 서로에게 총칼을 겨누는 일만 없기를 바랄 뿐입니다."

* * *

"그것이 사실이오?"

"예, 오는 길에 이치가야에 들러 운의 밀서를 받아왔습니다."

사현이 품에서 서신 하나를 꺼내었다. 늘 암어로만 서신을 주고받았으나, 얼핏 보면 밀서라는 것을 알아차리기조차 힘든, 정갈한 필체로 작성한 편지글이었다.

아버님, 그간[i] 잘 지내셨습니까?

藤原[ii]에 대한 消息[iii]을 듣고 많이 놀라셨을 줄로 압니다. 修繕집[iv]을 하시

---

[i] 간
[ii] '후지와라'의 한문식 표기
[iii] 소식
[iv] 수선집. '조선총독부'를 뜻하는 명중경단의 은어

는 분의 **家門**에서 제게 **修繕** 일을 이어받을 것을 **勸**하였습니다. 그의 **養子**[ii]가 되는 것이니, **向後**[iii]에도 **修繕**집에서 일을 하게 될 듯합니다. 저를 **選擇**[iv]한 **緣由**[v]를 묻자, 찻잎이 우러나는[vi] 것만큼 **效果的**[vii]인 것도 없다 하였습니다. **痲疹**[viii]을 흔들고자 함인 듯싶습니다. 아직 **確答**[ix]은 하지 않았습니다. 허나 이야말로 저희가 **痲疹**을 흔들 수 있는 더없이 좋은 **機會**[x]이오니, **請**[xi]컨대 부디 **許**[xii]해주십시오.

부디 먼 곳에서도 **平安**[xiii]하시기를 **祈願**[xiv]하겠습니다.

서신의 맨 앞줄과 마지막 줄에는 운이 절대 빼놓지 않는 말들이 적혀 있었다. '동지들, 그간 잘 지내고 계십니까?', 그리고 '부디 먼 곳에서도 평안하시기를 기원하겠습니다', 이는 모두 하나를 뜻하였다.

대한 독립 만세.

수만 번을 고쳐 말하더라도 변하지 않을 물빛 안개의 신념이었다.

"…… 어찌하오리까?"

---

i 권
ii 양자
iii 향후
iv 선택
v 연유
vi '변절을 하다'라는 뜻의 은어
vii 효과적
viii 마진. '적진'이라는 뜻의 은어
ix 확답
x 기회
xi 청
xii 허
xiii 평안
xiv 기원

말없이 사색에 잠겨 있던 이들에게로 관영이 나직하게 물었다.

"혹 선윤이 신한촌으로 온다 하였소?"

"예, 닷새 뒤 온다길래 밀서를 보내겠다 약조하였습니다."

"아니오, 선윤은 거기 있는 편이 낫겠소."

재형의 말에 모두가 놀란 얼굴로 그를 돌아보았다.

"어찌 그러십니까?"

"총독을 배출한 가문에서 조선인 양자를 들이겠다 하는데, 뒤를 밟지 않았을 리가 없소. 괜히 꼬리를 밟혀 좋을 것이 없으니, 그들의 제안을 받아들이라는 지령만 전달하면 충분하오."

재형이 묵혀두었던 한숨을 무겁게 내뱉었다.

"위험한 도박이었으나 기적적으로 천우가 내렸소. 허나 땅이 언제 마를 지는 모르는 일이니, 부디 계획한 대로 일이 무사히 흘러가기를 바라오."

"맞습니다. 그래도 하늘이 영 무심한 것은 아닌가 봅니다. 총독의 양자가 된다면, 적어도 밀정이라고 의심을 살 일은 없을 테니 말입니다."

위종이 재형의 말에 의견을 보태었다.

"게다가 총독과 함께 조선으로 갈 것이 자명하니, 작전에도 더욱 유리할 성싶습니다."

"허면 총독의 암살은 자연히 미뤄야겠군."

"선윤이 돌아오는 때가 정해지면 그날을 기점으로, 총독 암살을 다시 논함세."

"선윤 동지에게 암살을 맡기는 것은 위험하겠습니까?"

"암살을 할 수는 있어도, 운이 무사히 신한촌까지 돌아오는 것은 무리일 겁니다. 큰 결심을 한 데다, 정말 양자가 된다면 그 누구보다 많은 정보를 알고 있는 거물급 인사가 될 것입니다. 우선은 곁에서 그를 관찰하며 방도를 강구하는 편이 낫겠습니다."

여태껏 한마디도 하지 않던 자현이 조용히 입을 열었다. 허나 그의 마지막 말에 담긴 뜻이 다소 오묘한지라 그 누구도 쉽사리 받아들이지는 못한 듯, 표정에서 난감함이 읽혔다.

"아무튼 지금은 일이 어느 때보다 수월하게 풀리고 있으니 다들 한시름 놓으시오. 당분간은 부디 계획한 대로 일이 무사히 흘러가기를 바라는 것만 해도 될 성싶소이다."

이직의 말에 이곳저곳에서 크고 작은 탄식 소리가 들려왔다. 그러나 속이 온전히 편안해 보이는 이는 아무도 없었다.

"…… 안심해도 되겠습니까?"

자현의 한마디는 다소 누그러지던 분위기를 바꾸기 충분했다. 불안과 긴장이 뒤섞인 눈초리가 집중되었으나, 자현은 눈썹 하나 흔들리지 아니하였다.

"만일을 대비하여, 동의회가 아닌 다른 곳에도 알릴 필요는 있겠지. 물론 전부 알린다면, 우리가 이토록 은밀히 운을 보낸 연유가 사라질 테니 우선 모두 후보를 추려보세나."

"…… 한 가지 청을 해도 되겠습니까?"

재형이 말을 맺자마자 자현이 다시금 질문을 던졌다.

"무엇인가?"

"저도 운과 함께 조선으로 갈 수 있도록 해 주십시오."

그 누구도 예상치 못한 말이었다. 오랜 시간 자현을 딸처럼 여기며 길러 온 재형과 상설, 이직은 물론 수없이도 많은 작전을 함께하고 책략을 세운 위종과 범윤, 심지어는 함께 동경까지 다녀온 관영조차도. 마찬가지로 동의회의 사람이자 운의 정체를 알고 있는 황경섭 또한 당혹스러운 표정을 숨기지 못하였다.

"두 명이 동시에 간다면 의심을 살 것입니다. 하여 저는 조금 늦게 가겠습니다."

"어째서 말인가?"

"정보가 새지 않을 리 없습니다. 이곳에 계신 분들을 믿기로서니, 저는 이 상황을 믿지 않습니다. 호랑이의 입으로 걸어 들어가는 먹잇감을 목격하는 자가 한 명도 없을 리 있겠습니까?"

"머릿수가 많으면 꼬리가 길어질 걸세. 어찌 자네마저 사지로 내몰겠는가?"

"적어도 둘은 가야 우리가 원하는 바를 얻을 수 있을 겁니다."

"어찌 잠입할 계획인가?"

"총독부 관저는 왜인을 쓰지 않고 조선인 여급만을 들인다 하더이다. 제가 그곳에서 여급으로 위장하여 운과 함께 지내며 작전을 수행하겠습니다."

관영의 심장이 내려앉는 듯하였다. 돌아오는 길에 별 의미 없이 내뱉었던 이야기가 화근이 될 줄 알았다면, 아무런 말도 하지 말 걸 그랬다는 후회가 가슴에 사무쳤다. 신한촌까지 돌아오는 내내 자현이 유독 말이 없던 연유 또한 저것을 생각하느라 다른 말을 할 겨를이 없었기 때문이었던가.

"명색이 후지와라 가문의 장자라는 이가 매번 멀리까지 나가 서신을 부친다면 수상히 여길 겁니다. 제가 있다면 밀서를 주고받는 것은 어렵지 않을 겁니다. 소상한 방법은 도착해서 강구하겠습니다."

말을 마치는 자현의 표정은 편치 않았다. 원치 않는 말을 해서가 아니었다. 그저 자신을 바라보는 시선들이 운을 보낼 때와는 비교할 수 없을 정도로 두려움에 잠겨 있고, 불안감을 숨기지 못했기 때문이리라.

"어찌 그리도 불안해하십니까?"

"운을 보내는 것만으로도 이루 말할 수 없을 만큼 죄책감이 들거늘, 너마저 보내야 한다는 말이냐, 자현아."

상설이 탄식하듯 자현을 향해 말하였다. 한숨이 섞인 것을 제하고는 여상한 어투였으나, 필경 그것은 울부짖음이었다. 바늘로 찔러도 피 한 방울 나올 것 같지 않던 상설은 석별의 순간마다 늘 감정을 숨기지 못하였다.

"그만큼 선생님들께서 운을 믿는다는 뜻도 되겠지요. 저 또한 그러한 존재가 되고자 합니다."

"장성하였다고는 하나, 내게 너희들은 여전히 처음 만났을 때의 그 어린 모습 그대로이다. 부모에게 자식은 아무리 자라도 어린아이처럼 여겨지는 것이 당연지사 아니더냐. 차마 내 손으로 사지에 보낼 수는 없구나."

"…… 선생님의 기억 속 제 모습을 한 또 다른 아이들이 살아갈 세계를 떠올려 주십시오. 제게 어린 시절은 선생님들 덕에 기억 저편에서 행복하게 자리하였으나, 작금의 아이들은 아닐지도 모릅니다. 그저 앞으로 자라날 아이들이 고통이란 것을 모르고, 저처럼 행복하게 자랐으면 합니다."

"이쪽에서 너를 언제 부를지 모른다. 그때는 즉시 관저를 떠나 다시 이곳으로 돌아와야 할지도 모른다."

"알고 있습니다."

"네가 해야 할 일이 그만큼 크다는 뜻이다. 마음만으로 할 수 있는 일이 아니란 말이다."

"그 또한 알고 있습니다. 이리 고민하신다는 것부터가, 이미 저를 보내고자 결정하신 증좌라는 것 역시 모르는 바가 아닙니다."

재형이 가만히 자현을 품에 안았다. 정말 피만 안 섞인 가족이라 생각하여 자식처럼 키웠거늘, 제 손으로 거둔 아이들은 점점 자신을 위해 사지로 걸어가고자 하였다. 차마 해서는 아니 될 일을 하고만 있는 심경이었다. 흐르는 눈물을 보이지 않게 닦은 뒤, 그가 자현을 마주 보았다. 자현의 어깨를 단단히 쥔 손이 떨리고 있었다.

"많이 고될 것이다. 이곳 신한촌도 왜놈들의 손길이 쉬이 닿기로서니, 차원이 다르게 삼엄한 곳이 경성이다."

자현은 답이 없었다. 다만 늘 일말의 변화조차 없이 차가운 기색만 돌던 얼굴에 햇살처럼 따스한 미소가 번졌다. 그것만으로도, 이미 그는 자신이 할 수 있는 가장 확실한 답을 한 셈이었다. 그 미소를 보며, 재형이 주머니에 손을 넣어 손때 묻은 회중시계 하나를 건네었다. 속에서 뜨거운 것이 치솟는 걸 숨기기 위해, 자현이 천천히 고개를 떨구었다. 어깨를 다독이는 재형의 손길이 멈출 때까지.

"······ 운은 아직 이 사실을 모르고 있습니다. 나흘 뒤 밀서를 보내야 하는데, 혹 저희 쪽 사람 중 일본에 있는 이가 더 있습니까?"

"한두 명 정도는 더 있을 걸세. 서신만 전달하는 것이 목적이라면, 그쪽에 심어둔 우리 쪽 사람에게 요청하게. 자네들이나 우리나 다시 가는 것은 무리이고 교신을 통해 서신을 대신 부치세."

경섭이 말을 마치자마자 위종이 송신기 앞에 앉았다. 그러고는 귀에 수화기[i]를 얹은 채, 무언가를 빠르게 입력하기 시작했다.

891014283103588910.
6511710514153397311045141014510191021411081414137.
81010101182144857758413739353710757293231486518.

(의견에 동의.
복귀 말고 뜻대로 계획 진행할 것.
이치가야 형무소 옆 서점 뒷문 전달 요망.)

---

i 여기서는 암호를 송신하고 신호를 들을 수 있는 헤드폰을 의미한다.

1912년 12월 25일

 "경성에서 사용하게 될 새로운 이름입니다. '최정자崔貞子', 왜말로는 '마츠야마 사다코'가 되겠군요."

 관영으로부터 새 이름이 적힌 종이를 받아 들고도 자현은 낯선 눈치였다. 사다코, 앞으로는 그리 불리려나. 물빛 안개가 무언지 알기 전부터 아라사에서 살았으며, 왜말을 배우는 동안에도 제게 왜식 이름이 생기리라는 생각은 한 적이 없었다. 먼저 신한촌을 떠난 운의 심경이 이러할까 싶었다. 제 이름에는 언제쯤 적응하게 되는지, 지금으로써는 감이 잡히지 않았다.

 "무사히 잘 다녀오십시오."
 "감사합니다. 동지 또한 무사하십시오."
 "경성에 가신다니, 한편으로는 부럽습니다. 다시 만나게 된다면 얼마나 바뀌었는지 이야기해 주십시오. 학당에 다니던 시절이 벌써 수년 전이거늘, 지금쯤이면 상전벽해를 이루었을지도 모르겠습니다."

 관영이 언제나처럼 웃는 얼굴로 여유롭게 말하였다. 태평성대는커녕 나라마저 빼앗긴 마당에 어찌 저리 웃을 수 있는지, 그 어떠한 희망찬 생각을 하더라도 미소조차 지어지지 않는 제게 관영은 늘 신이한 존재였다. 물빛 안개를 향한 그의 확고한 신념을 결코 모르는 바 아니기에, 그런 관영을 가볍게 보거나 괄시하지는 않았다. 허나 타고난 성정이 너무도 다른지라 자신에게는 너무도 멀게 느껴지는 동지였다.

 "…… 인사는 짧게 하겠습니다."
 "그간 감사했습니다. 물빛 안개를 이룬다면, 다시 이곳에서 만나 못다 한 술 한 잔 기울입시다."

 처음 만났을 때처럼, 관영이 제게 악수를 청하였다. 그리고 자신 또한 그때처럼 그 손을 바로 잡지 않고 쳐다만 보고 있었다.

새하얀 밤을 향해

"참, 내 염치없이 청을 하나 해도 되겠습니까?"

"무엇입니까?"

"내 유일한 혈육 둘이 영흥에 살고 있습니다. 인흥면의 능동리라는 작은 마을입니다만, 뭐 그건 그리 중하지 않고……. 외가 친척이긴 합니다만, 함께 자란 가족이나 다름없습니다. 그중 동생 되는 계집아이가 왜말을 곧잘 합니다. 집안 사정이 여의치는 않으나 머리가 비상하여 여고보까지 다니고 있습니다. 그러니 혹여 경성의 학당으로 공부를 하러 갈지도 모르겠습니다."

"하고 싶은 말이 무엇입니까?"

"이름은 남정화이고, 저를 꼭 닮은 아이입니다. 경성 땅이 넓고 넓다지만 사람 일이라는 것이 어찌 될지 모르니 행여나 옷깃이라도 스친다면 부디 잘 대해주십시오. 일찍이 부모를 여의고도 구김 없이 밝게 자란 그 아이를 떠올릴 때면 주책맞게 눈물이 흐릅니다그려."

그 말을 하는 관영의 눈빛이 서서히 젖어 들었다. 오래 전의 추억을 떠올리는 듯도 하였고, 뼈아픈 기억을 애써 꺼내는 듯 고통스러운 얼굴이기도 하였으나 여전히 총기는 사그라들지 않았다.

"또한 저를 기억해달라 감히 청을 드립니다. 동지를 만나서 행복했습니다."

늘 날이 서 있던 자현의 기세가 일순간 누그러졌다. 아, 그래. 그 웃음은 결코 행복하여 짓는 것이 아니었다. 죽지 못해 사는 다른 이들처럼, 이자의 웃음도 매한가지였다. 그 웃음을 짓는 내내 가슴이 얼마나 아팠을까. 물빛 안개를 함께 하면서 그러한 고충 하나 헤아리지 못했다니, 부끄러움에 고개가 절로 숙여졌다.

"…… 동지를 닮았다면 필경 그 눈빛이 총명하겠군요. 남정화, 그 이름 석 자는 제가 결코 잊지 않겠습니다."

이번에는 자현이 관영을 향해 손을 뻗었다. 악수였다. 무뚝뚝하기로는 이루 말할 데가 없는 그로서 할 수 있는 가장 살가운 행동과 말이었다.

"감사합니다. 동지의 이런 면모는 또 새롭군요."

"헌데 어찌 운에게는 이런 청을 하지 않으십니까? 미리 알았다면 그의 성정상, 백방으로 찾아보고 도움을 주려 할 텐데 말입니다. 행여 갈 곳 잃은 이와 옷깃을 스친다면 신한촌으로 보내라는 명도 잘 수행하고 있고 말입니다."

"…… 본래 누구에게도 말할 생각이 없었습니다. 허나 어찌 된 일인지 동지에게만큼은 이 말을 하고 싶군요. 다만 홀로 알고 계시고 말을 아껴주시면 감사하겠습니다."

"어째서 말입니까?"

"제 사사로운 감정에 휩싸여 대의를 그르칠까 두렵습니다."

애써 아무렇지도 않게 내뱉는 말 중 그 무엇도 아무렇지 않은 것이 없었다. 차마 형언할 수 없는 아픔이 밀려왔다.

자현이 그저 말없이, 관영을 안았다. 그 아픔이 어떠한 것일지 감히 헤아릴 수는 없으나, 적어도 조선 땅에 목숨을 내놓으러 가는 내게 조금이라도 덜어준다면 지금보다야 덜 괴롭겠지.

"…… 애량 동지."

그저 호일 뿐이기로서니, 그 목소리에 물기가 어려오는 것을 자현은 알아차렸다. 허나 마지막으로 볼 수도 있는 얼굴을 서로 붉히는 것을 꺼렸기에 알아챈 것을 표하고 싶지 않았다.

"술 한잔하자는 약조는 지켜 주십시오."

"여부가 있다 뿐이겠습니까."

근거도, 실체도 없는 그 말이 되려 힘을 돋웠다. 살아생전 볼 수 있을지, 아니 오기는 할지조차 알 수 없는 물빛 안개를 이루어내고 이곳에서 하늘을 바라보며 술 한 잔 들이켜는 그날이 눈 앞에 펼쳐지는 듯하였다. 그날이 온다면, 푸른 하늘에 떠오른 붉은 해가 더없이 익숙해지는 날도 오겠지.

아직은 너무 먼 그날을 생각하는 것만으로도 입가에 미소가 담겼다. 더 없이 쓸쓸하고도, 조금은 씁쓸한.

몸을 뗀 자현이 관영을 향해 서글픈 두 눈을 맞추었다.

"내 본디 동지만큼 성정이 다정하지 못합니다. 하여 그간 표현을 하지 못했습니다만, 저 또한 어찌 된 연유에서인지 이 말만큼은 해야 할 것 같군요. 관영 동지가 진심으로 그리울 겁니다."

"저 또한 그렇습니다. 그립고 또 그리울 테니, 반드시 무사히 돌아오셔서 다시 만납시다."

"대한 독립 만세."

"대한 독립 만세."

정화

1914년 12월 3일

　겨울의 어느 날, 자현은 잠들지 못한 채 무언가를 보고 있었다. 새로이 관저의 여급이 되려는 이들이 제출한 서류였다. 운의 배려로, 자현은 여급들을 관리하는 여급장女給將의 일을 맡게 되었다. 심부름의 명목이라 하면 자유로이 외출할 수 있기에 다른 이들에 비해 비교적 몸이 편안한 것은 물론이요, 밀서를 주고받으며 교신하는 데에도 용이하였다. 그 덕에 자현은 일을 핑계 삼아 다른 동지들과 쉬이 접선하였고, 운의 정체를 새로이 알게 된 다른 동지인 '엄주필'과도 돈독한 관계를 쌓을 수 있었다.
　운의 정체가 드러나는 일을 막기 위해 그에 대한 거짓 소문을 내는 것 또한 자현의 몫이었다. 서대문 감옥에서 들려오는 험한 이야기들을 그대로 나르고 운의 이름을 덧댄 것뿐이거니와, 발 없는 말이 천리를 간다 하였던가. 삽시간에 경성 전역에 운에 대한 거짓 소문이 퍼져 모든 조선인으로 하여금 공포에 떨게 하였다. 그 때문에 관저의 여급들은 물론 같은 왜인조차도 '후지와라 히로유키'를 두려워하는 경우가 비일비재하였다. 졸지에 조금이라도 비위가 상할 때마다 조선인들의 혀를 뽑고 손가락을 자르는 잔악무도한 이가 되어버린 운은 둘만 있을 때 자현에게 말을 만들어도 하필이면 혀를 뽑는 이로 만들었느냐며 한숨을 푹푹 내쉬고는 하였다.

멀리 떨어져 있으나, 주필은 상설과 닮은 점이 많았다. 몸소 적진 한복판에 뛰어든 자현을 연장자로서 보호하고 아끼면서도, 나이 어린 그를 같은 동지로 존중하는 배포 넓은 자였다. 운과는 직접 만난 적이 없으나 여러 서신을 주고받으며, 또한 다른 이들 못지않은 돈독함을 쌓았다. 그날 그 자리에 있던 사람들 말고 운의 정체를 아는 이는 주필이 유일했다. 재형은 물론이요, 물빛 안개에 동참하는 모든 이들은 그만큼 그를 믿고 있었다.

칠흑 같은 방을 흐릿하게나마 밝히는 남포등[i] 아래에서 천천히 종잇장을 넘기던 자현의 손이 일순간 멈추었다.

南靜花 (남정화)
生年月日 : 1899年4月6日 (생년월일: 1899년 4월 6일)
永興公立普通學校卒業 (영흥공립보통학교 졸업)
咸興女子高等普通學校自主退學 (함흥여자고등보통학교 자진퇴학)

남정화, 실로 익숙한 이름이었다. 설마 하였으나 관영이 말한 여고보며 영흥 지역의 보통학교를 졸업한 것까지, 이 모든 것이 들어맞는 우연은 실로 드물 것이다. 헌데 학당에 들어갈지도 모른다는 이가 어찌하여 여고보를 중퇴하고 여급 일을 하게 된 것일까. 정녕 일전에 말했던 집안 사정 때문일까.

소상한 연유는 알 수 없었으나 그만큼 이 일이 중하게 여겨졌다는 뜻임에 틀림이 없었다. 알 수 없는 긴장감에 손끝이 떨려왔다. 마치 오랫동안

---

i 영어 Lamp를 음차한 말

기다렸던 이를 만나기라도 하는 것처럼.

1915년 1월 8일

'아…….'

새로운 여급이 오기 전날부터 잠을 제대로 이루지 못하던 자현이 터져 나오려던 탄식을 힘겹게 삼켰다. 지원서를 낸 '남정화'라는 여급이 관영의 사촌 동생이리라는 것은 추측일 뿐, 확신조차 할 수 없었으나 얼굴을 본 순간 그것은 확신으로 바뀌었다. 관영의 눈코입을 판에 찍은 듯 빼닮은 이를 보고, 그 둘이 피가 섞인 사이라는 생각을 하지 못할 이는 없었다. 친자매가 아니기로서니 이리도 닮을 수가 있는가, 싶었으나 그런 것은 중하지 않았다. 칼바람이 부는 날씨와는 별개로 자현의 눈가가 뜨거워졌다.

[아, 안녕하세요, 처음 뵙겠습니다!]

짧은 말이었으나, 조선인 특유의 억양을 전혀 찾아볼 수가 없었다. 관영의 말처럼 왜어를 곧잘 하는 모습에, 비로소 이 아이가 관영의 혈육이라는 것이 실감이 났다. 가슴 한 켠이 뭉그러지는 듯 아파 왔다.

[저는 금일부터 일하게 된 남정화라고,]

[들어오거라.]

눈물이 고이는 것을 들킬까, 재빨리 고개를 돌린 자현이 부러 쌀쌀맞은 어투로 이야기했다. 당황한 정화가 다급하게 자신의 걸음을 뒤따르는 소리가 어깨 뒤로 들려왔다.

"본적은 어디더냐?"

"함경도 영흥이어요."

"어느 마을 말이더냐?"

"인흥면 능동리여요."

그 말을 듣는 순간 더욱 강하게 확신했다. 이 아이는 분명 관영이 걱정하던 그 아이가 맞았다. 비록 관영과 오랜 시간을 함께한 사이는 아니었으나, 자현은 굳게 다짐했다. 이 아이를 반드시 지켜내겠다고.

＊ ＊ ＊

　게이샤가 나선 후, 방에서는 공포에 젖은 아이가 눈물을 떨구는 소리밖에는 들려오지 않았다. 공포에 잠식되어 제 상황조차 제대로 이해하지 못할 법한 아이를 보는 운의 머릿속에는 오래전 신한촌을 떠날 적, 재형과 상설이 지나가듯 했던 말 한마디만 떠오를 뿐이었다.
　'행여라도 경성에서 갈 곳 잃은 이와 옷깃을 스친다면 신한촌으로 보내거라.'
　[어찌 우느냐?]
　[살려주세요…….]
　두려운 와중에도 마음 편히 소리 내어 울지 못하는 아이를 차마 바라보지 못하고, 운이 눈을 질끈 감았다.
　[걱정 마라. 난 결코 널 해치지 않는다.]
　[저를, 저를 사셨다 들었습니다……. 전 이제 이곳이 아니라 다른 곳으로 가나요? 어디로 갑니까……?]
　어설픈 왜어로 더듬더듬 묻던 아이가 이윽고 용기를 내어 고개를 들었다. 제 앞에는 사뭇 다른 표정을 한 사내가 앉아 있었다. 웃지는 않았으나 온기가 느껴지는 눈빛, 그 속에는 저를 향한 측은함과 정이 가득했다. 정을 느껴본 지 너무도 오래된 아이였으나, 한 가지만큼은 확실히 알 수 있었다. 이자는 믿어도 되겠구나.
　[가까이 오너라.]
　허나 여전히 두려움을 떨쳐내지 못한 아이는 눈을 내리깐 채로 그를 향해 무릎걸음으로 다가갔다.
　[여기에 얼마나 있었느냐?]
　[정확한 날은 기억나지 않습니다. 허나 첫눈이 내리던 날이었고, 그 이후로도 겨울을 두 번 더 보냈습니다.]

[나이가 열둘이라 하였느냐?]

[예…….]

운이 품속에서 무언가를 꺼내어 아이의 손에 쥐여 주었다. 제법 묵직한 그것을 감싼 고사리 같은 손이 봉투를 열더니만, 깜짝 놀라며 몸을 한 차례 더 떨었다.

[이건…….]

[이제 더는 아까와 같은 일을 겪을 필요가 없으니, 여기를 빠져나가 어디든 가서 살거라.]

[…… 저, 그러나 갈 곳이 없어요…….]

[가족은 없느냐?]

[…… 다 죽었어요……. 그리고 떠돌아다니다가 붙잡히다시피 하여 여기 온 것입니다…….]

절망과도 같은 말에 운이 깊은 한숨을 내쉬었다. 떠돌아다니다가 이런 인생을 살게 된 아이에게 고작 돈이나 쥐여 주며 다시 떠돌아다니라 한 꼴이었다. 정말 내 이리도 무지하구나, 하는 자책감에 휩싸인 그가 다시금 아이를 바라보았다. 적지 않은 자금이었으나 너무도 어려 그것이 무어를 뜻하는지도 알지 못할 아이에게, 자신이 다시 한번 실수를 하고 말았다.

[이름이 무엇이냐.]

[하나코입니다…….]

[조선 이름 말이다.]

[이경화여요…….]

일본인이 조선 이름을 묻는 이 기이한 상황 속에 반신반의하면서도 아이가 제 이름을 또박또박 읊었다.

[기차를 타 보았느냐?]

[예? 예…….]

[서대문역까지 가는 길은 알겠지. 여기로 가거라. 가는 법은 그 안에 적

어두웠다. 행여 글을 모른다면 그 또한 도와주마.]

 운이 품에서 쪽지 하나를 꺼내어 소녀에게 건네었다. 황군 장교의 손에서 조선의 글이 나오자 제법 놀란 듯, 아이가 눈을 껌벅이며 쪽지와 운을 번갈아 바라보았다.

 [나으리, 조선말을 아십니까……?]
 "아무래도."
 결국 애써 억누르고 있던 충동이 본디 해야 할 일을 이기고 말았다. 이미 이 아이를 만나는 순간부터 제 정체를 알리는 것을 무릅쓰고자 했을지도 모른다.
 "어……? 일본인이 아니라,"
 "자세한 건 묻지 마라."
 "네……."
 베푼 친절과는 사뭇 다른 냉랭한 목소리에도 아이는 그에게서 눈을 떼지 못하였다.
 "글을 읽을 줄 아느냐?"
 "조선글은 천천히나마 읽을 줄 압니다. 헌데 여기 적힌 곳이 어디여요?"
 "신한촌. 아라사 땅이지만 조선인들이 모여 사는 곳이다. 어린 조선인 아이가 찾아왔다 하면 흔쾌히 받아 줄 것이다."
 "가서 무어라 말하면 되나요?"
 "그걸 보여주며 여기서 살고 싶다 하거라. 내가 보내어 왔다 하면 될 것이다."
 "나으리 존함은요?"
 별것 아닌 질문이었으나, 아이와 함께 방을 나서던 운의 발걸음을 멈추기에는 충분하였다.
 "나으리……?"
 "…… 그저 옷깃이 스쳐 걸음하였다 하거라. 그리 말하면 알아들을 것이다.”
 이름은 끝내 입술 밖으로 발을 내딛지 못하고 입안에서만 감돌고 말 뿐이었다. 이름조차 솔직히 답할 수 없는 기분이 한없이도 착잡했다.
 “저 나으리…….”
 아이의 작은 목소리에 귀를 기울이듯, 운이 몸을 낮추었다.
 “어찌하여 제게 이리 대해주십니까?”
 “…… 어린아이가 고통스러운 세상이야말로 생지옥이나 다름없지. 지옥을 없앨 수는 없어도, 억울하게 발을 디딘 이는 구해주어야 마땅하지 않겠느냐.”

* * *

 “연유가 뭐야? 내가 대체 왜 그자를 지켜봐야 하는데?”
 “목소리 안 낮춰?! 누가 들으면 어쩌려고 이래?”
 큰 소리는 아니었으나, 마당에 발을 디딘 자현의 귀에 들리지 않을 수 없는 소리였다. 익숙한 목소리와 반가운 목소리, 필경 단희와 정화였다. 무슨 일이 있었는지는 소상히 알 수 없었으나 정화가 말한 ‘그자’가 어쩐지 저와 관련된 이처럼 들려왔다. 몸과 더불어 기척까지 숨긴 자현이 둘에게로 한 발짝 더 다가갔다.
 “소리라도 질러서 다른 이들 들으라 해 볼까? 아니면 하는 수 없지. 네 말마따나 여기서 계속 기다리다, 그 도련님이라는 사람 나타나면 얼굴 보고 네 이야기를 해야,”
 “아, 안돼! 안돼 그러지 마! 제발, 제발 다 얘기할 테니 도련님께는 비밀로,”
 “허면 바른대로 말해. 무엇 때문이야?”
 “…… 주인 나으리가 시켰어, 도련님을 감시하라고…….”

가슴이 내려앉는 소리가 들리기라도 할까, 자현이 튀어나오려는 숨을 있는 힘껏 참았다. 그 어떠한 기척도 내지 않았으나 심장이 터져 나올 듯 뛰었다. 두려움도 긴장감도 아니었으며, 충격은 더더욱 아니었다. 이상하리만치 계단 근처에 얼씬거린다 싶더니만 감히 저런 모략을 품고 있었다는 것을 뒤늦게 알아차린 자신에 대한 분노였다.

"…… 여급 한 명 정도를 더 꼬드겨서 도련님 눈에 자주 띄게 한 다음 둘이 밀회를 갖는다고 관저에 소문을 내라 했어. 그럼 외부에는 별 말도 퍼지지 않고 조용히 쫓아낼 구실이라도 생긴다고. 대신 도련님이 워낙 눈치가 빠르니 조심하라고 했지……. 그 일에 성공하면 언젠가는 좋은 집에 시집보내주겠다고,"

뒷이야기는 제대로 들리지 않았다. 이미 중한 것은 전부 실토하였으니, 그 이상으로 들어야 할 것도 없었고, 설령 있더라도 이보다 중하지는 않으리라. 그리 어여삐 여기던 아이는 아니었으나 분노가 걷잡을 수 없이 치밀어 올랐다. 높은 자리에만 없다 뿐이지, 저년이야말로 나라를 팔아먹은 그 짐승만도 못한 작자들과 무어가 다르단 말인가. 더는 감출 수 없을 듯한 노기를 애써 억누르고 자현이 위층으로 몸을 옮겼다. 다급한 소식이었거늘, 금일따라 운은 늦었다. 연유야 뻔하였다. 필경 페치카 선생께서 스치듯 하신 그 말씀을 따르고 있으리라. 운과 옷깃을 스친 신한촌의 식구가 더욱 늘었다는 말도 심심찮게 들려왔으니 알 만하였다.

"무슨 일이라도 있었나?"

익숙한 목소리에 자현이 홱, 하고 문 쪽을 돌아보았다. 방에 들어서는 순간부터 노기를 숨길 생각조차 않았던 자신을 이상히 여긴 듯, 이제 막 돌아온 운의 얼굴에는 근심이 가득하였다.

"그 늙은이가 너를 어여삐 여기리라는 기대는 당초부터 하지 않았다만, 생각보다 더 치밀한 놈이었어."

"총독 말인가? 그놈이 어째서?"

"넌 어찌 몰랐던 게야? 네 뒤에 버젓이 여급 하나를 붙여 놓았던데?"

"그게 무슨 소리야?"

"여급들 가운데 옥단희라는 계집이 있어. 나이는 열일곱이고, 관저에 들어온 지는 한 해 정도 되었어. 방금 지나다 말하는 것을 들었는데, 금일 새로 들어 온 여급이 너와 정분이 났다는 소문을 퍼뜨려서 널 내쫓으려 하였더군."

속사포처럼 쏟아내는 말 중 어느 것 하나 쉬이 믿을 만한 것이 없었다. 가히 충격적인 듯, 운이 잠시 얼어붙은 채로 그 자리에 서 있었다. 이리저리 흩어져 있던 말들을 머릿속에서 정립하던 그가 다음 순간 피식, 하는 실소를 터뜨렸다.

"여급이라면 위층까지 올라오지도 못하잖는가? 그런 자가 무슨 수로 소문을 내겠어. 제아무리 총독이 날 눈엣가시로 여기기로서니, 그딴 소문 하나에 쫓겨날 리는 없지. 허니 이번 일만큼은 그리 예민하게 받아들이지 않아도 될 성싶어."

놀랍도록 태연한 운에 대한 답변은 코웃음이었다. 방 전체가 울릴 듯한 쿵쿵 소리와 함께 운에게 다가선 자현의 두 눈이 이글거렸다.

"명색이 여우ⁱ라는 자가 어찌 이리도 태연한가?"

"그리 부르면 내가 정말 왜놈이 된 것 같잖은가. 그리고, 친일파를 제하고 같은 조선인을 죽이는 것만큼은 되도록 지양하자 한 건 네가 아니었나?"

"정신 차려. 그자가 누구의 사주를 받았는지 정녕 모르겠어? 무려 총독과 내통하고 있다고."

나직이 내뱉은 말을 끝맺자마자 밖에서 덜컹, 하는 소리가 들려왔다. 범인凡人이었다면 그저 밖에서 나는 소리이겠거니 싶어 신경조차 쓰지 않았

---

i '밀정'을 뜻하는 명중경단의 은어

을 것이나, 두 사람은 약속이나 한 듯 그 작은 소리가 채 멎기도 전에 각자의 품 안에 감추어 둔 마우제르[i]를 꺼내었다. 천천히 소리를 죽인 채, 둘은 문 앞으로 걸음을 옮겼다. 이어 문에 귀를 갖다 댄 채 온갖 신경을 기울였으나, 그 무엇도 더 들려오지 않았다. 허나 여전히 안심할 수는 없었다.

"…… 설마 그 여급은 아니겠지?"

운의 말이 끝나기가 무섭게 자현이 방문을 거세게 열어젖혔다. 어두운 복도에는 개미 한 마리조차 보이지 않았고, 방문을 열 때 났던 소리가 웅웅거리는 것 외에는 그 어떠한 기척도 느낄 수 없었다. 잔뜩 죽인 채 소리 없이 내뱉는 숨소리는커녕 아래층에서 들려올 법한 소리 한줄기조차 들려오지 않았다.

그러기를 얼마나 지났을까, 여전히 침묵은 지속되었고, 그제야 자현이 다시금 문을 걸어 잠갔다. 손에 든 권총을 천천히 내려 다시 품속에 집어넣은 후에야, 그는 비로소 운과 함께 안도의 한숨을 내쉬었다.

"Кажется, говорить на Чосонском языке опасно в этой ситуации.

(조선어가 위험해 보이는군.)"

운의 탁상 쪽으로 몸을 옮기며 자현이 무심한 어조로 내뱉었다. 안도는 하였으나, 여전히 경계를 풀지 못한 채 창문 너머를 살피는 모습이었다.

"Ты из-за этого сюда поднялся?

(그것 때문에 올라온 건가?)"

"Да, кажется, что уже прошло достаточно времени, ты правда не знал?

(그래, 보아하니 꽤 오래된 일인 듯싶은데 정녕 몰랐던 게야?)"

"В случае, это она постоянно сновала возле лестницы?

---

[i] 1896년부터 1937년까지 독일의 총기 제작사 마우저 사에서 제작한 자동권총. 현대에는 '마우저'라 하지만, 여기서는 러시아식 발음인 '마우제르'라 표기한다.

Я видел одну женщину примерно твоего роста. На ней ещё каждый день было ожерелье.

(혹, 매번 계단 근처를 서성이던 그자인가? 키가 너만 하고 매번 목걸이를 하고 다니는 자를 근래에 들어 자주 보았어.)"

"Да, точно. Если ты так хорошо помнишь, как она выглядит, то значит ты уже заметил, что она подозрительная, верно?

(그래, 맞아. 네가 생김새까지 눈여겨볼 정도라면 눈치채지 못했을 리 없는데, 내 말이 틀려?)"

"…… Просто догадывался. Я просто не хотел верить в то, что Чосонцы это сделают.

(…… 혹여나 싶었을 뿐이지. 단지 조선인이 그러리라 믿고 싶지 않았을 뿐이야.)"

"Из какой страны были все эти лисы, которых мы убрали? (우리가 지금껏 없앴던 수많은 여우들은 어느 나라 태생이던가?)"

자현이 냉랭한 목소리로 일침을 내쏘았다. 말없이 책상 앞에 앉아 한숨을 쉬는 운에게로, 그가 다시금 몸을 돌렸다.

"정신 차려, 백운. 지금 너와 내가 있는 이곳은 전장이야. 한가로이 누군가를 믿을 때가 아니야."

"…… 미안, 내 그만 해이해졌어."

대답 대신 자현이 그의 어깨를 툭 쳤다.

"어찌 처리할까?"

"우리의 정체를 모르고 있으니 아직 살려 보낼 수는 있어. 대신 티 나지 않게 은밀히 쫓아내야 할 거야. 네 말대로 나 또한 조선인을 죽이는 것은 원치 않으니."

"…… 방법을 강구해 보지. 전해줘서 고마워."

운의 말에 자현이 보다 확실히 마음을 놓은 듯, 침대 한편에 걸터앉았다. 한바탕 큰일이 지난 연후에야 비로소 취할 수 있는 편안한 자세였다.

"그나마 다행히도, 이 모든 사실을 그 여급이 알아챘어."

"소문의 당사자가 될 뻔한 그자 말이지?"

고개를 끄덕이던 자현의 입에서, 저도 모르게 정화가 관영의 친척이라는 말이 튀어나올 뻔하였다. 목구멍을 넘어 입안까지 들어왔으나, 곧 관영과의 약조를 어길 뻔했다는 사실을 깨달은 그가 황급히 입을 다물고서는 고개를 천천히 주억거렸다. 자현의 고갯짓을 확인하고서야, 운은 비로소 자리에서 일어나 책장으로 향하였다. 수많은 책 중 거침없이 꺼낸 것은 『Преступление и наказание』, 도스토옙스키의 『죄와 벌』이었다. 익숙한 듯 펼친 책장은 그저 일반적인 책이나 다름없었다. 알 수 없는 글자가 깨알같이 빼곡하여 진절머리라도 칠 성싶었으나, 운은 익숙한 듯 여러 장을 획획 넘겼다. 분명 두껍기 그지없는 책이고 손을 댄 흔적조차 전무하였으나, 그 어디에도 라스콜리코프[i]에 관한 이야기는 실려 있지 않았다.

『죄와 벌』, 그것은 소설이 아니었다. 오로지 물빛 안개를 위해 신한촌에서 다시 쓰인 책이요, 작전과 암어가 가득한 서적이었다.

"제아무리 등잔 밑이 어둡기로서니, 여직 아무도 알아차리지 못한 것이 신이하군그래. 우리 둘 다 신경을 더 곤두세워야겠어."

"혹여나 싶은 일들을 대비하였거늘, 그 일들이 벌어지고 있는 것을 내 몰랐다는 것이 우스울 따름이야."

자현의 혼잣말에 운이 화답하듯 자조적인 미소를 띠며, 손가락으로 하나의 구절을 짚었다.

12 февраля бомба должна была доставлена в Корейскую Слободку.

---

[i] 도스토옙스키의 소설 『죄와 벌』의 주인공

(이월 십이일, 신한촌에 폭탄 도착 예정.)

"신한촌으로 건너간 것이 이리도 잘한 일일 줄이야. 여급 중 노어를 할 줄 아는 이가 없어서 천만다행이야."

"서류에 그런 말을 적어놓은 이는 애당초 뽑지 않았으니 말이지."

자현이 옅은 미소를 지으며 운에게 맞장구 아닌 맞장구를 쳤다.

"허나 조심해. 제아무리 서류가 Русский[i]로 되어 있기로서니, 행여라도 들키면 Корейская Слободка[ii] 전체가 위험해질 테니까. 설혹 네가 정체를 들킨다면, 작전의 성공은 고사하고 우리 모두가 죽을 수도 있어."

"너도 조심해. 정체를 숨겨야 하는 건 나뿐만이 아니야. 명중경단이 너와 같은 인재를 잃는 것이야말로 멸문이나 다름없는 재앙이니 말이지."

결의에 찬 눈동자가 허공에서 서로를 마주하였다. 손을 잡지도, 더 많은 대화를 나누지도 않았으나 적어도 서로가 무슨 말을 하고 있는지만큼은 묻지 않아도 알 수 있었다. 아니, 어쩌면 결단코 모를 수가 없었으리라.

---

[i] 러시아어를 뜻하는 말. 원어 발음은 [루스끼]

[ii] 신한촌의 러시아어 표현. 원어 발음은 [까레이스까야 슬라봇까]. 개척리와 구분하기 위해 '신개척리(Новая Корейская Слободка)'라고도 불렸다.

몌별訣別[i]

1915년 2월 15일

"네 뒤를 캐고 다니던 그 여급을 내쫓을 기회가 온 것 같아."

퇴근 후 방에 들어서자마자 들은 호재에 윤이 커다란 눈을 하고 자현에게로 다급히 다가섰다.

"그게 무슨 말이야?"

"내 본디부터 눈여겨보던 아이가 하나 있어, 남정화라고. 일도 잘하고 왜어도 수준급으로 하는 아이인데, 어찌 된 영문인지는 모르겠지만 그 여급과 사이가 나빠 보여."

"해서?"

"헌데 방금 정화가 내게 그러더군, 누군가가 제 봉급을 훔쳐 갔다고. 그 봉급을 누가 훔쳐 갔겠나?"

"그 여급이라고 확신하는 건가?"

"내 눈으로 직접 확인했어. 헌데, 이제 와 총독이 네게 보복을 하진 않을

---

i 섭섭히 헤어진다는 뜻이다.

까 저어되는군."

"그 여급이 정말 총독이 심어놓은 여급이라면 하루빨리 관저에서 내보내야겠지. 나 몰래 저지른 일인 데다가 명분도 확실하잖은가? 총독이 제아무리 분개한다 한들 이 일에서만큼은 어찌할 도리가 없어. 허니 내 보복은 걱정하지 않아도 돼."

운이 자현의 어깨를 다독였다. 늘 친누이처럼 여겨지던 자현의 어깨가 오늘따라 참으로 가냘파 보였다. 저 어깨로 그 무거운 총은 어찌 들었는지, 어찌하여 그간 그러한 것조차 신이해하지 않았는지 스스로가 한심했다.

"헌데 봉급을 훔쳐 갔다는 이가 정녕 그 여급이라고 어찌 그리 확신하나?"

"낮에 아이들이 일을 나간 사이에 처소를 둘러보는데, 누가 나가지 않고 버티고 있더군. 몰래 지켜보니 그 아이가 정화의 봉급을 빼내어 갔어. 뭐, 원체 욕심도 많고 손버릇이 안 좋은 아이이니 예상은 했다만……. 우리 처지에서야 천우가 내린 셈이지."

자현이 늘 그렇듯 냉랭한 얼굴로 책장을 향했다. 무엇을 고를지 고심하던 손가락이 여러 책을 훑다 결국 아무런 것도 선택하지 않은 채 몸을 떨구었다.

"다만 정화 그 아이도 성격상 호락호락하게 당하지는 않을 테야. 혹여나 싶어 아까 몰래 정보를 흘렸는데, 아마 무언가 알아챈 듯해. 아마 조만간 크게 다툴 성싶은데, 내 신호를 줄 테니 그쪽으로 나타나 그 여급을 쫓아내. 네가 말하는 것이 곧 법이니, 무슨 말을 해도 문제가 되진 않을 게야."

"유념하지. 계획을 짜느라 네가 고생을 많이 했겠어."

"고생을 안 하는 이가 어디 있겠나. 그리고 부탁 하나만 하자."

좀처럼 청을 하지 않는 자현이 먼저 부탁을 하는 것은 지극히 드문 일이었다. 그 긴 세월 간 함께 지내왔던 운조차 손에 꼽을 정도로.

"네가 어쩐 일로 부탁을 다 하지?"

"혹여 내가 관저를 떠나야 할 날이 온다면, 나 대신 정화를 네 곁에 두고 잘 지켜줘."

"일전부터 그 이름이 더러 네 입에 오르내리는군. 그자가 그리도 특별한가?"

순간, 머릿속에 스쳐 지나가는 한마디가 있었다. 유달리 긴 시간을 함께한 이도, 여러 면모에서 잘 맞는 이도 아니었고 그저 같은 뜻을 공유하고 있는 수많은 동지 중 한 명이었으나 유독 마음이 쓰이던 자의 한마디.

'행여나 옷깃이라도 스친다면 부디 잘 대해주십시오.'

그때, 관영이 지나가듯 했던 그 한마디는 분명 큰 간절함을 담고 있지 않았으나, 그 무엇보다도 강하게 뇌리에 박혔다. 마치 정화와 자신이 전생에 옷깃이라도 스친 것처럼. 그 때문일까, 정화의 생각만 해도 눈언저리가 시큰거렸다. 저도 모르게 이 사실을 말하려다, 그와의 약조를 떠올리고서는 입술을 닫은 자현이었다.

"…… 그 아이가 유독 열심히 일을 하더군. 순수함인가 싶어 물었더니만, 그리 말했어. 게으른 조선인 소리를 듣지 않는 것이 자신이 할 수 있는 최대한의 애국이라고. 게다가 계집아이의 몸으로도 체력이 남다른 편이라, 그 마음만 오래 먹는다면 언젠가는 우리의 동지가 될 성싶어. 누군가에게 정을 붙이고 살지는 않았지만, 어찌 된 영문인지 유독 정이 가. 허니 네가 부디 지켜주었으면 해."

어른거리는 눈동자를 숨기고자 고개를 돌렸다. 오늘따라 관영의 생각이 너무도 많이 났다. 저도 모르는 사이에 그자에게 희망을 많이 얻었던 것일까. 그의 아라사 이름인 '나제쥐다(Надежда)ⁱ'처럼.

"…… 그리하지."

자현에 대한 일이라면 그 무엇도 놓치지 않고 꼼꼼히 챙기는 운도 이번

---

i '희망'이라는 뜻의 러시아어

새하얀 밤을 향해　77

만큼은 연유를 묻지 않았다. 다만 자현이 그랬던 것처럼 시선을 다른 곳으로 돌릴 뿐이었다.

"참, 네 편으로 소식이 왔어. 페치카 선생께서 보내셨더군."

운이 품에서 편지 하나를 꺼내어 자현에게 건네었다. 품속에 오래 있었는지 귀퉁이가 조금 구겨졌지만, 뜯기지 않은 새 봉투였다.

"무어라 쓰여 있나?"

"……."

서신을 읽는 자현은 말이 없었다. 다만 한 자씩 읽을 때마다 눈빛이 점차 서글퍼졌고, 이전과는 다른 어두운 기색이 그의 주변에 감돌았다.

"어찌 그러나?"

"…… 아무래도 내 떠날 때가 된 것 같아."

"그게 무슨 뜻이야?"

"지령이 내려왔어. 관저를 떠나 본격적으로 의거에 동참하라는 명중경단의 명이야."

자현은 제법 무심한 어투로 그 말을 하며 운에게 서신을 다시 건네주었다. 한 글자 한 글자를 씹듯이 꼼꼼히 읽을 때마다 손끝이 떨려왔다 내용이 길지 않았으나 여전히 운의 시선은 서신에 머물러 있었고, 애써 드러내지 않았으나 안면 이곳저곳이 불안스레 떨리고 있었다.

"그 표정은 뭐야?"

"다시 돌아올 수 있겠나?"

"이 일을 한두 번 해 본 것도 아니거늘, 그런 것을 묻나?"

무엇 하나 장담할 수 없다는 것은, 곧 목숨을 내놓아야 한다는 뜻이었다. 관저에서 여러 작전을 성공적으로 이끈 자현이 그곳을 떠나야 한다는 건, 그런 의미였다.

"…… 철없어 보이지만, 너를 말리고 싶다."

"또 그 소린가, 나마저 떠나면 네 곁에는 아무도 남지 않으리라는?"

기억조차 나지 않을 정도로 오래전, 운은 입버릇처럼 그런 말을 한 적이 있었다. 이곳에서의 생활이 지극히도 고독하고 외로운 듯. 신한촌이었다면 어째서 궁상을 떠나며 핀잔을 주었을 자현이지만, 함께 경성으로 온 이후로는 단 한 번도 그리한 적이 없었다. 특별한 연유는 없었다. 그저, 타는 듯이 아프고도 한없이 시린 그 속내를 결코 모르는 바 아니었기에.

"그럴 줄 알았다. 네가 본디부터 외로움을 좀 탔던가. 허나 우리의 일이 일이니만큼 자주 보게 될 테니 그것으로 위안을,"

"아니. 그저 너를 잃고 싶지 않을 뿐이야."

이전과는 비견되지 않을 정도로 단호한 목소리는 분명 떨리고 있었다. 조선에서 다시 만난 후 놀라울 정도로 변한 모습도 낯설었거늘, 함께 물빛 안개를 이루기 위해 도모하기 시작한 그날 이래로, 심지어는 밀정이 되겠다고 선언하던 그날보다도 더욱 다부진 어투에 자현이 놀란 표정을 차마 숨기지 못하고, 그를 멍하니 바라보았다.

"…… 낯간지러운 소리일랑 관둬. 그런 말을 주고받기에는 우리 너무 오래전부터 보아오지 않았나?"

"진심이다."

운이 자리에서 일어나 자현의 어깨를 붙잡았다. 커다랗고 단단한 두 손이 떨리고 있었다.

"넌 내게 가족이나 마찬가지야. 성씨도, 출신도 다르지만 우리는 웬만한 오누이보다 많은 것을 나누었지. 지금은 '물빛 안개'라는 가장 큰 목표를 나누고 있고, 무엇보다 저 척박한 땅에서 이곳으로 함께 건너온 동지가 아닌가? 제아무리 대의 앞이기로서니, 그런 네가 사지로 걸어 들어가는 것을 내 어찌 안 말릴 수야 있나?"

운의 큰 눈에서 눈물이 뚝뚝 떨어졌다. 큰 덩치와 달리 아이 같은 눈과 표정을 하고, 그 누구보다도 애절하게 울며 운이 자현의 손을 마주 잡고 그의 앞에 주저앉았다.

"…… 제발 죽지 마라, 자현아……."

잠시 당황하며 머뭇거리던 자현이 곧 운의 손을 맞잡았다. 언제나처럼 차가운 눈동자가 뜨겁게 젖어 들어 한두 방울의 이슬을 떨구더니만, 이내 물줄기가 되었다.

"너, 내가 지금껏 실패한 작전을 본 적이 있나?"

"허나 알지 않나. 이번은,"

"죽는 방법을 선택할 수 있다면, 이것이 가장 현명한 선택이겠지. 내 목숨이 뭐 그리 중하다고 고이고이 아껴두겠나. 허니 부디 그런 얼굴로 눈물을 흘리지 마라. 애써 다잡은 마음이 무너지는 것을 원치 않아."

말을 마치기 전, 운이 자현을 품 안 깊이 끌어안았다. 마치 다시는 보지 못할 사람을 떠나보내는 양, 쉬이 터뜨리지도 못한 채 애끓으며 내는 울음소리가 단장되는 듯 가슴을 찢어발겼다.

"운아, 내 너와 함께 신한촌의 땅을 다시 밟을 날이 올 줄 알았거늘, 세상이 이리도 가혹할 줄은 몰랐다. 내 마음속 한은 이곳에 남겨두고 가니, 아마 죽어서도 억울할 일은 없을 듯싶다. 부디 나를 대신하여 우리의 물빛 안개를 이루어다오. 내가 한스러웠던 만큼 더더욱 열심히 싸우고, 반드시 무사해야 한다."

피 한 방울 섞이지 않았으나 그 어떠한 오누이보다 우애가 깊었고, 그 어떠한 벗보다 가까웠으며, 그 어떠한 동지보다 깊은 신뢰를 쌓았던 사이였다. 가족을 넘어서는 관계였고, 그렇기에 누구보다 함께 물빛 안개를 함께 맞고 싶었다. 허나 잔인한 운명은 기어이 둘의 사이를 갈라놓고 말았다. 뜨거운 눈물과 가슴 속에 사무치는 곡소리가 방 안을 깊이 메웠다.

"언제 떠날 참이야?"

"내일 일곱 점까지 서대문역으로 오라 하였어. 예서 다섯 점에는 준비를 마쳐야겠지."

대답 대신, 운은 몸을 일으켜 옷장으로 향하였다. 옷장 깊은 곳에 숨겨둔 무언가를 꺼낸 그가, 제법 묵직한 꾸러미 하나를 자현에게 건네었다. 의심쩍은 눈초리로 꾸러미를 끌러 본 자현이 얕은 탄식을 내뱉었다.

"양장이네. 어찌 이런 걸 준비했어?"

"누이 같은 이가 떠난다는데 무언들 못 해주랴."

"너, 이미 알고 있었던 거야?"

"아니. 물론 나보다는 먼저 떠나겠다 싶었지만 그게 오늘일 줄은 몰랐을 뿐이야."

이미 어느 정도 짐작하고 제 뒤를 이어 여급장을 할 이까지 정해놓은 자현과는 달리, 운은 정말로 이 모든 상황을 짐작하지 못하였다. 허나 목숨을 내놓고 다니는 와중, 감사의 표현이 아까우랴. 본능에 이끌리기라도 하듯 값비싼 옷을 사 놓은 것을 스스로조차 다행스레 여겼다.

"자현아, 네가 아니었다면 이 관저에서 버티지 못했을 거다. 언젠가는 선물하려 했는데 이리 다급히 주게 될 줄은 미처 몰랐어."

"여유가 넘치는군그래. 그 돈을 동지들에게 보태지 그랬나."

"그건 진즉 부쳤다. 내 생활비에서 갹출한 것이니 더는 잔소리 마."

운이 다소 뾰로통한 목소리로 자현에게 핀잔을 주었다. 보이지 않는 엷은 웃음을 지으며, 자현이 옷을 이리저리 들쳐 보았다. 경성에 처음 오던 날, 자신도 양장을 입고 돌아다니던 신여성들에게 내심 부러움 가득한 시선을 돌렸더랬다. 아라사와는 또 다른 느낌의 옷에 욕심내었던 것을 함께 있지도 않았던 이가 어찌 알았는지. 넌지시 일러두기는커녕 눈치를 준 적조차 없었기로서니, 꼭 마음에 드는 빛깔이었다.

"누가 오는지 알고 있나?"

"천욱 동지와 나, 그리고 관영 동지가 폭탄을 나르기로 했어. 아마 지금쯤이면 연해주에 폭탄이 도착했겠지. 그들은 열하루 뒤, 종로경찰서 인근 빈집 지하에 폭탄을 숨겨둔 직후 자리를 뜰 예정이야. 그로부터 이틀 뒤 관영 동지가 의거하기로 했어. 난 은밀히 상황을 지켜본 뒤 보고하라는 명을 받았고."

천욱은 신한촌에서부터 함께한 동지인 '강린'의 호였다. 운의 정체도, 자현이 관저에 여급으로 잠입했다는 것도 알지 못했다. 다만 자현이 경성에서 임무를 수행하고 있다는 것만 아는 정도였다.

"여우가 있는 거야?"

"만약을 위해서야. 미리 준비하여 나쁠 건 없지."

"조심해. 신한촌에서 자란 이라면 너를 모르는 이는 없을 테니 말이야. 나와 달리 넌 밀정으로 접근한 것도 어느 정도 내부에 알려진 사실이 아닌가."

"그래. 허나 그자들이 여우가 되지 않으리라 믿고 싶을 뿐이야."

"건강해, 그리고 반드시 살아. 그리하여 반드시 다시 만나자."

대답 대신 자현이 자신의 품 안으로 손을 넣었다. 곧이어 다시 꺼낸 손 안에는 이 촌[i] 정도 되는 작고 둥그런 회중시계 하나가 들려 있었다. 쇠줄이 달린 듯 짤랑이는 소리가 함께 들리더니만 그것은 곧 뚝, 하는 작은 소리와 함께 끊어져 운의 손 위에 얹혔다.

"이게 뭐야?"

"허면 나만 받으라는 뜻인가?"

무심한 목소리였으나, 그 시계가 무엇인지 아는 이는 어떠한 말도 할 수 없었다. 자신을 거두어 준 재형의 흔적을 담고 있음은 물론이요, 자현은 경성에 올 적부터 차고 있었던 그 시계를 관저에 온 이후로도 단 한 번도 뺀 적이 없었다. 그러니 그것이야말로 그 어떠한 것보다 자현을 깊이 담고 있는 것이나 다름없었다.

"자현아, 불안하게 어찌 이래."

"정 갖기 싫으면 나 대신 보관한다 생각해. 알다시피 여길 떠나는 순간

---

[i] 1촌: 약 3.03cm

부터 내 팔다리 하나 건사하기도 힘들 텐데, 선생님의 귀한 물건을 어찌 간수하랴. 넌 그나마 몸을 덜 쓸 테니, 무사히 맡았다가 조선의 이름을 한 이곳에서 다시 보는 날에 전해줘."

사람을 꿰뚫어 보는 듯한 그 눈빛을, 운은 차마 거절할 수 없었다. 그저 정신을 차리고 보니 제 손에는 회중시계가 들려있었고, 자신은 고개를 끄덕이고 있었을 뿐.

* * *

"아, 그리고 앞으로 단둘이 있을 때는 조선어로 말하거라."

실수가 아니었다. 자현이 다른 마음을 품었을 리는 없으니, 이자는 믿어도 되겠다 싶었다. 그러기 위해서는 시험이 필요했다. 눈 속에 담긴 진심을 읽어야 한다. 비명을 지르다시피 하던 이자의 눈에는 자현의 말처럼, 당혹감만이 담겨 있었다. 밀정이 아니라 단언할 수는 없었다. 허나 이 정도를 내주지 않고서는 관저에서 은밀히 일을 진행할 수 없으리라.

"조선어를 쓰며 살아온 세월이 이십 년이 넘는다. 다른 것은 전부 적응하기로서니 언어가 편한 것은 어찌할 도리가 없더구나. 허니 그저 너만 아는 사실인 셈 치고 내 앞에서는 조선어를 쓰거라. 허나 당연히 다른 이들 앞에서는 국어를 써야 할 것이다."

"わかりま……(알겠습……) 아, 아 송구합니다! 알겠습니다……."

제 딴에는 어불성설이었으나 그러한 것은 중요치 않은 듯, 정화가 다급하게 고개를 끄덕였다. 도망치듯 방을 빠져나간 정화의 뒷모습을 운이 하염없이 바라보았다. 어딘지 모르게 기시감이 느껴지는 저 모습은 어디서 보았을까. 뒤늦게서야 마음이 복잡했다. 자현이 강하게 믿고 있기로서니, 처음 보는 이에게 이러한 말을 건넨 것이 옳은 선택일까. 생각으로 가득 찬 방 너머로, 익숙한 발소리가 들려왔다.

"어찌하였나?"

뒤늦게 방으로 들어온 자현을 기다렸다는 듯, 운이 다급하게 물었다.

"돈을 뺏고 쫓아냈어. 아무 말도 안 했으나, 아마 이 근처에 다시는 발을 들이지 않을 거야. 넌 어찌했어?"

"네가 내게 일러준 대로 했어. 내 곁에서 그간 네가 하던 일을 하라 했으니, 떠나기 전에 무슨 일을 해야 하는지 언질이라도 해 줘."

"…… 그 아이에게 말했나, 네 정체를?"

자현의 추궁하는 듯한 어조에 운이 황당하다는 눈빛으로 그를 바라보았다. 허나 상의하지 않은 일이었기에, 눈동자가 그만 흔들렸다. 미묘하게 날이 선 눈빛으로 한참 그를 바라보던 자현이 다음 순간 픽, 하고 실소를 터뜨렸다.

"그럴 줄 알았다."

"뭐……?"

"대체 왜놈들은 네게 어찌 속는 것인가? 표정을 그리도 숨기지 못하면서."

"대체 넌 나를 어찌 보는 것인가? 정체를 말한 적은 없다. 그저 내 앞에서는 조선어를 쓰라 말했을 뿐이지."

"그것에 속던가?"

"내 모습을 오래 봐야 할 이이니, 시험해 보고자 하였을 뿐이다. 그것마저 숨길 자신이 없기도 했고. 네 말대로 내 어떠한 말을 하든 큰 문제가 되지 않더군."

"허, 참……. 이토록 불안한즉, 내 너를 두고 이 관저를 어찌 떠나겠는가."

어처구니가 없다는 듯, 자현이 고개를 저으며 너털웃음을 내뱉었다.

"…… 한없이도 말리고 싶지만, 차마 더 붙잡지 못하는 것은 물빛 안개를 너무도 간절히 바라고 있기 때문이라는 것을 부디 잊지 말아줘. 내 너를 걱정하는 마음만큼은 그 누구보다 진심일 터이니."

"그걸 내 어찌 모르겠어. 실상 너만큼 위험한 일을 하는 이도 없다. 허니 내 걱정은 말고, 너부터 무사해야 해. 네 정체를 가능한 한 오래 지키는 것이 신한촌을 살리는 길이요, 물빛 안개를 향하는 지름길이니."

자현이 운의 어깨를 툭 치며 구석께로 가더니만 큰 병 하나를 들고 와서는 탁상 앞에 다시 자리하였다. 보드까였다.

"가기 전에 잠이라도 청하지 그래."

"서대문역이면 그리 멀지도 않은데 무어가 문제인가. 도착하여 짐을 풀고 자면 되니 걱정 마."

"그래도 봇까라니, 독한 술이잖은가."

"아라사 땅에서 그리 긴 시간을 보낸 사람답지 않군그래. 거부 말고, 너도 간만에 한잔하지?"

"자현아."

"우리가 영영 헤어지는 것도 아니지 않나. 어찌 이리 궁상을 떨어."

"그건 그렇지만,"

"당장 하루 뒤에 다시 이 근방에서 만나기로 한 걸 잊은 건 아니겠지? 그때 가서 오늘의 일을 떠올린다면, 민망하여 서로 얼굴조차 제대로 바라보지 못할 거다. 허니 무던히 헤어지자고. 내가 너보다 오래 살 터이니 걱정일랑 접어두고 말이야."

운이 실소를 터뜨렸다. 실로 맞는 말이었다. 관저를 떠난 만큼 자현의 일은 바빠질 것이고, 그 말인즉 둘이 작전 도중 마주칠 일이 비일비재하다는 것이었다. 당장 둘도 다음 날 작전을 위해 자정 무렵, 관저 근방에서 다시 보기로 말을 마친 후였다. 다만 관저라는, 비교적 신변이 안전한 곳을 자현이 뜰 수밖에 없는 이 상황이 한탄스러울 뿐이었다.

"그래, 네 말이 실로 맞다. 네가 곧바로 신한촌으로 돌아가는 것이 아니라는 사실을 미처 잊고 있었어."

운이 이 말을 하며 자현의 앞에 앉아 빈 잔에 술을 따라주었다. 짠, 하는 맑은소리가 허공을 청아하게 울리다가, 곧 잔잔히 사그라들었다.

1915년 2월 17일, 자정

탕, 탕!

길지 않은 시간 차를 두고 울린 두 발의 총성이 적막을 찢는다. 곧이어 두 명의 사람이 쓰러지고, 다급한 발소리가 들려왔다. 그의 손에 들린 총구에서는 아직 연기가 사그라들지 않았고, 그의 총탄에 사망한 일경 하나는 비명조차 지르지 못한 채 영원히 입을 다물었다. 허나 그쪽에는 눈길조차 주지 않은 채, 중절모를 눌러쓴 알 수 없는 이가 쓰러진 또 다른 이를 붙들고 차마 움직일 생각을 하지 못하였다. 이곳에 홀로 남은 제 뒤에서 분명히 다른 이의 발걸음 소리가 들려왔음에도 불구하고.

[네놈은 누구냐.]

팔 척은 되어 보이는 이가 중절모를 눌러쓴 다른 이에게 총구를 겨누었다. 그는 움찔하였으나, 곧 목소리의 주인이 누구인지를 파악하고 옅은 한숨을 내쉬었다. 대답 대신 그가 떨리는 고개를 돌려, 총을 겨눈 이를 바라보며 중절모를 벗었다. 익숙한 얼굴을 보자마자, 운이 다급히 총구를 거두었다.

"관영 동지, 무례를 용서하십시오. 총소리를 듣고 급히 당도했습니다. 무사하십니까?"

"어찌어찌 살았습니다. 헌데……"

"어찌 그러십니까?"

답지 않게 불안스레 떨리는 관영의 목소리에 운이 심상치 않음을 느낀 운의 시선이 절로 한쪽을 향하였다. 왼쪽 가슴에서 검붉은 선혈을 쏟아내며 쓰러진 한 사람, 머리카락에 가려 얼굴은 제대로 보이지 않았으나 그 사람은 너무도 익숙한 양장을 입고 있었다.

"대체 이게 무슨……!"

운이 절규하며 쓰러진 자현을 황급히 들어 안았다. 이리저리 흔들어보아도 창백해진 얼굴빛은 돌아오지 않았으며, 조그마한 기척조차 놓치지 않고 알아차리던 이는 어떠한 반응도 없이 굳어 있었다.
 그제야 어찌하여 관영의 손에 총이 들려있는지를, 뒤에 있던 또 하나의 시신이 어찌하여 생겨났는지를 알 수 있었다. 한겨울이기로서니, 안고 있는 이로부터 살아있는 자에게서 나올 수 없는 한기가 배어 나왔다. 그리도 당당하고 굽혀지는 기색 하나 없는 이가 이리도 나약하게 쓰러져있다니, 제아무리 인생무상이라 하였으나 삶이 이 정도로 허무할 수는 없었다. 믿을 수 없었기에 몸이 움직이지 않았고, 몸을 움직일 수 없었기에 어떠한 소리도 내지 못하였다.
 "…… 아무래도 정보가 샌 듯합니다. 혹여나 싶어 어떤 길로 오실지를 숨긴 채 이곳에서 만나기로 하였거늘, 제가 보는 앞에서 저놈이 애먕 동지를……."
 "아니, 아니…… 아니 그럴 리가 없습니다. 자현이는 누구보다도 치밀한 사람입니다. 헌데 어찌 이리도 허무하게……! 자현아……. 자현아, 제발 정신 좀 차려라, 응? 이렇게 눈을 감아 버리면 물빛 안개를 어찌 보느냐는 말이다!"
 운이 절규하며 자현을 붙잡고 흔들었다. 관저에서의 마지막 날이 눈에 이리도 선하거늘, 믿으려야 믿을 수가 없었다. 허나 눈물이 떨어진 얼굴은 빳빳하게 굳어 있었고, 흩날리는 머릿결 또한 힘없이 버석거렸다. 숨이 끊어졌고, 더 이상 이 세상의 사람이 아닌 것이다. 나보다 오래 살겠다며 호언장담하던 이가, 인사를 오래 나누면 다시 마주쳤을 때 민망할 테니 무던히 헤어지자던 이가, 이리도 허무하게 세상을 하직하고야 말았다.
 "동지, 관영 동지! 부디 제가 보고 있는 것이 사실이 아니라 해 주십시오. 제발……!"
 "선윤 동지, 고정하시고 제 눈을 바로 보십시오."
 이성을 잃은 채 절규하는 운의 어깨에 올린 관영의 손 또한 떨리고 있었다. 눈가에 어른거리는 눈물이 그 심경을 대신하였다.
"밀정을 찾으셔야 합니다. 필경 총독부가 심어놓은 자일 테니, 어쩌면 동지가 아는 사람일 수도 있습니다. 행여 의심이 가거나, 총독부 내에서 거론된 자가 있습니까?"
밀정, 그래 밀정이었다. 갑작스러운 죽음에 감지도 못한 자현의 두 눈이 그 증좌였다.
"…… 제가 아는 밀정은 배길성뿐입니다. 허나 그자의 행적은 이미 명중경단에서도 파악 중이니, 쉬이 맞다 판단하기 어렵습니다."
"허면 대체 어떻게……."
"알아보겠습니다. 헌데 두 분만 오셨던 겁니까?"
"예. 오늘 이 자리에 나선 이는 저희 둘 뿐입니다."
옷소매로 흐르는 눈물을 닦는 관영의 목소리가 분하고도 서글펐다.
"급작스러운 상황이라 유언조차 제대로 남기지 못하셨습니다. 다만 힘겹게 하신 말씀으로는 부디 물빛 안개를 이루고 다시 만날 제 그날의 향취를 전해달라 하시더이다."
눈물 젖은 얼굴을, 끝내 운이 떨구고 말았다. 적막한 곳에서는 한낱 작은 소리마저도 괴담이 되어 경성 전체로 퍼져나가기 마련이니, 쉬이 울음소리조차 낼 수 없었다.
"선윤 동지, 정신을 차리십시오. 우선 시신부터 치워야 합니다. 저 일경의 시신이 드러난다면, 이번 일을 갈무리하기가 힘들 수도 있습니다. 차라리 실종된 편이 낫겠습니다."
"제가 치우겠습니다. 허니 뒤처리만 부탁드립니다. 핏자국이 드러나면 난처해집니다."
"그리하겠습니다. 애량 동지는 어찌하실 겁니까?"
"…… 그 또한 제가 묻어주겠습니다. 저는 행여 들키더라도 빠져나갈 방도가 무궁무진하니 동지께서는 서둘러 도망하십시오. 행여 뒤따르는 자가 있다면 제가 따돌리겠습니다."

"옷에 피가 묻었습니다. 주의하십시오."

"…… 곧 태우면 그만입니다. 청컨대 부디 잡히지 마시고 무사히 거사를 치르시기 바랍니다."

"대한 독립 만세."

"대한 독립 만세."

그 길을 끝으로, 둘은 흩어졌다. 다시 만나는 순간에는 부디 신한촌이기를, 그리고 이리 멀쩡한 모습이기를 바라며.

자현의 시신을 둘러업은 운이 아무도 없는 경성의 거리를 내달려 인근의 야산으로 향하였다. 눈물은 멈출 줄을 몰랐고, 그럴수록 가슴이 찢어지는 듯하였다. 마지막 순간에 한 번이라도 더 말려 볼 것을, 아니 자현을 보내기 전에 행여 밀정이 있었을지 한 번이라도 더 알아볼 것을.

"아아……."

인적이 없는 것을 확인하고서야 참았던 탄식과 눈물이 봇물 터지듯 쏟아져 내렸다. 늘 평정심을 잃지 않던 자현은 마지막 순간까지 얼굴 하나 찡그리지 않았고, 꽃이 지듯 그리도 허무하게 스러졌다. 초점을 잃은 두 눈을 위에서 아래로 천천히 쓸어내리자, 고여 있던 눈물이 흘러내렸다. 얼마나 원통하고 억울하면 감지도 못한 채 숨을 거둔 이의 눈에서 눈물이 마르지 않았을까, 그리 생각하니 도무지 새어 나오는 울음을 참을 수가 없었다.

"고생했다……."

해줄 수 있는 말은 단 한마디뿐이었다. 어버이만큼 의지했고, 누이만큼 가까웠으며, 누구보다도 어른스럽던 이였다. 어느새 솟아오른 무덤 위를 감싸며, 커다란 몸이 소리 없이 엎드려 온몸으로 그것을 끌어안았다. 다시 한번 품에 안기를 간절히 바라는 듯. 허나 가슴께에 딱딱하고 둥그런 무언가가 짓눌리는 느낌에 다시 몸을 일으켰다. 지금은 무덤 속에 있는 이의 손을 거쳐 제게로 왔던 회중시계였다. 엊그제까지만 해도 너는 이것을 건네주며 대신 맡아달라 했었지. 잘 간수하고 있다가 조선의 이름을 한 이곳에서 다시 전해달라 하였다. 허나 그것은 내 손에 있는 동안 너의 유품이 되고 말았구나. 나보다 오래 살겠다며 태연자약하게 입꼬리를 올리던 너는 어찌 눈물조차 편히 흘리지 못하고 이리 스러졌느냐. 너를 이리 만든 놈을 반드시 찾아내겠다고 다짐하는 그 순간, 머릿속에 한마디가 스쳐 지나갔다.

'천욱 동지와 나, 그리고 관영 동지가 폭탄을 나르기로 했어.'

'오늘 이 자리에 나선 이는 저희 둘 뿐입니다.'

어찌 이것을 이제야 눈치챘을까, 동선은 그 어떠한 상황일지라도 어긋날 일이 없기로서니, 서로의 말이 맞지 않았다. 밀정은 생각보다 가까이 있었다. 천욱 강린이었다. 피가 나도록 깨문 아랫입술이 파르르 떨렸다. 반드시 잡아서 그자의 숨통을 끊어놓으리라.

1915년 3월 2일

[헌데 이자가 꽤 강도 높은 조사에도 절대 입을 열지 않고 있어. 정확히는 국어로 대답하기를 거부한다는 게지.]

[조선말을 할 줄 아는 경찰이 없습니까?]

[전부 파견을 나간지라 조선인 출신 경찰이 전혀 없네. 제국 경찰이야 당연히 조선어를 못 할 테고. 허나 학력을 보아하니 이자가 국어를 못 하는 것도 아니야. 마냥 어린 나이는 아니지만 이화학당을 우수한 성적으로 졸업한 데다 나이도 젊으니, 국어를 못 하는 편도 이상하지. 그쪽 경찰들 말로는, 얼핏 보기에도 하는 말을 전부 알아듣고 있지만 절대로 입을 열지 않는다더군.]

쿠사카베가 한마디를 할 때마다 가슴이 내려앉는 심경이었다. 아직까지 받은 연통이 없으니 더더욱 그러하였다. 이자가 부러 저를 부른 연유가 그저 이뿐이기를 바라는 손끝에 더욱 거센 힘이 들어갔다.

[출신 정보를 따져보니 연해주에 오래 몸담았던 것은 사실이지만-]

그 한마디에 온몸이 쭈뼛 서는 기분이었다. 이화학당을 졸업하였고 연해주에 오래 몸을 담았다, 제가 아는 한 그러한 자는 한 명뿐이었다. 부디 그자만은 아니기를, 차라리 얼굴도 이름도 모르는 다른 자이기를 바랐으나 곧 깨달았다. 아라사의 한인 마을은 좁고, 제아무리 멀어 봤자 결국 페치카 선생과 깊은 연이 있으며, 그 또한 자신이 모를 리 없다는 것을. 다른 곳도 아닌 연해주라면 더더욱 그러하였다.

[조센징들이 오죽 독한지, 고문이 통하지 않는다고 말하던 경찰들이 한둘이 아니야. 간혹 저조차 고문을 못 이기겠다 싶은 연놈들은 혀를 끊어내서라도 대답하기를 거부한다지.]

그간 서대문 감옥에 직접 가 본 적은 없었다. 군인의 몸으로 그곳에 들락날락할 만한 명분이 없었기 때문이었다. 허나 숱하게 들려오는 이야기들이 하나같이 참혹한지라, 차라리 잘된 일이라 여겼다. 갇힌 동지를 빼낼 정도의 힘은 있었으나 고초를 겪은 그 참담한 모습을 보면 그 자리에서 이성을 잃을 듯하여서. 허나 이자가 하는 말의 줄기가 어디로 흘러가는지를 보아하니, 이제부터는 직접 나서지 않고 일을 해낼 방도는 없을 듯하였다.

[허나 이번에 잡은 자는 거물급 인사지. 여인의 몸으로 혼자 폭탄을 나를 정도라면 불령선인들 사이에서도 그 입지가 절대 작지 않을 게야.]

그 말을 하는 이의 눈빛에서 스며 나오는 광기가 감돌았다. 감춰 둔 혀가 굴러가는 소리와 그 음습한 기색에 등골이 싸늘하게 식었다.

[어떻게든 그 배후를 아라사 쪽 조선인들과 엮어내게. 연줄이 없을 수 없는 년이니 아마 잘만 공들이면 쓸만한 단서를 얻을 수 있을 게야. 폭탄을 던질 대상과 이 일을 지시한 배후를 밝혀내어, 이 난동의 끝을 맺어야겠네. 정보를 얻기 전까지는 절대로 죽이지 말고, 죽을 것 같으면 의사를 불러서라도 다시 살려내게. 혀를 끊으면 손으로 쓰게라도 만들어내라는 뜻이야.]

저 잔혹한 심성은 타고난 것일까, 만들어진 것일까, 그도 아니라면 타고난 것에 더해진 것일까. 참을 수 없는 분노에 손끝이 떨리고 낯빛이 시시각각으로 바뀌었으나, 그조차 티를 낼 수는 없었다. 그것이 제가 해야 하는 일이었으니.

[그 불령선인의 이름이 무엇입니까?]

결국 내뱉고 만 그 말의 답이, 부디 제 머릿속에 떠오른 그자가 아니기를 바랐다. 자현을 잃은 슬픔이 가시기도 전에, 또다시 참혹한 광경을 목도할 각오가 되어 있지 않았다.

[윤관영. 나이는 스물넷이고, 고향은 함경도 영흥군이네. 신한촌에서 꽤 오랜 시간을 보냈던데, 혹여 자네가 아는 자인가?]

[처음 보는 자입니다.]

[작은 마을이라 들었거늘, 정녕 모르는가?]

저를 향해 기우는 쿠사카베의 몸이 뱀처럼 서늘하고도 징그러웠다. 허나 이 앞에서조차 얼굴을 일그러뜨린다면, 그 모진 일을 겪는 동지들을 보고 어찌 분노를 다스릴 수 있겠는가.

[작은 마을이었습니다만, 모두를 기억할 정도로 작은 마을은 아니었습니다. 직접 보면 기억이 날 수도 있습니다만, 장담할 수는 없습니다. 이름을 바꾸었을지도 모르는 일입니다.]

[그렇군.]

[또한 알았어도 달라지는 바는 없었을 겁니다.]

내뱉는 한마디 한마디가 진심과는 하등 거리가 멀었음에도 불구하고, 한없이도 큰 죄를 짓는 심경이었다. 자현을 잃은 그날 이후로 소식이 없던 관영에 대해 자신이 묻고 또 물었어야만 했다. 그럼에도 그리하지 못했다. 본디 같은 조직에 몸담은 이의 행적을 캐는 것은 밀정이 아니고서야 하지 않는 일이었으니, 운의 책임은 추호도 없었다. 허나 모든 것이 자신의 책임인 양, 오장육부가 타들어 가다 못해 녹아내리는 듯하였다. 확실한 증좌가 생기기도 전에 또 다른 이가 잡히고 말았다. 이 또한 강린, 그자가 한 짓일까?

다급한 발걸음은 퇴근 직후 곧바로 서대문 감옥으로 향하였다. 언제고 서대문 감옥에 가서 그를 찾더라도 그 누구도 의심하지 않는 점은 천만다행이요, 제 정체를 알고 있는 이가 옥에 갇힌 것은 청천벽력이었다. 주위를 물린 채 관영이 갇힌 8호 감방 앞에 선 운의 가슴이 그 어느 때보다도 떨리기 시작했다.

끼이익, 하는 소름 끼치는 소리와 함께 쇠약해진 몸을 어둠 속에 누인 관영의 모습이 드러나자, 차마 말을 잇지 못한 채 운이 탄식을 내뱉었다. 혈흔과 머리칼이 엉겨 붙어 있는 얼굴은 어디 하나 성한 곳 없이 상처투성이였고, 쉬이 몸을 일으키지조차 못하는 관영을 보는 그의 속이 분노와 비애로 들끓었다.

"웬 놈이냐?"

"괜찮습니까?"

기운을 잃은 와중에도 조선어로 묻는 관영을 향해 운이 익숙한 언어로 되물었다. 바싹 마른 입술 사이로 내뱉는 웃음은 실없었으나, 더없는 안도를 품고 있었다.

"그럴 리가……."

"어찌, 동지가 어찌 잡힌 겁니까?! 밀고가 있던 게 아니고서야……!"

관영이 핏자국이 눌어붙은 손가락을 천천히 입술에 갖다 댔다. 잔뜩 부은 눈두덩이조차 그 총기를 가리지 못하였다.

"밀고가 있었습니다."

"뭐요?"

"강린. 그자가 여우[i]입니다. 꽤 오래전부터 배길성과 내통하고 있었더이다. 애량 동지를 죽이도록 일조한 자 또한 그놈이었습니다."

"하, 하하하하……."

허탈하다 못해 실성한 웃음소리를 내지르며 운이 그 자리에 주저앉았다. 뛰는 놈 위에 나는 놈이 있다 하였던가. 일본육사에 들어간 이후로부터 자신이 날고 있다 믿어 의심치 않았거늘, 그저 뛰는 이에 불과하였다. 심증은 있기로서니 물증이 없어 갈팡질팡하던 사이에 또 당하고 말았다. 거친 지푸라기를 파고드는 손톱 밑에서 검붉은 피가 배어 나왔다.

"그나마 다행입니다, 그자가 아는 정보는 지극히 일부분이니. 동지들 가운데 정보를 가장 적게 알고 있다 해도 과언이 아닐 겁니다. 내부고발을 한 특혜로 경찰이 되어 이곳에 수사를 올 예정이라던데……. 천만다행히도 그자가 아직 타벽통보법[ii]을 모르고 있습니다."

"…… 내 어떻게든 조처하겠습니다. 그간 증좌가 없어 속수무책이었거

---

[i] '밀정'을 뜻하는 명중경단의 은어
[ii] 일제강점기에 옥고를 치르던 독립운동가들이 정해진 신호에 맞추어 벽을 두드려서 의사를 전달하는 방법

늘, 이리 말씀해 주셨으니 되었습니다. 상부의 지령을 받기 전이라 할지라도 기회만 생긴다면 곧바로 처단하리다."

관영을 부축하는 팔이 노기를 이기지 못하고 부들부들 떨렸다. 그에 덩달아 함께 떨리는 관영의 몸을 고쳐 잡는 운의 눈가가 붉게 물들었다.

"아직은 그자에 대한 소식을 아무도 모르고 있습니다. 허니 동지께서 은밀히 명중경단에 전달해 주십시오. 분노가 짙으시겠으나, 설불리 나서지 말고 찬찬히 준비하셔야 합니다."

"반드시 그리하겠습니다. 그놈이 동지의 몸에 생채기 하나라도 더 내는 걸 두고 볼 수가 없습니다."

"헌데 여기는 어찌 왔습니까? 제아무리 군인이라지만 이리 마음대로 들어와도 되는 것입니까?"

"동지가 아라사 쪽에 연이 있다는 것을 왜놈들이 알고 있습니다. 그나마 운이 좋게도 조선말을 할 줄 아는 경찰들이 지적에 없어서 제가 수사에 투입되었습니다."

"참말입니까? 실로 다행이군요."

"앞으로 심문할 일이 있다면 저와 하게 될 가능성이 농후합니다. 보고서는 적당히 꾸며 올리겠습니다. 허니 저와도 함께 조사를 할 적에는 연기만 잘 해주십시오. 주변을 물려도 소리는 새어 나가기 마련이니까요."

운이 품에서 약을 꺼내어 관영의 입에 흘려 넣었다. 선혈이 낭자한 관영의 이마를 닦는 그의 손길은 분명 울고 있었다. 힘겹게 약을 삼키는 관영을, 운은 애처로이 바라볼 수밖에 없었다.

"대체 어떤 놈입니까? 어떤 놈이 감히 동지를……!"

"'카네키 고로'. 여기 들어와서야 알았지만 수감자들 사이에서 잔인하기로 악명이 높습니다. 아직 몇 번 보지는 않았으나 눈치도 적잖이 빠른 듯하니, 동지도 부디 들키지 않게 조심하십시오."

"그자가 조사를 자주 나오는 편입니까?"

"조선말을 할 줄도 모르면서 나오더군요. 제가 왜말을 알아듣는 것을 알기에, 몇 가지 정보를 던지고 표정을 살피며 시험해 보는 듯합니다. 헌데 갇혀 있다 보니 무어가 진실인지를 완벽히 가려낼 수 없습니다. 청컨대 동지가 부디 알려 주십시오."

"그리하겠습니다. 동지 말고 갇힌 이는 아직 아무도 없으니 안심하셔도 됩니다. 내 이런 청을 할 낯이 없습니다만, 그럼에도 간곡히 부탁드립니다. 부디 조금만 더 버텨 주십시오, 최대한 빨리 동지를 이곳에서 빼낼 테니."

차마 고개를 들지 못하는 운을 향해, 관영이 피딱지로 범벅이 된 입술 한쪽을 끌어올렸다.

"푸른 하늘에 붉은 해가 떠오른다는데, 버티지 못할 것이 무어 있겠습니까."

알아보는 것조차 힘들 만큼 망가진 얼굴에 분명한 빛이 드리웠다.

"대한 독립 만세."

"대한 독립 만세."

1915년 3월 28일

    자정. 명목상 운은 제국의 평화와 안녕을 위해 출장 중이었으며, 엄연히 제가 묵을 숙소 또한 받은 채였다. 허나 밤이 더 깊어져서 그 어떠한 소리도 나지 않을 무렵, 운은 아무도 모르게 창문을 빠져나와 어딘가로 향하였다. 얼굴을 가렸기로서니 키와 덩치를 숨길 수는 없었다. 허나 그의 발걸음에는 망설임이 없었다. 사람 하나가 간신히 들어갈 법한 골목을 지나 허름한 셋방 하나에 당도한 그가 주저 없이 문을 열어젖혔다.
    "누구-"
    탕-
    입을 제대로 떼기도 전에 발사된 총탄은 귓가를 스쳤고, 곧이어 제 앞으로 단검이 날아들었다. 다급히 피했으나 얼굴을 가린 복면이 찢겨 흘러내렸다.
    [후, 후지와라 중위님……?!]
    "변절자 주제에 입을 놀릴 생각을 하는구나."
    운의 말에 린의 얼굴이 싸늘하게 얼어붙었다. 이자의 입에서 어찌 조선어가 나왔는지 망설이던 차, 뒤늦게 이 모든 상황과 말뜻마저 이해해 버린 그가 단검을 들고 운에게로 덤벼들었다.
    탕-
    제대로 된 접전이 벌어지기도 전에, 짧고 굵은 비명이 울려 퍼졌다. 세 치 혀를 함부로 놀린 이가 머리에 피를 흘리며 그 자리에서 쓰러졌다. 운은 더없이 싸늘한 표정으로 아직 식지 않은 총구와, 입도 다물지 못한 채 쓰러진 린을 번갈아 바라보았다. 연기가 사그라들고 눈앞에 놓인 이의 숨이 끊어진 것이 확실해질 즈음, 운은 총을 품에 넣고 뒤도 돌아보지 않은 채 관저로 걸음하였다. 자현이 당한 것에 비하지 못할 정도로 잔혹히 복수하고 싶었으나, 그조차 할 수 없는 현실이 안타깝고 또 사무쳤다.

문득, 무언가 흐르는 느낌에 천천히 제 손을 쳐다보았다. 분노에 차서 아픈 것도 모르고 있었으나, 단검에 스친 듯 손바닥에서 피가 배어 나오고 있었다. 품속에서 붕대를 꺼내어 손을 휘감는 때조차도 아픈 것을 느끼지 못하였다. 자현을 죽게 만들고 관영을 그 지옥 속에 처넣은 금수만도 못한 이의 살을 씹어 더 잔혹하게 복수해야 할 것인즉, 생각하면 할수록 끓어오르는 화를 주체할 수가 없었다.

[도, 도련님?]

순간 귀신인가, 싶었으나 그 속에 담긴 외마디 비명에 운이 천천히 손을 뒤로 감추었다. 이윽고 어둠 속에서 희미하게 빛나는 눈동자를 발견한 그가 일순간 표정을 바꾸었다. 표정 변화나 감정 기복이 심하지 않은 설이 어둠 속에서도 알아차릴 정도로 하얗게 질린 얼굴을 한 채 두 손으로 입을 틀어막았다. 출장을 갔다던 이가 새벽에 갑자기 돌아왔으니, 기절하지 않는 것이 용할 정도였다. 허나 그런 것보다 그저 한밤중에 이자를 마주친 것이 더없이 두려웠기에, 그 어떠한 생각을 할 겨를조차 없었다.

[추, 출장을 가셨다 들었는데 어찌 이 시간에,]

[내 그런 것까지도 네게 말하랴?]

제게는 늘 어색하기만 한, 싸늘하고 권위적인 어조가 이미 자신을 잠식한 듯하였다. 그런 스스로가 끔찍하게도 싫었다. 길지 않은 한마디로도 대화의 주도권을 쥐기에는 충분하였으나, 실로 조선인들을 하대하는 왜인이 된 듯한 느낌을 지울 수가 없었다.

[아, 아닙니다! 혹여 필요하신 것이라도 있다면,]

[없다. 새벽에 일찍 나갈 것이니 아무것도 준비하지 마라.]

어둠을 틈타 안도의 한숨을 내쉬며 위층으로 올라가는 그의 귓가를 사로잡은 것은 울음소리였다. 잠시 무언가에 홀린 듯 멈추어 섰다. 연유도 알 수 없었고, 깊은 관계도 아닌 이의 울음소리를 듣던 제 눈에 어째서인지 눈물이 고였다.

한없이 서러운 울음소리를 들은 것이 벌써 몇 년째였던가. 온몸이 토막토막 잘리는 듯한 그 소리를 들을 때마다 자신이 죄인이 된 심경이었다. 그렇기에 가족을 잃고 동지를 잃는 일이 비일비재했음에도 차마 소리 내어 울 수 없어 수년을 참아왔다. 그리 참아내었던 눈물이 만난 지 달포 가량 된 이의 곡소리 앞에 속절없이 흘러내렸다.

다른 뜻은 없었다. 다만 이 아이가 이리도 서러운 울음을 우는 것을 상상한 적이 없어서일까, 되려 제 눈시울이 붉게 물들었다. 애련함에 발목을 잡혀, 그가 벽에 한층 더 가까이 다가섰다.

"언니……."

언니라, 언니가 있었구나. 아마 고향에 두고 왔겠지. 행여 그 언니에게 무슨 일이라도 생긴 것일까. 죄책감이 일었다. 대의를 이루기 위해서, 저 아이를 짓밟는 듯하였다. 결국 저 아이가 살기 좋은 세상을 만들기 위해 기어이 짐승의 탈을 쓰고, 고향에서 역적이 되기를 자처하지 않았던가. 울음소리가 애끓을수록, 상처를 닦는 속도가 느려졌다. 늘 겁에 질려 있었기로서니 당찬 기백을 숨기지 못하던 저 아이는 대체 무엇 때문에 우느뇨. 구슬프고도 가슴 아픈 울음소리는 다시 창문을 넘어 숙소로 돌아가는 그 순간까지 귓가에서 맴돌았다.

내심, 그러나 간절히 바랐다. 부디 저 울음이 분노에 찬 제게만 들려오는 환청이기를, 설혹 진짜라면 그저 꿈을 꾸던 것에 불과하기를.

* * *

허나 이튿날에도 듣고 말았다. 장을 끊어내는 듯 속을 찢어발기던 그 울음소리는 한층 더 힘이 없었고, 한층 더 애달팠다. 감히 흉내 내라 하여도 결코 흉내 낼 수 없는 저 구슬픈 울음소리는 필경 이 세상이 내도록 만든 것이겠지. 그 어떤 비극이 슬프지 않겠느냐마는, 저것은 분명 필경 필설로는 표현할 수 없는 한이리라. 연유라도 알고 싶었다. 혹여나 내가 도울 수 있을까, 하는 실낱같은 한 줄기 희망이라도 붙잡고 싶었다. 그것이 아니라면 하소연이라도 듣고 싶었다. 슬픔을 없애줄 수는 없어도 조금이나마 덜어줄 수 있으리라.

* * *

"얼굴은 어찌 그리되었느냐?"

커다랗던 눈을 반절도 뜨지 못하는 데다 한눈에 보아도 울긋불긋하게 부은 얼굴을 보고서 이런 말을 건네지 않을 이는 없었다. 설혹 다른 여급과 다투기라도 한 것일까, 아니면 일전 쫓아냈던 그 여급이 앙심을 품고 찾아오기라도 한 걸까. 행여 그것 때문에 울었던 걸까? 그렇다면 언니는 어찌하여 찾았던가.

"아, 아직 다 나은 건 아니라서……."

그저 궁금하여 물었을 뿐이거늘, 황급히 얼굴을 매만지며 동문서답하는 정화의 얼굴에서 도무지 눈을 뗄 수가 없었다. 정작 변을 당한 이가 어떤 심경으로 시선을 피하고 있는지조차 고려하지 못할 정도로 걱정이 되어서.

"…… 다 드셨으면 치우겠습니다."

"밤마다 우는 소리가 네 것이냐."

달그락, 하는 소리와 함께 정화가 제 앞에 무릎을 꿇었다. 얼굴을 제대로 보지는 못하였으나 하얗게 질렸음에 틀림이 없었다.

"죄송합니다……! 다시는 도련님의 잠을 방해하지 않겠습니다, 부디 살려주세요!"

"허면 어찌 우느냐?"

끝없는 침묵과 재촉, 그리고 떨리지만 분명한 말들이 이어졌다. 두서없는 말이었으나 이해 못 할 것도 아니었기에 더욱 주의를 바짝 기울였다.
"언니가…… 누명을 쓰고 지금…… 감옥에 들어가 있다 합니다……."
그제야 밤마다 들리던 곡소리의 연유를 깨달았다. 울음 속에 섞여 들리던 '언니'는 사촌 언니였다. 그렇다면 이 상처들은 어찌 생긴 것일까, 하는 의문이 꼬리를 물고 이어졌다. 혹여 그 또한 언니의 옥고와 관련된 것일까?
"도련님, 도련님께서 저희 언니를 심문하신다 들었습니다. 제발 언니 좀 살려주세요. 언니는 죄가 없습니다. 필경 모함일 것입니다, 절대 그럴 사람이 아닙니다. 어릴 적부터 잔병치레를 곧잘 하던 몸이었습니다. 하여 가혹한 고문을 절대 견딜 수 없는,"
"고문이라니, 내가?"
순간 저도 모르게 이런 말을 내뱉고 말았다. 고문을 하는 척은 하여도 직접 한 적은 없었으니 틀린 바는 아니었으나, 대외적으로는 자신이 그 모든 악행을 하고 있다 알려져 있으니 이 아이에게도 그리 말하는 것이 맞았다. 허나 도무지 인정하고 싶지 않았던 속내가 불쑥 밖으로 튀어나오고 말았다. 아아, 어찌하여 이런 실수를 범하였는가. 등에서 식은땀이 흐르는 듯하였다. 속으로 깊고도 깊은 탄식을 내뱉었다.
"하오나 그곳에 있던 경찰이 말하기를,"
"어디서 무슨 얘기를 듣고 온 것인지는 모르겠으나, 나는 죄수들을 고문하지 않는다. 그저 그들의 진술을 듣고 질문할 뿐이다."
"어, 어……. 그게……."
"비록 헌병 경찰이라지만 난 엄연한 군인이다. 감옥에 있는 죄수들을 심문하는 건 경찰의 일이며, 그것은 군인인 내가 함부로 좌지우지할 수 있는 권한이 아니다. 아마 네 사촌 언니라는 자가 고문을 당했다면, 내가 아니라 수사를 함께 하는 다른 경찰일 것이다."
헌병경찰 쪽의 사정을 조금이라도 알면 그저 우습기만, 한 치의 진실도 없는 말들뿐이었다. 당초 제대로 된 절차조차 거치지 않고 급히 투입된 이가 바로 자신이었으니. 그야말로 정체를 드러내는 것과 다를 바 없었다. 허나 그 사정을 모른다면 그저 적법한 말에 불과하겠지. 눈 하나 깜짝하지 않고 거짓말을 하던 중, 한 가지 생각이 들었다. 내가 어찌하여 이렇게까지 하는가? 단지 같은 조선인을 돕자는 그런 생각과는 다른 맥락이었다.

"허, 허면, 언니는 괜찮습니까……?"

"죄가 없다면 무사할 것이다."

애써 무심하게 낸 목소리 뒤로 또 하나의 청이 이어졌다.

"…… 면회를, 보내주실 수 있겠습니까……."

다른 이는 물론이요, 저조차도 귀를 의심할 만한 한마디였다. 머릿속으로 생각만 하던 것이 귀에까지 들려왔다 착각했나, 스스로를 의심하며 운이 정화를 향해 몸을 기울였다.

"다른 것은 바라지 않습니다. 죄가 없으니 잠시 갇혀 있다 나올 뿐이라 생각하였지만, 생각보다 심한 고초를 겪는 듯 보이더이다……. 언니는 아무런 죄가 없지만, 그래도 전 걱정이 됩니다. 어디에 내놓아도 살아남을 언니이기로서니, 실로 이번이 아니면 더 못 볼 것 같아서……."

독사 장교의 앞에서 감옥에 갇힌 언니의 면회를 청하다니, 실로 죽음이 두렵지 않다 할 수밖에 없는 기개였다. 문득, 진실을 감춘 채 몸이 편안한 일을 하고 있는 저 스스로가 비추어 보였다. 부끄러웠다. 제아무리 필요한 일이기로서니, 그 속내를 막론하고 왜놈들의 편을 드는 말을 입에 담는 것이 한없이 죄책감이 들었다. 나름 안정적인 위치에 있는 저 또한 말을 가려서 해야 하나, 정반대의 상황에 놓인 이자는 정말 이 자리에서 죽고자 하는 마음으로 제 속에 담긴 말을 하고 있었다. 어쩌면 이자는, 그 누구보다도 위대한 일을 하고 있을지도 모른다.

"면회가 필요하다면 그저 혼자 조용히 다녀오면 될 일이다. 수감자가 제아무리 불령선인이라 할지라도 가족의 면회까지는 막지 않으니 내가 그럴 연유 또한 없다. 헌데 이를 어찌 내게 말하느냐?"

"…… 이미 다녀왔는데, 그쪽 경부가 막았습니다. 무얼 믿고 조센징을 들여보내 주느냐고, 한 패일지 어찌 아느냐고 하더이다."

그제야 비로소 얼굴이 어찌 그렇게 되었는지를 짐작할 수 있었다. 서대문 감옥 앞에서 저런 청을 하는 조선인들은 실로 한둘이 아니었으니.

"…… 오라버니를 살리고자 언니의 일을 함구한다면 언니는 반드시 죽습니다. 그렇다면 저도 오라버니도 더 살아야 할 연유가 없어요. 허나 이 상황에서 면회가 가능하다는 것만으로도 언니는 불령선인의 누명을 벗을 가능성을 얻고, 어쩌면 풀려날 수도 있습니다. 비록 방금에서야 사실이 밝혀졌지만, 도련님께 간청한다면 언니가 고문을 안 당할 수도 있으니, 그것도 곧 살리는 길이라 생각했을 뿐이어요……. 만에 하나라도 도련님께서 제 청을 받아들이시어 언니가 고초를 조금이라도 덜 겪는다면, 그것이야말로 저와 오라버니 모두가 사는 길이어요. 제게는 더 이상 선택의 여지가 없습니다. 이리 간청드리어요. 차라리 제가 죽겠어요. 언니는 하늘을 우러러 떳떳이 살아온 사람이고, 그 어떠한 불경한 행동을 저지른 적이 없어요. 제가, 제가 현보할 수 있으니 차라리 저를 죽,"

"언제 다녀올 예정이더냐?"

"…… 예?"

이미 이 아이의 앞에서 대놓고 악한 이인 척하는 것은 반쯤 포기한 상태였다. 이 아이를 곁에 두어 달라는 자현의 말 때문이었을까, 아니면 내 앞에서는 조선어를 쓰라 말한 그 순간부터였을까. 그나마 다행인 것은 이 아이가 추호도 제 정체를 의심하지 않는 듯하다는 정도이리라.

"내가 함께 가마."

"아, 아아, 참말이어요? 감사합니다……! 감사합니다, 정말로 감사합니다!"

"헌데 그저 몸이 안 좋아서는 아닐 테고, 얼굴은 대체 무얼 하다 그리되었느냐?"

"아, 이건……."

"설마 그 경부라는 자가 한 짓이냐?"

"…… 예……."

"그자의 이름이 무엇이냐?"

"제가 정문에 도착하고 곧이어 경부 하나가 나왔는데 그 사람이 그리하였어요. 성씨는 '카'로 시작했던 듯한데 기억이 가물가물하고 이름이…… 발음은 잘 모르겠는데, 한자로는 '오동나무 오梧'에 '다락 루樓' 자를 사용했어요. 성씨까지 하면 '금목오루'였던 것으로 기억해요. 국어 음독으로는 그 이름을 '고로'라 발음하려나요? 얼굴을 보면 기억할 수 있어요. 보초를 서던 순사가 두 명 있었으니, 아마 그들에게 물어도 알 것이어요."

'고로', 그 말을 듣는 순간 스쳐 지나가는 이름이 하나 있었다. 모진 고문으로 쇠약해진 와중에도 관영이 또렷하게 내뱉었던 그 이름.

"혹 성씨가 '카네키'였더냐?"

"아……! 맞는 듯합니다. 헌데 어찌 아셨어요?"

"아주 잘 아는 자이지. 그자는,"

저조차 모르는 사이에 이 아이가 너무도 편안해진 탓일까, 그만 절대로 해서는 아니 되는 말을 내뱉을 뻔한 운이 황급히 입을 다물었다.

"…… 아니다."

내심 다행이라 여겼다. 총독부로부터 내려온 지령을 수행하러 서대문 감옥에 가야 했거늘, 그리 마땅한 명분이 없어 어찌어찌 만들어가던 차에 마침 이 아이가 기회를 만들어주었다. 자신이 이 아이를 데리고 서대문 감옥에 걸음하는 그날, 카네키 고로가 그 자리에 있기를 바랐다. 그래야 보다 확실한 복수를 하여 쫓아낼 수 있을 테니.

1915년 4월 3일

"오늘은 어쩐 일입니까? 조사가 없는 날이 아닙니까."

옥사의 문이 열리고, 운의 얼굴을 확인한 관영이 물었다. 여전히 일어를 입에 담지 않았기에 제 입에서 나오는 언어는 어떠한 것이든 상관이 없었다. 허나 앞서 감옥 정문 앞에서 무슨 일이 벌어졌는지를 알지 못하는 이는 그 누구보다도 운의 입에서 나오는 말이 조선어이기를 바랐다.

"조사 때문이 아닙니다. 동지를 보고 싶어 하는 이가 있어서 왔습니다."

"나를 말입니까?"

"소상한 것은 말하지 않아도 알리라 믿습니다. 나이는 열일곱이고, 이름은 남정화입니다."

"뭐요? 동지가 그 아이를 어찌……?"

"관저에서 일하는 여급입니다. 동지의 친척이라는 것은 방금에야 알았지만……."

"뭐라고요?!"

"소상한 사정은 저도 모릅니다. 헌데 반응을 보아하니 동지도 몰랐던 듯하군요."

당황을 넘어 당혹스러운 표정을 감추지 못한 관영을 운이 양팔로 부축하여 일으켰다.

"여급이라니, 동지, 이게 대체 무슨 말입니까? 도무지 이해할 수가 없습니다. 정화는 학당에 갔을 터인데 이 무슨……."

"그자가 제 곁에서 일하고 있기로서니, 사정을 따로 묻지는 않았습니다. 하여 저도 들은 바가 없으나, 제가 없는 사이 예까지 와서 동지의 면회를 요청했더군요. 허나 잘 풀리지 않았는지 나중에는 제게도 청하더이다. 하여 예까지 데려오게 되었습니다."

"제정신입니까? 들키면 어찌하려고……!"

"걱정 마십시오, 적당히 부탁을 들어주어야 더 반발심을 사지 않으리라는 명분이면 충분하니. 어서 가 봅시다."

잔뜩 쉰 목소리로 비명을 내지르려는 관영을 다독이며, 운이 품속에서 약을 건네었다. 몇 방울 되지도 않는 액체를 힘겹게 삼키며, 관영이 수어 번 마른기침을 하였다.

"그 아이는 동지의 정체를 압니까?"

"조선어를 더 편히 여긴다는 정도로만 알고 있습니다. 다만 내 동지를 조사하러 여러 번 왔다는 건 이미 알고 있더이다. 내 그만 실수하여 아니라고는 하였으나, 아마 동지를 고문하지는 않았나 의심할 겁니다. 허니 동지가 다시 제대로 말해주십시오."

"동지가 이미 아니라 하였으니 어찌하겠습니까. 제가 말을 번복하면 그것이야말로 더 의심을 살 겁니다. 허니 혹여 다시 묻는다면 동지께서는 그냥 통역만 했다 하겠습니다."

"송구합니다. 이런 실수를 하게 되다니, 면목이 없습니다."

"뭐 틀린 말도 아니지 않습니까. 그리 의심이 많은 아이가 아니니 괜찮을 겁니다. 헌데 이리 크게 말씀하시다니, 다른 이들을 전부 물리신 겁니까?"

"그렇습니다."

"그럼에도 듣는 귀가 있을까 두렵습니다. 허니 저 앞에서부터는 모르는 체합시다."

"그리합시다."

무던한 듯하면서도 어딘지 모르게 다정한 말투를 주고받던 둘은, 모퉁이를 도는 순간부터 말을 섞지 않았다. 지나가는 바람이 소문을 실어 나를까, 문틈 사이로 새어 나간 그림자가 증좌가 될까, 그 어떠한 것도 편히 할 수가 없었다. 이럴 줄 알고 주위를 전부 물렸거늘, 행여 앞선 대화까지 누군가가 숨어 있다 듣지는 않을까 싶어, 들릴 듯 말 듯 속삭이다 보니 어느새 서로의 온전한 목소리를 까먹을 듯하였다. 속으로 천천히 열을 셀 정도의 속도면 가고도 남을 짧은 거리였으나, 거동이 불편한 이를 부축하는 데에는 생각보다 긴 시간이 걸렸다. 넘어질 법한 이를 잡아 일으키고 아파하면 주위를 살핀 다음 잠시 안아 들고 갔다. 그 와중에도 걸어오는 소리가 그치면 오해를 살까, 부러 쇠사슬에 묶인 손목을 이리저리 흔드는 관영이었다. 그리고 마침내, 누구보다 열리기를 바랐던 문이 열렸다. 그와 함께, 펼쳐지지 않기를 간곡히 바랐던 광경이 펼쳐졌다.

"정화야, 정말 너야?"

"언니······!"

누가 면회를 왔는지 제대로 알지 못하는 것이 맞을 터이나, 그립고도 두려운 감정이 한데 어우러져 관영이 그만 정화의 얼굴을 보기 전에 입을 열고 말았다. 허나 그런 것 따위는 중하지 않은 듯, 그의 얼굴을 보자마자 정화가 절규하며 품에 뛰어들었다.

"어찌 이리 울어, 언니 속상하다."

"그 곱던 사람이 이리되었거늘, 울지 않을 수가 있어?! 옷은 또 왜 이 모양이야?!"

"죄수복이 다 그렇지 뭐."

"그게 아니잖아! 이, 이 피가······! 언니, 고문 심하게 당했어?!"

"아니야, 고문은 무슨. 다른 죄수들이 입던 옷을 돌려 입느라 그래."

"이게 어떻게 안 당한 얼굴이야? 그 곱던 이가 다 죽어가는데 아무 일이 없었다고? 누구야, 대체 어떤 짐승만도 못한 놈이야?!"

절규하는 정화를 보는 운이 그만 고개를 돌렸다. 코끝이 시큰해져서, 계속 쳐다보다가는 정말로 참아왔던 눈물을 쏟을까 봐서.

"헌데 정말 네가 어찌 여기에, 또 저자는······."

"······ 나, 총독부 관저에서 여급으로 일해. 내가 언니 보고 싶다고 청해서 도와주러 오셨어."

"여급이라니? 영흥에 있는 게 아니었어? 어쩐지 오라버니 보러 갔을 때 네가 없긴 했다만, 난 당연히 학당에 간 줄로 알고……. 아니 그보다 정화야, 난 지금 이 모든 게 이해가 안 돼. 무엇보다 너 여긴 어찌 알고 온 거야?"

앞선 설명에도 관영의 당혹한 얼굴은 가실 줄을 몰랐다. 둘이 함께 숨기고 있는 것이 있거늘, 그조차도 잊고 다시 운을 바라보는 관영이었다.

"언니, 헌데 예까지는 어쩌다가 온 거야, 응?"

"…… 오해가 좀 있었어. 찻잎이 우러날 즈음에 불을 붙여야 했는데……."

관영은 이 말을 하며 천천히 운을 향해 시선을 돌렸다. 정화의 눈을 피해, 둘은 조심스레 눈빛을 주고받았다. 뜨거운 물에 찻잎이 우러나듯이 시나브로 본심을 드러낸 밀정을 없애버리지 못하였다, 그 말을 옥에 갇힌 동지들에게 전달하는 것은 운의 일이었다. 관영에게 이 사실을 전할 때까지만 해도 투옥된 명중경단의 사람은 다른 한 명뿐이었다. 허나 관영이 저리 말했다는 것은 필경…….

"…… 어?"

"아아, 미안. 잠시 다른 생각을 하느라……."

관영은 이 말을 하며 은밀히 손가락 세 개를 펴 보였다. 3호 감방이라, 짚이는 이가 하나 있었다. 불과 며칠 전에 잡혀 들어온 자였는데, 명중경단의 사람들에 대해 모르는 정보가 없는 운도 처음 보는 자였다. 경무국에서도 그리 주요하게 취급하지 않는 것을 보아하니 명중경단 소속인 것을 철저히 숨긴 듯하였다.

"…… 금방 풀려나는 거지……?"

"그럴 리가."

"…… 살아서 나올 수는 있는 거고?"

"특별한 일이 없다면."

"일이라니……. 언니, 우선 살아야지. 응? 날 봐서라도 제발 살아줘."
"내가 죽긴 왜 죽어. 질긴 목숨이라 어떻게든 살아남을 거야."
"옥사에서는 편지 못 하지……?"
"못 하지. 허나 어떻게든 보낼게."
"언니……!"
"죄가 없으니 풀려나자마자 보내겠다는 뜻이야. 뭘……."

그 말이 끝날 무렵, 운이 말없이 자리를 피하였다. 당황해하는 정화를 뒤로하고 그가 향한 곳은, 며칠 전까지만 해도 비어 있던 옥사의 가장 끝방이었다. 혹여 제 모습을 누가 볼까 가장 끝 쪽 벽에 몸을 붙여 숨긴 그가 문을 두드리기 시작했다.

여덟 번, 네 번, 여덟 번, 일곱 번, 아홉 번, 세 번, 열 번, 한 번, 세 번, 일곱 번, 세 번, 여덟 번, 한 번, 다섯 번, 여덟 번.

눈 깜짝할 사이에 지나갔으나, 명중경단의 사람이라면 그 뜻을 모를 수 없었다.

여우 제거 성공.

소상한 말이 없어도 당장 밝혀진 밀정은 강린 하나뿐이니, 여우는 곧 그자를 뜻하였다. 안을 보고자 하였으나, 그럴 수 없었다. 관영을 제하고 자신의 정체를 아는 이들은 전부 신한촌에 있었기 때문이었다.

이윽고 다시 관영과 정화가 있는 곳으로 돌아가자, 무언가 제가 들어서는 아니 되는 이야기를 하고 있었던 양 정화가 화들짝 놀라며 관영의 거친 손을 부여잡았다.

"언니, 반드시 나와야 해. 나 언니 다시 밖에서 보고 싶어."
"못 해 본 게 얼마나 많은데 억울해서 어찌 죽겠느냐."

아무렇지도 않은 투로 이야기하는 관영의 말은 그 무엇보다도 믿음직하였다. 제아무리 운이 곁에서 지키고 있다고는 하나, 다른 곳도 아닌 서대문감옥까지 들어온 이상 무엇도 장담할 수 없었다. 허나 목숨이 경각에 달린

이 상황이기로서니, 상대는 윤관영이었다. 입이 무겁기로는 조선 땅에 비할 자가 없으며 치밀하기로는 다른 나라에조차 비할 자가 없으니, 그라면 실로 어떠한 고난조차 전부 견뎌낼 수 있을 듯하였다.

"얼른 나와. 죽을 때 죽더라도 여기서 개죽음당할 수는 없잖아."

"내가 왜놈들 손에 죽기야 하겠느냐? 너나 조심해라. 어쩌자고 예까지 들어왔는지, 참 간도 크지."

관영은 그 말을 하며 떨어지지 않는 발걸음을 떼었다. 애써 등을 돌리자 참았던 눈물 한줄기가 상처로 가득한 얼굴을 타고 흘러내렸다. 내도록 관영을 부축하던 운이 그에게 손수건을 건네었다.

"정화로부터 이야기를 들었습니다. 동지가 카네키 고로를 힐문했다 하더군요. 행여 내게 화풀이라도 하면 어쩌나 했더니, 이미 그 자리에서 해고했다 하더이다. 대체 어찌 그리하셨습니까?"

"전부터 뒷돈을 받았다는 말이 따라붙던 자입니다. 하여 어찌 해고하여도 별말 없었을 겁니다. 그놈의 고문 방식이 지극히도 잔혹하다 하지 않았습니까. 행여 다른 놈이 수사하더라도, 그놈에 비하지는 못할 겁니다. 동지의 몸에 흉을 하나라도 덜 남겨야 했거늘, 그러지 못해 미안할 따름입니다."

관영이 그만 다리에 힘이 풀린 채로 그 자리에 주저앉았다. 그자가 제게 했던 짓이 생각났다. 온몸이 난도질당하고 유린당할 때 부러 더 크고 교활하게 터뜨리던 웃음소리가, 칼에 베이고 불에 타는 고통을 참을 수 없어 내지르던 비명을 두고 킬킬거리며 했던 소리가, 주마등처럼 스쳐 지나갔다.

[불령선인이 개돼지 같은 연놈들을 낳아 더러운 씨를 흩뿌리지 못하도록 막는 것이야말로 제국의 경찰이 할 일이지. 안 그러냐?]

"아아아······!"

가장 끔찍했던 고통이 떠오르자, 관영이 저도 모르게 무너져가는 비명을 내질렀다. 운이 다급히 부축하였으나 차마 흐르는 눈물마저 막을 수는 없었다. 철처럼 강인하던 관영이 운의 품에 얼굴을 묻고 바들바들 떨고 있었다.
"…… 고맙습니다, 선윤 동지. 정말, 정말 진심으로 고맙습니다."
"대체 그놈이……."
말을 이어가려던 운의 품 안에서 관영이 세차게 고개를 휘저었다. 입을 다물 수밖에 없었다. 부디 묻지 말라고, 아무런 것도 궁금해하지 말라고, 그리 말하고 있었다. 운이 가만히 관영을 끌어안고 등을 토닥였다. 그 울음조차도 큰 소리를 내지 못하고 속으로 삼키고 또 삼키는 모습이 보는 이들의 속을 들끓게 하였다.
"진즉부터 각오했던 일입니다. 동지를 보아서라도 내 어떻게든 살아남겠습니다. 행여 혀가 잘려 말을 못 하게 되더라도 부디 나를 버리지는 말아주십시오."
"동지, 대체 어찌 그런 말씀을 하십니까……?"
고문을 이기지 못할까 두려워 혀를 끊어 답하기를 거부한 동지들은 더러 있었다. 이때까지는 그것을 막을 방도조차 없어 그저 조금만 더 버텨주기를, 하며 가슴을 졸이고 함께 눈물을 흘리기만 하였으나 지금은 달랐다. 아무 일도 없던 것처럼 만들 수는 없어도, 조금만 버틴다면 이 지옥 같은 곳에서 빼낼 수 있으니. 그리고 관영은 그것을 누구보다 잘 아는 이요, 누구보다 이 끔찍한 상황에서 입을 굳게 닫을 수 있는 사람이었다.
"나 혼자 편히 지내 미안합니다. 빠른 시일 내에 동지를 꺼내드리겠다 약조하겠습니다. 허니 부디 죽지 말고 버텨 주십시오……."
힘겹게 꺼내는 말 뒤로, 관영이 다친 사람답지 않게 호탕한 기색으로 웃음을 터뜨렸다. 갑작스러운 상황에 운이 당황하여 그 자리에서 관영을 뚫어지게 쳐다보았다.
"방금 정화에게 한 말을 듣고서도 그런 말씀을 하십니까? 다른 이도 아니고 내가 죽기는 어이하여 죽습니까? 팔다리가 부러지고 상병신이 되어도 신한촌으로 돌아갈 테니 걱정 마십시오. 삶의 끝이 여기라면 죽어서도 눈을 못 감지 싶습니다."

"하하……."

"내 걱정은 말고 다른 동지에게 정보를 잘 전달해 주십시오. 잡혀 온 지는 얼마 되지 않았고, 강린이 밀정이라는 사실은 아나 그가 죽었는지는 정확히 모르는 듯합니다. 독방에 있어 상황이 어찌 돌아가는지 잘은 모르겠으나, 간수들이나 다른 일경들이 하는 말을 들어보니 저나 동지, 그리고 선생님들을 제외하고는 이 땅의 그 누구도 강린이 죽은 것을 모르는 듯하더이다. 허니 동지께 부탁 좀 드리겠습니다."

"면회하는 사이 벽 틈으로 전달했습니다."

안심한다는 투로, 관영이 고개를 끄덕였다.

"제아무리 밑밥을 깔아놓았기로서니, 너무 오래 있으면 오해를 살 겁니다. 허니 서둘러 돌아가십시오."

"염치 불고하고 이런 청을 드립니다. 부디 조금만 더 버텨주십시오. 정말 조금일 겁니다. 내 어떻게든 동지를 구하겠습니다."

"믿겠습니다."

운이 관영을 향해 손을 건네었다. 크고 단단한 손이 상처가 가득한 손을 부드럽게 감싸 다독였다.

"대한 독립 만세."

"대한 독립 만세."

* * *

"도련님…… 감사합니다, 정말로 감사합니다……. 나올 적에 말씀드리고자 하였는데 너무도 바빠 보이셔서요, 부끄러웁게도 이제야 말씀 올립니다. 하여 약소하게나마 할 수 있는 게 있다면 소녀가 보답이라도 하고

자 합니다."
 면회를 다녀온 날 저녁, 자신의 앞에서 한참을 우물쭈물하던 정화가 고개를 숙이며 말하였다. 시간이 꽤 흘렀으나 여전히 목소리에는 물기가 배어 있었다.
 "보답?"
 "한없이 부족할 것이오나, 할 수 있는 최대한 마음을 표하고자,"
 "근자에 들어 일이 바빠 심경이 적잖이 혼란스럽구나. 허니 시간 될 때 앉아서 내 넋두리나 좀 들어다오. 그것이 네가 할 수 있는 최대한의 보답일 게다."
 "아……. 예, 알겠습니다……."
 무안해하며, 정화가 급히 방을 빠져나갔다. 이윽고 밥상과 함께 올라온 그의 얼굴에는 여전히 혼이 나가 있었다. 새벽부터 벌어진 일 모두 믿기 힘든 것 투성이었으니, 그럴 만도 했다. 정신이 없다는 것을 보여주기라도 하듯, 밥상에는 평소와 달리 밥그릇이 두 개나 올려져 있었다.
 "그릇이 두 개구나."
 "송구합니다, 제가 그만 실수를 저질렀어요. 내려갈 때 가지고 가겠어요."
 "끼니는 챙겼느냐?"
 "아니요……."
 "그럼 네가 앉아서 먹거라. 마침 수저도 두 벌씩 있구나."
 "…… 네?"
 둘 다 놀랐다. 다른 것은 정화는 눈에 띄게 놀랐고, 운은 말을 꺼낸 연후에야 제가 대체 무슨 말을 뱉은 것인지 믿지 못하였다는 정도랄까.
 "허나, 제가 어찌,"
 당황함이 어린 두 쌍의 눈이 맞부딪혔으나, 정화에게 저는 그저 두려운 자이리라. 말없이 마주 앉은 정화가 눈치를 보며 운을 바라보았다, 밥상을 바라보기를 반복하였다.

"…… 잘 먹겠습니다……."

천천히 숟가락을 드는 정화에게서 눈을 뗄 수가 없었다. 무슨 말이라도 걸어야 할 것 같았으나, 크나큰 비밀을 감추고 있는 이에게는 말을 아끼는 것이 가장 안전한 일이었다.

"몇 살이셔요?"

허나 예상치 못한 질문에 그만 사레가 들려 기침하자, 정화의 얼굴이 사색이 되었다. 당황하는 모습이, 문득 한없이도 귀엽게 느껴졌다. 운이 기침을 막는 척, 손으로 입가를 가리고 서서히 번지는 미소를 감추었다.

"뱀띠이다."

"허면 계사년[i]이요? 계사년이면 저보다 여섯 살 위이시군요. 저는 기해년[ii]에 태어났어요."

"…… 네가 그렇게 어렸더냐?"

"그런가요……."

머리를 긁적이는 정화에 비해, 놀란 눈을 떼지 못하며 운이 정화를 바라보았다. 의심할 여지도 없는 앳된 얼굴이었다. 허나 제법 연식 있는 어투며 성숙한 태도에, 단 한 번도 이 여인이 그리 어리다는 생각을 해본 적이 없었다. 나이를 알고 나니, 이것저것 일을 시켰던 것이 죄스러울 정도였다.

"나이가 궁금했던 것이냐?"

"그저 제법 젊어 보이시는데 벌써 장교라는 사실이 신기하여 여쭈었어요. 잘은 모르지만, 장교가 되려면 시간이 걸리는지라 통상 꽤 늦은 나이부터 시작한다고들 하니까요. 그 외에도 제가 모시는 분이고 저를 흔쾌히도 도와주셨으니 여러 가지가 궁금하지요. 비단 그뿐만은 아니에요."

"그런 사소한 것을 어찌하여 진즉 묻지 않았느냐? 일한 지 어느덧 달포

---

i 1893년
ii 1899년

를 넘겼거늘.”

"도련님께서 먼저 말씀을 아니 거시는데 제가 어찌 말을 거나요."

"그게 무슨 대수라 그러느냐?"

"제가 무어라고 감히 바쁘신 시간을 방해하나요……. 무엇보다도 초반에는 일을 익히느라 정신이 없어 궁금한 것조차 잊고 지냈을 뿐이어요. 일한 지 어느덧 달포가 되어 가는데 아무것도 몰라서는 아니 될 성싶어……."

"궁금한 것이 있다면 주저 말고 묻거라. 그 정도 질문에 답하는 것은 무리가 아니다."

"아, 알겠습니다……. 허면 또 여쭈어도 되어요?"

"무엇이냐?"

"고향이 어디셔요?"

"고향?"

머릿속에 떠오르는 어린 시절의 기억은 전혀 행복하지 않았다. 조선 땅에서 보냈던 그 시간은, 제게는 악몽이라는 말로는 표현할 수 없는 것이었기에. 비록 수년 전까지 한양이었던 그곳에서 재형을 만나 구원받았기로서니, 이전의 기억을 담은 채로 그곳의 이름을 입에 올리고 싶지 않았다.

"회령이다. 어린 시절은 거기서 보냈지."

자신이 알고 있는 조선의 가장 북쪽 땅도 아라사에 비해서는 남쪽이었다. 대충 아는 곳의 이름을 아무 데나 대었으나, 다행히 정화는 의심하지 않는 듯하였다.

"…… 그렇군요. 말씨만 듣고서는 경성에서 나고 자라신 줄로 알았어요."

"…… 그 이야기는 그만두자꾸나."

잘 알지도 못하는 지역에 대한 말이 나왔다가 거짓말이 들킬까 봐, 그리고 함께 있으며 안 좋은 기억을 상기시키고 싶지 않아 운이 부러 대화를 빠르게 갈무리하였다. 허나 말씨에 관한 이야기가 나올 줄 알았다면, 그저 경성이라고 솔직히 이야기할 것을 그랬나, 하며 후회하였다.

"…… 송구합니다……."

"국어는 어디서 배웠더냐? 눈 감고 들으면 조선인인 줄도 모르겠더구나. 소학교, 아니 보통학교를 나와도 한자까지 읽을 줄 아는 경우는 드물 텐데 말이다."

화제를 돌리려 다른 말을 꺼내었으나, 이번에는 정화의 표정이 굳었다. 말실수를 하였다, 싶어 이번에는 그의 가슴이 콩닥거리기 시작했다.

"…… 경술년에, 제가 열둘이었어요. 시골이라 잘 살던 집도 아니었지만, 저희 집안은 여인이라 하여 배움을 막지 않았어요. 저도 학문에 뜻이 없지 않았고요. 아버지가 못해도 여고보까지는 졸업하라 하셔서 이듬해에 들어갔는데, 그때 처음 배웠어요. 동네가 산골이라 나중에는 세상 구경도 하고 싶고, 훗날 경성 살고 싶어서 실로 열심히 공부했어요."

"졸업하자마자 내려온 게냐?"

"…… 실은 졸업은 못 하였어요. 아버지마저 돌아가시고, 경성에 올라갔던 오라버니가 사기를 당해 돈을 잃고 돌아왔거든요. 하여 돈을 벌고자 이곳에 왔어요. 물론 학교 나오자마자 바로 내려온 것은 맞지만요."

"…… 내 괜한 것을 물었구나."

"아, 아니어요. 어디 이런 사람이 저 하나뿐이겠어요. 되려 여인의 몸으로 배움의 기회가 주어졌다는 것만으로도 감사하죠. 제 주변만 해도 온종일 부모님 바짓가랑이를 붙잡고 학당에 보내달라, 보통학교만이라도 가고 싶다 하며 애원하는 동무들이 한둘이 아니었어요. 다른 이들이 어찌 살아왔는지를 들어보면, 제 것은 그리 특별한 사연도 아니어요. 졸업하지 못한 것이 아쉽기는 하지만요."

늘 사근사근하고 사소한 것에도 잘 놀라는 정화로부터 묘하게 관영의 어투와 기운이 느껴졌다. 늘 밝고 힘이 넘치는 모습은 물론이거니와, 입 밖으로 꺼내기 힘들 법한 과거를 꺼내는 순간에도 움츠러드는 것이 없었다. 한 눈에도 느낄 수 있었다. 이 여인은, 그 어떠한 고난이 닥쳐도 스스로 이겨낼 법한 이이다.

"저, 헌데…… 어찌하여 저를 도와주셨나요……?"

"돕다니?"

"면회도 갈 수 있게 해 주시고, 그 경부에게도 복수해 주셨잖아요."

"널 도운 것이 아니다. 이전부터 그자의 오만한 행동이 거슬리던 차, 좋은 명분이 생겼을 뿐이지."

"아, 그런가요…….''

"그러니 내게 감사해하지 마라. 모로 봐도 네게 나는 감사할 만한 사람이 아니다."

좀 더 다정히 말할 것을, 속으로 후회하였다. 허나 지금과 같은 상황에서는 결코 그리할 수 없겠지. 감사하라 말하는 것이야말로 죄를 짓는 것이나 다름없었다. 그러던 중, 마음속에서 무언가가 솟아오르다가, 이내 다시 사그라들었다. 그 감정이 연모라는 것을, 그때는 미처 알지 못하였다. 그저 정화의 모든 행실이 귀엽게 보였기에 그런 줄로만 알았다. 그 어리고 가녀린 이를 감히 마음에 품었을 줄은, 꿈에도 알지 못했다.

속내

1915년 4월 4일

"어, 이건 노국 술이 아니어요? 이리 독한 것을……."

조선 땅을 떠나본 적 없는 정화가 보드까를 알아보는 것이 신기했는지, 운의 눈썹이 치켜 올라갔다.

"조선에서는 아마 '보드까'라 할 것이다."

"맞다, 그리 불렀었죠. 저 태어날 적만 해도 집이 그리 못 살지는 않았던지라, 아버지께서 오라버니 장가가기 전날에 맞춰 한 병 어렵사리 구해오신 기억이 나네요. 어머니는 술을 못 하셨어서 아버지와 오라버니 두 분이 마셨는데, 그때 어린 저도 맛을 보겠다고 칭얼댔습니다."

얼마 전에도 집이 가난하다 했었거늘, 말 못 할 사정이 있는 모양이었다. 허나 부러 묻지는 않았다.

"헌데 도련님께서는 노국 말도 할 줄 아신다면서요?"

"일곱 살 이후부터 육사 이전까지는 아라사에서 살았다. 그러다 보니 자연스레 배우게 되었지."

"허면…… 노국 말 한 번만 해주시면 아니 되어요?"

"Как ты можешь не знать, что именно Смердяков убил Фёдора?

(너는 어찌 표도르를 죽인 사람이 기실 스메르쟈코프라는 걸 알지 못하느냐?[i])"

자신에 대한 어떠한 이야기조차 쉬이 할 수 없는 이는, 앞에 있는 이가 노어를 할 줄 모른다는 사실을 알면서도 만약에 대비하여 돌려 말할 수밖에 없었다. 도림사 대나무숲[ii]에서 꼭꼭 숨겨왔던 비밀을 토설하는 기분이 이러하였을까.

언젠가 정화가 이 책을 읽는 날이 온다면 그때 비로소 제 정체를 한 번쯤은 의심할까, 하는 생각이 들었다. 비록 저는 스메르쟈코프처럼 비열하게 누군가를 죽인 적은 없지만, 적어도 쉬이 예상하지 못할 법한 정체를 가진 사람임은 분명하였기에.

"우와, 무슨 뜻이어요?"

신기해하는 정화의 얼굴을 보는 제 얼굴까지 환해지는 것을 감추려, 그가 부러 술을 홀짝였다.

"안 알려주시렵니까……?"

"내일까지 알아 오려무나."

"뭔가 슥, 하고 지나간걸요……. 정말 너무하셔요. 전 가뜩이나 타국 말을 배우기 어려워하는데요."

"넌 국어도 잘 하지 않느냐? 웬만한 이들은 네가 국어를 하는 걸 보면 조선인이라는 사실을 믿지 못할 게다. 말씨를 들어보니 경성 사람은 아닌 것

---

[i] 도스토옙스키의 소설 『카라마조프 가의 형제들』에서, 스메르쟈코프는 표도르를 죽인 후 그의 장남 드미트리가 범인으로 몰리도록 모든 상황을 꾸며놓는다. 결국 스메르쟈코프가 범인임이 밝혀지며 반전이 드러난다.

[ii] '삼국유사' 경문왕 설화에 나오는 내용. 두건장이가 커다랗고 이상한 모양을 한 왕의 귀에 대한 비밀을 지키다가, 답답함을 참지 못하고 죽기 전에야 도림사의 대나무 숲에 들어가 '임금님 귀는 당나귀 귀'를 외쳤다는 이야기이다.

같다만, 배울 만한 마땅한 데가 있었느냐?"

"저희 사촌 언니가 국어를 잘,"

정화와 나누는 모든 이야기가 관영으로 귀결되었다. 다급히 입을 틀어막는 이의 얼굴을 그가 지그시 바라보았다. 이 이에게 관영은 어떠한 존재일까. 제가 친누이 이상의 의미를 갖던 자현과 같은 존재일까.

"…… 오늘에서야 알았습니다. 확실하지는 않지만, 언니가 도련님과 같은 곳에서 지낸 듯하더군요. 그쪽 태생은 아니지만, 오래전 아라사로 귀부한 조선인 갑부로부터 장학금을 받고 연해주에서 꽤 오래 지냈다 하더이다. 오래도록 만나지 못하여 저도 사정을 잘은 모르지만, 언니 말하는 것을 들어보니 조선인이 많은 마을 같았고요……. 혹, 도련님께서는 이전부터 언니가 누구인지 알고 계셨습니까?"

출신지를 숨긴 적이 없었고 이화학당을 졸업하고 신한촌에 간 이는 관영밖에 없으니, 예까지 생각이 미치리라 예상은 하였다. 관영도 그 이상을 말할 리는 없으니, 그의 얼굴빛은 여전히 태연하였다. 허나 쉽사리 입이 열리지 않았다. 무슨 말이라도 해야 하는데, 도무지 그럴 수가 없었다.

"아라사는 넓은 땅이다. 경술년을 전후로 수많은 조선인이 건너갔으니 그들 중 한 명이겠지. 조사해 보니, 내 아라사에 있었을 적 그자가 지척에 살긴 했더구나. 허나 얼굴도, 이름도 기억에 없는 자였다."

"…… 고문을 더 하실 건가요……?"

"장담은 할 수 없다. 허나 내가 직접 고문하는 일은 없을 게다."

그 말만큼은 진심이었다. 제 손발톱이 빠지고 혓바닥이 뽑혀도 동지의 몸에 손을 대는 일 따위는 없을 것이기에.

"…… 제가 소학교 들어가고 오 년 정도 지나서 가세가 많이 기울었어요. 해서 졸업을 못 할 수도 있는 상황이 되었죠. 도와줄 친척들도 없었고, 그나마 왕래가 잦았던 언니조차 부모님이 안 계셔서 우리가 챙겨줘야 하는 처지였어요. 헌데, 그 소식을 들은 언니가 학당서 받은 장학금으로 제

학비를 대 주었어요. 자신도 여인의 몸으로 학당까지 나왔는데, 요즘 세상 살아가려면 너도 기본은 배워야 한다고요. 전 그때 언니에게 평생의 빚을 졌어요. 나중에 그저 시집이나 가면 그만이겠거니, 하는 생각도 한 적이 있지만, 언니 덕에 국어 안 배웠다면 제가 여기서 일이나 할 수 있었을까요. 제가 여기서 버는 돈이 저와 제 오라버니에게는 무척 소중하거든요."

관영에게 물어볼 생각조차 하지 못했던 소상한 사연을 이리 듣게 될 줄은 몰랐다. 태어나기를 천하게 태어난 데다 부모 같지 않은 이의 밑에서 고생도 하였으나, 그럼에도 신한촌에서 넘치는 사랑을 받고 자랐다. 그런 자신과는 달리 날 적부터 가족의 사랑을 담뿍 받고 자란 정화의 마음 깊은 곳에도 한없이 크고 암울한 슬픔이 있었다. 그런 슬픔마저 전부 보듬으며 자신을 아껴 준 관영이야말로 그의 세상이자 전부이리라. 그래, 관영은 말 그대로 여장부였다. 그 여장부 같은 이가 옥사에서 무너져 있는 모습을 보며, 이 이가 어떠한 슬픔을 삼켰을지 상상조차 되지 않았다.

"…… 그날, 언니에게 전해 듣기로는 도련님께서 쫓아냈던 그 경부가 언니를 가장 악질적으로 고문하였다 하더군요. 그럴 의도는 아니셨겠지만 깊이 감사드립니다."

"네게 호의를 베풀고자 한 일이 아니니 감사해하지 마라."

"그렇지만 의도와 상관없이 감사할 수도 있잖아요."

"네가 내게 감사해도 되는 것이냐?"

"도련님께서 어떠한 분이시든지 간에 감사할 건 감사해야지요."

조곤조곤 말하는 정화에게서 운은 눈을 떼지 못하였다.

"헌데 도련님께서는 어찌하여 다른 이들에게는 조선어가 더 편하다는 말씀을 안 하셨나요? 일전 제게 말씀하신 대로 조선어를 쓰며 산 세월이 기니 하허인이든 이해할 성싶은데요."

"조선인 출신 관료가 조선어를 쓰면 쫓아낼 명분이 생기지만, 국어를 쓰면 옹호할 명분이 생긴다."

"그렇지만 도련님의 곁에서 시중을 드는 여급들은 관료가 아니잖아요. 무엇보다 그들도 전부 조선인이라, 그리 명을 받는 편이 더 쉽다고 여길 텐데요."

"그래, 그건 사실이지. 허나 내 약점을 굳이 많은 이들에게 보일 연유가 있겠느냐? 작은 곳에서의 소문은 더더욱 빨리 퍼지며, 외부로 새어 나가지 말라는 법 또한 없다."

"그렇군요……. 사다코 부인께서도 알고 계셨나요?"

순간 그의 가슴 속에서 무언가가 저물었다. 애써 외면하고 있던 그리움이 튀어나올 뻔하였다. 사무치게 그립고 미안한 것만 가득한 누이의 마지막 순간이 생각났다. 죽어서도 그 이름이 명예롭게 기록되지 못한 채 허공에 흩어져 사라진다 생각하니, 차마 감정을 주체할 수 없었다. 그러나 참아야 했다. 그것이야말로 자현이 원하는 바이기에, 감히 속내를 조금이라도 내비칠 생각조차 하지 못하였다.

"알지 못했다."

"어째서 말씀하시지 않았나요?"

"그 또한 같은 연유다."

"헌데 그러한 연유라면 제게도 숨기시는 편이 낫지 않나요?"

"…… 너에게는 말해도 되겠다, 싶었다."

이 아이의 앞에서는 자꾸 해서는 아니 될 일을 하고 있었다. 자꾸 속내를 드러내고, 누구에게도 하지 못했던 말을 스스럼없이 꺼내고 있었다.

"너를 처음 봤을 때, 놀라울 정도로 당돌하면서도 영특한 이라고 생각했다. 내가 본 이들 중에 가장 용감했으니 말이다. 그건 누구나 가진 능력이 아니다. 네가 언제까지고 예서 일할지는 내 장담할 수 없으나, 가능한 오랜 시간 내 사람으로 두려면 어느 정도의 비밀은 터놓아야 마땅하지. 그래서 너에게만 말한 것이다."

그제야 깨달았다. 좀처럼 속내를 터놓지 않는, 그리고 그럴 수 없는 자신은 이 여인의 앞에서 누구보다 솔직해지고 있었다. 그리고 그리하며 마음을 놓고 있었다.
　연모였다.

1915년 5월 31일

[부장님, 이년입니다.]

관영을 옥사에서 빼내기 위한 계획을 갈무리하기가 무섭게, 운은 서대문 감옥으로부터 갑작스러운 호출을 받았다. 보나 마나 관영의 일이었다. 안까지 바싹 마른 입술을 잘근잘근 씹으며 고문실 안에 들어간 운의 눈에 들어온 관영의 두 발은 땅에 닿아있지 않았다. 길고 굵은 작대기에 묶인 팔이 뒤로 꺾인 채 공중에 떠서 축 처진 몸은 말 그대로 처참했다. 차마 형언할 수 없는 고통이기로서니, 기운이 없어 아픈 티조차 내지 못하는 관영의 몸에는 한눈에 봐도 상처가 더 늘어 있었다. 말라붙은 피로 검게 변해버린 손발톱은 물론, 자주 보아왔던 이가 아니라면 관영인 줄도 몰라볼 정도로.

예상했던 것보다 훨씬 더 심각한 상황을 목도한 순간 분노로 휩싸인 운의 두 눈에서 살기가 일었다. 찰나였으나 주체할 수 없는 그의 분노를 억누른 것은 아직 피가 마르지 않은 고문 기구들도, 더러운 웃음을 흘리는 일경들도 아닌, 거무죽죽한 낯빛에 비견되는 또렷한 눈빛으로 저를 향해 나지막이 고개를 젓는 제 동지였다.

[무어가 문제더냐?]

[이년이 옥사 안에서 정보를 퍼뜨린 것이 틀림없는데, 도무지 자백을 하지 않아 부장님께 부탁을 드리고자,]

[대답을 안 한다고?]

[여전히 조선말로만 답하는 탓에 알아들을 수가 없습니다. 허나 한눈에도 알아듣는 것이 보이기에……]

[쯧쯧, 이게 벌써 한두 번도 아니고. 그러게, 네놈들이 진즉부터 조선어를 익혀두지 그랬느냐.]

[죄송합니다!]

[비켜라, 내가 직접 하겠다.]

제 앞을 가로막고 선 일경을 세게 밀치며, 운이 관영의 앞으로 다가섰다.
[무엇부터 할까?]
운이 나지막한 일어를 읊조리며 관영을 슬쩍 바라보았다. 벌써 며칠째 이곳에 갇혀 있었던 것인지 기력이 쇠하여 고개를 푹 숙인지라 표정이 드러나지 않았다.
"이놈들부터 내보내 주시오."
짜아악-
관영의 말이 끝나기가 무섭게 일경 하나가 관영의 뺨을 후려쳤다. 여태껏 받은 고통 가운데 가장 덜한지라 아픈 줄도 모르고 눈조차 깜박이지 않는 관영이었으나, 운의 눈에서 살기가 번뜩였다.
[이년이 감히 어디서 시키지도 않은 소리를 지껄여?]
[시키기 전에는 조선말을 하지 말라고 그렇게 가르쳤는데, 멍청한 조센징이라 그런지 도무지 말을 안 듣습니다. 그때는 이걸로……]
또 다른 일경 하나가 비열하게 낄낄거리며 벌겋게 달아오른 인두를 관영의 얼굴 근처에 갖다 대었다. 힘이 없는 와중에도 두 눈을 질끈 감으며 반대쪽으로 고개를 트는 관영을 보는 일경의 웃음소리가 더 커졌다. 분노를 숨기지 못한 운의 낯빛이 한눈에 보아도 험악하게 물들었다. 이성을 잃기 일보 직전, 그의 눈이 허공에서 소리 없는 비명을 내지르던 이와 마주쳤다. 혼미한 정신을 간신히 부여잡고 있는 상황에서도 관영은 온몸으로 자신을 말리고 있었다. 거친 숨을 속으로 삼킨 다음, 운이 천천히 손을 들어 일경을 제지하였다. 그러고는 관영을 향해 한 걸음 다가섰다.
"들키면 어쩌자고 이곳에 온 거요?"
"밑밥을 잔뜩 깔아놓았으니 걱정 마십시오."
"갑자기 말을 놓아 미안하오. 어투로 짐작하는 듯하여 그리하였소. 눈치가 빠른 놈들이니 바로 내보내면 수상히 여길 거요. 대충 심문하는 어투로 몇 마디라도 더 하시오."

"다른 이들이 더 붙잡혔다 들었다. 그들은 무사하더냐?"

"신한촌 사람은 나 하나뿐이지만 만주에서 온 사람들이 고초를 많이 겪고 있다 들었소. 헌데 무슨 일로 온 거요?"

"이자들부터 내보내고 말해주지."

[저, 부장님, 이년이 뭐라고 합니까? 자백을 합니까?]

[아니, 그럴 리가.]

[이년이 그래도 정신을 못 차리고,]

운의 말이 끝나자마자 일경이 쇠도리깨ⁱ를 들고 관영을 향해 다가섰다. 운이 살기 어린 눈빛을 감추며 왼팔로 일경의 앞을 가로막았다.

[나가라. 이년은 내가 아주 확실하게 버릇을 고쳐놔야겠다.]

운이 부러 제복에 찬 가죽띠를 만지작거리며 말하였다.

[저, 부장님, 허나 그래도 조사를……]

[조선어를 알아듣지도 못하는 놈들이 조선어로 하는 조사에 참여해 봤자 알아듣는 것이 있나?]

[하오나,]

[알아듣는 것도 없으면서 내 곁에 있겠다는 것은 나를 의심한다는 소리밖에 더 되지 않나?]

[아, 아닙니다!]

[알아들었으면 꺼지거라.]

[아, 알겠습니다!]

[아, 그 시찰공ⁱⁱ은 가려라.]

[거기는 왜……]

상황을 파악하지 못하는 이의 입을 틀어막고, 다른 일경이 다급히 고개를 숙였다.

ⁱ 일본 경찰이 죄수들에게 사용하였던 편곤 형태의 고문 기구
ⁱⁱ 서대문 형무소에 수감된 죄인들을 감시하기 위해 일제가 감방의 벽에 뚫어놓은 구멍

[알겠습니다!]

[무슨 소리가 들려도 방해하지 마라. 이 시간은 오직 나만의 시간이다.]

마침내 고문실의 문이 닫히고, 잠시 주위를 살피던 운이 공중에 묶여 있는 관영을 풀어주기 위해 다급히 다가갔으나, 여전히 불안감을 떨쳐내지 못한 그의 표정을 보고 잠시 동작을 멈추었다.

"아직입니다. 여기는 밖에서도 소리가 잘 들리니 작게 말하십시오."

관영은 이 말을 하며 바깥소리에 조용히 귀를 기울였다. 과연 발소리가 다시 한번 들려왔다. 천천히 멀어지던 발소리는 어딘가로 올라가는 듯, 점점 위쪽에서 들리더니만 이내 아예 들리지 않을 정도로 사그라들었다.

"이젠 괜찮습니다."

관영의 말이 끝나기가 무섭게 운이 그의 몸을 내려주었다. 힘없이 늘어진 팔은 바르르 떨리더니만, 이내 조금씩 굼질거렸다.

"동지, 이게 어찌 된 일입니까……!"

"우리가 언제 이런 일을 각오치 않고 나선 적이 있더이까……."

기진맥진한 투로 읊조리던 관영이 갑자기 문을 향해 날카로운 비명을 내질렀다. 귀를 날카롭게 찌르는 소리와 이해할 수 없는 행동에 잠시 넋을 잃던 운이 다급히 관영의 어깨를 붙잡고 흔들었다.

"동지, 동지 이게 대체, 대체 무엇 하시는 겁니까……?"

"걱정 마십시오, 정신은 아주 멀쩡하니. 전부 조선말을 할 줄 모르지만, 그래도 어투로 지레짐작하여 맞추는 경우가 많았습니다. 이제 왜놈, 동지 이런 말들은 또 귀신같이 알아듣더이다. 무슨 일이 벌어지는 척, 안 보이는 곳에서도 연기를 잘해야 할 겁니다. 허니 동지도 벽을 치는 시늉이라도 하십시오."

들릴 듯 말 듯 한 목소리로 관영이 운을 향해 속삭였다. 그에 무언가를 깨달은 듯, 운이 쪼그려 앉아 있던 몸을 일으켜 뒤에 놓인 양동이를 발로 걸어찼고, 그에 맞춰서 관영은 또다시 목이 찢어질 듯한 비명과 신음을 내

질렸다.

"지난번 보았을 때만 해도 이 정도는 아니었습니다. 그사이 대체 무슨 일이 있었던 겁니까? 저놈들이 하는 말은 또 무어란 말입니까?"

"동지는 이쪽에 잠입하여 있으니 소식을 들었겠지요."

"소식이라니요?"

"면회 때 동지가 암어를 전했던 자를 기억하십니까? 그자가 변절하여 수사를 시작하기도 전에 내 이름을 팔았습니다. 천욱을 제거했다는 정보를 준 것이 나라는 말도 덧붙인 모양입니다."

힘겹게 입 밖으로 나온 관영의 말에 운이 그만 얼어붙은 채 그 자리에 주저앉았다. 말없이 탄식을 내뱉는 것밖에는 아무것도 할 수 없었다.

"안 그래도 신한촌을 뒤지려 혈안이 되어 있던 놈들에게 노출된 이가 나뿐이거늘, 자백까지 나왔으니 정보를 더 깊이 캐내고자 하였겠지요."

"하…… 동지, 나 때문에……."

"걱정 마십시오. 얻고자 하는 정보가 있으니 절대 날 죽일 수는 없을 겁니다. 숨이 끊어질 성싶으면 의사를 불러오는 놈들입니다. 혀를 끊어서라도 버텨낼 테니 부디 저는 신경 쓰지,"

"지금부터 잘 들으십시오. 난 오늘, 동지를 여기서 빼낼 겁니다."

믿지 못한 듯, 헛웃음을 지으려던 관영의 입술이 무서울 만치 단호한 운의 목소리에 옅은 탄성을 내뱉었다. 이어 두려움과 간절함이 뒤섞인 얼굴로 그가 운을 올려다보았다. 자주 보지는 못하였어도 꾸준히 얼굴을 마주하였기로서니, 실로 그런 표정을 짓는 것은 처음이었다.

"…… 가능하겠습니까?"

"물론이외다."

"동지가 좋기는 좋구려……. 작전이 무엇입니까?"

"여기서 고문을 심하게 하는 척할 겁니다. 그리고 십오 분 뒤 동지가 죽은 체하면, 그때 밖으로 빼낼 겁니다. 페치카 선생께서 보낸 동지들이 수

레꾼과 군인으로 위장하여 시구문[i] 앞에 대기하고 있습니다. 허니 그들의 도움을 받아 이동하십시오. 사랑채[ii]로 들어갈 겁니다. 그곳에 현목 선생께서 계시니 무사히 치료받을 수 있을 겁니다."

관영은 대답이 없었다. 그 어느 것 하나도 쉽지 않은 작전이었으나, 이곳에서 믿고 의지할 수 있는 사람은 운밖에 없었다. 설혹 실패하더라도, 여기에 조금이라도 지체하여 머무는 것보다는 그 자리에서 죽는 편이 더 나을 테니, 반대할 연유가 없었다.

"…… 더 나은 방법을 생각해 내지 못한 점을 용서하십시오. 동지를 시체들 틈에 잠시라도 두게 한 빚은 평생토록 갚으리다."

"그 시체들도 결국 조선인들입니다. 적어도 여기 온 이들 중, '물빛 안개'와 관련되지 않은 자는 없겠지요."

관영이 힘없는 실소를 머금으며 운을 찬찬히 올려다보았다.

"동지는 참 믿을 만한 이입니다. 왜놈 소굴 한복판에 던져놓아도 변절은 꿈도 꾸지 않을 이가 동지 외에 또 있을까요……."

관영이 잔뜩 부어 제대로 떠지지도 않은 눈으로 희미한 곡선을 그렸다. 분명 웃음이었다.

"정화는 잘 있습니까?"

"그렇습니다."

"내 소중한 친척입니다. 그날, 내가 위로는커녕 꾸짖기만 하고 모질게 돌려보냈습니다. 행여 상처 입지는 않았을지, 내도록 마음이 쓰였습니다. 본디 심정이 여리고 순한 아이이니, 청컨대 동지께서 잘 대해 주십시오."

"그렇다마다 이겠습니까."

"…… 헌데 몸에 상처가 더 늘지도 않은 채로 사람이 갑자기 죽으면 누

---

[i] 서대문 감옥에서 처형된 애국지사들의 시신을 감옥 밖 공동묘지로 운반하기 위해 일제가 뚫어둔 비밀 통로
[ii] 명중경단의 경성 집합소를 뜻하는 은어

구든 이상히 여길 겁니다."

"뭐? 설마……!"

미처 말리기도 전에 관영이 죄수복 앞섶을 풀어 헤쳤다. 말도 안 되는 상황에 아득해질 뻔하던 정신을 가까스로 부여잡고 운이 그의 손목을 붙잡아 말렸다.

"동지, 잠깐……! 이, 이게 무엇 하는 짓입니까?!"

"밑밥을 그리 깔아두었으니, 옷이라도 흐트러뜨려야 앞뒤가 맞을 겁니다. 허니 이젠 동지가 날 고문하십시오."

"무슨 말을 하는 겁니까, 지금?!"

"아, 어찌 하는지 모르려나……. 저 벽에 걸린 걸로 남은 발톱을 뽑으면 됩니다, 아직 몇 개 남아있으니. 아니면 그냥 때려도 됩니다. 어찌 되었든 예서 상처만 더 나면 되니……."

"이보시오, 윤관영 동지! 지금 무슨 소리를……!"

"연민에 사로잡힐 때가 아닙니다. 동지의 정체까지 들킬 셈입니까?"

일순간 서늘하게 바뀐 얼굴로 관영이 나직이 속삭였다. 말없이 관영을 바라보던 운의 눈빛이 사시나무 떨리듯 흔들렸다. 그의 손끝이 함께 떨리고 있던 것을 보았기 때문이리라. 제아무리 심지가 곧고 강한 이에게도 여기서 보낸 시간이 두렵지 않을 리가 없었다. 생사고락을 약조한 동지에게, 실로 잘못 부축하였다가도 쓰러질 듯 쇠약해진 이에게 그런 짓을 한다는 것은 운의 선택지에는 없었다. 탄식이 밴 한숨을 내뱉던 운의 고개가 힘없이 떨어졌다.

"아니, 나는 못 해요. 난 죽어도 못 합니다……."

물기 어린 목소리로 애원하듯 자신을 바라보는 운에게서 눈을 떼지 않은 채, 관영이 힘겹게 몸을 일으켜 불에 달궈진 쇳덩이를 집게로 집어 올렸다. 곧이어, 살갗이 타는 냄새와 함께 찢어지는 듯한 비명소리가 지하를 찌를 듯이 메웠다. 고통에 정신이 아득해져가는 관영의 눈과, 차마 감지 못한 운의 눈에서 쓰라리고도 타는 듯 뜨거운 눈물이 흘러내렸다.

* * *

"…… 하실 말씀이라도 있으셔요?"

귀택 후, 말없이 자신만을 바라보고 있는 운을 보며 정화가 고개를 갸우뚱하였다.

마음이 무거웠다. 관영은 성공적으로 서대문 감옥을 빠져나왔고 치료를 받고 있으나, 이 아이는 제 팔 한쪽마냥 여기던 언니를 잃는 셈이었으니 차마 말할 수도, 그렇다고 하지 않을 수도 없었다.

"아니다. 식사는 준비하지 않아도 괜찮으니 오늘은 들어오지 말고 쉬거라."

"알겠습니다."

"…… Как дала нам Поволжье надежду, так и она тоже.

(볼가강이 우리에게 희망을 주었듯, 그녀 또한 그러했다.)"

아라사를 두 번째 고향으로 삼아 자란 이라면 나라 전체에 풍요를 불어넣는 볼가강이 갖는 의미를 모를 수가 없었다. 그리고 관영은 신한촌 이들에게 볼가강과 같은 이였다.

강이 그러했듯, 관영 또한 신한촌에서 물빛 안개를 도모하는 모든 이들에게 어머니와 같은 안정을 주었으니. 떨어져 지내는 동안 이화학당의 군계일학은 맨몸으로 폭탄을 나르는, 실로 신한촌에 없어서는 아니 될 이가 되어 있었다. 지치지 않는 기백은 잡힐 듯 잡히지 않는 물빛 안개만을 좇다 주저앉은 이들을 일으켜 세웠고, 당차고 호쾌한 어투는 괴로운 이들의 마음을 어루만졌다. 이번에 서대문 감옥에서 살아 돌아오며, 다시 한번 그는 모두의 희망이 되리라.

그 말을 들은 정화의 눈에서 흐르는 눈물을 보는 순간, 운의 가슴에 돌덩이가 떨어지는 듯하였다. 혹, 지금껏 했던 말을 전부 알아들은 걸까? 설마 내 정체도 알아차린 걸까? 그것만큼이나 큰 재앙은 없었다. 노어로도 제 정체를 직접적으로 누설한 적은 없었으나, 만일 사실이 드러난다면 제 손으로 정화를 직접 죽여야만 하는 말도 안 되는 상황이 도래할 수도 있었기에.

"어찌 우느냐?"

"모르겠어요. 단 한마디조차 알아듣지 못했으나 그저 한없이 슬픕니다. 무어라 말씀하신 건가요?"

"알고자 하지 마라."

그 말과 함께 운은 정화를 내보내었다. 잠시 뒤, 종종거리는 발소리가 사라지는 틈을 타, 그가 안도할 틈도 없이 재빨리 창문 밖으로 뛰어내렸다. 어디로 걸음하는지는 물을 필요조차 없었다.

어둠 속을 내달리는 그의 발자국에는 일말의 주저함은커녕, 불안함조차 담겨 있지 않았다. 순찰을 돌던 일경들의 눈에조차 띄지 않은 채 무서울 정도로 빠르게 경성 한복판을 내달리던 그가 한참 끝에, 어느 집 대문을 뛰어넘어 작은 방 안으로 들어갔다. 그곳에서는 관영이, 피로 범벅이 된 죄수복이 아닌 깨끗한 옷으로 갈아입고서는 새하얀 요 위에 누워 있었다. 다른 이들은 은밀히 다른 작전을 세우고 있는지 보이지 않았으나, 적어도 깨끗이 몸을 씻은 것을 보아하니 목숨은 무사한 듯하였다.

죽은 듯 일말의 움직임조차 없던 관영이 인기척에 천천히 몸을 돌렸다. 얼굴을 보자마자 두 눈에서 뜨거운 눈물이 흘러내렸다. 날 지옥 속에서 구해준 사내, 그는 백운이었다.

"관영 동지, 내가 동지께 죽을죄를 지었습니다······. 부디 나를 용서하지 마십시오. 내가, 내가 대체······!"

가쁜 숨을 몰아쉬지도 못한 채, 운이 무릎을 꿇고 관영의 발밑에서 흐느꼈다. 바싹 말라 건조한 그의 손을 부여잡으려다가도 이내 죄책감에 손조차 대지 못하였다. 차갑게 식은 채 하염없이 떨기만 하는 손끝에 거칠지만 따뜻한 온기가 닿았다.

"이 정도 일조차 각오하지 못했던 겁니까? 절체절명의 상황에서도 내 목숨을 구해준 동지는 각골난망하여 보답해 마땅한 은인이니, 부디 죄책감 갖지 마십시오."

"무사히 살아남아 주어 고맙고도 고맙습니다."

운이 몸을 일으켜 관영을 끌어안았다. 그사이 더욱 메마른 동지가 바스라질까 걱정되어 차마 힘을 세게 줄 수는 없었다.

"내가 동지에게 할 말입니다. 동지가 아니었으면 나는 정말로 죽었을 겁니다."

"한 눈에도 상처가 깊어 보이더이다. 조속히 회복하시길 빌겠습니다."

"동지께서 정체를 들키지 않기를 빌겠습니다. 나 또한 들키지 않고 무사히 회복할 테니 심려치 마십시오."

관영이 떨리는 손을 들어 운의 어깨를 툭 쳤다. 무심한 손길이었으나 그 무엇과도 견줄 수 없는 위로였다.

"다른 동지들은 어디 있습니까?"

"별채에 모여 있습니다. 현목 동지께서 와 계십니다. 그분은 동지의 정체를 알고 계시니, 동지께서 떠나신 연후에 제가 따로 말씀드리겠습니다."

현목은 엄주필의 호였다. 비록 신한촌에서 마주한 적은 없었으나 그는 모든 단원들로부터 두터운 신임을 사는 이였다. 어투와 단정한 용모에서부터 엄정함이 느껴졌고, 그렇기에 흐트러짐이 없었다. 운과도 이미 밤에 작전하다 여러 번 만났었다. 그때마다 주필은 늘 운을 자식처럼 다독이고 아껴주었고, 운 또한 주필을 존경하고 따랐다.

"감사합니다. 임무를 마치면 동지는 신한촌으로 갈 겁니까?"

"그렇습니다."

"그렇다면 게서 만나겠군. 나도 몸이 낫는 대로 연해주로 갈 겁니다. 명중경단 선생님들께서 동지를 기다리고 계실 테니 동지도 무사히 옮겨 가십시오."

관영이 입가에 미소를 띤 채로 고개를 끄덕였다. 온전히 회복되지 않아 기운은 없었으나, 만날 때마다 늘 제게 안심을 주던 그 자신감 가득한 웃음이었다.

"참. 정화는 여직 동지의 정체를 모르고 있습니까?"

"여전히 조선어를 더 편히 여긴다는 정도로만 알고 있습니다."

갑작스럽게 튀어나온 정화의 이름에 운이 저도 모르게 잠시 시선을 피하였다. 아직 몸을 회복하지 못하여 예전의 그 또렷한 빛은 돌아오지 않았으나 관영의 깊은 눈에 장난기가 어렸다.

"헌데, 이 일에 뜻이 있어 보이더군요."

잠시 망설이다 천천히 내뱉은 운의 말에 관영이 외마디 웃음을 터뜨렸다.

"그 여리디여린 아이가 말입니까? 외유내강이었던가……. 하긴, 동지를 친일파로 알면서도 면회를 보내달라 청할 정도면 간이 부을 대로 부은 내 피가 없지는 않나 보군요."

관영이 이 말을 하며 자세를 고쳐 앉자, 운이 다급히 그의 몸을 부축하였다.

"산골에서 오래 산 데다 타고난 성정이 활달하여 어지간한 사내들만큼이나 체력이 좋은 아이입니다. 허니 어떤 일을 하여도 부족함 없이 잘하겠지요. 아마 총포술도 가르치면 능히 배울 겁니다."

"그래서였던가요. 여급 일이 간단하지는 않을 터인데, 지치지를 않더이다."

자신도 모르는 사이 흐릿한 평안함이 어린 운의 표정을 놓치지 않고, 관영이 말없이 바라보았다.

"허나 혹여 단순한 연모의 감정 때문이라면, 그 아이까지 이 일로 끌어들이지는 말아주십사 청합니다."

"…… 어?"

잠시 아무런 말도 없던 운이 당혹감을 감추지 못한 채 관영을 뚫어져라 쳐다보았다. 정화의 이름을 직접 꺼낸 적이 없거늘, 그것만으로 어찌 알아차렸는지 알 수가 없는 노릇이었다. 동그란 눈을 하고 자신을 빤히 쳐다보는 운을 보던 관영에게서 참을 수 없는 웃음이 터져 나왔다.

"정말 어찌 이리 순진하십니까? 동지가 우리가 보낸 여우라는 사실을 왜놈들이 모른다는 것이 신기할 따름…… 윽!"

어린아이의 그것마냥 해맑은 소리를 내며 깔깔 웃던 관영이 급히 배를 부여잡았다. 감옥에서 나오기 직전, 복부 쪽을 심하게 다쳤었다. 그것이 아니더라도 서대문 감옥 독방에서 살아나왔으니, 기실 어디 하나라도 성한 구석이 있는 것이 다행일 지경이었다. 놀란 운이 급히 다가가 관영을 부축했다.

"…… 어찌 알았습니까?"

"동지의 그 표정이 모든 걸 말하고 있거늘 모를 리가 있겠습니까? 아마 정화 그 순진한 아이조차도 어림짐작했을 겁니다."

"아, 미안합니다……."

"내게 미안할 것이 무엇이 있습니까? 설마 이미……?"

"아, 아니, 아니 절대 아닙니다! 아직 아무런 사이도 아닙니다!"

"누가 무어라 했습니까?"

침묵, 실로 오랜만에 찾아오는 그 안온한 적막이 대체 몇 년 만이었던가. 피식, 하는 소리마저 덧입히자, 작은 방 안은 수년 전 여름, 시간이 날 때마다 함께 안온함을 즐기던 북쪽의 다차[i]와 다름없었다. 관영과는 한 번도 그리해 본 적이 없었지만, 아마 경성에 오지 않았다면 함께 그 고즈넉

---

i 러시아식 간이 별장과 텃밭을 의미한다. 도시에 거주하는 대다수의 러시아인은 휴가철이나 주말에 다차에서 가족들과 농사를 짓고 휴식을 취한다.

한 분위기를 즐겼겠지.

"그 아이가 진정 뜻이 있다면 돌고 돌아서라도 같은 편에서 다시 보게 되겠지만, 아시다시피 이 일이 사랑하는 이를 끌어들일 만한 일은 아닙니다. 행여 무슨 일이라도 생긴다면 더없이 후회하게 되겠지요. 그게 누구의 잘못도 아니라는 걸 잘 알면서도 말입니다. 이는 그 누구보다 동지께서 잘 알지 않습니까?"

입가에 그려진 고요한 능선은 애써 감정을 억눌러 참고 있었다. 곧 죽어도 다른 이의 눈만을 바라보던 관영의 검은 구슬이 쓸쓸한 빛을 띤 채, 아래로 몸을 숙이고 있었다. 관영과 운, 둘은 모두 같은 사람을 떠올리고 있었다.

"…… 말할 수 없겠지, 결코."

"…… 다른 이라면 모를까, 정화는 제게 너무도 소중한 아이입니다. 아이를 낳지 못하게 된 지금은 실로 딸과 다를 바 없는 존재이다 보니, 이리 이기적인 사람이 되더이다. 그 외에 다른 뜻은 없습니다. 그저 그것이, 우리가 사랑하는 이를 지킬 수 있는 유일한 방법이니까요."

"동지의 말에 한 치의 어긋남도 없습니다. 다만……."

운은 이 말을 하며 관영의 야윈 얼굴을 바라보았다. 비로소 다시 고개를 든 관영의 눈이 호롱불에 비쳐 반짝였다.

"…… 혹여라도 상황이 여의찮거나, 뜻이 너무도 완강하다면 Корейская Слободка[i]로 보내겠습니다. 앞으로도 한참 후의 일일 듯싶으나, 그땐 동지께서 보증해 주십시오. 아마 이곳 관저에서 일하였다 하면 다들 경계할 겁니다. 허나 동지께서는 사정을 전부 알고 계시니, 미리 말씀해 주십시오. 아시다시피 제가 경성에 발이 묶인지라, 함께 갈 수 없을 듯합니다."

"난 그 아이의 언니입니다. 내가 아니면 누가 거두겠습니까? 다만 촌민

---

[i] 신한촌의 러시아어 표현. 원어 발음은 [까레이스까야 슬라봇까].

회[i]와 명중경단 사람들은 외부인에 민감할 수밖에 없을 겁니다. 돌아가는 대로, 아니 지금부터라도 미리 귀띔해 둘 터이니 그때쯤에는 증표를 함께 동봉하여 주십시오. 동지의 정체는 단원들 사이에서도 기밀이니, 정화는 결단코 동지의 정체를 알아서는 아니 됩니다. 또한 그것은 반드시 페치카 선생님을 비롯한 다른 이들이 알아볼 수 있는 것이어야 합니다."

증표라. 관영과 직접 얼굴을 마주할 일이 잦았다면 모를까. 그렇지 아니한 터라 어떤 것을 보내야 알아볼지 확신할 수가 없었다. 골몰히 생각하는 운의 고개를 번쩍 들게 한 것은 관영의 손바닥이 맞부딪히는 소리였다.

"애량 동지께서 생전에 그런 말씀을 하셨습니다. 작전을 숨겨 둔 책이 있다고요. 그 맨 앞 장을 찢어 보내주십시오."

"……『죄와 벌』 속에 작전을 숨겨 적어두었습니다. 그것을 보내면 되겠지요. 다른 것은 몰라도 노어는 읽지 못할 테니, 표나지 않게 은밀히 보내겠습니다."

운의 끄덕임에, 관영은 비로소 마음을 놓은 듯 묵혀 두었던 한숨을 내쉬었다.

"그리고 이것도 그 아이 모르게 꼭 전해주십시오. 마치 내가 몰래 다녀갔던 것처럼 말입니다."

관영은 이 말을 하며 옆 탁상에 놓여 있던 종이를 곱게 접었다. 여기 와서 정신을 차린 직후 급히 쓴지라, 늘 단정하던 필체가 전만 못하게 흔들린 것이 눈에 띄었다. 적은 지 얼마 되지 않았는지, 종이를 접는 손가락 끝에 검은 잉크가 흐릿하게 배어났다. 이윽고 그는 그것을 운에게 건네며 특유의 옅지만, 결코 잊지 못할 미소를 지었다.

"내가 죽었다는 소식을 접하면, 그 아이는 아마 명대로 살지 못할 겁니다. 나이도 어린 데다 일찍이 부모를 여읜 탓에 사랑이 고플 터인데, 어미

---

[i] 신한촌민회의 약칭. 한민회를 전신으로 하는 신한촌의 자치 기구

로 여기며 지내던 혈육이 왜놈에게 고문을 받다 죽었다 하면 나조차도 살고 싶지 않을 겁니다. 부모에게 자식이 전부라지만, 어린 나이의 자식에게도 부모가 전부 아니겠습니까?"

"그리하겠습니다."

"…… 선윤 동지, 앞으로 더 많은 일들이 닥칠 듯싶습니다. 우린 부디 살아서 신한촌에서 다시 봅시다."

"청컨대 부디 몸조리를 잘하십시오. 동지는 신한촌의 볼가강과 같은 이입니다. 또 다른 어머니를 잃고 싶지 않습니다."

관영의 입가에 흔연한 미소가 피어올랐다.

"제가 왜놈 손에 죽기야 하겠습니까?"

이윽고 관영이 운을 향해 손을 내밀었다.

"대한 독립 만세."

"대한 독립 만세."

손을 맞잡으며, 간절히 빌고 또 빌었다. 부디 다시 얼굴을 볼 수 있기를, 그때 서로가 서로의 얼굴을 보며 웃을 수 있기를. 이 약조가 말로만 남지 않기를.

＊ ＊ ＊

이튿날 밤, 정화의 베개 밑에 관영의 편지를 넣어두며 운은 새로운 바람을 꿈꾸었다. 물빛 안개가 이루어지고, 푸른 하늘에 붉은 해가 떠오른 明中景 세상에서 셋이 함께 손을 마주 잡을 날이 오기를. 혹여 그날이 너무 늦게 온다면 신한촌에서라도 셋이 함께 만나는 순간이 오기를.

1915년 11월 19일

"이참에, 각자 속내에 있는 이야기나 한번 들어볼까."

뜬금없이 내뱉은 운의 말에 놀란 정화가 토끼처럼 눈을 동그랗게 떴다.

"오늘 여기서 나눈 말들은 오직 우리 둘만 아는 것이다. 그마저도 우리가 술을 마셔 기억을 못 하니 곧 사장될 테지."

"그래도,"

"나 먼저 하마, 첫째."

"아, 아니 도련님······!"

"······ 나는 선택되었으나 버림받았다. 온전한 핏줄이 아니어서겠지······."

재형을 만나기 전의 이야기였다. 오래된 이야기이나, 지금도 이따금 악몽을 꿀 만치 생생한 기억은 다 큰 이가 가슴 한편을 부여잡도록 하였다.

"둘째, 나는······."

말하고 싶었다. 나는 네가 생각하는 그런 파렴치한 인간이 아니라고, 되려 관영과 한편에 서 있는 이이니 부디 나를 그런 눈으로 바라보지 말아달라고. 그리고 지금 당장은 어떠한 말조차 하지 못하는 자신을 부디 용서해달라고.

"······ 아니다, 이만 네가 말하려무나······."

고여 드는 눈물을 감추려 그가 부러 쓰러진 척, 탁상 위에 엎어졌다. 참았던 눈물이 흘러내렸다.

"······ 정녕 제가 하고 싶은 말을 해도 되나요."

엎드려 있는 귓가 너머로 나직이 떨리는 목소리가 들려왔다. 보지는 못하였으나 알 수 있었다. 정화 또한 자신처럼 눈물을 흘리고 있다는 것을.

"제아무리 우리 민족을 병탄한 금수 같은 놈들에게 빌붙어 살기로서니, 한 입으로 두말하는 이는 아니리라 믿습니다. 그럼에도 술기운을 빌리고자 하며, 혹여 들었다면 그저 늘 생각하시던 대로 멍청한 조선인 계집아이가 정신이 온전치 못하여 하는 개소리 정도로만 받아들이세요. 민족을 배반하고 짓밟는 데 앞장선 자가 이 정도 생각을 못 하리라 생각하지는 않습니다."

자신의 정체를 의심하지 못한다는 사실에 안도하면서도, 가슴이 찢기는 듯하였다. 이 여인에게, 나는 죽어도 금수 아닌 존재로 보일 수 없겠구나.

"…… 저는 당신이 싫습니다. 뼛속 깊이 증오합니다. 조선인의 몸으로 태어나, 조선인에게 해서는 아니 될 일을 하고 있기 때문입니다. 죽이고 싶고 또 죽이고 싶지만, 아니…… 그래야 한다는 것을 누구보다도 잘 알고 있지만 용기가 없고, 후에 닥칠 일이 두려워서 그러지 못하고 있습니다. 내가 두려워하는 것이 실패일까요, 그로 인해 내가 겪을 고초일까요. 아니면 상상만으로도 누군가를 죽여본 적이 없어서일까요. 그도 아니라면……."

잦아들던 목소리가 멈추더니만, 한탄이 섞인 한숨 소리가 허망하게 입 밖으로 터져 나왔다. 대체 저 이는 어떤 심경으로 저 소리를 뱉었던가.

"…… 당신이 죽는 걸 보기 두려워서일까요……."

전혀 예상치 못한 말이었다. 잠든 척하려던 몸이 순간 긴장하여 힘이 들어갔다. 이 여인은 나를 걱정하고 있었다. 여급이 아닌, 여인으로서. 자신이 정화를 생각하는 것만큼, 정화 또한 자신을 생각하고 있었다. 늘 자신을 두려워하는 듯하였기에 차마 생각도 하지 못하였으나, 분명하였다. 내가 연모하는 이가, 또한 나를 연모하고 있다.

"…… 내가, 당신을 싫어해야 맞는 것이겠지요……."

허나 웃을 수가 없었다. 자신만 품고 모르는 체하며 평생 추억할 그러한 감정이리라 여겼으나, 그 책임을 감히 넘겨서는 아니 될 이에게 넘기고 말았다. 단순한 감정은 아니었을 것이다. 정화는 그 정도로 가벼운 이가 아니었고, 저 탄식은 물론 그 어떠한 한마디라도 스쳐 지나갈 법한 이에게조차 함부로 내뱉을 위인이 아니었다.

"하, 참……. 우리 오라버니는 왜놈들에게 모든 걸 빼앗겼고, 우리 언니는 더 이상 산 사람으로 살지도 못할뿐더러 생사조차 알 수 없는데, 나는 아무래도 당신과 다를 바가 없는 반역자인가 봅니다……."

그 말을 끝으로 가슴이 찢어지는 듯한 울음이 터져 흘러내렸다. 소리 없이 몸을 일으킨 운의 손이, 고개 숙인 정화를 향해 앞으로 나아갔다. 보지 못하는 틈을 타서라도, 저리 슬피 우는 순간에라도 한 번 머리를 쓰다듬어 주며, 다 괜찮다며 위로해 주고 싶었다. 허나 닿지 못했다. 평생 닿지도 못할 손길을 그리 뻗기만 하다, 그만 다시 상 위에 엎어졌다. 눈을 질끈 감자, 어느새 차오른 눈물이 또다시 흘러내려 볼과 탁상 사이로 스며들었다. 그 어떠한 악행도 제 손으로 저지른 바 없었으며, 되려 밀정이 되어 처단한 일경과 군인이 몇 명이던가. 태어나 처음으로 연모의 감정을 느낀 이 앞에서, 심지어 어린 시절을 함께 보내던 이들에게조차 역적이 된 스스로가 무얼지, 문득 참아왔던 설움이 흘러내렸다.

"…… 당신만큼 못된 이가 또 있을까요……."

그 말을 끝으로, 모든 기억이 사라졌다. 늦게나마 술기운이 올라온 것인지, 눈물을 숨기기 위해 부러 감았던 눈꺼풀을 잠이 마저 누른 것인지는 알 수 없었다. 다행스럽게도 꿈조차 꾸지 않았는지, 간만에 깊은 잠에 빠져 들었다.

* * *

다음 날 아침에 눈을 뜬 운은 화들짝 놀라 그만 비명을 지를 뻔하였다. 그럴 만했다. 침대까지 간 기억이 없거늘, 다른 이도 아니고 정화와 한 침대에서 잠이 들었으니. 행여 그 기억을 끝으로 입에 담을 수조차 없는, 그런 낯 뜨거운 일이 벌어진 것일까 싶었으나, 정화는 먼저 불을 붙일 이도 아니요, 저 또한 그러하였다. 통상 이리 불편하게 잠드는 건가, 싶었으나 곧 그가 제 팔 밑에 깔려있던 것을 기억하고 그만 한숨을 내쉬었다. 아마 저를 이곳에 올려두고 기운이 빠져 함께 잠들었겠지. 계속해서 해서는 아니 될 짓을 하고 있구나. 낯선 이의 팔에 깔린 채로 몸을 일으킬 생각조차 하지 못한 것으로 보아, 간밤에 기운이 많이 빠졌던 듯싶었다. 마셔본 경험이 적다던 술도 제법 마신 데다 간밤 사이 그리도 서럽게 울었으니 그럴 만도 하였다. 실로 많이도 울었는지, 눈두덩이가 퉁퉁 부어 있었다.

이윽고 그가 정화를 안아 들어 침대 위에 편히 누였다. 키도 작고 마른 데다 얼굴도, 손도 모두 작았다. 조막만 한 얼굴을 채운 커다란 눈망울조차도, 전날 그리 울고서는 종일 반쪽이 되어 있겠지. 안아 드는 몸조차 너무도 가벼워, 어디 아픈 곳이 있는지 걱정이 될 정도였다. 어젯밤 정화가 제 얼굴을 그리 빤히 바라보며 남은 눈물을 흘렸다는 것을 모른 채, 이번에는 운이 정화의 얼굴을 천천히 훑었다. 오밀조밀한 이목구비가 빚어놓은 듯, 참으로 고왔다. 저도 모르게 손길이 향하였으나, 이내 거두었다. 귓가가 뜨겁게 물들었다.

"…… Пожалуйста, не плачь. (부탁이다, 울지 마라.)"

마른 눈물 속에 갇힌 정화의 머리카락을 떼어주는 운의 목소리가 방중에 울려 퍼졌다.

백야와 극야

1916년 1월 5일

"도련님. 이따금 제게 노국 말로 이야기하시지 않습니까? 그게 무슨 뜻인가요?"

뜬구름 잡는 듯한 정화의 말에 운이 고개를 갸웃하였다.

"넌 평소에 했던 말을 전부 기억하고 있느냐?"

"그런 건 아니지만 그래도 궁금하니까요. 뜻도 아니 알려주시고서는……. 이제부터는 저도 가르쳐주시면 아니 되나요?"

"안된다."

"저 몰래 무슨 말씀을 하시려 그러시나요."

부러 장난스레 한 대꾸에 투정 부리듯 툴툴거리는 정화를 보며 미소를 숨기기란 참으로 어려운 일이었다. 저런 얼굴로 말한다면 어떠한 부탁이라도 못 들어주랴.

"조선어와 국어만 할 줄 알아도 충분하지 않으냐."

"그래도 신이하잖아요. 글도 희한하게 생겼고요. 정말 한마디도 못 알려주시나요?"

"Я люблю тебя[i]."

애원하는 듯한 정화의 말에 제 입에서 나온 말은 사심이 그득한 것이었다. 어차피 알아듣지 못할 테니 제가 하고 싶은 말을 이렇게라도 해 보자, 하는 심경이었다.

"…… 예?"

"따라 해 보거라."

"어, 어……."

"Я люблю тебя."

내가 너를 연모한다.

자신만 아는 언어의 뒤에 숨어서라도 처음 꺼내어 보는 말이었다.

"헌데 무슨 뜻입니까?"

"비밀이다."

보일 듯 말 듯 한 미소를 머금으며, 운은 대답을 피하였다. 이런 이야기를 더 하다 보면, 애써 억눌러 온 감정을 주체하지 못하고 관영과의 약조를 어길 것만 같았다. 그래, 말마따나 이 일을 하는 자는 정인을 만들어서는 아니 되었다. 무엇보다 앞으로 세상에 둘도 없는 악한 놈으로 보이게 된 이상, 서로가 서로를 마음에 품은 것을 알고서도 마음을 표하는 것은 더더욱 할 짓이 못 되었다. 고통에 몸부림칠 사람은 저 하나로 족하였다.

"알려주신다 하지 않았나요?"

"내 언제 그랬느냐?"

그 말에 정화의 얼굴이 차게 굳는 것을 그는 놓치지 않았다. 분노와는 다른 감정이었다. 허나 늘 총기 넘치던 안광이 일순간에 사라지는 것을 본 그는, 곧 자신이 정화의 상처를 건드렸다는 사실을 어렴풋이나마 깨달았다.

---

[i] 원어 발음은 [야 류블류 찌뱌]

"그러고 보니 지난 한 해 동안 본가에 가 보지 못했겠구나. 다녀오지 않아도 되겠느냐?"

애써 바꾼 화제에, 정화가 눈에 띄게 반색하였다.

"정말 그래도 되나요?"

"네가 비밀만 잘 지킨다면 내 막을 연유가 없지."

"…… 말씀은 감사하지만, 지금은 좀 힘들 것 같아요."

"어째서 말이냐?"

"…… 그저 집도 멀고, 오라버니도 바쁘니까요. 가뜩이나 어린 조카 때문에 정신이 없는 것 같아서 연락만 하려고요."

"행여 자리를 비워야 할 때가 있으면 말하거라. 언제라도 보내줄 터이니, 고향에는 일부러라도 자주 다녀오너라."

"…… 감사합니다."

"늘 감사한 것이 많구나."

"…… 도와주셨으니까요."

"그런 것에 감사하지 마라."

"허면 당연하다 여겨야 하나요?"

울컥한 듯, 느닷없이 감정을 왈칵 쏟아내는 정화에 놀란 운이 그를 가만히 바라보았다.

"…… 실은 지금도 익숙지 않아요. 관저를 한 발짝만 벗어나면 도련님에 대해 온갖 이야기가 들려옵니다. 그건 하나같이 전부 무서운 것들이어요."

"무어라 하더냐?"

꾹 다문 입술과 다부진 두 눈은, 운이 부디 자신이 생각하는 그런 사람이 아니기를 빌고 있었다. 그 마음은 이미 현실이 되었노라 말하고 싶어도 차마 말할 수가 없는 이 현실이 통탄스러울 따름이었다. 언제쯤 알면서도 말을 아끼지 않고, 말하지 못하는 서로를 이해할 수 없어 가슴앓이만 하는 이날의 끝을 볼 수가 있을까.

"…… 차마 제 입에 담을 수 없어요. 생각하는 것만으로도 두려우니까요. 허나 제가 지난 한 해 동안 보아왔던 도련님은 그것과 정반대여요. 두렵지 않은 것은 아니어요. 그건 도련님께서도 충분히 느끼셨겠지요. 하지만, 적어도……."

끝말은 결국 흐려졌으나, 그 뜻을 알지 못할 리 없었다. 말하지 않아도 모를 수가 없었다.

"하고 싶은 말이 무어냐?"

"앞서 말씀드렸잖아요, 감사드린다고요."

"그것은 네 진심이 아니잖느냐?"

"…… 어째서 제게 이렇게까지 잘해주시나요?"

"…… 네가 믿고 싶은 것을 믿거라. 무어가 되었든, 그것이 옳은 것이다."

너를 마음 깊이 연모한다는 말, 그 이상으로 하고 싶은 말이었다. 정화에게 금수만도 못한 놈으로 의심을 받는 것보다, 그러한 이를 연모한다고 스스로를 옥죄는 정화를 보는 것이 더 고통스러웠다. 그것이야말로 진정 죄를 짓는 것이나 다름없으리라.

"금일은 더 시킬 일이 없으니 들어가 쉬거라. 저녁은 밖에서 먹고 늦게 들어올 것이니 짐을 받으러 나오지 않아도 된다."

이곳에 있는 동안, 정화가 몸이라도 편안하기를 바라는 마음이었다. 허나 단지 그 연유 때문만은 아니었다. 이윽고 정화가 방을 나서고 발소리가 들리지 않게 되자, 운은 방문을 걸어 잠갔다. 그리고 책장 뒤편에 손을 넣어 너비가 한 척은 될 법한 얄팍한 목함 하나를 꺼내었다. 그 안에 담긴 수화기를 꺼내어 머리에 쓴 운이 전건ⁱ을 탁탁, 두드렸다. 마치 연락을 취하는 듯하였다. 이윽고 검은 신호기가 낮게 진동하였다. 수화기에서 흘러나오는 소리에 귀를 기울이던 운이 반대편 손에 쥔 만년필로 무언가를 빠르게 적어 내려갔다.

---

i 스위치를 손가락으로 여닫아서 신호를 보내는 통신 장비

유정사랑채에닭다리알전달예정새우젓전달및확인요망

　오후 여섯 점에 은신처에 권총과 총알을 전달할 예정이니, 자금을 전달하며 확인을 청한다는 뜻이었다. 전달하는 총은 운의 몫이었다.
　총기를 출납하는 것 정도야 운에게는 그다지 어려운 일이 아니었으나, 총독부의 총알이 일경을 향해 발사된 것을 들키면 가장 먼저 의심받는 것 또한 그였다. 아군들에게조차 정체를 숨겨야 했기에, 총독부 내에 제 사람을 심어둘 수 없었던 까닭도 한몫하였다. 이러한 사정을 고려하여, 신한촌은 그가 청할 때면 늘 총과 총알을 지급하였다.
　대낮이었고, 총독부 인근의 삼엄한 경계를 평상복 차림으로 뚫고 나가는 건 불가능했다. 게다가 저녁에 정화에게 귀가하는 모습을 보여야 하기에 연유가 어찌 되었든 밖으로 나서긴 해야 했다. 아무도 대동하지 않고 홀로 관저 밖으로 나가서 은밀한 곳으로 숨어드는 방법뿐이었다. 그조차 쉽지 않았으나, 운에게는 이런 일이 처음이 아니었다. 밖으로 나가자마자 순식간에 자취를 감춘 운은 몸을 숨겨 옷을 갈아입은 채로 일전 관영을 숨겨 둔 그 집 안으로 몰래 들어갔다. 여느 다를 바 없는 사택이었으나, 명중경단원들은 그곳에서 작전을 논의하고 때로는 연락을 주고받기도 하였다. 그들은 비로소 모두가 만날 수 있는 곳이라 하여, 그곳을 '사랑채'라 불렀다. 어렴풋이 듣기로는 그곳에 아직도 몸을 회복 중인 관영을 비롯한 다른 명중경단의 사람들이 머물고 있다 하였다.
　품속에 고이 넣고 온 자금을 늘 두던 곳에 올려둔 운이, 그 자리에 있던 권총 한 자루와 탄창 여러 개를 제복 속에 감추고 다시 밖으로 나섰다. 어떠한 서신도 남기지 않았으나, 의미는 통할 것이다. 그렇게 순식간에 사랑채를 빠져나간 운은 다시 한번 몸을 숨겨 환복하고, 아무렇지도 않게 다시 관저로 돌아갔다.
　방문을 열자마자 자신 앞에 나타난 것은 정화였다. 허나 반기는 태도가 아니었다. 늦은 시간은 아니었으나 겨울이라 해가 일찍 떨어졌기에 당연히 잠들었을 줄 알았던 정화의 얼굴을 본 운이 눈에 띄게 놀랐다.

"…… 안 자고 무엇 하느냐?"

"진심인가요?"

문이 열리기가 무섭게 달려들어 평소와 달리 호전적인 태도로 다짜고짜 묻는 정화를 보며, 운은 당황할 수밖에 없었다.

"…… 그 말을 하려고 여태껏 기다린 것이냐?"

"기다렸다 하지 않았어요."

"허면 어째서 그리도 다급하게 뒤를 돌아보았느냐?"

"큰 소리에 놀랐을 뿐이어요."

"무슨 말을 하고자 했던 것이냐?"

"…… 아무 말도 하려 하지 않았어요."

눈으로 이미 모든 말을 하고 있으면서, 부러 말하지 않는 정화의 앞으로 그가 다가섰다.

"말하라. 무슨 뜻이었더냐?"

"…… 제게 역정 내지 않겠다 약조해 주세요."

"약조하마."

"혀를 뽑지 않겠다고도 약조해 주세요."

"약조하마."

"…… 정녕, 약혼하실 건가요?"

탄식했다. 정녕 그런 짓을 하리라 믿었다니, 내 정말 그 정도밖에 되지 않는 사람으로 보였단 말인가. 허나 정말 그런 말밖에 할 수 없다는 현실에 밤마다 가슴을 치며 소리 없이 눈물만 흘렸다. 원하는 답을 하고 싶은 심정이 굴뚝같기로서니, 이 말도 안 되는 현실 속에서 자신이 너무도 나약하게 느껴졌다.

"어찌 그런 것을 묻느냐?"

"원치 않으시잖아요. 그런데도 하실 건가요?"

"내 의지로 하는 것이 아니다."

"그걸 제가……!"

참지 못한 정화의 역정에 운의 눈이 커졌다. 정화의 눈에서 굵은 눈물방울이 후두둑, 하고 떨어졌다.

"제가 모를 리가 없잖아요……."

"언젠가는 해야 할 일이다."

가슴 깊이 연모하는 이에게 결코 해서는 아니 될 말이었다. 마음속에서 피눈물이 흘러내렸다.

1916년 1월 10일

 [작게나마 얻어낸 바는 있습니다. 그간 우리의 편에 섰던 배길성이 실은 최재형의 측근이라 하더이다.]
 물론 거짓이었다. 동지 된 사람을 취조한 적도 없을뿐더러, 앞선 모든 말들은 당초 일어날 수조차 없는 일이었다. 신한촌에서 작전을 수행하고 있는 배길성은 사실 총독부의 밀정으로, 그들이 독립군 측에 심어둔 밀정이었기 때문이다.
 허나 총독부는 자신들이 보낸 밀정을 독립군은 보내지 않겠느냐는 생각을 꿈에도 하지 못했다. 그들은 운이 자신들 틈에 잠입한 간자라는 사실을 추호도 알지 못했고, 되려 배길성과 접촉시키기까지 하였다. 배길성은 밀정이었으나, 독립군 중 그자가 밀정이라는 사실을 모르는 이는 없었다. 다만 이용하기 편하니 제거하지 않고 남겨두었던 것뿐이었다. 하여 그가 총독부 측에 전달한 정보는 전부 허탕을 쳤고, 이는 명중경단원인 관영을 비롯한 여타 동지들이 옥에 갇히고도 탈옥하거나 왜놈들의 눈을 피해 크고 작은 여러 의거를 성공시킬 수 있었던 연유였다.
 허나 이제 그는 더 이상 쓸모가 없었다. 되려 이 정도로 성공시키는 것이 없으면 제 처지를 알아챌 수도 있겠다, 싶어 명중경단이 먼저 선수를 친 것이었다.
 [그게 말이 되는가? 그자는 우리가 심어둔 밀정이네. 자네 또한 모를 리가 없지 않은가?]
 [허나 아예 믿지 못할 말은 아닙니다. 이중 밀정일 수도 있지 않습니까?]
 [고문으로 정신도 온전치 않은 불령선인의 말을 믿는다는 말인가?]
 [원하는 말만 골라 들을 바에야 혹여나 싶은 것조차 거르지 말고 전부 의심해 보자는 말입니다.]
 누구나 의심하여 나쁠 것은 없었다. 당장 제 곁에 앉아 있는 총독의 양

자 또한 밀정이었으니 말이다. 운을 비롯한 명중경단원들은 그 점을 이용하였다. 직급이 높지 않았기로서니 '후지와라 히로유키'는 엄연한 총독의 아들이었다. 감히 그 말을 흘려들을 수 없었기에, 제아무리 허튼소리일지라도 한 번쯤은 고려 대상이 될 터였다. 그런고로 운의 말 한마디는 실로 동지들을 살리고, 손에 피 한 방울 묻히지 않은 채 적을 제거할 수 있는 것이었다.

[허나 그자가 가져다준 정보가 한두 개가 아니오. 게다가 그로 인해 불령선인들 일당에게도 적지 않은 타격이 있었소. 그랬던 자가 정녕 뒤통수를 친단 말이오?]

[맞는 말이야, 섣불리 나서기는 곤란하네. 그자만큼 충직한 자가 또 있겠는가?]

[충직한 개는 아무리 먹음직스러운 고깃덩이를 들고 있어도 주인을 알아보는 법입니다.]

여느 왜놈들처럼 조선인을 겨냥하는 말이 아니었다. 관영이 정화에게 했던 말과 꼭 같았다. 물빛 안개를 위해 힘쓰는 그 누구도 변절자들이 변절했다 생각하지 않았다. 그들은 처음부터 다른 마음을 품고 있었고, 그 신념에 누구보다도 충실한 사람이었다. 그저, 당초부터 그 정도 그릇밖에 되지 않는 한심한 인간들이었다. 그런 자들에게 신념 따위가 있을 리 없었다. 스스로를 너무도 사랑하여 자신을 해치지 않는 아집이 들어찼으니, 그들은 처음부터 애국이라든지, 빼앗긴 나라를 되찾겠다는 마음을 진심으로 가진 적이 없었다. 그저 힘든 일에 몸담는, 자랑스러운 스스로를 보고 싶었기에 달려든 것이리라. 그런 이들에게 주인이란, 곧 그 하찮은 심지를 쥐고 흔드는 비열한 신념이겠지. 그러니 충직한 개는 곧 그들을 뜻하였다.

[이전부터 의심 가는 바가 없지 않았으니, 제가 직접 조사해 보겠습니다. 은밀히, 티 나지 않게 진행하겠습니다.]

일말의 의심조차 받지 않았다. 이제 남은 일은 배길성을 제거하는 것뿐이었다. 이러한 순간에 크고 호탕하게 한 번만 웃을 수 있다면 얼마나 좋을까. 이 기쁜 소식을 빨리 제 사람들과 나누고 싶었다.

'아……'

그러나 현실을 깨닫는 순간, 탄식이 흘러나왔다. 그럴 수 없었다. 그러기에 자신은 너무도 멀리 떨어져 있었다. 그리웠다. 하루에도 몇 번씩 신한촌이 떠올랐다. 전부 친구처럼, 그리고 피를 나눈 가족처럼 지내던 모든 이들의 이름과 얼굴이, 그리고 천진하고 맑게 뛰놀던 어린 시절부터, 제법 자랐을 때의 아주 작은 기억까지도. 얼굴에 웃음을 띄울 일이라곤 없으리라 생각하였으나, 제 손을 잡아준 재형의 은덕으로 누린 행복이 생각보다 짧았다.

허나 제 손으로 선택한 일이었다. 괴롭고 고독하며, 피붙이 그 이상이던 동지들의 죽음을 지켜보아야 하고 어제까지 술잔을 기울이던 이가 변절하면 주저 없이 그를 향해 총구를 겨누어야 하기로서니, 아마 기백 번 돌아가도 매 순간 같은 선택을 하게 되리라. 그립고도 그리운 그 행복은, 물빛 안개와 함께 원 없이 누릴 수 있을 터이니.

불현듯 머릿속에 한 명이 더 스쳐 지나갔다.

남정화.

다른 생각은 들지 않았다. 보고 싶었다. 약혼 이야기가 나온 그날 이후로 벌써 며칠째, 정화는 제게 말 한마디 하지 않았다. 아침저녁으로 식사를 올려주었으니 인사를 할지라도 고개만 작게 숙일 뿐, 목소리는 듣지 못하였다. 큰 눈으로 눈물을 떨구며 제게 울먹거리던 며칠 전의 기억이 떠올랐다. 저는 그런 여린 이에게 한없이 모진 말만 퍼부어댔다.

사과해야 했다. 사과를 해야 하는데, 도무지 무어라 말할 수가 없었다. 어떠한 말을 하게 되더라도 결국 제 정체가 밝혀질 것이 자명하므로. 회중시계가 달칵거렸다. 자현이 돌아올 수 없는 곳으로 떠난 이후로, 마음이 어지러울 때마다 그가 남기고 간 시계를 달칵거리는 습관이 새로 생겼다.

마치 그의 말소리가 들려와서 제게 조언해 주는 듯하였다.

그렇게 마음을 졸인 지 삼십 분 즈음 지났을까, 정화가 방 안으로 들어왔다.

"…… 어찌하여 나를 피하느냐?"

스스로 뱉어놓고도 당황했다. 이상할 정도로, 정화의 앞에서는 저를 억누르지 못하고 주체할 수 없는 말들만 입 밖으로 내게 되었다. 총탄보다 정화에게 거절당하는 것을 더 두려워하는가 보다, 하며 속으로 자조하였다.

"…… 무슨 까닭으로 그런 말씀을 하셔요?"

"정녕 나를 피하는 것이 아니라면 금일은 자리에 앉거라."

"허나 제 몫의 식사를 가지고 오지 못하였어요. 지금 내려간다면 괜한 오해를 살 것이어요."

"…… 오해였더냐?"

속 이야기를 해서 좋을 것이 없는 건 정화도 매한가지라는 사실을 잘 알면서도, 저렇게 난처한 질문만을 퍼부었다. 허나 듣고 싶었다. 정화의 속내를 우연히 들은 바 있었음에도 그의 입으로 직접 듣고 싶었다.

"하실 말씀이 있다면 듣겠어요. 아래층에서는 제가 끼니때 내려갈 겨를조차 없이 바삐 사는 줄로 압니다. 하여 갑자기 나타나지 않아도, 괜한 꼬투리만 잡히지 않는다면 별다른 문제 없을 것이어요."

"…… 그날은 내 진심으로 미안했다."

늘 침착하고 흐트러짐 없는 정화의 말을 듣자마자 사과가 절로 튀어나왔다. 소상한 설명조차 없었음에도, 정화가 고개를 천천히 끄덕였다. 제 처지를 알게 된다면 정화 또한 미안해할 연유가 없다고 생각하겠지만, 그저 제가 미안했다. 이런 말을 할 수밖에 없는 상황에서 만났다는 것이 통탄스러웠다.

"…… 어찌할 도리가 없잖아요. 저도, 도련님도."

"아예 무를 수는 없을 것이다. 너도 알다시피 이 일은 내 의사가 그리 중요한 취급을 받는 것이 아니라서 말이다. 허나 미룰 수는 있겠지. 달포가 좀 넘게 남았으니, 시간이 조금 더 가까워지면 그때 다시 한번 미뤄보마."

"…… 그 한마디를 하려고 기다리셨습니까?"

실망한 목소리에는 설움이 가득했다. 무언가를 포기한 듯, 매몰차게도 느껴졌다. 그것을 느낀 운의 정신이 아득해지는 듯하였다.

"저도 물을 것이 있었거늘, 답이 제법 명확해졌으니 더 묻지 않아도 될 성싶습니다."

"무엇이냐?"

"저 또한 늘 도련님께서 무슨 말씀을 하실지 궁금했습니다. 허니 도련님께서도 궁금해하셔요."

"무엇을 말이냐?"

"정녕……"

더 말을 이어 나가지 못하고 애달픈 신음을 내뱉는 정화에게로 향하는 손이 움찔거렸다. 이내 주저앉을 듯 휘청이며 탄식하는 정화를 보던 그의 몸도 덩달아 휘청하였다.

"…… 때로는 평화를 지키는 것이 거창한 행동이 아닌 짧은 침묵일 수도 있습니다. 전 단지 평화를 지키고 싶을 뿐입니다."

"평화라……. 나와 함께하는 시간이 네게는 지옥이었더냐?"

답이 없었으나, 이미 그 눈으로 답을 한 셈이었다.

"…… 그에 관해서는 더 묻지 않지. 허나 한 가지만 물으마. 앞으로는 어찌하고자 하느냐?"

"무엇을 말씀하십니까?"

"그 또한 알지 않느냐."

매번 같았다. 입 밖으로 내지 않아도, 또한 이미 할 말을 다 한 셈이었다. 나와 같은 길을 걸을 것인지, 운은 늘 그렇게 물었다. 정화에게는 관영과 같은 길을 걸을 것이냐고 들렸겠지만.

"제가 관저를 떠날 일은 당분간 없을 것이어요. 일전 말씀드렸잖아요. 제게는 부양해야 할 가족이 있습니다. 하여 더더욱 불가한 일이어요."

예상한 일이었다. 더 볼 수 있다니. 어쩌면, 조금은 다행일 수도 있으리라.

"…… 정화야."

얼마 만에 불러보는 이름이던가. 허나 아주 오래전부터 알고 있던 것처럼 익숙했다. 다만 듣는 이만큼이나, 부르는 이의 심경도 묘하게 동하였다.

"다시 아래층으로 가야 한다면 어떨 성싶으냐?"

문득, 자신이 곧 떠나야 한다는 사실이 떠올랐다. 그대로 신한촌에 정착할 수도, 아니면 밀정의 일을 더 할 수도 있었다. 허나 어찌 되어도 정화를 길게 볼 수 없으리라는 생각에, 누군가가 곡괭이로 가슴을 후벼파는 듯한 통증이 미간을 찌푸리게 하였다.

"도련님, 어디 멀리 떠나시나요?"

"Приморский край[i]."

"…… 그게 무언가요?"

"아, 조선말로는 '연해주'라 하더구나."

"…… 멀리 가시네요."

예상과 달리 정화의 반응은 덤덤하였다. 묘하게 느껴지는 쓸쓸함은, 관영의 죽음이 순보에 난 이후로부터 늘 느껴지던 것이었기에. 가련한 이는 서글프게도, 자신의 속이 타는 듯하여 더 깊고 우울해졌다는 것을 알아차리지 못하였다.

"우습지 않으냐. 노어를 할 줄 안다는 재능을 높이 사서 이 자리까지 올 수 있었거늘, 정작 고생을 자초하는구나."

"…… 다시 돌아오실 건가요?"

---

i 원어 발음은 [쁘리모르스끼 끄라이]

바람결에 흩날려온 민들레 홀씨처럼 예상치 못하게 다가온 한마디에, 운이 몸을 돌려 정화를 바라보았다. 그러면 아니 되는데, 고개가 끄덕여지고 있었다.

"Встретимся снова не в полярную ночь, а в белые ночи. Люблю.

(극야가 아닌 백야에서 다시 만나자. 사랑한다.)"

1916년 4월 29일

[후, 후지와라 부장님, 제발 살려주세요. 제가 누군지 잘 아시잖습니까, 예? 전 절대 아닙니다. 이미 총독부에서 심어둔 밀정인 것이 자명하거늘, 어찌 저를 체포하십니까?]

[자네, 아라사에 가 본 적이 있었던가?]

싸늘한 표정을 한 운의 입에서 튀어나온 것은 생뚱맞은 말이었다. 이 모든 상황이 이해되지 않는 듯, 길성의 두 눈이 어지러이 흔들렸다.

[그, 그럼요. 부장님의 명을 받들기 위해 여러 번 다녀온 적이 있지 않습니까.]

[그곳은 내가 어린 시절을 보냈던 곳이지. 자네도 알다시피 나는 조선에서 태어나 아라사에서 자랐고, 제국에서 다시 태어났네. 어느덧 조선 반도에서 지내 온 세월이 제법 길어졌으나, 어린 시절의 기억은 사라지지 않는 법이지.]

틀린 말은 아니었다. 태어나기를 조선에서 태어나 아라사에서 자랐고, 일본의 앞잡이가 되었으니. 여기까지가 모두가 알고 있는 사실이었다. 그가 부러 왜놈들에게 잠입했다는 사실을 아는 이는 조선 땅과 연해주를 통틀어 열 명도 되지 않았다.

[백야를 본 적이 있는가?]

처음 아라사 땅에 발을 들인 후, 백야를 보았던 그때를 잊을 수가 없었다. 조선 땅마냥 여름에도 날씨가 덥지 않았으나 하루 종일 밝은 기운이 하늘에 머물렀고, 흐릿해질 기미조차 보이지 않았다. 이때만 되면 도무지 잠을 잘 수가 없다며 짜증을 내는 이도 있었고, 너무 자주 본 터라 벌써 그 시기가 되었느냐며 신경 쓰지 않는 이가 다반사였다.

허나 시간이 아무리 흘러도 운의 눈에 백야는 아름답기 그지없었다. 지지 않는 완연한 빛과 함께 밤을 지새우며, 제 인생에도 저렇게 광명만이 가득 들어차기를 바랐다. 그러나 곧 찾아온 것은 극야였다. 백야와 달리 극야가 올 때면, 운은 방 안에 틀어박혀서 나올 생각을 하지 않았다. 어둠을 난생처음 보는 이처럼 극야가 올 때마다 온갖 양초와 불을 켜 놓는 운을 보며, 자현은 코웃음 치면서도 어디 아픈 것이 아닌지 내심 걱정하였더랬다. 그러면서 늘 같은 말을 해 주었다.

'극야가 올 것을 알면 백야가 그리 달갑지만은 않은 법이지. 허니 너무 들뜨지 마. 기대가 너무 크면, 훗날에는 그 기대조차도 두려워지는 법이니까.'

[한때 나는 그것을 보며 세상에 영원한 빛이 있으리라 생각했다네. 허나 그 뒤를 이어 반드시 속절없는 암흑이 찾아오지. 백야와 극야를 모두 겪으며 나는 인생을 배웠네. 헌데 내 어찌 이 이야기를 자네에게 하는지 아는가?]

[모, 모르겠,]

[빛만을 좇는 자는 언젠가 반드시 어둠을 탐하기 마련이지. 자네도 마찬가지일세. 빛을 좇는 체하며 그 속은 어둠으로 이중 삼중 무장하였을지 내 어찌 아나?]

운이 이 말을 하며 쇠도리깨를 든 채 길성에게 천천히 다가갔다. 눈에서 숨길 수 없는 분노가 이글거렸다. 어둠 속에서만 끝날 줄 알았던 인생에서 빛이 무엇인지를 알려주고, 백야가 무엇인지 보여주며 인생을 가르쳐 준 이들을 사지로 몰아넣으려 한 이가 눈앞에 있었다. 이런 자의 앞에서 자비를 보일 연유가 없었으며, 그래도 아무런 대가를 걱정하지 않아도 되는 흔치 않은 기회였다.

[아닙니다, 정말 아닙니다!]

아직 아무것도 하지 않았거늘, 저리 천박하게 비명을 지르는 꼴이 우스웠다. 정작 제 혓바닥 끝에서 나온 이름들이 어떤 꼴을 당할지 알면서도 세 치 혀를 놀린 이에게 자비를 베풀 온정 따위는 남아있지 않았다. 이성의 끈이 끊어지는 소리가 들려왔다. 그걸 판단할 새도 없이, 온 힘을 다해 제 손에 들린 쇠도리깨로 길성의 어깨를 내리치고 있었다. 표정은 변화가 없었으나, 얼굴을 잠식한 분노 속에서는 죽을 듯 내지르는 절규도 들리지 않았다.

[제, 제발, 살려주세요, 제발!]

[자네도 이미 여러 번 해 보아서 잘 알지 않는가, 고문의 목적은 자네를 죽이기 위함이 아닐세. 나는 의사를 이곳에 묶어 두어서라도 자네의 숨을 붙여놓을 게야. 자네만큼 불령선인들에 대한 정보를 많이 알고 있는 이가 또 어디 있다고 내 섣부른 판단을 하겠는가? 상황 판단을 잘하게나. 자네가 사실을 토설한다면, 나는 당장이라도 자네를 풀어줄 의향이 있어.]

거짓이었다. 이 자리에서 저 금수만도 못한 놈이 제 손에 맞아 죽는 한이 있더라도, 풀어줄 생각이 없었다. 설령 풀어주더라도 비참하게 버림받게 할 것이다.

[허나 정말, 정말입니다. 저는 총독부에 모든 정보를 넘겼습니다. 제가 알고 있는 것은 이미 전부 고하였습니다.]

[그 정보를 주는 자가 누구인지는 아직 말하지 않았군. 그자가 우리의 편일지 자네처럼 다른 뜻을 품었을지 장담할 수 없는데 말이야.]

본디 고문을 당하는 이가 가장 바라는 것이 그 자리에서 죽여주는 것이라 하였던가. 반대로 말하자면, 운은 이자를 죽일 생각이 없었다. 이자는 자신의 혀를 끊어가면서라도 기밀을 지키려는 동지들과는 다르다. 같은 고통을 받더라도, 그것을 참을 수 있을 정도로 인내심이 강한 자가 아니었다. 제 한 몸 지키기 위해서라면 나라는 물론이요, 가족까지 내다 팔 위인이었다.

[지금 당장은 말하지 않아도 괜찮네. 보아하니 그 의자에 앉은 이의 심경과 혓바닥은 서로 뜻을 맞추지 않아도 괜찮더군.]

[아, 아니요, 아닙니다! 살려주십시오! 사실대로 말하겠습니다! 전부 제

가, 제가 꾸민 일입니다……! 제가 이중 밀정입니다…….]

고문을 견딜 위인이라 생각하지는 않았다. 그런 걸 두려워하지 않을 정도의 기개를 가진 이라면 애당초 변절하지 않았겠지. 이 자리에 앉은 이상 이미 답은 정해져 있는 셈이니, 차라리 마음 편하게 죽을 생각을 한 듯싶다. 헌데 저 스스로가 모든 것을 획책했다는 답을 토한다 하여 곱게 죽여 줄 생각은 없었다. 다만 험하게 다루어도 된다는 명분이 생겼을 뿐이었다.

그럼에도 사람이 되어 다른 일경들이 했던 것처럼 살을 지지고 가죽을 벗기는 잔인한 짓 따위는 할 마음이 없었다. 다만 이자의 처분을 어찌해야 할지는 보다 확실히 알고 있었다. 그 말을 끝으로 다른 일경들이 들어오자, 비로소 확신이 섰다. 지하는 방음이 되지 않으니, 길성이 한 말을 그들이 듣지 못했을 리 없었다.

[이놈이 저가 밀정임을 자백하였다. 뒷일은 너희들이 맡아 처리하라. 곧 다른 것도 실토할 것이다.]

운은 그 말을 끝으로 지하를 벗어났다. 다시는 저자와 얼굴을 맞댈 일이 없을 것이다. 또한 자신이 저지른 일을 그대로 돌려받도록 하는 것이야말로 가장 큰 복수였다. 스스로 무덤을 판 자의 입에서 동지들을 위협할 만한 다른 소리가 나오지는 않았다. 저자는 그저, 연유도 알지 못하고 죽기 직전까지 고통받는 것이다.

곧이어 찢어지는 듯한 비명이 서대문 감옥 전체를 울렸고, 운은 유유히 그곳을 빠져나와 관저로 돌아갔다. 그리고 책장 뒤쪽에서 그 길고 얄팍한 목함을 꺼내어 수화기를 쓰고, 다시금 전건을 두드리기 시작했다.

여우 배길성 사냥 성공

1916년 5월 12일

단 것에 기갈난 사람처럼 양과자를 한가득 품에 안고, 운이 관저로 돌아왔다. 물론 제 것은 아니었다. 귀택하여 바라보는 정화의 표정은 그날따라 밝았다. 흔연하게 머금은 미소가 어두운 방중을 밝힐 만큼 해사했다.

"좋은 일이라도 있나 보구나."

"오라버니에게서 편지가 왔거든요. 한동안 연락이 잘되지 않아 걱정했는데, 잘 지내고 있나 봐요."

기쁘다는 정화의 말에 제 얼굴에도 미소가 번졌다. 허나 제가 준비한 소식은 판이하였다. 이 미소를 단박에 사라지게 만드는 것이었다. 그렇게 하고 싶지 않았다. 드물게 기뻐하는 얼굴을 더욱 오래 보고 싶었다. 그럼에도 말하지 않을 수는 없었다.

"내일 식사는 평소처럼 올릴까요?"

"오냐. 대신 점심과 저녁은 챙겨놓지 마라."

"특별한 일이라도 있나요?"

"먹고 들어올 것이다."

"중한 일이 있으신가 봐요."

"약혼식 일자를 잡으러 탁지부장관과 식사를 한다는구나."

한 눈에도 놀란 정화의 온몸에서 맥이 풀리는 소리가 들리는 듯하였다. 애써 무심한 척하려는 속내가, 죄책감에 타는 듯이 고통스러웠다.

"밤이 깊어야 들어올 것이다. 짐은 받을 필요 없으니, 곤하면 먼저 자고 있거라."

"저, 도련님……."

정화가 우물쭈물 말을 꺼내며 운을 바라보았다가 고개를 숙였다 하기를 반복했다. 한참 눈치를 보며 입속에 맴도는 말을 뱉을지 말지 망설이는 정화를 보는 시선이 착잡했다. 더더욱 굳게 다짐했다. 내일의 혼담을 어떻게든 파하여야겠다고.

"괜찮다."

확신이었다. 정화 이외에 다른 이들에게는 눈길이 갈 연유가 없고, 그러한 이들과의 혼례는 치르지 않을 것이다. 제아무리 오사무가 자신을 못마땅해하기로서니, 그 정도의 일은 할 수 있었다. 후대를 잇기 위해 들인 양자가 혼례를 하지 않는다는 것은 말이 안 되었으나, 후사가 급한 것은 오사무였지, 자신이 아니었다. 어쩌면 그런 일마저 방해하라고 제가 이곳에 부러 잠입한 것일 수도 있다.

"그, 그러니까, 저는 단지, 원치 않는 혼례를 할 도련님이……."

말까지 더듬으며 눈치를 보던 정화가 이내 고개를 폭 숙였다. 이 이가 하나하나 몸짓할 때마다 제 가슴이 철렁하여, 자꾸 움찔거리는 것을 감추지 못하였다.

"…… 걱정되어서요……."

"걱정 마라. 원치 않는 일이라 하지 않았더냐."

"허나 도련님의 속사정과는 별개로, 달리 어찌할 방도가 없잖아요……. 집안의 약조를 깰 것도 아니고……."

"깰 것이다."

"네?!"

"방법이 있다. 다만 네게 보여줄 수 없어 아쉬울 따름이구나."

옅지만, 정화와 마찬가지로 흰 웃음을 지으며 운이 다정한 목소리로 말하였다.

"참, 잊을 뻔하였구나."

운이 내도록 품에 안고 있던 양과자를 정화에게 무심하게 건네었다. 얼떨떨한 얼굴로 종이봉투를 받은 정화가 넘칠 듯 많은 양의 음식을 보고 눈을 동그랗게 떴다.

"이걸 전부 다 제게 주시는 건가요……?"

"요즘 따라 밥그릇도 거의 비우지 않더구나. 행여 입맛이 돌지 않나 싶어 단 것을 좀 사 왔으니 굶지 말고 다니거라. 몸이 상해서야 되겠느냐."

또 본의 아니게 말이 많아졌다. 전부 다 진심이었다. 갈수록 살이 빠지는지 얼굴이 반쪽이 되어가는 정화를 보며 내심 속앓이를 하던 그 마음이 이리 표출되었나 싶었다.

"저, 헌데 도련님은 안 드시나요?"

"양이 많아서 그러느냐?"

"그렇기도 하지만, 홀로 먹는 것은 예의가 아니니 그렇지요."

똘망똘망한 목소리로 이야기하면서도 손끝을 조물조물하는 것이 한없이 귀여웠다. 많은 말을 하지는 않았으나, 조잘조잘하는 그 모양새가 고와서 어느새 눈가가 희미한 반달을 그렸다.

"허면 하나만 주고 가려무나."

"보아하니 같은 것이 두 개 있더군요. 그리고 이게 제일 곱게 빚어졌어요."

정화의 손에 꽉 차던 양과자가 운의 손 위에서는 구슬만큼 작아 보였다. 단 음식의 향을 맡는 것조차 즐기지 않았으나, 어쩐지 오늘따라 은연히 풍기는 내음이 향긋하였다.

"…… 고맙다."

실로 오랜만이었다. 이리 편안한 웃음을 짓는 것은. 아니, 어쩌면 조선 땅에 온 뒤로 처음이려나. 정화의 앞에서만큼은 평생 이리 웃고 싶었다.

1916년 5월 13일

[내 앞에서 그딴소리를 하지 마라. 누가 네 아비냐? 호적에 네놈을 올린 것이, 진정 너를 어여삐 여겨서라고 생각하느냐? 골빈 놈.]

그 말을 끝으로, 제 관자놀이에 주먹이 날아왔다. 그 주인이 누구인지는 불 보듯 뻔하였다.

[네놈과 같은 열등한 민족의 말에 머리 검은 짐승을 거두지 말라는 이야기가 있다지? 다 너 같은 놈들을 두고 하는 말이구나. 아들 하나만 있었어도 너 같은 조센징을 호적에 올릴 일은 없었을 텐데 말이지.]

다른 모욕은 모욕처럼 들리지도 않았다. 그래봤자 사람이 아닌 이가 하는 말이니 그저 어디서 개가 짖느뇨, 하며 넘길 따름이었다. 허나 저 말은 참을 수가 없었다. 손끝이 부들거렸다. 아마 제 눈에 다른 무언가가 보였다면, 이 자리에서 정체를 들켰으리라.

[저, 저 더러운 눈깔을 봐. 네 그림자를 보는 것조차 역겹다. 따로 부름이 있기 전까지 아래층에는 발도 딛지 마라. 내 말을 어겼다가는 가문의 장래이고 간에 하등 필요 없이 그 직위부터 전부 박탈해 버릴 테니 네 뿌리를 똑바로 기억하라는 말이다.]

한 지붕 아래 살기로서니 워낙 마주하는 일이 없었기에, 오사무는 잊고 지낸다 해도 무방할 정도의 존재였다. 그렇기에 어떠한 말을 들어도 아무렇지 않으리라 여겼으나 관영을 죽인 강린을 마주하였을 그때의 감정이 들고일어났다. 귀로 흘리려 해도 쉬이 넘어가지 않는 말이 있었다. 무엇보다 수많은 일본인 앞에서 모욕당했다는 것을 받아들일 수가 없었다. 방으로 올라가는 발걸음의 소리가 유독 컸다. 참을 수 없는 분노에 낯빛이 시시각각 변하였고, 애꿎은 방문을 거세게 열어젖혔다.

"도련님, 이제야 오셨,"

정화가 말을 끝내기도, 아니 몸을 미처 돌리기도 전에 운이 그를 끌어안

앗다. 가슴 속에서 천불이 나듯 들끓던 화가 눈 녹듯 사라졌다. 그제야 이성을 되찾고, 제가 어찌하여 이곳에 있었는지 비로소 깨닫게 되었다. 정화처럼 죄 없는 이가 편히 살 수 있도록 이리하는 것이었다. 고마웠다. 정화가 아니었다면, 지금 당장 무슨 일을 저질렀을지 몰랐다. 적진의 한복판에 던져진 제 목숨이야 언제 죽어도 이상하지 않았으니 이 자리에서 어찌 되는 건 문제없었으나, 다른 동지들이 화를 입고 신한촌이 궤멸하는 것을 어찌 두고 보겠는가. 정화의 어깨를 끌어안은 팔이 더욱 강하게 사이를 좁혔다.

"…… 도, 도련님, 어찌 이러셔요……? 대체 밖에서,"

"…… 무거우냐."

"아, 아니요…….''

"허면 잠시만 이러고 있자…….''

"무슨 일이라도 있었습니까……?"

"아니, 아무런 일도 없었지."

"헌데 어찌,"

"안 되겠느냐…….''

참을 수가 없었다. 허나, 그래서는 아니 된다는 사실을 곧 깨달았다. 그럼에도 더는 숨길 수가 없었다. 이 여인을, 나는 감당할 수 없을 만큼 깊이 연모하고 있었다.

"…… 보고 싶었다, 네가 너무도…….''

"주인 나으리께서 또 뭐라 하셨나요?"

짧은 순간이었지만 당황함에 익숙해진 정화가 천천히 운의 팔을 다독이며 물었다. 마지막 남은 번뇌마저 흩어져 날아가는 듯하였다. 운이 몸을 부러 더 가까이 기대었다.

"그도 아니라면 장관 댁에서 무슨 일이 있었나요?"

"그냥, 별 연유 없다."

정화의 등 뒤에서 고단한 미소를 띠며, 운이 나른하게 속삭였다.

"Пожалуйста, Боже. Спасите меня в этой войне и даруйте мир.

(신이시여, 부디 저를 이 전쟁에서 구원하시고 평화를 주소서.)"

전쟁이었다. 전쟁에서 행복한 이가 있을 리 없었다. 짓밟히는 이들이야 말할 것도 없거니와, 맞서 싸우는 이들조차 행복할 리가 없었다. 몸은 다치지 않았으나 마음속의 죄책감을 들어낸다면 더는 속에 남은 것이 없을 정도였다. 아프고도 아팠다. 가슴 깊은 곳의 평화가 누구보다도 간절했다. 부디 떳떳하고 싶었다. 처음으로, 밀정이 되는 것을 반대했던 다른 이들의 심정이 이해가 갔다.

"노국 말이잖아요, 제가 못 알아듣는……."

"…… 몰라도 된다. 허니 애써 알고자 하지는 마라……."

"…… 연유를 물어도 될까요. 아무것도 모르지만 제가 이리도 서글픈 연유를요."

"연유라……."

운이 자조적인 웃음 섞인 목소리로 천천히 정화의 뒷말을 밟았다.

"아니, 그 또한 묻지 말아다오. 그저 아무런 연유 없이 한 번만, 딱 한 번 정도만 이렇게 있어 다오."

운이 중얼거렸다. 제 눈에서 흐르는 눈물이 혹여 정화의 어깨를 적실까 두려워, 부러 어깨를 더 세게 끌어안았다. 속에서조차 울음소리가 들려온다는 것을 모른 채로.

"넌 이런 내가 어찌 보이느냐."

"제가 감히 무슨 대답을 할 수가 있을까요."

"나를 어찌 생각하더라도 할 말이 없겠지."

말없이 제 팔을 토닥이던 정화의 가녀린 어깨가 파르르 떨리는 것이 느껴졌다. 서로의 얼굴을 바라보고 있지 않지만, 알 수 있었다. 서로가 울고 있다는 것을. 그렇기에 부러 서로를 더 세게 끌어당겨 안고 있었다. 흐르는 눈물이라도 닦아주고 싶었거늘, 그리하는 것이야말로 실로 못 할 짓이었다. 무엇보다 정화가 원치 않을 것이다. 그것이 바로 정화가 이리 숨죽여 우는 연유이리라.

"…… 아직도 날씨가 춥지."

"네, 너무……."

울컥한 목소리가 속에서 끓는 것이 들려왔다. 제 눈에서 눈물이 흐르고 있다는 것조차 잊은 운이 정화에게 천천히 몸을 기대었다.

"…… 너무 추워요……."

"불을 더 때 주랴."

"…… 불이 도움이 될까요."

"더 추운 것보다야 낫겠지."

그저 그렇게 정화를 뒤에서 끌어안고만 있던 운이 천천히 몸을 일으켰다. 자신이 아니라면 정화가 이리 울 연유는 없다 생각하였기에 울음이라도 그쳐 주고 싶었다.

"…… 잠시 나갔다 오마. 그 사이 한숨 자거라. 잠이 모든 걸 바꾸지는 못하지만, 적어도 잠깐은 모든 걸 잊게 해 주지 않느냐."

"…… 도련님은!"

등 뒤로 들려오는 정화의 목소리가, 한 맺힌 비명이 절규가 되려다 이내 젖어 들었다. 떨리는 숨소리에 눈에서 또다시 눈물이 흘러내렸다.

"…… 괜찮으신가요……."

"…… 쉬거라."

그 말을 끝으로 문을 나서자마자, 운이 자리에 주저앉았다. 자현을 잃었을 때와, 관영이 스스로의 몸을 지질 때와는 다른 눈물이 흘러내렸다. 온전히 저를 위해 흘려보는 첫 눈물이었다. 허나 마음 놓고 울 수 없었다. 안에서 흐릿하게 들려오는 정화의 울음 또한 그러하였다. 해가 다시 떠오를 때까지, 그렇게 하염없이 흐르는 눈물이 차가운 바닥에 스며들었다.

Корея, ура(대한이여, 만세)

1916년 5월 17일

"일찍 왔구나. 오래 기다렸느냐?"

고사리 같은 손에 이것저것 쥐고 온 정화를 보고 운이 미안한 듯 물었다.

"아닙니다, 지금 막 인력거를 잡으려던 참이었어요."

"헌데 예까지는 어찌 온 게냐?"

"예……? 걸어서 왔지요."

"이걸 전부 들고 말이냐……?"

"예, 그럼요. 헌데 무슨 문제라도 있나요?"

짐을 전부 쌓아 놓으면 제 키만 하다 해도 과언이 아니었다. 실로 저만한 것을 들고 예까지 온 것이다. 저 작고 가녀린 몸에게 저런 것을 들게 시켰다니, 순간 제가 죄인이 된 듯하면서도 부러 어려운 길을 택하는 정화의 모습이 답답하였다.

"며칠 있으면 돌아갈 터인데 짐이 이리도 많다니……. 아니, 그보다 내가 네게 줄 짐도 있거늘, 그건 어찌 들고 가려 하느냐? 관저에 차가 없는 것도 아니거늘 어찌 이리도 힘겹게 온 것이냐."

"아, 괜찮습니다. 일이 더 없어서 천천히 걸어가면 되어요."

멀뚱한 얼굴로 담담히 답하는 정화를 보며, 운이 한숨을 내쉬었다.

"…… 인력거는 두 대를 잡거라."

"다른 분도 오십니까?"

"네가 타고 가야지."

"제가요……?"

"그럼 그 여린 몸으로 이걸 들고 그냥 갈 참이었더냐?"

"그건 아니지만, 그리 먼 거리도 아닌데……. 무엇보다 전 돈을 들고나오지 않았는걸요."

"…… 설마 내 너를 그런 식으로 괴롭히겠느냐? 돈은 대신 내 줄 테니 우선 두 대를 잡거라."

정화가 인력거를 부르기도 전, 저 멀리서 다른 인력거꾼이 운을 향해 걸어왔다. 먼 거리였지만, 단번에 알 수 있었다. 현목 엄주필이었다. 한동안 조선에 오지 않고 아라사에만 머물고 있다 들었거늘, 이리 마주하는 것이 실로 오랜만이라 코끝이 시큰해졌다.

[관저에는 사흘 뒤 열 점에 도착할 것 같구나. 더 늦을 수도 있으니 먼저 잠을 청해도 된다만, 혹여 깨어있다면 아래층으로 내려와 짐만 받아다오.]

[예, 알겠습니다. 저 도련님…….]

[왜 그러느냐?]

우물쭈물하며 도시락을 꺼내는 정화를 보는 운의 눈이 크게 당황했다. 무엇보다 제 곁에 있는 주필의 알 수 없다는 시선을 애써 피하며, 그가 떨떠름하게 정화로부터 도시락을 받았다.

[…… 늦은 시간까지 시장하실 듯하여서요. 약소하게나마 준비했습니다. 아무리 바빠도 끼니는 거르시면 아니 됩니다.]

[…… 고맙구나.]

운이 희미하나 분명한 미소를 띠었다. 그가 멀어질 때까지, 정화가 보이지 않을 때까지, 서로의 시선은 서로에게서 떨어질 줄을 몰랐다. 운을 실은 인력거가 덜컹거렸다.

"…… 오랜만이오, 선윤 동지."

운의 인력거가 서대문 감옥에서 멀어질 즈음, 주필이 천천히 말을 건네었다. 대체 얼마 만에 듣는 동지의 목소리이며, 또 얼마 만에 들어보는 제호이던가. 운이 감격을 감추지 못하고 작은 탄성을 내뱉었다.

"반갑기 그지없습니다, 현목 선생님."

"훌륭히 일을 해내고 있다고 들었소."

"전부 선생님들과 동지들의 덕입니다."

"…… 관영 동지의 목숨을 동지가 구했다지."

일을 마치고 헤어질 때는 늘 제 이름을 불러주던 주필이 자신을 '동지'라 부르는 것이 새삼 낯설었으나, 한편으로는 마음이 벅차올랐다.

"…… 흉이 하나라도 덜 졌을 때 빼내어야 했었거늘, 그러지 못해 동지께 면목이 없을 따름입니다."

"관영 동지가 없는 신한촌은 상상할 수도 없소. 그러니 동지는 신한촌을 구한 거요."

운의 무거운 목소리에, 주필이 다독이듯, 전에 없이 다정한 목소리로 이야기하였다.

"동지는 지금 Корейская Слободка[i]에 있습니까?"

"옥고를 심하게 치른 모양이오. 나온 후에도 죽을 고비를 여러 번 넘겼고, 몸을 추스르는 데도 시간이 많이 걸렸소. 지금이야 좀 나아졌으나, 경계가 삼엄한 탓에 사랑채에 숨어서 작전하였소. 이틀 뒤에 신한촌으로 출발한다더군."

---

i 신한촌의 러시아어 표현. 원어 발음은 [까레이스까야 슬라봇까]

"…… 염치없지만 잘 부탁드립니다."

"헌데, 아까 그 여급은 누구요? 동지의 정체를 아는 게요?"

"모릅니다. 제가 조선말을 더 편히 여긴다는 정도만 압니다."

인력거가 서서히 느려지는 것이 느껴졌다. 의심하는 것이 당연지사였다. 밀정으로 간 이가 여인과 놀아나고 있다는 오해를 받아도 할 말이 없었다. 자현을 지키지 못한 것에 더해, 관영마저 뒤늦게 빼낸 죄책감에 운의 고개가 수그러들었다.

"거리를 두는 게 좋겠소. 혹여 동지 곁에 붙은 밀정일지, 어찌 아는가?"

"…… 그럴 일은 없을 겁니다."

"어째서?"

"저자는 관영 동지의 친척 동생입니다. 제게 동지의 면회를 보내달라 청하기까지 했습니다. 그 외에도 평소 하는 양을 보니 이 일에 뜻이 있는 것 같기도 하고요. 아마 절 죽였으면 죽였지, 여우가 되지는 않을 겁니다."

동기同氣[i]라도 그 외양이나 성격부터가 다르니 이를 듣고 수긍하는 것은 우스운 일이었다. 허나 관영은 진즉부터 정화에 관한 이야기를 신한촌에 여러 번 이야기하였다. 행여 그 아이가 갈 곳이 없어진다면 부디 받아달라고, 옥에서 나와 사랑채에서 몸을 회복하는 순간에조차 그 이야기를 잊지 않았다. 그 자리에 함께 있었던 주필 또한 벌써 여러 번 그 이야기를 들어 이미 알고 있는 바였다. 이미 신한촌 사람들끼리는 정화를 신한촌의 일원으로 받아들일 준비를 마친 상태였다.

"이런……. 내 실례를 했소. 허나 열 길 물속을 알아도 한 길 사람 속은 모른다지 않는가. 정체를 들키는 일이 없도록 주의하시오."

"알겠습니다."

여러 가지 생각이 머릿속을 어지럽히자, 미간이 사이를 좁혔다. 천천히

---

i 형제와 자매, 남매를 통틀어 이르는 말

내쉬는 숨이 무거웠다.

"관영 동지께 들었습니다. 강린이 동지를 옥에 가둔 밀정이었다는 것을요. 하여 상부에 물을 겨를도 없이 처단하였습니다. 상부의 허가 없이 행동한 것을 늘 제대로 사죄하고 싶었는데, 너무 늦게야 그 말씀을 드립니다."

"우리의 감사 인사가 늦었지. 안 그래도 낌새가 불안하여 미리 연통할까 고민했거늘, 일이 더 커지기 전에 알아채서 다행이오. 신한촌은 무사하지만 우리는 관영이라는 거물을 잃을 뻔하였소."

"혹, 정보를 많이 알고 있었습니까? 관영 동지나 저나 신한촌을 떠나온 지 오래된지라 불안하여 말입니다."

"관영 동지가 말한 그대로요. 페치카 형님께서 부러 정보를 많이 주지 않았소. 그럼에도 하루라도 빨리 제거해야 마땅한 자였으니, 더없이 잘한 일이오."

"일전 말씀하신 여우 두 마리와 토끼[i] 한 마리의 정보를 가져왔습니다. 제게 더 부탁하실 일은 없으십니까?"

"안 그래도 제거할 이들의 명단을 가져왔소. 우리 쪽에서 신호를 보낼 테니, 때가 되면 사냥[ii]을 부탁하겠소."

"알겠습니다."

"고생이 많소."

"선생님들과 동지들에 비하면 아무것도 아닙니다."

차마 내색할 수가 없었다. 한 번만 나를 안아달라고, 내가 죄를 짓고 있는 것이 아니라 해달라고. 허나 난세에는 고됨을 고되다 하는 것조차 어리광이리라. 무엇보다 평온한 몸으로 작전을 행하고 있으니 어찌…….

"저, 선생님."

"무엇인가?"

---

[i] 일본 경찰을 뜻하는 명중경단의 은어
[ii] 밀정 혹은 이미 정해진 대상 등을 제거한다는 것을 뜻하는 명중경단의 은어

"…… 혹여라도 아까 그 여인이 '물빛 안개'에 뜻을 품고 저를 암살하려 한다면, 저는 모르는 척 죽어야 합니까, 아니면 살아야 합니까."

"…… 어찌 그런 질문을 하시오?"

저조차도 제 말뜻을 이해할 수 없었다. 누구보다 확고한 신념을 가졌고 다른 생각 따위는 애당초 머릿속을 스친 적조차 없었거늘, 이런 생각을 하게 되는 연유가 혼란스러웠다. 정화가 저를 의심하던 것을 그리도 고통스러워하였던가, 아니면 정화가 옳은 선택을 하기를 바랐던 것일까. 그도 아니라면, 최후를 그리 맞는 방법이 가장 낫다고 여겼던 것일까.

"…… 혼란스럽습니다. 이쪽도 저쪽도 결국 같은 뜻을 품었고, 저 또한 그러하나, 해서는 안 될 짓을 하고 있지 않습니까. 죄책감이 극심하여 저조차도 스스로가 원망스럽습니다."

"…… 운아."

나직한 주필의 목소리에, 어느덧 아득해진 어린 시절이 떠올랐다. 비록 주필이 그때부터 알던 이는 아니었기로서니, 제 이름을 불러주는 것만으로도 그곳의 모든 이들을 회상하게 하였다. 그립고도 그리우며, 아득히 머나먼 추억 속으로 빠져든 운의 눈빛에는 그리움과 반가움, 그리고 아련함이 묻어 있었다.

"너는 '물빛 안개'의 희망이요, 신한촌의 아들이자 우리의 자식이나 다름없다. 우리의 목적을 차치하고서라도 절대 너를 잃고 싶지 않다. 염치없지만 조금만 더 버텨주려무나."

비교적 늦게 알았기 때문일까. 다소 어렵게만 느껴지던 주필의 따스한 말에 운의 눈시울이 붉어졌다.

"…… 제가 잘못했습니다. 경솔하게도 동지들 앞에서 감히 주제넘은 말을 하였습니다. 부디 용서해 주세요."

"…… 반드시 살아라. 혹여 그런 일이 벌어진다면 그자를 죽여도 명중경단에서 책임을 묻지 않으마. 지금으로서 우리에게 가장 중한 것은 네 정체가 발각되지 않고, 무사히 신한촌으로 돌아오는 것이다."

"감사합니다."

인력거에서 내린 운이 제복 주머니에 손을 넣었으나, 주필의 눈빛을 보고 멈칫하였다.

"설마 자네에게 돈을 받으리라 생각했는가? 오늘 건네준 정보면 충분하네."

"왜놈들 밑에서 모은 새우젓[i]입니다. 부디 조국을 위해서 쓰이기를 바라는 마음으로 모았습니다. 선생님의 이동 자금도 함께 넣었으니, 남은 돈은 신한촌에 부쳐주십시오."

운은 그것을 전하며 손가락 사이에 끼워둔 쪽지도 주필의 손 위에 얹었다. 처음이 아닌 듯 익숙하게 주필이 그것을 받았다.

"…… 고맙네. 조만간 또 보세."

"Корея, ура. (대한이여, 만세.)"

"Корея, ура. (대한이여, 만세.)"

---

i 독립 자금을 뜻하는 명중경단의 은어

1916년 5월 21일

"여긴 어찌 데려오신 겁니까?"

원망 섞인 정화의 눈에는 눈물이 가득 고여 있었다. 여느 때와는 다른 눈빛이었다. 원망과 증오가 서려 마치 칼날을 찬 듯한 눈빛으로, 그는 운을 베고 있었다.

"네가 하도 입을 아니 열길래 고문을 좀 하러 왔다."

"…… 차라리 혀를 뽑으십시오."

"술을 마실 바에야 혀를 뽑아라? 원한다면 그리 해 주마. 그게 진정 네가 원하는 것이냐?"

참고 참으며 눌러 온 감정이 제멋대로 튀어나왔다. 물컹한 것을 세게 쥐면 예상치 못한 곳으로 튀듯, 제 입에서 나온 말은 고의가 아니었으나 너무도 공격적이었다.

"더는…… 그만하십시오. 전 드릴 말씀이 없습니다."

"내가 무어라 물으면 대답할 것이냐? 네 바람대로 혀라도 뽑고, 늘 말하던 대로 손가락이라도 자르면 그 대답을 할 것이냐?"

"그래도 안 할 것입니다."

"어찌하여?"

"…… 제가 할 수 있는 대답이 없,"

"제발!"

결국 참고 참다 폭발한 운이 절규했다. 단 한 번도 그가 언성을 높이는 것을 본 적 없던 정화가 놀라 그를 바라보았다.

"제발…… 대체 왜 이렇게까지 해야 하느냐는 말이다……! 네 앞에서는 그 어떠한 일도 하지 않았다. 네가 생각하는 그 모든 것들, 나와는 정반대가 아니더냐. 나와는 하등 관계없는 것들이다. 넌 지난 한 해 동안 내 측근에서 나를 지켜보았다. 허니 누구보다 네가 잘 알지 않느냐? 내 단언할 수 있다. 난 결단코 너를 해한 적이 없다, 그 무엇보다도 당연한 일이 아니더냐? 허니 앞으로도 없을 것이다! 내가 왜 그래야 하냐, 난, 난 그저……!"

울부짖던 운의 눈에 정화의 얼굴이 들어왔다. 그나마 놓지 않고 있던 무언가를 놓아버린, 형언할 수 없을 정도로 공허한 두 눈에서 흘러나오는 시선은 제게 닿지 못할 정도로 미약했다. 다른 어떠한 것도 아닌, 포기였다. 더 이상 어떠한 희망도, 온정도 없는 눈빛으로 자신을 바라보는 정화를 보자, 그제야 제가 앞서 내뱉은 말들이 가시처럼 돌아와 제 가슴을 찔렀다.

내가 돌이킬 수 없는 일을 저질렀다. 연모한다는 사람에게 감히 할 수 없는 말들을 하였다. 이 이가 잘못한 것이 아무것도 없음에도, 그것을 너무도 잘 알면서 이리 말도 안 되는 짓을 해버렸다. 모든 것이 무너지는 느낌이었다. 사랑하는 동지들에 이어 정화마저 잃게 된다면, 더 이상 살아야 할 연유가 없다. 탄식 어린 한숨과 함께 참회의 눈물이 흘렀다.

"아니, 아니…… 정화야, 미안하다……. 널 겁박하려던 것이 아니다. 내가 그만 감정을 주체하지 못했다. 결코 해서는 아니 되는 일을 저지르고 말았다. 정화야, 네게 성을 내어 미안하다, 내가 정말로 잘못했다……."

오늘따라 유독 차갑게 느껴지는 정화의 손을 붙잡고, 운이 애원하고 또 애원했다.

"…… 네 눈에 내가 괴물이자 짐승으로 보이는 것을 안다. 그리 보지 말아 달라 하지는 않으마. 허나 마지막으로 부탁하마. 밤마다 그 소리를 듣고도 그저 넘기기에는, 내가 도무지……."

"…… 약조 하나만 해 주시렵니까."

정화의 건조한 말끝이 떨렸다. 운이 아닌 어느 귀퉁이에 흐릿한 시선이 걸쳐져 있었다.

"제가 그 어떤 말을 하여도, 절 살려주시렵니까."

"약조하마."

"감옥에 가두지도 않고, 그저 이 자리에서 전부 듣고 그 즉시 잊어주겠다 약조하시면 말하겠습니다."

"그리 하마."

"또한 제게 그 어떠한 것도 묻지도, 말하지도 마십시오. 행여 입을 여신다면 저는 그 즉시 제 손으로 제 혀를 뽑을 것입니다."

"…… 망설이지 말거라. 난 이미 너에게 그 어떤 연유도 더 묻지 않고 면회를 가게 해 주었다."

운의 말에 정화의 입가에 쓸쓸한 무언가가 맴돌았다. 곡선을 그리고 있었으나, 그것은 결코 미소가 아니었다.

"…… 제가 아직 취하지 않았습니다. 혹여 제가 취하여 오늘 일을 전부 잊는다고 하여도, 앞서 한 약조만큼은 잊지 않을 것입니다. 설혹 제가 한 말조차 잊는다 하더라도요."

말을 마친 정화가 술을 병째로 들이켰다. 작은 몸 어디로 저 독한 것이 다 들어가는지, 한 방울도 흘리지 않고 단숨에 그걸 다 마신 이는 짙은 한숨을 내뱉었다. 이전과는 비교조차 되지 않을 정도로 풀린 두 눈에서, 힘없이 눈물이 흘러내렸다.

울음을 참는 운의 흰자위가, 정화의 얼굴만큼이나 벌겋게 변하였다.

"…… 전 부모도 없고, 고향을 떠나오며 다른 이들과 연락도 않은지라 이제는 처지를 토로할 정도로 가까운 동무도 많지 않습니다. 남은 유일한 혈육이라고는 우리 오라버니뿐입니다. 그리고 그다음으로 가까운 이가 서대문 감옥에 끌려갔던 그 사촌 언니와 우리 새언니, 그리고 아직 얼굴도 본 적 없는 핏덩이 조카입니다. 헌데…… 헌데 그들을 모두,"

말을 더 잇지 못하고 떨어지는 정화의 고개에 이번에는 운이 손을 뻗었으나, 정화의 매몰찬 손길에 막히고 말았다. 허망한 손은 힘없이 탁자 위에 떨어졌으나, 운은 정화를 향한 시선을 거두지 못하였다. 구슬픈 울음소리가 귓가에 메아리치자, 제 눈에서도 눈물이 흘렀다.

"왜놈들의 손에 잃었습니다."

구체적인 이야기는 하지 않았으나, 짐작할 수 있었다. 일전 편지를 받았다며 기뻐하던 오라버니에게 무슨 일이 생긴 모양이었다. 누가 그랬는지 또한 자명하였다. 가슴이 미어졌다. 제 탓이라 여기는 것이 분명했다. 허나 그런 억울함 따위는 생각나지 않았다. 죽지 못해 살고 있는 저 가여운 이를 바라보는 것만큼이나 고통스러운 것은 없었다. 울음을 섞어가며 내지르는 소리가 총구를 떠난 총알이 되어, 가슴을 뚫을 듯 파고들었다.

"조실부모하였다, 돈이 없어 여고보마저 졸업하지 못했다, 기운 가계를 일으키기 위해서는 내 날개를 스스로 잘라야만 한다는 그 말을 웃으며 내뱉기까지 속이 얼마나 난도질당했을지, 얼마나 많은 피눈물을 흘렸을지 아시어요? 본시 내 스스로에게 내는 상처가 더 아픈 법이어요. 스스로가 가엾다고 생각하고 싶지 않아 부러 더 많은 상처를 내었고, 피가 전부 말라 흐르지 않을 즈음이 되어서야 거짓된 웃음 뒤로 눈물을 감출 수 있었습니다."

이젠 그래도 괜찮아진 게로구나, 라고 잠시나마 안일한 생각을 했던 스스로가 그리도 원망스러웠다. 내가 얼마나 증오스러울까, 속으로 그 통한 스러움을 어찌 삼켰을까.

"나의 또 다른 아버지였던 오라버니, 나의 세상이었던 언니. 그 둘이 어떠한 고초를 겪었는지, 누구로부터 그러한 수모와 고난을 겪었는지 멀쩡히 알면서도 나는 그들을 배반했습니다. 은혜는 입을 대로 입어놓고서, 감히 추악하게도 인륜을 저버렸습니다. 그 둘이 누구의 손에 스러졌는지 버젓이 알면서도, 내가 마음속에 누구를 품었습니까? 이 더러운 마음속에 대체 누가 들었습니까?!"

비명을 지르듯 일갈하며 정화가 통곡했다. 단장되는 듯한 울음소리가 가슴을 저미고, 눈에서 흘러내리는 뜨거운 것이 목을 타고 떨어졌다.

"…… 오라버니가 죽었습니다. 새언니와 함께 목을 매달아 죽었다 합니다. 애써 모은 작은 땅마저 당신들이 빼앗아 가서, 돌도 되지 않은 아이가 굶어 죽었습니다. 더는 견딜 수 없어 그 뒤를 따라갔다 하더이다. 이게 당신들의 뜻입니까? 젖먹이를 굶겨 죽이고 부모마저 자진토록 하여 이 땅에서 살아 숨 쉬는 조선인들이 마지막까지 고통받다 비명횡사하는 것이야말로 당신들이 진정으로 원하던 것입니까? 난, 난…… 죽어 마땅한 자입니다. 내 피붙이들이 어떻게 죽었는지 알면서도, 감히 이 더러운 숨을 내쉬고 있지 않습니까. 서대문 감옥에는 언니가 아닌 내가 들어가야 마땅했습니다. 내가 당신처럼 왜놈에게 빌붙어 좋은 처지를 누리며 민족을 배역한 자들과 무엇이 다릅니까?"

술에 취하여 벌겋게 달아오른 얼굴이, 피를 토하는 목소리가, 하늘로 솟구쳐 모든 것을 뚫을 것만 같았다. 그 정도로 정화의 한이 깊었다. 목불인견이었다. 구멍이 날 듯 가슴을 치며, 정화가 악을 쓰듯 절규했다. 저들밖에 객이 없고, 그중에서도 가장 안쪽 깊은 곳에 자리한 작은 자리라 소리가 새어 나갈 걱정은 없었으나 설혹 그랬다손 치더라도 아무도 무어라 할 수 없었으리라. 남은 혈육을 전부 비참하게 잃고 내는 소리는 사람의 것이 아니었고, 그 심정을 하나부터 열까지 전부 이해할 수 있었기에 운은 아무런 말도 하지 않고 가만히 정화의 이야기만을 듣고 있었다.

"도련님께서는…… 소중한 사람을 잃어보시었어요? 피가 섞인 이가 짐승 축사보다 못한 지옥 속에 사는 모습을 아무것도 하지 못한 채 바라만 보셨습니까? 마지막 남은 가족 둘이 죽었는데 장사조차 치르지 못하고 앓아보셨어요? 하기야, 나기는 조선인으로 났어도 시기 좋게 왜놈의 편에 붙어먹었으니 어디 그럴 일이야 있겠어요. 그저 길 가는 조선인 하나 잡아다 네놈이 불령선인이다, 하며 두들겨 패고 혀만 잡아 뽑으면 천하가 당신의 발밑에 길 터이거늘, 그깟 조선인 하나 당신 아래에 놓고 멋대로 호령하는 것이 무어 어렵겠어요. 태어나서 해 본 가장 큰 고민이라고는 왜놈 핏줄이 아니라서 어찌 편안히 출세하려나 싶은 정도였지요? 행여라도 총독과의 불화에 대한 말들이 퍼져나가 발목을 잡을까, 그런 같잖은 걱정이나 하며 한갓지기 그지없는 시간을 보냈지요? 그 자리에서 누구보다 많은 조선인들을 죽인 것 정도야 훈장으로 여기고 뿌듯해하였지요? 난 당신과 같은 족속들을 죽여도 이해할 수 없습니다. 내가 만일, 만일……!"

곡소리가 이어지다 이내 흐느낌으로 바뀌었다. 태어나 한 번도 울어본 적 없는 사람처럼, 일생에 단 한 번만 울 수 있는 사람처럼, 정화는 그리도 서럽게, 오래도록 울었다.

"…… 당신이 어찌 알겠습니까. 단 한 번도 나처럼 살아본 적이 없잖습니까……. 단 한 번도 다른 처지에 놓인 이들을 바라보고자 하지 않았잖습니까……."

원망서린 눈빛이 운에게로 꽂혔다. 가슴에 비수처럼 꽂힌 그것은 마치 죽음을 불어넣는 듯, 운의 숨을 막히게 하였다.

"차마 알지 못할 겁니다, 그 심경을……."

그 말을 끝으로 정화가 상 위에 엎어졌다. 고여 있던 눈물이 흘러내려 상 위로 떨어졌다. 죽은 듯이 쓰러진 정화를 부축한 운이 그를 품에 안고 다독였다. 흘러내리는 그의 눈물이 정화의 옷섶 위로 후두둑, 하고 흩날렸.

"…… 잃어보았다."

눈앞에 그간 함께했던 모든 이들의 얼굴이 하나, 둘 스쳐 지나갔다. 그들의 이름 하나하나를 쓰다듬듯 정성스레, 그리고 나직이 읊조렸다. 그 끝에 맺힌 이름이 있었다.

최자현.

가슴 속에 묻어둔 그 이름을 떠올리자, 참았던 울음이 아픈 소리가 되어 흘렀다. 그런 이가 떠났을 때의 심경을 어찌 모르랴. 그것도 왜놈의 총에 맞아 죽었거늘, 그가 스러질 때 함께 있지 못했던 스스로가 더없이 원망스러웠다. 이 이의 심정 또한 그러하겠지.

"모든 순간을 함께 했던 소중한 이를……."

커다란 손으로, 운이 정화의 얼굴을 천천히 쓰다듬었다. 희고 보드라운 뺨을 뒤덮은 눈물 위로, 운의 뜨거운 눈물이 떨어져 이리저리 뒤섞였다. 정화의 얼굴에 자신의 얼굴을 부비며, 운이 소리 없는 울음을 오래도록 울었다.

3부

안개가
걷히다

석별惜別i

1916년 5월 22일

성공할 자신은 없었다. 그는 조선인이라면 치를 떠는 총독마저 주목할 정도로 능력 있는 장교였고, 자신은 칼이라고는 주방에서 채소를 썰 때 말고는 잡아본 적도 없었으니, 되려 성공하는 편이 우스웠다. 허나 그럼에도 이사의 가슴에 칼을 꽂고자 하는 것은 의미가 있었다. 자마 제 발로 이곳을 떠나지 못하겠다면, 이곳에서 죽고자 하였다. 관영은 왜놈들에게 붙잡혀 서대문 감옥에서 생사를 넘나들었고, 유석은 왜놈들에게 모든 것을 빼앗기고 스스로 목숨을 끊었다. 남은 유일한 이들을 죽여버린 이에게 칼을 들이대는 것만으로도, 그들의 무덤 앞에 술 한 잔 올릴 수 있는 자격이 생길 것이다. 소매 속에 넣은 칼의 자루를 쥐고, 해가 질 때까지 방 앞을 서성였다. 곧이어 그의 방문 틈에서 새어 나오던 불빛이 꺼졌다.

지금으로부터 두 시간 후에 그의 방에 들어갈 것이다. 계획이 틀어지든, 그렇지 않든 제 명운은 하나였다. 죽을 것이다. 어차피 그를 해한 것을 알

---

i 서로 떨어진 상태에서 애틋하게 여기다.

면 제 목숨은 무사할 수 없었다. 감히 조선인 여급이 후지와라 가문의 대를 이을 몸에 손을 댄 것을 두고 볼 이가 있겠는가. 그도 아니라면, 그의 손에 죽게 될 것이다. 이미 칼을 쥐고 들어간 이상, 제 목숨을 부지한다는 선택지는 없었다. 아쉽지는 않았다. 죽음을 목전에 둔 사람마냥 초조하고 불안하지도 않았다. 드디어 이 기구한 삶의 끝을 볼 수 있다는 생각에 입술 사이로 웃음이 비직비직 새어 나왔다. 그간 오래 정신을 붙잡고 있다 싶었더니 드디어 미친 것인가.

 허나 야속하게도 두 눈에서는 눈물이 흘렀다. 연유를 누구보다 잘 알았으나, 애써 흐르는 눈물을 거칠게 닦아내었다. 안 그래도 퉁퉁 부은 눈두덩이가 벌겋게 변하였다.

 사랑하지 않는다, 원수이다, 허니 죽여야 한다.

 그 말을 나직이 읊조리는 가슴이 타는 듯이 아팠다. 제 가슴 깊은 곳에 감춰지고 또 감춰진 속내는 전혀 다른 것이었다. 사랑했다. 너무도 사랑해서, 제 가족을 몰살시킨 장본인을 죽이는데 이리도 망설였고, 무려 맨몸으로 경성까지 폭탄을 나른 독립군의 친척이 되어서는 감히 친일파를 마음에 품었다. 지금까지 관저를 떠나지 않았던 연유가 바로 그것이었다.

 짜악-

 다시 한번, 스스로의 뺨을 쳤다. 관영처럼 용기 있게 굴지도 못할 거면서, 유석처럼 책임감 있게 굴지도 못할 거면서, 곧 죽으러 갈 이가 과할 정도로 유난을 떠는 꼴이 우스웠다. 입을 열 자격도 없으니, 그저 입을 다물고 다시는 열지 않겠다 다짐하였다.

 홀로 이런저런 생각을 하는 사이, 어느덧 목표로 한 때가 되었다. 소리 없이 처소를 빠져나간 정화가 히로유키의 방에 다다랐다. 소매 속에 숨겨둔 칼을 천천히 만지작거렸다. 기척을 숨기고 들어간 정화의 눈앞에 침대에 누워 잠든 히로유키가 보였다. 미동도 없이 정자세로 누워 있는 그를 향해 천천히 다가갔다. 소맷자락 안에 넣어둔 칼끝에 손이 닿았다. 칼자루를 단단히 움켜쥔 정화가 양손을 높이 치켜들었다.

"아아……."

들릴 듯 말 듯 한 탄식이 터져 나왔다. 손에서 천천히 맥이 풀렸다. 할 수 없었다. 그러기에는 그를 이미 너무도 마음 깊이 품고 있었다. 그럼에도 해야 했다. 눈앞에서 보이지 않게 되면, 비로소 마음에서 온전히 떨쳐버릴 수 있으리라. 그 생각을 하자, 다시 손끝에 힘이 들어갔다. 순간, 정화의 눈앞에 무언가가 번쩍였다. 조금 전까지도 곱게 감고 있던 두 눈이, 무서울 정도로 매섭게 자신을 노려보고 있었다.

타악-

"칼을 이리 나약하게 쥐면 사람이 죽나."

"다, 당신……!"

"찔러 봐, 여기야."

히로유키가 칼을 쥔 정화의 손을 강하게 움켜잡고 주저 없이 제 목에 갖다 대었다. 서슬 퍼런 칼날이 파르르 떨리며 바닥으로 곤두박질쳤다.

"왜 놓치나, 못 찌르겠나?"

"놔, 놔……!"

"그리 나약해서는 안 돼. 허니 다음에는 여기, 이 아귀에 힘을 바짝 줘서 자루를 감싸 쥐고 여기를 찔러. 그럼 소리 없이 가장 큰 고통을 줄 수 있을 테니. 무엇보다, 그대는 마음을 더 단단히 먹어야겠군. 제아무리 왜놈일지라도 사람 목숨 끊는 건 쉬운 일이 아니야."

히로유키가 비로소 손을 놓았으나, 하얗게 질린 정화는 그 자리에 주저앉아 아무런 것도 하지 못하였다. 자리에서 몸을 일으킨 히로유키에게로 고개를 돌리지도 못한 채 바닥을 짚은 손길이 벌벌 떨렸다. 신음조차 내뱉지 못하고 가쁜 숨을 몰아쉬는 정화의 두 눈에서 눈물이 후들거리며 떨어졌다. 눈물조차 떨고 있었다. 두려웠다. 정말로 그를 죽이려 했다는 생각에 눈앞이 아득했으며, 다시는 그를 보지 못할 저를 견딜 수가 없었다. 그리고 다시 한번 이렇게 나약해진 스스로가 가증스러웠다.

어둠 속에서 서서히 눈이 밝아지자, 비로소 하얗게 질린 정화의 두 얼굴이 더욱 눈에 띄었다. 주저앉은 채로 도무지 나간 넋을 되찾을 기미가 보이지 않는 정화에게로 히로유키가 천천히 다가갔다. 정화의 곁에 함께 주저앉으며 탁자 위로 긴 팔을 뻗은 히로유키의 손끝에는 흰 손수건 하나가 들려 있었다.

"오늘은 실패한 듯싶으니, 이만 돌아가 잠을 청하지 그러느냐. 책임은 묻지 않으마."

히로유키가 땅에 떨어진 단도를 주워 손수건으로 감쌌다. 그걸 다시 정화에게 쥐여주는 손길이 전에 없이 다정했다. 여전히 혼란에서 빠져나오지 못한 정화를 하염없이 바라보던 그가, 다시 태연하게 잠자리에 들었다. 아무런 일도 없었다는 듯 눈을 감은 히로유키를 바라보는 정화의 눈길이 젖어 들었다. 제 속에 들어차는 이 감정을 무어라 해야 할지 몰랐다. 저렇게까지 한 이상, 저자를 정말로 죽이는 것은 불가능에 가까웠다. 어떠한 것도 할 수 없는, 그리고 하지 못하는 저 자신이 원망스러웠다. 어쩌면 자신은 저자보다, 스스로를 더 증오하고 있다 해야 맞을 것이다.

"하하……"

울음 섞인 허망한 목소리가, 무너져가듯 내뱉는 웃음소리가 한없이도 구슬펐다. 애써 눈을 감은 운의 얼굴이 서서히 젖어 들었다.

* * *

간밤에 있던 일은 깔끔히 잊은 양, 정화가 늘 그랬던 시간에 방 안으로 식사를 갖고 들어섰다. 잠시 당황하였으나, 핏기 하나 없이 창백한 낯빛과 공허하고 서늘한 눈빛은 어제의 일이 둘이 동시에 꾼 꿈이 아니었다는 사실을 여실히 보여주었다. 혹여 칼을 다시 품고 왔으려나 싶었으나, 적어도 운이 지금껏 지켜본 정화는 같은 실수를 반복하는 이는 아니었다. 그 심경을 잘 알기에 운은 늘 그랬듯이 함께 식사하기를 권하거나, 부러 말을 거는 일 따위는 하지 않았다. 평소보다 야멸차고 운을 향한 일말의 기대조차 없어 보였으나, 의외로 정화는 차분하였다. 달관한 듯 보이기도 하였고, 한없이도 지쳐 보였다.

말없이 바라보기만 하는 운에게로 고개조차 돌리지 않은 채, 정화가 방을 나섰다. 종종거리는 발소리는 들리지 않았으나 끼익, 하는 소리가 들려왔다. 아마 운의 방 옆에 놓인 자신의 처소로 들어간 듯하였다.

차디찬 침묵이 도래한 지 얼마나 되었을까. 단단한 무언가가 달칵이는 소리가 방 안에 울려 퍼졌다. 자현이 남기고 간 회중시계였다. 운이 눈을 질끈 감았다. 이미 서로가 마음을 굳힌 듯하였다.

그래, 차라리 이렇게 끝내는 편이 나을 수도 있다. 자신은 평생을 밀정으로 살다 죽을 것이고, 후대의 역사에 만고의 역적으로 기록될 것이다. 그런 이를 연모했다는 것을 죽을 때까지 후회하기보다는, 한시라도 빨리 끝내는 편이 서로에게 나았다. 어쩌면 살아가면서 겪을 수많은 슬픔 중 가장 작은 것이 될 수도 있으니. 아니, 그 어떠한 일이 있더라도 반드시 그리 되어야만 했으니.

삼십 분 정도 지났을까, 운이 천천히 일어나 짐을 싸기 시작했다. 제 것이라 하기에는 여인의 양장이 들어 있었고, 다른 것들 또한 자신의 것이라 보기에는 외양이며 크기며 하는 것들마저 맞는 것이 없었다. 곧이어 정화의 손바닥만 한 종이에 무언가를 적더니만, 운이 그것을 보자기 안에 넣고 꾸렸다.

여전히 문밖에서는 어떠한 소리도 들려오지 않았다. 그 틈을 타 운은 조용히 방을 나서며, 일전 정화가 했던 말을 떠올렸다. 저와 가까운 동무가 여급장이라고. 아마도 자현의 뒤를 이어받은 것이겠지. 정화를 처음 만난 날, 그 곁에 바싹 붙어 있던 한 여인의 얼굴이 어렴풋이 떠올랐다. 제 기억이 제대로 된 것이 맞는지 복기하던 중, 눈앞으로 그때 그 모습을 한 여인이 지나갔다.

[어이 거기, 이리 와 보거라.]

한껏 거만하게 내는 운의 목소리에 화들짝 놀란 설이 그에게로 다급히 다가갔다.

[도련님……! 부르셨습니까?]

[거두절미하고 묻겠다. 내 시중을 드는 미나미 시즈카를 아느냐?]

[네……! 그 아이가 처음 들어왔을 적부터 함께 일했는데, 그간 서로가 가장 친한 동무였습니다.]

[시즈카가 오늘로 관저를 떠난다는구나.]

[네……?]

근래 들어 처소에만 틀어박혀 있는 터라 관저 어디에서도 정화의 얼굴을 제대로 본 적도 없어 이상하다고 여겼건만, 그게 관저를 떠난다는 뜻인 줄은 몰랐다. 아무리 힘들어도 어떻게든 버티고야 말겠다는 의지를 강하게 내보였던 정화이기에, 설이 당황한 기색이 역력한 얼굴로 히로유키를 올려다보았다.

[이리 갑자기 말입니까? 헌데 어째서요……?]

[내가 어찌 알겠느냐?]

[아, 송구합니다…….]

싸늘한 히로유키의 어투에 설이 탄식하듯 내뱉었다.

[이따 저녁에 나간다던데, 내가 제대로 인사를 건넬 시간이 없구나. 허니 네가 나 대신 이걸 전달하거라.]

설이 대답조차 하기 전에, 운이 그에게 짐꾸러미 하나를 건네었다. 이 모든 상황을 제대로 이해하기도 전에 제법 크고 묵직한 꾸러미를 받은 설이 얼떨떨한 얼굴로 운을 바라보았다.

---

i '남정화(南靜花)'의 일본식 이름

[내가 전했다 하여서는 아니 될 것이다.]

[허면 무어라 하며 줄까요……?]

[내가 그런 것까지 알려주랴?]

자현이나 정화가 아닌 다른 여급과 대화하는 것이 거의 처음인지라 어찌 대해야 할지 깊이도 망설였건만, 일이 참으로 쉬웠다. 자현의 뒤를 이어받아 여급장이 된 이라 들었는데, 정화를 처음 만났던 그 순간보다 더 여린 듯하여 내심 당황하였다.

[아, 알겠습니다! 허면 제가 준비한 작별 선물이라고 하겠어요…….]

[혹여라도 그걸 열어보거나 허튼소리를 했다가는 불령선인으로 낙인 찍혀 길거리에 얼굴이 팔릴 줄 알거라.]

[네?!]

[서대문 감옥 지하에서 네 동포들 목소리 들으며 잠들고 싶지 않으면 실수하지 말라는 소리다.]

부러 할 수 있는 가장 매몰찬 말을 준비하였으나, 그래도 제 입으로 감히 이런 말을 내뱉을 줄 몰랐다. 세상에 둘도 없는 금수만도 못한 놈이 되는 듯, 속이 말이 아니었다. 허나 그 한마디가 제법 효과적이었는지, 설이 놀라 딸꾹질까지 하며 제 앞에 고개를 숙였다.

[며, 명심하겠습니다!]

설의 대답을 듣기도 전에 운이 위층으로 향하였다. 그제야 비로소 실감이 났다. 앞으로 다시는 정화를 보지 못할 수도 있다는 상실감에, 문에 기대어 천장을 바라보는 운의 눈에서 눈물 한줄기가 흘러내렸다.

* * *

여섯 점. 운은 여전히 책을 보고 있었고, 늘 그랬듯 같은 시간에 정화는 방 안으로 들어왔다. 허나 그의 손에는 밥상이 들려있지 않았다. 무언가 말할 결심을 한 듯, 정화의 자세는 유독 곧았고 표정은 결연하였다. 자신을 죽이기라도 할 것처럼 굴던 지난밤은 한낱 꿈이었던지, 같은 이라고는 믿을 수 없을 정도로 침착한 몸짓이었다. 그 무엇도 짐작할 수 없었으나, 운은 알아차릴 수 있었다. 비로소 결심이 섰다는 것, 그리고 이번에는 저 소맷자락 안에 칼이 들어 있지 않다는 것.

"드릴 말씀이,"

"…… 떠나고 싶으냐."

히로유키의 말에 정화가 얼어붙었다. 가장 깊은 속내만큼은 치밀하게 숨겼다 생각하였으나 이자 앞에서는 소용이 없었구나. 아니, 어쩌면 나는 당초부터 숨기고자 하지 않았을지도 모른다. 말만 하지 않았다 뿐이지, 이 모든 것이 떠나겠다는 각오와 다를 바 있겠는가. 적어도 이자 앞에서는 그러고 싶었다. 다른 이도 아니고 이자라면 적어도 나를 발고하지는 않을 것 같아서. 무엇보다, 내 결정이 옳다고 말이라도 해 줄 단 한 사람일 것 같아서.

"떠난다면 무엇을 할 것이냐."

여느 때처럼 고요한 히로유키의 말에 정화가 변함없는 눈빛으로 그를 바라보았다. 이미 눈빛만으로 모든 대답을 다 한 셈이었다.

"묻는 편이 우스울 테지. 허면 어디로 갈지 행선지라도 정해두었느냐?"

이 또한 대답할 수 없었다. 같은 연유였지만, 어디로 가야 할지 방도조차 생각해 두지 않고 마음을 정해버렸다는 걸 알려 웃음을 사고 싶지 않았기 때문이리라.

"…… 뒷일은 묻지 않으마. 네가 떠날지라도 뒤를 쫓을 졸렬한 생각 따위는 추호도 없음이요, 설령 우연히 스친다 한들 지금껏 있었던 일에 대한 책임을 물을 생각도 없다. 허나 내가 네게 같은 질문을 하는 건 이번이 마지막이 될 테다. 그러니 이 자리에서 후회하지 않을 선택을 하거라. 네가 그 어떤 선택을 하더라도, 나는 너를 막지 않으마."

"…… 저는…….."
"생각할 시간이 필요하다면 더 주겠다."
"…… 떠나겠습니다."

후지와라 히로유키, 아니 백운이 정화를 바라보았다. 이전처럼 제 눈을 피하지 않았으나, 그 빛은 전에 없이 서글펐다. 서로를 향해 이어지는 시선의 결이 한없이도 닮았으며, 또한 맑았다. 악한 자에게서는 결코 찾아볼 수 없는 환하고 깨끗한 기운이, 포개어지는 시선의 따뜻한 감촉이, 가슴 깊은 곳에 감추어 둔 여린 속내를 건드렸다. 운이 정화를 향해 주먹만 한 꾸러미 하나를 건네었다. 속에 든 묵직하고 짤랑이는 것이 무언지는 묻지 않아도 알 수 있었다.

"이건……."

"그간 네가 너를 위해 돈을 쓰는 모습을 본 적이 없더구나. 예 온 지 어언 한 해 하고도 반 가까이 되어가니, 그간의 급여에 내 비위 맞추느라 고생한 값을 쳐서 조금 더 얹어주었다. 이 돈은 오로지 네 몫이다. 허니 오로지 너를 위해 쓰거라."

"…… 그동안 너무도 궁금했던 것이 있었습니다. 한 가지만 물어도 되겠습니까."

"무엇이냐."

"제게 이렇게까지 해 주셨던 연유가 무엇입니까."

내 앞에서는 조선어를 쓰라고 명령하던 그 순간부터 묻고 싶었던 말이었다. 그저 돈을 돌려받기 위해 악을 쓰던 여급 하나를 데리고 가서 곁에 두더니만, 일도 거의 시키지 않고 편히 지내도록 몸을 보전해 주었다. 게다가 저들이 불령선인이라 부르던 자의 지친인 것을 알면서도 면회를 보내주고, 늘 다정히 대해 주었다. 알 수 없는 언어였으나 그 또한 저를 마음에 두었다는 사실을 그의 입을 통해 듣게 되었다.

허나 그때 이후로 단 한 번도 그에게 그런 말을 들은 적이 없었다. 저를 연모한다는 사실이 당혹스러우면서도, 실은 내심 기뻤다. 그의 마음을 알기에, 더더욱 그를 쳐낸다는 것이 가슴 아팠다. 몸 한쪽을 잘라내어도 이보다 아플 수는 없었으리라. 한 번만 더 듣고 싶었다. 나를 향한 그의 마음만큼은 진심이었으며, 앞으로 다시 만날 수 있다면 그때까지 변치 않겠다는 그 말을 듣기를 너무도 간절히 바랐다.

"연유라……."

"그간 저는 당장 감옥에 붙들려가도 손색없을 법한 청을 거듭 드렸습니다, 그것도 다른 이가 아닌 도련님께요. 헌데 단 한 번도 연유를 묻지 않고 그걸 전부 들어주셨습니다. 비록 오늘 떠나지만, 그 전에 반드시 답을 듣고 싶습니다. 감히 이를 여쭈어도 되겠습니까……."

힘겹게 말을 이어 나가던 정화가 그 끝을 흐렸다. 목이 메이고, 목소리가 떨리는 것을 조금이라도 감추기 위해.

"…… 혹여,"

"…… 정화야."

히로유키가 나직하게 제 이름을 부른다. 이게 그의 입을 통해 내 이름을 들을 수 있는 마지막 순간이겠지. 방에 들어서는 순간부터 알고 있었으나, 그 어떠한 준비조차 하지 못하고 맞이해버렸다.

"예, 도련님……."

"…… 그곳에서는 부디 소중한 이를 잃고 울지 말거라."

이제는 곁에 누구도 남지 않았기에 앞으로 다시는 다정한 말을 들을 수 없으리라 생각하였거늘, 누구보다 간절히 바랐던 이로부터 듣는 따스한 한마디가 가슴속 깊은 곳을 일렁였다. 내게는 더 잃을 소중한 이도 없다. 그걸 모를 리가 없을 터인데 내게 어찌 이런 말을 하는 것일까. 혹여라도 다시 소중한 이가 생긴다 한들, 가진 것도 없고 몸뚱이 하나조차 지킬 힘이 없는 내가 과연 그들을 지킬 수 있을까. 당장 이곳을 떠나는 것조차 내게는 소중한 이를 잃는 셈이거늘, 어찌 울지 않을 수 있으랴. 입술이 쉽사리 떨어지지 않았다. 말을 마치는 순간 내 손으로 정말 이자를 떠나보내는 것 같아서.

"······ 도련님, 제발······."

차마 말을 꺼낼 수가 없었다. 저를 해치지 않겠노라는 약조를 받아내기에는 이미 차고 넘칠 만큼 도움을 받았음이요, 조선인들을 괴롭히지 말아 달라 하기에는 그가 직접 짓밟은 이들을 두 눈으로 직접 본 적이 없었으니 더 어떤 청을 해야 할까. 눈물이 봇물 터지듯 흘렀다. 연유는 알 수 없었다. 연모와 두려움 사이에 놓인 알 수 없는 감정을 품고 대하였다 믿었건만, 나는 내가 생각하는 것보다 이자를 더 깊이 사랑했었구나.

아직 물어보지 못한 것이 너무도 많았다. 원래 조선 이름은 무엇인지, 어릴 적 회령에 살았다면서 어찌 이리도 완벽한 경성 말씨를 쓰는지, 어째서 평소에 조선어를 쓴다는 것을 그리도 철저히 숨겼는지, 고문조차 하지 않는 이가 조선인들의 혀를 뽑는다는 괴소문은 어쩌다 퍼진 건지, 그리고 그간 나를 어찌 여겼는지.

허나 이제 꿈에서조차 하지 못할 질문이리라. 가만히 선 채 하염없이 눈물만 흘리는 나의 모습을 바라만 보는 그는 어떤 말도 하지 않았다. 마치 나조차 알 수 없는 연유를 이미 알고 있는 것처럼. 도무지 발걸음을 뗄 수가 없었다.

그는 나를 붙잡지 않았으나, 그렇다고 속히 떠나보내지도 않았다. 떠나고 싶다는 말조차 꺼내지 않았으나 막지도 않았고, 그렇다고 강요하지도 않았다. 그는 늘 그랬다. 나를 붙잡지 않았으나, 밀어내지도 않았다. 제아무리 뜸을 들여도 재촉하지도 않고 진득하게 기다려주던 모습을 보며, 이것이야말로 나를 붙잡는 나름의 노력이 아니겠느냐는 착각에 빠지고는 했다. 허나 설혹 붙잡는 듯싶다면 언젠가는 반드시 밀어내기 마련이었다. 아마 이 모든 기억을 한 폭의 그림처럼 남겨두고 깊게 심취하지 말라는 뜻이겠지.

허나 이제는 향취가 느껴지는 여러 폭의 그림으로밖에 남지 않을 그의 모든 행동이, 할 수 있는 최대한으로 나를 붙잡는 것이기를 애달피 바라는 내가 정녕 그리할 수 있을까. 혀끝에 또 다른 한 조각의 말이 맴돌았다.

"나를 잊지 마세요."

"절대."

환청과도 같은 목소리가 들려왔다. 가장 바랐던 말 한마디, 그 어떠한 말보다 따뜻한 한마디. 내 속내를 어찌 알았는지는 알 수 없었다. 머릿속으로만 한다는 생각이 그만 입 밖으로 튀어나왔다고는 생각지 못하였다. 그 혼자 다른 생각을 하다 무심결에 내뱉은 말일 수도 있으나, 설혹 정말 그러할까 두려워 도무지 더 물을 수가 없었다. 다만 그의 검은 눈동자가 전에 없이 반짝이는 것을 본 제 눈도 함께 일렁거려, 황급히 시선을 돌릴 뿐이었다.

"도련님, 저는 이제 떠납니다. 그리고, 이제는 더 하지 마세요……. 이제는, 그만하시고 더…… 지켜주세요. 부탁드립니다, 안녕히 계세요……."

제 눈앞을 눈물이 가려 차마 제대로 보지는 못하였으나, 얼핏 그의 눈에서도 반짝이는 것을 본 듯하였다. 소상한 과정은 기억나지 않았다. 다만 정신을 차려보니 내가 내 입을 틀어막은 채, 아래층 계단 근처에서 서서 마치 소중한 무언가를 떠나보낸 것마냥 울고 있었다. 그에게 제대로 인사를 건네었는지, 그게 아니라면 도망치듯 달려 나왔는지도 기억나지 않았다. 한 가지 생각만 머릿속에 맴돌았다.

보고 싶다. 이리 다시 보지 못하게 될 줄 알았더라면 차라리 연모한다고 던지듯 한마디를 할 것을, 스스로가 참으로 미련하고도 한심하였다.

"정화야!"

흐르는 눈물을 참을 수가 없어 미처 다 내뱉지 못한 울음을 삼키고 있던 정화의 등 뒤로 다급한 발걸음 소리가 들려왔다. 설이었다. 정화가 황급히 눈물을 닦아내고서는, 애써 아무렇지도 않은 척 뒤를 돌았다.

"뭐야, 이 시간까지 안 자고 뭐 해?"
"너…… 떠나는 거야, 설마?"
"…… 어찌 알았어……?"
"허면 이 시간에 네가 어찌 깨어있어?!"
설이 울음 섞인 목소리로 외쳤다.
"아…….""
"대답해 봐, 정녕 떠나는 거야? 이리도 갑자기?"
"…… 응…….""
"설마 도련님이……!"
"그런 거 아니야."
이 와중에도 그를 변호하는 스스로가 우스워, 입가에 씁쓸한 미소를 올린 채로 정화가 설의 어깨를 다독였다.
"무슨 일 있어?"
"미안해……. 소상히는 말 못 해."
"이번에도?"
"언젠가는 반드시 이야기해 줄게. 이번 딱 한 번만 아무것도 묻지 말아 줘."
 어딘지 모르게 기시감이 드는 말이었다. 내가 이 말을 어디서 들었을까, 어찌하여 이런 말들이 이리도 자연스럽게 튀어나왔을까 한참을 생각했다. 그리고 기억했다. 며칠 전 왜식 상견례를 한다며 늦게 돌아온 히로유키가 갑자기 뒤에서 자신을 끌어안고 했던 이야기였다. 울컥했다. 차라리 기억하지 말 것을, 이런 사소한 것이나 마음에 담아 두고 있는 꼴이 우습기 그지없다. 놀라 자신을 안아주는 설의 등으로 정화가 눈물을 떨구었.
"…… 네가 묻지 말라는데 내 어찌 묻겠어. 아무것도 안 물을 테니까 제발 아프지 말고 건강히 지내야 해."
"설아, 잘 지내. 보고 싶을 거야."

"저기, 내가 더 줄 건 없고…….”

설이 아까 운에게서 건네받은 짐을 건네었다.

“…… 이게 뭐야?”

"그런 건 내게 묻지 말고……. 아무튼 네 거야. 내가 처음이자 마지막으로 주는 거니까 잘 간직하고.”

"돈도 없을 텐데 이런 건 어디서 났어…….”

그 말을 하는 정화의 입가가 떨렸다. 젖어 드는 목소리에 설이 덩달아 울컥한 듯, 정화를 와락 껴안았다.

"야 너, 어디로 뭐 하러 가는지는 모르겠지만……. 반드시 건강해야 해. 괜히 왜놈들한테 잘못 보였다가 큰코다치지 말고. 응? 우리 꼭 몸 무사히 지켜서 다시 만나자……. 정말 그리울 거야.”

"…… 고마워. 너도 아프지 말고 건강해야 해. 여기 안 떠날 거라면 내 반드시 편지할 테니 나 잊으면 안 돼.”

"절대 못 잊지, 널 어찌 잊어. 난 여기서 항상 기다리고 있을 테니까, 반드시 편지해. 여기 말고는 일할 만한 데도 없는 거 알잖아.”

"고마워. 얼른 들어가 봐, 누가 볼라. 잘 지내.”

"응……. 잘 가.”

발걸음이 떨어지지 않았다. 그렇기에 문을 닫는 그 순간까지, 도무지 서로에게 눈을 뗄 수가 없었다. 관저를 나서자, 눈물이 주르륵 흘렀다. 드디어 해방되는 것만 같았다. 눈물이 훑고 간 볼이 시원하면서도 한편으로는 시렸다. 다시 보고 싶지만 결코 다시 볼 수 없는 이들이 저 안에 있었다. 살아 있다면 다시 만날 것이라는 말이 존재하지 않았던가. 정녕 그리될까, 문득 드는 생각에 작게 탄식했다. 차라리 만나지 않았더라면, 그러면 이별조차 없었을 테니 모두가 아프지 않고 이보다는 행복했을까.

설이 준 꾸러미 위로 눈물이 떨어졌다. 정화가 가만히 보자기를 쓰다듬었다. 없이 사는 것은 매한가지이거늘, 그걸 건네주는 설의 심정이 어떠하였을지 차마 짐작조차 할 수 없었다. 첫 번째 발걸음에 미안함을 담아, 두 번째 발걸음에 그리움을 담아, 세 번째 발걸음에 뒤를 돌아보다, 네 번째 발걸음에 주저앉기를 반복했다. 그렇게 조금 걷다, 구석에 쪼그리고 앉아서 꾸러미를 풀어 보았다. 한눈에도 값비싸 보이는 양장이었다. 돈이 어디 있다고 이런 걸 샀을까, 떠난다고 말도 안 했거늘. 옷 안에는 쓰임새를 알 수 없는 종이들이 여러 장 놓여있었다. 이게 대체 무얼까, 하던 중 손끝에 버스럭거리는 무언가가 걸렸다. 제 손바닥 정도 크기의 자그마한 쪽지였다. 은연하게 비치는 달빛 아래에, 종이에 적힌 내용이 드러났다.

연해주 신한촌 주소. 아라사 해삼위에 위치.
Г. Владивостокъ, Хабаровская ул. 26, Корейская Слободка, Приморская губ.
고랏 블라지바스똑, 하바롭스까야 울릿짜, 드바짯쯔쉐스쯔, 까레이스까야 슬라봇까, 쁘리모르스까야 구볘르냐 라고 읽음.

경의선[i] 기차를 타고 평양에서 내린 다음, 야라슬랍쓰끼[ii]역까지 가는 아라사 국제 열차로 해삼위 역까지 이동. 발음은 블라지바스똑 이니 잘 듣고 내릴 것. 국제 열차를 타기 위해서는 신분증이 필요하니, 안에 동봉된 증서를 보여줄 것. 본인의 사진이 필요하니, 인근 사진관에 들러 사진을 찍어야 함.

블라지바스똑 역에서 북동쪽으로 삼십 분가량 걸어서 이동하면 신한촌이 나옴. 노어로는 '까레이스까야 슬라봇까'라고 함. 인근에 조선인들이 많으니 노어를 할 줄 몰라도 큰 문제 없을 것. 신한촌에 도착하여 명중경단이나 신한촌민회 관련자를 만날 것. 이들을 만나 "바쟈노이 뚜만"에 대한 뜻을 품고 왔다'라 말하면 받아줄 것.

---

i 1905년 11월 5일에 개통된 철도
ii Ярославский вокзал. 러시아 모스크바에 있는 야로슬라브스키 역

만일 의심한다면, 함께 동봉된 노어 문서를 보여줄 것.
대한 독립 만세.

개명 開明 i

1916년 6월 1일

"Эй, кто вы? (저기요, 누구세요?)"
"어……?"

 수년 전, 경성에 올 적에 처음 타 봤던 기차를 다시 타는 것은 무엇 하나 쉽지 않은 일이었다. 게다가 한자도 아닌 한글로 적어 준 탓에, 근처에 앉은 왜인들에게도 길을 물을 수가 없어서 시간이 훨씬 많이 걸렸다. 경성에서 한 해를 족히 넘는 시간을 보냈음에도 관저 밖으로 나갈 일이 거의 없었으니 역까지 가는 것도, 사진관에서 사진을 찍는 것도 처음이었다. 그야말로 모든 것이 낯설었던지라 두려움과 여독에 지친 정화는 그야말로 녹초가 되었다.
 헌데 신한촌이라는 곳에 당도하자마자 들린 것은 낯선 말이었다. 분명 조선인의 외양을 한 아이였으나 도무지 알아들을 수 없는 말에 정화가 당황하여 말을 잃고 말았다.

---

i 해가 뜨는 장소를 가리키는 말

"Откуда вы? (어디서 왔어요?)"

"어, 그게……. 저 아가야, 혹시 조선말 할 줄 아니?"

"어, 조선 사람이다! 아저씨-"

조금 전까지 알 수 없는 말을 하던 아이가 아무렇지도 않게 조선어를 하는 모습만큼 당혹스러운 일이 있으랴. 다시 한번 놀란 정화가 무어라 말하기도 전에, 아이가 어딘가로 쪼르르 뛰어갔다. 순식간에 벌어진 알 수 없는 상황에 멍해진 정화의 시선 너머로, 다시 자신에게로 달려오는 아이가 보였다. 허나 이번에는 아이보다 대여섯 발짝 즈음 뒤에 또 다른 사내가 함께 걸어오고 있었다.

"어이구, 우리 발렌친. 여기서 뭐 하니?"

정화의 존재를 미처 알아차리지 못한 주필이 다정하게 아이를 안아 들며 얼렀다.

"저, 말씀 좀 여쭙겠습니다. 혹시 여기가 신한촌인가요?"

"그렇소만. 당신은 누구요?"

그제야 정화를 향해 고개를 돌린 주필이 찬찬히 정화를 위아래로 훑었다. 멀리서 온 듯, 한눈에 보아도 지친 안색을 한 앳된 여인은 알 수 없는 기색을 내뿜고 있었다. 여름이라고는 하나 북쪽에서 보기 힘든 얇은 차림새며 말씨까지, 보아하니 아라사 내 여타 한인촌이 아닌 조선 땅에서 온 듯하였다. 짐작건대 노어도 할 줄 모를 것이다. 그러면서도 어딘지 낯이 익었다. 간혹 운이 총독부 근처에서 곤란한 처지에 놓인 이들을 신한촌으로 보낸 적은 있었으나, 그들은 주로 열 살 남짓한 어린아이였다. 방년 남짓한 처자가 스스로 이곳에 찾아온 경우는 관영을 제하고는 전무하였고, 그 또한 신한촌으로부터 서신을 받은 직후에 온 터라 이자와는 사정이 달랐다.

금일 이 시간에 오기로 약조한 동지는커녕 외부 손님조차 없거늘, 어찌 된 영문인가 싶은 주필의 의심 어린 시선은 정화에게서 떨어질 줄 몰랐다.

"저는 남정화라고 합니다. 명중경단이나 신한촌민회 사람을 만나러 왔어요. 혹시 도와주실 수 있나요?"

"뭐라? 그대가 그 사람들은 어찌 찾소?"

"'바쟈노이 뚜만'에 대한 뜻을 품고,"

"발렌친, 잠시 들어가 있으련?"

"네!"

정화의 말을 끊고, 주필이 아이를 돌려보냈다. 아이가 시야에서 사라지는 순간 싸늘하게 표정을 굳힌 그가 따라오라는 듯, 구석진 곳으로 향하였다. 영문도 모른 채 자그마한 창고 뒤 숲으로 주필을 따라간 정화의 관자놀이에 총구가 겨누어졌다.

"당신, 뭐야?"

주필이 우악스럽게 정화의 어깨를 붙잡고 그를 창고 벽면으로 밀쳤다.

"그, 그것이, 이렇게 말하면 받아줄 것이라 하여서,"

"누가 보냈고, 어디서 왔소?"

"제, 제가 원래 있던 곳을 떠나는데 거기 동무가 주소를 알려줬어요……. 본적은, 함경도 영흥이고, 겨, 경성의 후지와라 관저, 아니 총독부 관저에서 여급으로 일하다,"

"선생님, 지금 무엇하십니까?!"

외마디 비명이 들려오더니만, 또 다른 낯선 사내가 정화와 주필에게로 달려왔다. 신한촌의 거두인 최재형의 차남, 최성학이었다. 정화의 머리에 겨누어진 총구와 주필의 검지에 걸려 있는 방아쇠를 본 그가 사색이 되었다.

"'Водяной туман'을 아는 자요."

"뭐라고요?!"

---

i 물빛 안개. 원어 발음은 [바쟈노이 뚜만]

"똑바로 대답하시오. 총독부 관저에 몸을 담았다고?"

"우선 다른 동지들을 불러오는 편이 좋겠습니다. 아버님께는 제가 알릴 테니 일단은 저 안에 구류를,"

"저……! 제 사촌 언니가 노국서 독립운동을 했습니다. 윤관영이라 하는데 혹시 아시는지,"

"…… 당신이 관영 동지의 사촌이라고?"

전혀 예상치 못한 정화의 말에 주필과 성학이 당황하여 서로를 바라보았다.

"이녘께서는, 언니를 아시는군요. 살아생전 빼앗긴 조국을 되찾고자 싸우신 분이셨습니다. 저도 잘은 모르오나 연해주에 몸을 담았다 들었어요……."

"관영 동지의 이야기는 조선 호외며 순보에도 도배가 된 지 오래요. 그 정도야 누구나 알고 있는 사실 아닌가?"

주필이 여전히 총을 거두지 않은 채, 정화를 노려보았다.

"허나, 서대문 감옥에서 탈출하였다는 사실은 아무도 모르지 않습니까? 순보에는 옥중에서 사망하였다고만 나왔잖습니까."

왜놈조차 알지 못하는 관영의 탈옥 사실을 처음 보는 여인이 알고 있다. 겁박인지, 살기 위한 몸부림인지는 알 수 없었다.

"그런 말은 어디서 들었는가?"

"언니로부터 편지를 받아 이야기를 들었습니다. 지금은 비록 생사를 알 수 없지만,"

"내 생사를 알 수 없다니, 그게 무슨 소리요?"

귀에 익은 목소리에, 제 머리에 총구가 겨누어져 있다는 사실조차 잊고 정화가 다급히 고개를 돌렸다. 마지막으로 본 모습이 감옥에서의 모습보다는 상처가 덜하였고, 늘 뽀얗고 곱던 이전의 얼굴에 비해서는 눈에 띄게 수척해진 낯빛에 다른 여인의 부축까지 받고 있었으나, 한눈에 보아도 윤관영이었다. 연락이 끊긴 지 한 해는 족히 넘은지라 소리 소문 없이 죽었으리라는 생각만 했던 정화의 눈이 휘둥그레졌다. 귀신을 본 것인가, 아니면 진정 살아 있는 사람이 맞는 것인가. 그럴 수 없는 현실을 깨닫고 좌절하고 싶지 않았기에 환각임이 분명하다 여기었다. 허나 너무도 생생한 그 음성과 모습에 정화가 그만 그 자리에 주저앉았다.

"관영 동지, 잠시 이리로 와 보셔야겠소."

정화에게서 시선을 떼지 않으며, 주필이 나직한 목소리로 관영을 불렀다. 고문의 후유증이 극심하여 몸을 회복하느라, 정화와 마찬가지로 신한촌에 다다른 지 얼마 되지 않은 관영이 상상도 하지 못한 이를 마주하고서는 아연실색하였다.

"저, 정화야……!"

"언니……? 언니가 어떻게 여기에……!"

너무 놀라 주필이 자신을 끌어 일으키는 것도 눈치채지 못한 정화가 그만 참았던 눈물을 흘리고 말았다. 이 황당하고도 기막힌 상황에 주필과 성학은 물론, 관영을 부축하고 있던 박성희마저 할 말을 잃고 서로를 바라보았다.

"관영 동지, 이게 무슨 말이오? 정말 이자가 그대의 친척이오?"

"그렇습니다. 선생님, 부디 총을 거두어주세요. 이 아이는 수상한 자가 아닙니다. 또한 총을 쏘아 본 적도, 전투를 해 본 적도 없으니 우리를 해할 수도 없습니다."

관영의 말을 듣고 나서야 주필이 천천히 팔을 내렸다. 허나 여전히 정화의 어깨를 붙잡은 팔은 놓지 않았다. 이 말도 안 되는 상황을 이해하기 위해, 미심쩍은 눈초리를 거두지 못한 주필이 관영과 정화를 번갈아 바라보았다. 낯이 익다 생각한 연유가 이 때문이었다. 다시 보니 관영과 놀라울 정도로 닮아 있었다. 허나 그 때문만이 아니었다. 분명 다른 연유가 있었고, 이루 말할 수 없는 기시감이 있었다. 분명 이자를 어딘가에서 보았으나, 그게 어디인지를 알 수가 없었다.

"정화야, 대체 어떻게 여기로 온 게야?"

"일전 일하던 곳을 나와서 여기로 왔어."

정화가 그 말을 하며 짐 더미를 뒤졌다. 무언가를 헤집는 손길은 떨렸으며, 다급했다. 그리고 마침내 무언가를 찾은 듯, 정화가 작은 종이 쪼가리 한 장을 관영에게 건네었다.

"여기, 여기로 가면 된다고 했어."

당황스러운 낯빛을 거두지 못한 채, 관영이 종이를 펼쳤다. 주필과 성학이 그의 곁으로 다가가 함께 그것을 읽었다. '물빛 안개'라는 밀어는 물론, 필체까지 누가 봐도 운의 것이었다. 운이 어찌하여 총독의 양자가 되었는지를 알고 있는 관영과 주필과는 달리, 여전히 그를 신한촌을 배신한 자라고 알고 있는 최성학의 눈에도 그 필체는 낯익었다. 둘은 한눈에 운의 것임을 알아보았으나, 성학은 알 수 없는 기시감을 풍기는 이 필체가 무엇인지 잠깐 깊이 생각하였다. 그리고 떠올렸다. 조선에서 정체를 숨기고 활동하는 이로부터 받은 정보를 공유하기 위해, 여러 단원들이 촛불 앞에 모여 의견을 나누던 때에 보았던 필체였다.

"…… 이건 누구한테 받았소?"

"…… 관저를 나오는데, 오래 알고 지낸 다른 동무가 이별 선물이라며 주었습니다. 이건 그 안에 있었던 겁니다. 추측건대, 그 아이가 조국의 독립에 몸담았던 것 같습니다……."

"선생님, 우리 쪽에 총독부 관저에 잠입한 밀정이 더 있었습니까? 애량 동지께서는 이미,"

"…… 우선 페치카 선생께 말씀드리는 편이 좋겠소."

격앙된 성학과는 달리 주필이 침착한 목소리를 그를 다독였다.

"그리고 여기, 그 서신에서 말하기를 이걸 보이면 될 거라 적혀 있었습니다."

떨리는 손을 보따리 안에 집어넣은 정화가 다시금 무언가를 꺼내었다.

В начале июля, в чрезвычайно жаркое время, под вечер, один молодой человек вышел из своей каморки, которую нанимал от жильцов в С — м переулке, на улицу и медленно, как бы в нерешимости, отправился к К — ну мосту.
(찌는 듯이 무더운 칠월 초의 어느 저녁, '에스' 골목의 하숙집에서 살고 있던 한 청년이 자신의 작은 방에서 거리로 나와, 어쩐지 망설이는 듯한 모습으로 '까' 다리를 향해 천천히 발걸음을 옮기고 있었다.)

도스토옙스키의 소설 『죄와 벌』의 첫 문장이었다. 유명한 작품이었고 그만큼 유명한 문장이었으나, 명중경단원들이 그 책에 대해 갖는 의미는 조금 달랐다. 물빛 안개를 좇는 모든 이들은 그 책 중간에 작전을 적어 돌려 읽었으며, 이는 신한촌 밖을 벗어나서도 유용하였다. 일경이나 헌병들 가운데 노어에 능통한 자는 거의 없었던 데다, 설혹 조선 땅에 발을 들일 일이 있다 하더라도 오래전 노국으로 망명하여 조선말을 못 하는 척하면 되었기 때문이다. 게다가 관영이 서대문 감옥에서 살아 돌아온 후, 조선에서 몸을 추스르던 한 해 동안 신한촌과 경성을 오가던 사람들로부터 정화에 대한 소문이 파다하게 퍼졌다. 신한촌에 오게 된다면, 증표로 책의 맨 앞장을 찢어 보내고자 하였다는 말 또한 익히 전해 들은 상태였다.
그제야 정화의 얼굴에서 보이는 것이 있었다. 눈매며 콧날과 입매까지, 이 앳된 여인의 얼굴은 관영을 담고 있었다. 친자매가 아닌 친척이 이리도 닮을 수가 있나 싶을 정도로. 모두가 당황한 낯빛을 숨기지 못하고 관영을 바라보았다.
"정화야……. 미안하지만, 지금 당장은 누군가를 믿을 수 있는 상황이 아니야. 네가 아니라 내 부모님이 살아 돌아온다 해도 그럴 거야."

유일하게 남은 혈육이라 들었거늘, 단호한 관영의 어투에 성희가 당황하여 시선을 바로 두지 못하였다.

"동지, 정녕……."

"교신을 하면 될 일이오. 저 증표를 전해준 자가 우리의 사람이 맞다면, 필경 우리의 교신이 통할 것이오. 그것이 아니라면 이미 누군가가 우리의 작전을 알아채고 이자를 미혹한 것일 수도 있지 않겠소? 또한 저자가 어이하여 동지의 탈옥 소식을 알고 있는지, 그것도 설명해야 할 거요."

주필의 말에 잠시 고개를 숙이고 있던 관영이 여전히 절뚝이는 다리를 부여잡고 천천히 정화를 향해 다가갔다.

"정화야, 우선은 안에 들어가서 기다리고 있어."

"언니……."

"미안해, 상황이 이리되어 마음 놓고 기뻐하지도 못하는구나."

"…… 이해해. 나였어도 그리했을 테니."

정화가 눈에 가득 고인 눈물을 떨구었다. 목 놓아 울고 싶은 마음이 굴뚝같았으나, 차마 그리할 수 없는 이 상황에 늘 그래왔듯 터져 나오는 울음을 목구멍 너머로 꾹꾹 눌러 삼키었다. 관영이 그런 정화의 등을 가만히 다독였다.

"먼 길 오느라 고생이 많았다. 사실 여부만 확인하면 되니, 실로 얼마 걸리지 않을 거야. 우선은 여독을 풀고 좀 쉬고 있어. 선생님, 그리고 동지들. 염치없지만 이 아이를 제 방에 데려다 놓아도 되겠습니까?"

"서둘러 줘. 묻고 싶은 것이 너무도 많으니."

"동지는 여기 있게, 내가 갈 테니."

다시 한번 눈물이 쏟아지려던 찰나, 주필이 정화를 데리고 창고 바로 옆집의 작은 방 안으로 들어갔다. 한없이 그리워만 했던 뒷모습을 바라보며 관영이 눈물 젖은 한숨을 내쉬며 그 자리에서 비틀거렸다. 다시는 못 볼 줄 알았던 이를 다시 마주한 심정은 감히 감격이라는 말로 표현하기에 부족하였다. 차마 그 사연을 입에 담는 것조차 가슴이 아파 애써 눈물을 참는 관영을 성희가 다급히 부축하였다. 몰려오는 죄책감과 더불어 안도와 회한이 뒤섞여 관영이 아아, 하며 탄식을 내뱉었다.

"관영 동지, 괜찮소?"

"…… 괜찮소."

간신히 정신을 부여잡은 관영이 성희에게 몸을 기대면 천천히 고개를 주억거렸다.

"헌데 정말 저자가 사촌 동생이 맞소?"

"맞소. 외가 쪽 사촌이라 성씨는 다르오. 허나 내게 남은 유일한 핏줄이오."

"…… 이런 말씀을 드리기 면구스럽지만, 동지께서도 아시다시피 저희가 쉬이 누군가를 믿을 수 있는 상황이 아닙니다. 제아무리 증표가 있다지만 저걸 준 이가 누구인지도 모르고……. 신한촌에 정착할 수 있도록 거처를 내어주는 것은 무리가 아니오나, 물빛 안개를 알고 있습니다. 이리 된 이상, 그저 동지의 핏줄이라는 연유만으로 받아들일 수는 없습니다."

관영의 눈치를 살피던 성학이 조심스럽게 말을 건네었다. 평소였다면 누구든 말렸을 것이나 성희도 동감하는 듯 말을 얹지도, 성학을 흘겨보거나 그를 향해 눈을 치뜨지도 않았으며, 관영 또한 불편한 기색을 내비치지 않았다.

"나도 알고 있소. 우리의 일이 중한만큼 절차는 더더욱 확실히 해야지. 되려 의심할 여지가 없는 아이라는 걸 내 손으로 증명하고 싶소. 허나 동지들도 아시지 않소. 나는 감옥에서 나온 그날부터 줄곧 내 혈육에 관한 이야기를 입에 담아 왔소. 저 아이가 물빛 안개를 알고 있을 줄은 미처 몰랐으나, 내게 불온한 뜻은 추호도 없소. 조만간 진실이 밝혀질 테요. 행여 문제가 있다면 나는 그 무엇보다도 물빛 안개를 앞세울 것이니, 내 얼굴을 봐서라도 부디 조금만 기다려 주시오."

관영이 차오르는 눈물을 애써 떨쳐내며 나직이 부탁했다.

"우리의 거처를 알고 찾아왔으며, 비록 그 과정을 정확히 알 수는 없지만 증표도 갖고 있었소. 그것도 일전 동지가 이야기한 것을 말이오. 아예 믿지 못할 상황은 아니니 조금만 더 기다려 보는 편이 낫겠소. 더구나 관영 동지가 일전부터 사촌 동생에 대해 거듭 말씀하신 적이 있으니, 우리도 이 상황을 마냥 믿지 못하는 건 아니외다."

관영을 위로하던 성희가 기척을 느끼고 고개를 돌렸다. 정화를 방 안에 두고 나온 주필이 차마 형언할 수 없는 복잡한 표정으로 관영을 내려다보고 있었다.

"관영아, 잠시 나 좀 보자꾸나."

주필이 그를 '동지'가 아닌 이름으로 불렀다는 것은, 사뭇 진지한 대화를 나누겠다는 뜻이었다. 이를 눈치챈 관영이 성희의 부축받기를 거부하며 몸을 일으켰다.

"다녀오겠소."

주필의 부축을 받으며 관영은 익숙한 듯, 어느 집 안으로 들어갔다. 주필이 어느 방이라며 눈짓을 주지도, 언질을 주지도 않았으나 관영은 익숙한 듯 방향을 틀어 작은 방 안으로 향하였다. 어딘지 온기가 남아있던 집에서는 짐작대로 인기척이 들렸으며, 이미 누군가가 방 안에 들었다는 것을 증명하듯 물건의 위치가 조금 바뀌어 있었다. 탁상 앞에 자리한 익숙한 얼굴을 보자 관영이 감격스러운 얼굴로 미소를 띠었다.

"이고르 아저씨!"

학당에 다닐 적 학비를 지원받느라 처음 얼굴을 보았던 신한촌의 사람이 바로 이직이었다. 처음 만났던 그때 불렀던 그대로, 관영은 자현이 그랬던 것처럼 이직에게만큼은 사석에서 '아저씨'라 불렀다. 다른 신한촌의 사람들처럼 서로의 아라사 이름을 부르는 데에도 이제는 거리낌 없었다. 한 가지 다른 점이 있다면 자현처럼 이직을 그의 옛 이름인 '정일'로 부르지는 않는다는 것이랄까.

"그래 관영아, 정말 오랜만이구나."

운의 도움으로 서대문 감옥에서 탈출한 이후 관영은 대부분의 신한촌 인사들을 사랑채에서 만났으며, 거기에는 재형과 주필, 이직도 포함되어 있었다. 허나 생각보다 건강이 좋지 않아 죽을 고비를 여러 번 넘기고 한 해가 지나서야, 비로소 신한촌에 발을 들일 수 있었다. 게다가 이직 또한 물빛 안개를 위해 꽤 길게 해삼위를 떠나 있던 터라, 둘이 이리 신한촌에서 만나는 것은 실로 수 년 만이었다. 오랜만에 자식을 만나는 듯한 반가운 얼굴로 이직이 관영을 안고 어깨를 다독였다. 이어 다리가 불편한 관영이 자리에 편히 앉도록 의자를 빼 주었다.

"각설하고 말하지. 운이 사람을 보냈네. 어린아이가 아닌, 여인을."

말머리와 꼬리마저 자르고 나온 주필의 말에 이직의 표정이 순식간에 변하였다.

"뭐……? 정보를 전달할 게 있다던가?"

"그건 아닌 듯싶네. 허나 상황을 보아하니 아무것도 모르는 자인 듯싶으나 혹시나 모를 일이니, 우선 교신을 시도해 볼 생각,"

"저, 제가 상황을 들어 압니다. 정확하지는 않지만, 아마 대략은 맞을 겁니다."

잠자코 듣고만 있던 관영이 조용히 입을 열었다.

"그게 무슨 말이냐?"

"기억하시는지요, 그 아이는 제 사촌 동생 '남정화'입니다. 또한 선윤 동지의 측근이기도 합니다."

"설마 일전 말했던 그 아이를 이야기하느냐?"

"예, 오늘 신한촌에 당도한 그 아이는 작고하신 제 사촌 오라버니와 남매지간인 아이입니다. 선윤 동지가 저를 빼내어 준 후에 그 아이가 계속해서 경성에 머물기 여의찮으면 신한촌으로 보낼 테니 받아들여 달라 이야기한 적이 있습니다. 저 아이는 여기 오기 직전까지 생계를 위해 총독부 관저에서 여급으로 일을 했습니다. 그리고 제가 서대문 감옥에 있을 적, 선윤 동지와 함께 면회를 왔습니다."

면회라는 말에 대경실색한 표정으로 주필과 이직이 서로를 바라보았다. 관영이 제아무리 정화의 이야기를 입이 닳도록 하였기로서니 면회를 온 이야기는 한 적이 없었을뿐더러, 서대문 감옥이 면회를 막고 있다는 것은 이미 이곳에서도 잘 알려진 사실이었기 때문이리라.

"당연히 선윤 동지가 우리가 일본 측에 심어 둔 밀정이라는 건 추호도 알지 못했습니다. 아마 지금도 모를 것입니다. 제 소식을 어찌어찌 듣고 면회를 오고자 했는데, 왜군이 이를 막으니 선윤 동지께 청하여 함께 온 것입니다."

그제야 안도한 표정과 함께 가슴을 쓸어내리는 한숨 소리가 들려왔다. 그 당시의 가슴 철렁하던 심정이 떠오르는 듯, 관영도 작게 숨을 내뱉었다.

"적어도 관저에서 일을 했다는 게 거짓은 아니라는 게지?"

"예, 선윤 동지의 측근에서 시중을 들었다고 합니다. 나중에 제가 감옥에서 빠져나온 후, 선윤 동지께 청하여 그 아이에게 편지를 보냈습니다. 죽지는 않았으나 절대 찾지 말라고 말입니다."

"어이하여 그 정보를 누설했느냐?"

"…… 제가 죽었다는 것을 알면 그 아이가 더는 살지 못할까 두려워 그리하였습니다. 송구합니다. 기밀을 누설한 죄는 달게,"

"정보가 새어 나가지 않았으니 이번에는 그걸로 되었다. 허나 차후부터는 결코 용납될 수 없음을 명심하거라. 다른 이들에게도 알려야 마땅하나, 우선 그건 차치하도록 하고 마저 이야기해 보거라."

주필의 말에 관영이 천천히 고개를 주억거렸다.

"저를 감옥에서 빼낸 직후 선윤 동지께서 말하기를, 저 아이가 '물빛 안개'에 뜻을 품은 것 같다 하였습니다."

"물빛 안개를 향한 마음이야 그 어떤 조선인이 품지 않겠느냐. 실로 굴뚝같기 그지없을 것이다. 허나 행동이란 것이 말처럼 쉬운 일이 아니라는 것을 모르는 바 아니지 않으냐? 지금 당장 저 아이의 신변을 보증할 수 있는 이는 너밖에 없다. 제아무리 운이 증표를 보냈다지만, 너와 마지막으로 만났던 때로부터 벌써 한 해가 지났으니, 그사이 다른 마음을 품었을지는 장담할 수 없는 일이다."

늘 다른 이들에게 다정한 이직이 짐짓 단호한 어투로 타이르듯 말하였다.

"허나 선윤 동지는 이전에도 몇 번 오갈 데 없는 이들을 신한촌으로 보내지 않았습니까. 그 때문에 부러 청한 것입니다. 증표를 동봉하여 달라 말한 것이 저라는 사실도 이미 들어 아시잖습니까?"

"이제까지 오갈 데가 없어 신한촌에 당도했던 이들 중 누구도 '물빛 안개'에 대해 아는 이는 없었다."

"또한 저자는 이곳의 주소를 함께 일하던 여급에게 받았다 하였다. 앞뒤가 맞지 않는데, 이는 어찌 설명할 게냐?"

"…… 그건 저도 잘 알 수 없습니다. 하여 직접 물어 확인하고자 합니다."

주필의 말에 관영이 그만 고개를 숙였다. 저 또한 그에 대해서는 아는 바도, 쉬이 짐작 가는 것도 없었다. 설마, 하는 생각이 스쳐 지나갔으나 이내 고개를 털었다. 제 예상에 빗나가는 것이 있어서는 아니 되었다. 실로 그렇다면, 정화의 목숨이 위태로웠다. 천천히 떨려오는 두 손을 관영이 꼭 맞잡았다.

"저를 못 믿으시는 그 심경을 어찌 모르겠습니다. 오해가 풀릴 때까지 저를 작전에서 제하셔도, 어딘가에 묶어서 구류하셔도 됩니다. 허나 저 아이의 진심은 제가 압니다. 제 얼굴 한 번 보겠다고 그 악명 높은 친일파에게 면회를 보내 달라 청한 아이입니다. 제아무리 그 상대가 밀정이었기로서니, 저 아이에게는 목숨을 걸었다 뿐이겠습니까. 무엇보다 제가 너무도 잘 알고 있는 제 동생이니…….”

"…… 네 마음을 어찌 모르겠느냐. 다만 아니기를 바랄 뿐이다.”

이직이 불안한 기색을 감추지 못하는 관영을 다독이며 부드럽게 말하였다.

"우선 운에게 교신하거라. 답신이 빠르니, 늦어도 오늘 저녁에는 연락이 올 것이다.”

"알겠습니다…….”

"서신은 무조건 올 게다. 비록 떨어져 지낸 지 오래이나, 운은 이 생활을 적지 않게 했고, 누구보다도 몸을 바쳐서 믿을 만한 이이니.”

"그래. 달리 우리의 밀정이겠느냐?”

주필과 이직의 연이은 위로에 관영이 조금이나마 마음을 놓은 듯, 표정을 밝게 하였다.

"페치카 선생께는 내가 연락하마.”

"파샤[i]는, 이 사실을 아느냐?”

"현장에 제냐[ii] 선생님과 함께 있었습니다. 성희 동지 또한 저와 함께 있었던지라 모든 사정을 알고 있습니다.”

"허면 운의 정체를 알아챌 수도 있는 것이 아니더냐?”

자식과도 같은 운이 왜놈들의 앞잡이가 되었다는 말을 견디고 또 견디면서까지 그의 진짜 정체를 감춘 연유는 다름 아닌 물빛 안개를 위해서였다. 비밀은 아는 이가 적을수록 오래 지켜진다 하였기에 그날, 그 자리에 있던 이들과 주필을 제하고는 누구도 운의 진짜 정체를 알지 못했다. 심지어 운과 함께 친형제처럼 자라났던 성학조차 감히, 운이 신한촌의 명을 받고 총독부에 잠입한 밀정이라는 의심조차 하지 못하였다. 허나 그간의 갖은 노력이 운이 안쓰러이 여겨 보낸 이의 한마디로 전부 탄로 난다면 그것

---

[i] Паша. 최성학의 러시아 이름인 '파벨(Павел)'의 애칭
[ii] Женя. 엄주필의 러시아 이름인 '예브게니(Евгений)'의 애칭

이야말로 허망하기 짝이 없는 일이었다.

"필체까지 보았으나, 다행히 그저 얼굴과 이름을 모르는 다른 동지 정도로 생각하는 듯하더이다. 연해주 말고 다른 지역에서 물빛 안개를 위해 일하는 자들도 더 있으니, 아마 그들의 이야기를 하면 될 터입니다."

"남정화라는 그 여인이 했던 말이 도움이 되었네. 이 모든 정보를 운에게서 받은 것이 아니라 다른 동무에게서 받았다 하였으니, 제아무리 수선집[i]에 있다 온 처지일지라도 운이 밀정이라 의심하는 일은 없을 테야."

"그렇다면 서둘러 교신하여 이 사실을 은밀히 전달하거라. 다른 동지들에게 오해를 사는 일이 없도록 주의하여야 할 것이다."

"그리하겠습니다."

"너무 걱정하지 말거라. 우리도 아니리라 믿고 있다. 다만……."

"…… 알고 있습니다. 그저 죄송하고 감사할 따름입니다."

말끝을 흐리는 주필을 관영이 되려 다독였다. 어느새 얼굴에는 여느 때처럼 지어 보이던 해사하면서도 호탕한 미소가 피어올랐다.

"곧 있으면 경성에서 장사[ii]가 열리지 않습니까. 그에 관하여 전해야 할 말들이 많으니 또한 함께 전하겠습니다."

관영은 그 말을 하며 송신기 앞에 자리하였다. 그리고 익숙한 몸짓으로 손을 탁탁 놀리기 시작했다.

   사흘 뒤 장사 위해 경성 방문 예정
   정확한 일정 필요
   남정화 신한촌 당도
   동지들 의심
   설명 필요

---

i '조선총독부'를 뜻하는 명중경단의 은어
ii 거사를 뜻하는 명중경단의 은어

주필과 이직과의 담화를 마치고 운에게로의 암호 송신까지 마친 관영이 모두의 부축을 뿌리치고 절뚝거리는 발걸음을 옮겼다. 저 멀리서 유석의 부고를 전해 듣고 이제 정말 유일한 혈육이 되어버린 정화에게, 비록 찰나였기로서니 어찌 그리도 모질게 대할 수가 있었는지, 스스로를 치고 싶은 심정이었다. 원래도 호리호리한 체격의 정화였으나 두 볼이 움푹 패어 있었다. 예까지의 길이 고되고 험난하였는지, 아니면 관저에서 고생을 많이 하였는지는 알 수 없었으나 당장 무어라도 먹이고 싶었다. 힘겹게 주방으로 가 손에 잡히는 대로 먹을 것을 챙긴 뒤, 관영은 다시 정화가 있는 곳으로 들어갔다. 떨리는 손으로 방문을 열어젖히자, 침대 한편에 불편스레 몸을 누인 정화가 눈에 들어왔다. 희미한 삐걱 소리에 정화가 고개를 돌렸다. 두 눈이 젖다 못해 눈물에 잠겨 있었다.

"언니······."

"정화야."

관영이 그만 흐르는 눈물을 참지 못하고 달려들어 정화를 부서질 듯 껴안았다. 다시는 잃고 싶지 않은 핏줄과 해후하였다는 것이 그제야 실감이 났다. 숨도 쉬지 못하고, 당장이라도 죽을 듯이 우는 소리가 밖으로 새어 나가 듣는 이들을 눈물짓게 하였다. 보통이었다면 곧 진정하고 소리를 죽였을 테지만, 지금 이러한 상황에서 다른 이들의 시선 따위는 중하지 않았다. 제 처지에서 눈물을 흘리지 않을 이는 존재하지 않았을 테니까.

"난, 난 언니가 정말로······."

"그래, 오느라 고생했어."

관영이 가만히 정화의 얼굴을 쓰다듬었다. 지난해 감옥에서도, 그리고 조금 전 이곳 신한촌에서 다시 만나서도 제대로 표하지 못했던 반가움이 차고 넘쳐흘러 옷소매를 적셨다.

"야윈 것 빼고는 못 본 사이에 많이 고와졌네. 내도록 걱정했는데 다행이다."

"난 실로 아무 일도 없었어. 허니 내 걱정은 하지 않아도 돼."

정화가 관영의 볼에 자기 얼굴을 부비며, 그를 아스러질 정도로 힘껏 껴안았다. 다시는 헤어지지 않겠다고 다짐하고 또 다짐하며.

"언니, 헌데 어떻게 된 거야? 원래 여기 소속이었던 거야?"

"어……. 미리 말을 못 해서 미안."

"그때 언니가 보낸 편지, 그걸 보고 어딘가 살아있겠거니 싶었지만…… 그래도 한 치 앞도 장담할 수 없는 일이라 걱정이 많았어. 헌데 다른 이도 아니고 우리 언니잖아. 언니는 늘 한 번 한 말은 반드시 지켰었지. 이렇게 살아있어 주어서 고마워……."

정화가 여전히 진정하지 못하며 말을 더듬었다. 가슴을 저미는 곡소리에 하고자 하는 말이 묻혔으나, 관영은 전부 알아들을 수 있었다. 관영의 손이 천천히, 그러나 다정히 정화의 등을 쓸었다.

"헌데 대체 서대문 감옥에서 어찌 살아나온 거야?"

"아…….."

관영이 잠시 할 말을 잃은 채로 정화를 바라보았다. 솔직히 말할 수 없었으니 어찌 설명해야 할지 갈피를 잡을 수가 없었다. 만일 말한다면 어디서부터 말해야 할까. 나를 꺼내준 이가 너도 아는 자라고 이야기해야 하려나. 향후 정화가 모든 진실을 알게 된다면 또 이 얼굴을 어찌 보랴. 그렇게 된다면 선윤 동지가 너를 연모했다는 사실도 말해야 할까. 언젠가는 그의 정체마저 발설해야 하는 순간이 오겠지. 묻고 싶은 것이 많았다. 그곳에서 지난번처럼 험한 꼴 당하지는 않았는지, 어찌하여 관저를 나오게 되었는지. 선윤 동지는 너를 참으로 깊이도 생각하던데, 너 또한 그러하였는지. 만일 그것이 사실이라면 가슴이 너무도 아파서 도무지 눈 뜨고 정화를 볼 수 없을 것 같았다.

"…… 옥에 갇힌 동지들을 빼내는 작전을 매일 세우는 게 우리야. 지난번에는 내가 그 갇힌 자였던 셈이고."

결국 관영은 입을 닫고 말았다. 물을 틈이 없어 알지 못하였으나, 관저 안에서 많은 일이 있었을 것이 자명하였다. 그 모든 것을 자신이 품고 다독여주고 싶었으나, 그 어디에서도 운을 제하는 것은 불가능하였다. 정화가 입을 열기 전까지는 부러 묻지 않겠다, 그리 독하게 마음먹은 관영이었다.
　"몸은 좀 괜찮아? 아까 보니 제대로 걷지도 못하던데."
　관영은 살짝 미소를 지을 뿐, 더 말을 잇지 않았다. 운의 도움으로 서대문 감옥을 빠져나온 직후, 그를 치료하던 또 다른 동지로부터 가장 많이 들었던 말이 대체 어떤 고문을 당해야 몸이 이리 상할 수 있느냐는 것이었다. 살아 돌아온 것이 기적이라는 말을 수도 없이 들었을 정도로, 실로 숨만 붙어 있는 상태였다.
　허나 그곳에서 당한 일은, 제 모든 것을 털어놓는 동지들에게조차 소상히 말할 수 없었다. 앞으로 감옥에 들어갈지도 모르는, 또 가족을 감옥에 두고 있는 이들에게 상상보다 잔혹한 현실을 알려주고 싶지 않았음이요, 무엇보다 그때의 기억을 떠올리는 것만으로도 온몸이 굳어버리기 일쑤였다. 한동안은 아주 잠깐만 잠에 들어도 꿈속에서 그 끔찍한 기억들이 자신을 괴롭혔다. 사람으로서, 그리고 여인으로서 겪었던 가장 수치스럽고 고통스러운 일이, 더불어 그때 느꼈던 그 모든 일들이 살아 움직이듯 생생하게 고동쳤다. 두어 달 동안, 아니 지금까지도 그 기억을 떨쳐내지 못하여 혼절했다 깨어나기를 반복했다. 기적적으로 살아 돌아왔으나 관영의 몸에 난 상처는 평생 지워지지 않을 것이었고, 더 이상 아이를 가질 수도 없게 되었다. 의사에게도 보일 수 없었다. 그러나 알 수 있었다. 그 일을 당하고서, 다른 여인들처럼 평범히 살 수 있을 리 없었다.
　몸이 망가지던 그때의 기억이 잔인하리만치 선명했다. 감옥에서 나온 이후로 뜨거운 것만 보아도 소스라치게 놀라는 탓에 주방 근처에는 갈 수도 없었고, 왼쪽 다리를 평생 절게 되었다. 의전[i]에 다니던 동지 하나는, 그

---

i 의학전문학교. 현대의 의과 대학

나마 한쪽 다리를 자르지 않게 된 것이 천운이라고 하였으나 그것은 되려 관영의 가슴을 미어지게 하였다.

　스스로에게 오기를 부린 끝에 절뚝이는 몸을 이끌고 조금은 달릴 수 있게 되었으나 제아무리 힘을 주어 달려도 예전만큼의 속도도 나지 않았고, 예전만큼 오래 달리지도 못했다. 당연히 총을 들고서는 더더욱 불가한 일이었다. 지붕 위를 활보하며 날듯이 뛰던 그때의 그 가볍고 빠른 몸이 그립고도 그리웠다. 꼬박 한 해 동안 연해주로 돌아오지 못하고 경성에 은거하며 몸을 회복한 연유는 감옥에서 두 달가량 겪은 참혹한 일들 때문이었다.

　결국 관영은 스스로의 날개를 꺾을 수밖에 없었다. 이전만큼 물빛 안개에 적극적으로 가담할 수 없다는 무력감이 온몸을 잠식할 때마다, 세뇌하고 또 세뇌하였다. 나는 이제 어리지 않다, 본디 이 일을 하는 자의 끝은 전부 다 이러하며, 나는 더 이상 장사를 할 수 없으니 그 고통을 다시 겪을 일은 없지 않은가.

　게다가 아무에게도 일러두지 않았기로서니 명확히 알 수가 있었다. 이제 자신에게는 살날이 얼마 남지 않았다. 감옥서 나온 후, 일 년이 넘도록 예전의 몸을 되찾지 못하는 것만으로도 그 증좌는 명확했다. 겉보기에는 그저 수척해진 정도였으나, 몸 안쪽에서부터 느껴오는 타는 듯한 통증은 밤마다 찾아왔음이요, 시도 때도 없는 하혈을 겪었다. 늘 소리 없이 이불을 깨물어 고통을 삼키면서, 흐르는 눈물로 두 눈을 적시며 다시 한번 되뇌었다.

　이만큼 살았으면 충분하고, 적어도 부끄러운 삶은 아니었다. 그저 한때 달릴 수 있을 만큼 달리고 총을 쏠 수 있을 만큼 쏘았던 것으로 족하자. 그래도 가족 같은 이들의 품 안에서 숨을 거둘 수 있는 것이, 나의 무덤에 술 한 잔 부어 줄 이가 남아 있는 것이 얼마나 다행이더냐.

　"이젠 그래도 괜찮아. 옛날만큼 팔팔하진 않지만."

　"언니……."

"꼭 그것 때문만은 아니야. 이제는 나도 마냥 젊은 나이가 아니잖니."
거짓이었다. 그 말을 하는 관영은 고작 스물다섯이었다. 그 두 달의 시간이 아니었다면, 자신을 밀고한 이가 아니었다면 아마 관영은 지금 신한촌에 있지 않았을 것이다. 아마 지금쯤 왜놈들에게 노출되지 않은 채로, 옷 안에 마우제르 한 자루를 숨기고 경성 어딘가를 활보하고 있으리라.
"그래도 조심해. 몸 좀 아끼고. 설마 또 경성 다녀온 건 아니지?"
"이제는 못 가지."
관영이 다소 쓸쓸한 목소리로 낮게 읊조렸다. 회한 어린 목소리에 담긴 그 깊은 뜻은 본인조차 알 수 없으리라.
"이제는 몸이 아닌 머리를 써야지. 나처럼 아픔을 겪는 이가 더 있어서야 쓰나."
정화가 나직하게 한숨을 뱉었다. 안도의 뜻이었다. 이제는 몸도 성치 않은 관영이 또다시 다치는 것만큼 두려운 일이 없었으나, 서대문 감옥에서 만났던 그날 이후로 더 이상 관영에게 그만두라는 말은 하고 싶지 않았다. 막을 수도 없을뿐더러, 설혹 막는다 한들 관영이 사람답게 살지 못하리라는 것을 알고 있었기에.
"…… 이젠 뭐라고 못 하겠네. 나도 비로소 그 길을 선택했으니……."
쓸쓸하게 말하는 정화는, 관영이 마지막으로 보았던 그때보다 훨씬 자라 있었다. 여전히 자그마한 체구에 앳된 얼굴이었으나, 분명 어딘가 달라져 있었다. 문득, 지난해가 정화에게도 순탄치 않았으리라는 생각이 들자, 다시금 두 눈에 눈물이 차올랐다.
"…… 그러고 보니 정화 너, 애량 동지를 안다고 했지?"
"그게 누구야?"
"네가 면회 왔을 때 물었잖아, 관저에서 일하는 여급장이 있다고. 왜식 이름이 뭐였더라……."
"아, 사다코 부인."

"그래, 맞다."

"조선 이름은 최정자라고 알고 있는데, 그것도 본명이 아니었어?"

"응. 본명은 최자현이야. 여기까지 시신을 갖고 올 수가 없어서 경성에 묻어드렸는데, 이쪽에 더 오래 기거한지라 죄책감이 크네."

"그날, 언니도 그 자리에 같이 있었다 했지? 무슨 일이 있었던 건지 알려줄 수 있어?"

관영이 당황한 얼굴빛을 감추지 못하고 정화를 바라보았다. 말해주고 싶었다. 너무도 말해주고 싶었는데, 어디까지 일러주어도 될는지를 알 수가 없었다.

"네가 직접 본 거야?"

"아니, 나도 동무한테 이야기를 들었어. 이곳의 주소를 알려준 그 동무에게."

"무어라 하던?"

"그 아이의 오라버니가 길거리에서 부인이 일경에게 총을 맞는 것을 보았대. 헌데 어떤 키 작은 사내가 나타나서 그를 쏘았다던데."

반은 맞고, 반은 틀린 사실이었다. 자현이 일경에게 총을 맞은 것까지는 사실이었으나, 그 일경을 쏜 것은 운이었다.

관영이 태어나서 본 사람 중 가장 큰 이는 여천 홍범도였다. 육 척하고도 반이 조금 안 된다는 그의 곁에 섰을 때도 운은 고작 한 치 정도 차이 날 뿐이었으니, 모로 보아도 키가 작다는 소리를 들을 위인은 아니었다. 떠올리는 것조차 끔찍한 그날의 기억을 애써 되짚어보자, 그제야 짐작이 갔다. 어둠 속에서 제대로 보지 못하고 말이 와전된 듯하였다. 아마도 운이 일경을 향해 쏜 총알을 제 것으로 착각하였겠지. 운의 은닉이 워낙 뛰어나기도 하거니와, 어둠이 내려앉은 곳에서 온통 검은 옷만을 입고 머리를 동여매어 올린 자신을 사내로 착각하는 이가 한둘이 아니었다. 그나마 다행인 것은 정화가 운을 전혀 보지 못하였다는 것 정도랄까.

"그랬구나……."

 천천히 고개를 주억거리며, 관영이 정화의 두 손을 맞잡았다. 아기처럼 보드랍던 정화의 두 손은 못 본 사이 많이 거칠어져 있었다.

"미안해, 당장이라도 네게 모든 걸 말해주고 싶은데 기밀이 너무도 중한지라……."

"어찌 이해하지 않을 수 있겠어. 난 괜찮아 언니."

"관저에서의 생활이 많이 힘들었나 보구나. 얼굴이 어찌 이리 야위었어."

 관저, 애써 마음속에 감추고 또 감추어 두었던 그 말을 듣자마자 정화의 눈앞에 익숙한 얼굴이 그려졌다. 두려움에 떨며 말조차 제대로 하지 못했던 첫 만남부터, 조선인이라면 질색하는 이가 단둘이 있을 때는 조선어로 이야기하라 명하던 그 순간까지. 관영의 면회를 흔쾌히 데려다주겠다고 말하던 날들. 알 수 없는 말을 하던 그 모든 순간. 그리고 느닷없이 자신을 끌어안고 다독여주던 날까지. 그와 함께했던 모든 기억이 하나둘, 밤하늘에서 눈을 떼지 않으면 서서히 드러나는 별들처럼 떠올랐다.

 보고 싶었다. 절대로 그리워해서는 아니 되는 이가, 이곳에 발을 들인 이상 반드시 제 손으로 죽여야만 하는 이가 사무치도록 그리웠다. 관영과 해후하는 이 순간에조차, 이렇게 기쁜 자신의 곁을 그가 지켜주었으면, 하는 바람이 불어오는 듯하였다.

"정화야, 어찌 울어?"

 눈물을 흘리는 줄도 몰랐다. 해서는 아니 되는 사랑에 빠져 주책맞게 눈물짓는 아둔한 모습을 보이고 싶지 않았다. 그렇다고 차마 속내를 드러낼 수도 없었다. 이렇게 수척해진 관영을 눈앞에 두고, 감히 친일파를 마음에 품었으며 그가 너무도 보고 싶다고 말하는 것만큼 크나큰 패륜이 없었다. 관저를 떠나는 순간 모든 것을 잊을 수 있을 것 같았다. 아니, 그래야만 했다. 허나 그는 이미 자신의 마음속 아주 깊은 곳부터 뿌리내리고 있었다.

울음소리는 점점 커져만 갔고, 적잖이 당황하던 관영은 이내 아무 말 없이 정화를 끌어안았다.

"언니……."

그 말밖에는 더 할 수가 없었다. 남은 모든 순간을 그와 함께 할 수 있다면 얼마나 좋을까.

* * *

그날 저녁, 여전히 편치 않은 기색으로 책상 앞에 모여 앉아 있는 주필과 관영의 앞에 한 사내가 이직과 함께 나타났다. 다급하게 당도한 듯한 그를 보자마자 관영이 정중하게 고개를 숙여 인사를 올렸다.

"페치카 선생님, 오셨습니까."

"모두 오랜만이네."

여유로우면서도 따뜻한 인상을 풍기는 중년의 남성은 체구가 작고 푸근하지만, 감히 범접할 수 없는 기운을 안고 있었다. 신한촌의 거두이자 연해주 한인들의 아버지와도 같은 페치카, 최재형이었다.

"바쁘신 와중에 이런 청을 드려 송구스럽습니다. 연추서 오셨습니까?"

"그렇네. 또한 면구스러워할 필요 없네. 신한촌의 일인데 내가 안 와서야 되겠나."

관영을 안아주던 재형이 주필의 어깨를 두드리며 주변을 둘러보았다. 주필과 이직, 그리고 관영뿐이었다. 부회장인 홍범도를 비롯하여 이상설과 황경섭, 이범윤과 같은 다른 명중경단의 거두들은 신한촌을 떠나 일을 보느라 함께 할 수 없는 것이 당연지사였으나, 그들을 제한 다른 이들은 전부 신한촌에 머물고 있기로서니 함께 자리하지 않았다. 이 셋이 갖고 있는 공통점은 단 하나뿐이었고, 이는 다른 명중경단원들이 자리하지 않은 연유 또한 단번에 알아챌 수 있을 만한 것이었다.

"내 사정을 소상히 듣지 못하여 아는 바가 없네만, 사람이 이렇게만 모인 것을 보니 아무래도 운에 관한 일인가 보군그래."

재형의 말에 침묵이 이어졌으나, 누구도 그 침묵에 대한 이의를 제기하지 않았다. 대답 대신 주필과 이직이 관영을 바라보았다.

"…… 각설하고 말씀드리겠습니다. 총독부 관저에서 일을 하던 제 사촌 동생이 지금 이곳에 와 있습니다."

"일전 이야기했던 그 아이를 말하느냐?"

"예. 헌데 물빛 안개를 알고 있더이다. 정확히는, '물빛 안개'가 아니라 'Водяной туман'이라 하더이다. 노어를 전혀 할 줄 모르는 아이인데, 아무래도 선윤 동지께서 그 아이에게 주소를 알려준 듯합니다."

관영이 그 말을 하며 정화에게서 받은 쪽지를 건네었다. 이 필체가 운의 것임을 알아보지 못할 이가 없었으며, 쪽지와 함께 찢겨 온 『죄와 벌』의 책장 또한 누가 보아도 신한촌의 것임에 틀림이 없었다. 허나 도무지 이해가 가지 않는 한마디가 있었다.

신한촌에 도착하여 명중경단이나 신한촌민회 관련자를 만날 것. 이들을 만나 "바쟈노이 뚜만'에 대한 뜻을 품고 왔다'라 말하면 받아줄 것.

운이 연고가 없이 떠도는 이들을 신한촌으로 보낸 적은 많았으나, 지금껏 단 한 번도 '물빛 안개'에 대해 발설한 적이 없었다. 동지가 되겠다는 뜻을 보내온 자가 있다면 먼저 신한촌에 연통하면 될 일이었고, 실로 그러한 자가 필요할 것 같아 은밀히 사람을 붙여주겠노라 제안하였기로서니, 한 번도 다른 이가 필요하지 않다 하였다. 설령 운의 정체가 탄로 난 것일까? 허나 그렇다기에는 이 증좌들이 너무도 명확하게 우리의 밀정을 가

---

i 물빛 안개. 원어 발음은 [바쟈노이 뚜만]

리키고 있었다.

"허나 따로 연통이 온 바가 없었잖느냐."

"맞습니다. 저조차도 어찌 된 일인지 도무지 모르겠습니다……."

아무리 생각해 보아도 답을 찾을 수 없어, 관영의 얼굴에 담긴 불안이 점점 커져만 갔다.

"헌데 이 쪽지를 가져온 자는 지금 어디 있나?"

"방 안에 잠시 두었소. 필요하시다면 이따 잠시 만나,"

주필의 말은 어둡고 고요한 그들의 대화를 깨는 똑똑, 소리에 묻혀 이어지지 못하였다. 밝지 않은 얼굴로 문을 열어젖힌 주필이 무슨 일이 있었느냐는 듯, 얼굴에 미소를 띠었다.

"아가, 발렌친. 무슨 일이니?"

"아저씨, 편지가 왔어요. 이 색깔 봉투는 늘 아저씨가 가져가셨어서요."

아홉 살의 어린 발렌친은 재형의 셋째 아들이었다. 자신의 아버지와, 그와 함께하는 다른 아저씨 아줌마들이 무슨 일을 하는지 궁금해하였지만 알 수 없어 시무룩해하는 모습이 운과 너무도 닮아 있었다. 그래서인지 신한촌에 오래 몸담은 다른 이들, 특히 상설은 유독 그를 어여삐 여겼다. 운에게 대했던 것처럼 엄하게 대하지도 못하며, 그는 자신의 아이처럼 발렌친을 아끼고 사랑하였다. 그가 자리를 비운 지금은 주필이 그를 대신하여 발렌친을 친아들처럼 어여삐 여기고 있었다.

발렌친이 전해 준 편지는 노르스름한 빛깔의 종이봉투에 들어있었다. 운이 보내는 서신은 항상 그 봉투에 담겨 왔다. 겉면에는 부드럽고도 유연하게 흔들리어 금방이라도 날아가 버릴 것 같은 독특한 노어 필체로 주소와 보낸 이의 이름이 적혀 있었다.

Г. Владивостокъ, Хабаровская ул. 26, Корейская Слободка, Приторская губ.

-От Водяного Тумана
(블라디보스토크 시, 하바롭스카야 거리 26번지, 신한촌, 연해주
-물빛 안개로부터)

편지와 필체가 달랐으나 한눈에 알아볼 수 있었다. 이건 운의 노어 필기체였다.
"연통이 온 듯하오."
주필의 말에 관영이 절뚝거리는 몸을 일으켜 문 앞까지 뛰어나갔다. 운이 보낸 것임을 확신한 관영이 떨리는 손으로 편지봉투를 움켜쥐었다.
"정화가 도착할 걸 알고 미리 부쳐둔 것 같습니다."
주체할 수 없을 정도로 진동하는 손으로, 관영이 편지를 꺼내어 읽었다.

물빛 안개가 **船着場**[i]에 드리웠습니다.
아버님, 그**間**[ii] 잘 지내셨습니까? 저는 **無事**[iii]히 지내고 있습니다. 장사를 **爲**[iv]해 **京城**[v]에 오신다 들었습니다. **平素**[vi]보다 바람이 거세고, **氣運**[vii] 또한 스산합니다. **江**[viii]을 건너는 데 **各別**[ix]한 **注意**[x]를 **要**[xi]합니다. **路資**[xii]돈이 八

---

i 선착장
ii 간
iii 무사
iv 위
v 경성
vi 평소
vii 기운
viii 강
ix 각별
x 주의
xi 요
xii 노자

圓 一錢[i]으로 올랐다 들었습니다. 近者[ii]에는 낮 十一點[iii]에서 一點[iv] 사이가 가장 따뜻하다고 하니, 그때 渡河[v]하세요. 江을 건너느라 苦生[vi]하실 아버님을 爲해 삶은 돼지 다리를 晩餐[vii]으로 準備[viii]하겠습니다. 제가 下宿[ix]하는 곳 옆에 있는 修繕[x]집서 기다리겠습니다.

부디 먼 곳에서도 平安[xi]하시기를 祈願[xii]하겠습니다.

追申[xiii]. 江물이 불어나고 있으니 各別히 操心[xiv]하세요. 같은 날 船着場에서 知人[xv]이 함께 渡河하고자 하니, 路資돈을 가진 十八歲[xvi]의 女性[xvii]을 만나면 도와주기기를 請합니다. 얼른 만나 뵙고 호롱불 앞에 마주 앉아 仔細[xviii]한 이야기를 나누고자 합니다.

---

i 8원 1전
ii 근자
iii 열한 점
iv 한 점
v 도하
vi 고생
vii 만찬
viii 준비
ix 하숙
x 수선
xi 평안
xii 기원
xiii 추신
xiv 조심
xv 지인
xvi 18세
xvii 여성
xviii 자세

(물빛 안개가 선착장에 드리웠습니다.

동지들, 잘 지내고 계십니까? 저는 무사히 지내고 있습니다. 작전을 위해 경성에 오신다 들었습니다. 평소보다 전력이 세고, 경계 또한 삼엄합니다. 거사 준비에 각별한 주의를 요합니다. 거사 일이 팔월 초하루로 바뀌었습니다. 열한 점에서 한 점 사이가 제일 적합하니, 그때 맞춰 준비하세요. 거사 준비를 위해 고생하시는 동지들을 위해 사용하실 권총은 준비해 두었습니다. 제가 머무는 관저 옆 총독부에서 기다리겠습니다.

대한 독립 만세.

추신: 상황이 더욱 악화되고 있으니 각별히 조심하세요. 지인이 함께 독립을 도모하고자 하니, 제가 보낸 증표를 가진 열여덟 살의 여성을 만난다면 거두어주시기를 청합니다. 자세한 것은 비사법[i]으로 적어 두었습니다.)

"비사법으로 적어두었다 합니다."

관영이 그 말을 하며 낮에 정화가 건네었던 암호문을 이리저리 뜯어보았다. 얇은 종이를 이리저리 만지작거리자, 끄트머리가 뭉툭하니 말려있는 것이 보였다. 자세히 보니 말린 것이 아니라, 무언가를 종이 틈 사이에 넣어둔 것이었다. 천천히 종이를 뜯자, 그 틈 안에서 요람처럼 말린 또 다른 종이가 나왔다. 다 펼쳐봐야 관영의 손바닥을 반도 채우지 못할 만큼 작은 종이에는 아무런 것도 적혀 있지 않았고, 창문 틈으로 불어오는 바람에 시큼한 향이 흩날렸다. 허나 익숙한 듯, 그 누구도 놀란 기색을 보이지 않았다.

"여기 있다. 비춰 보거라."

이직이 탁상 앞으로 호롱불을 가져오자, 관영이 순간 움찔하였다. 감옥에서 고문을 당한 이후, 관영은 지금까지 불을 무서워하였다. 경성과 신한

---

[i] 열이나 특수한 화학 용액을 사용하여 보이지 않던 글씨를 나타나게 하는 방법

촌을 오가며 그런 관영의 모습을 오래도록 보아 온 주필이 조용히 호롱불과 쪽지를 구석으로 가져갔다. 그것을 불에 쬐자, 천천히 글씨가 나타났다. 서서히 드러난 깨알 같은 글씨가 작은 종이를 가득 메우자, 주필이 숨을 불어 호롱불을 끄고 다시 탁상으로 돌아왔다.

동지들, 저 선윤입니다.
직접 뵙고 말씀드릴 수 없는 것을 애통히 여길 따름입니다.
우선, 제대로 된 언질조차 없이 사람을 보내고 암어를 누출한 것은 변명할 여지조차 없는 제 불찰입니다. 이에 대한 징계는 어떠한 것이든 군말 없이 받아들이겠습니다. 혼란스러우실 터이니, 그간의 상황을 말씀드리겠습니다.
추측하신 대로, 남정화는 제가 직접 보낸 자가 맞습니다. 그는 관저를 떠나기 전, 자신 대신 곁에서 일을 시키면 좋을 듯하다는 자현의 말에 따라 제가 가까이 두었던 여급입니다. 제가 조선어를 더 편히 여긴다는 정도는 알고 있는 자이지만 제 정체는 알지 못합니다. 또한 일전 관영 동지의 청에 따라, 여의찮은 상황이 온다면 남정화를 신한촌으로 보내기로 한 약조를 지키고자 하였습니다. 그날이 오리라 생각하지는 않았습니다만, 남정화가 홀로 여러 번 갈등하다 저를 죽이려는 시도까지 하였기에 더 곁에 두고 있기 힘들다고 판단하였습니다.
다만 근자에는 그러한 심경을 가진 자를 찾는 것이 쉽지 않은지라, 제거하기보다는 우리의 동지로 삼는 편이 낫다고 생각하였습니다. 노어를 모르는 이가 신한촌에 가서 우리의 동지가 될 수 있는 가장 빠르고 안전한 방법이 '물빛 안개'를 노어로 알려주는 것이라 생각하였습니다. 모든 일들이 편지를 쓰는 지금으로부터 일어난 지 하루조차 되지 않아 미리 연통할 겨를이 없었습니다. 이 편지가 언제 당도할지는 모르겠으나, 아마 동지들께서 남정화를 마주한 것보다 늦은 시점이겠지요. 갑작스럽게 홀로 모든 것을 결정한 점, 다시 한번 고개 숙여 사죄드립니다.

　남정화는 물빛 안개에 동참하고자 하는 뜻이 누구보다도 강하며, 왜어에도 아주 능통하여 처음 보는 이는 왜인으로 오해할 정도입니다. 무엇보다 여인이라고는 믿기지 않는 체력을 갖고 있으니, 아마 가르치면 총포술도 능히 익힐 것입니다. 반드시 우리의 동지로 받아주시기를 청하고 또 청합니다. 명중경단 입회를 위한 보증인을 제가 자처토록 하겠습니다.

　아마 남정화가 제 얘기는 하지 않고, 동료에게 쪽지를 받았다 할 것입니다. 제가 남정화와 가까운 다른 여급에게 시켜 저 대신 짐을 전달하라 하였습니다. 그 속에 쪽지를 숨겨두었으니 중간에 정보가 새진 않았을 겁니다.

　아울러 남정화가 아직 제 정체를 전혀 모르고 있습니다. 끝까지 비밀을 지켜주시기를 간곡히 당부드립니다.

　대한 독립 만세.

　편지를 전부 읽은 관영이 힘이 풀린 채로 양팔을 떨어뜨렸다. 충격이 아니었다. 안도였다. 정화는 스스로 걸음하였으나, 그것은 운이 보낸 것이었다. 우려했던 모든 상황은 벌어지지 않았다. 운이 서신을 보냄으로써, 정화는 비로소 그 신원을 보증받았다. 두 명 이상의 보증인이 있어야 명중경단원이 될 수 있었으니, 큰 이견이 없는 이상 신한촌에서 함께 물빛 안개를 위해 힘쓸 동지가 된 것만큼은 확실하였다.

　"이로써 실마리가 전부 풀렸군그래. 제냐, 더 이상 말이 필요하겠는가?"

　이직이 다소 홀가분한 얼굴로 주필을 바라보았다. 그 역시 앓던 이가 빠진 듯 시원하기 그지없는 표정이었다.

　"제대로 된 발음도 아닌 데다 아라사 말을 할 줄 모르는 이이니, 암어를 유출했다 볼 수는 없지. 우리조차 물빛 안개를 우리말로만 이야기하였지, 아라사 말로 한 적은 거의 없지 않은가."

　"저자의 의지가 확고하다면 본회에까지 입회하여도 될 텐데 말이오."

"그래, 왜군 장교를 죽이려고까지 한 자인데 그 기개가 아쉽군. 보증인이 한 명이라도 더 있으면 본회의 주요한 자리를 맡을 수도 있는데 말이지."

"아직 나이 스물이 되지 않아 그건 안 될 겁니다. 그저 신한촌의 식구로 받아들이기만 해도 감사할 따름인데, 그 아이의 뜻을 존중해주시다니 다시 한번 깊이 감사드립니다."

관영이 깊이 고개를 숙여 감사를 표하였다. 고개를 들어 올리자, 일렁이는 눈동자가 다른 이들을 마주하였다. 그 일렁임이 촛불 때문이 아니었음을 모르는 이는 없었다.

"내가 없는 사이 이런 일이 있었을 줄이야. 어찌 되었든 누구보다 믿을 만한 자이니, 당장 우리의 동지로 받아들여도 손색이 없겠군그래."

재형의 그 말에 비로소 마음을 놓은 듯, 관영이 이제껏 본 중 가장 편안한 얼굴로 고개를 끄덕였다.

"이만 풀어주어도 될 성싶소. 다른 동지들과 인사를 나누고, 우리의 무례를 사과드릴 시간은 가져야 하지 않겠소?"

"제가 다녀오겠습니다."

주필의 말이 끝나자마자 관영이 탁상을 짚고 일어섰다.

"넌 몸이 성치 않다. 내가 데려오마."

"아닙니다, 그래도 제가 가야 합니다."

관영이 몸을 일으키며 단호하게 말하였다. 재형이 그를 부축하여 도와주었다.

"동지들은 내가 불러 모으마. 그자가 가져온 서신은 내 뜻을 따라 작성된 것이라 말할 테니, 이곳으로 다시 데려오너라."

다른 이들의 부축도 마다한 채, 느린 걸음을 부여잡고 정화에게로 가는 길이 멀게만 느껴졌다. 몸이 멀쩡했을 때는 눈 깜짝할 새에 달려갈 거리였으나, 누군가의 부축 없이는 이제 그마저도 쉽지 않았다. 고요하고 어두운 이곳에 갇혀 시간이 어찌 흐르는지도, 조선이 아닌 다른 나라에서 바라보는 하늘은 어떠한지도 알지 못한 채 무기력하게 벽에 기대어 있던 정화가 한 쪽 다리를 끄는 소리를 듣자마자 얼른 일어났다. 이어 문이 열리자마자, 정화가 다급히 달려가 관영을 부축하였다.

"어찌 혼자 온 거야? 다른 사람들은?"

"내가 만류했어. 이 정도 거리는 괜찮아."

관영이 푸석해진 정화의 얼굴을 쓰다듬었다. 여름이기는 하지만 연해주는 북쪽이었고, 그 기온이 조선에 비할 바가 못 되었다. 이곳의 밤이 얼마나 추운지도 모르고 얇게 입은 탓에 쌀쌀한 저녁 공기를 맞은 정화의 얼굴이, 관영의 손길에 서서히 따뜻해졌다.

"고생했어. 정말 미안해, 이제 나와도 좋아."

"응……."

정화가 관영을 따라 문밖으로 나갔다. 길을 전혀 모르는 이가 길을 아는 이를 부축하여 따라가는, 다소 독특한 모양새였다.

"이따가 페치카 선생님께서 소개해 주시겠지만, 넌 이제 우리 동지야. 알았지?"

페치카가 무엇인지, 이 특이한 이름을 가진 분이 어떠한 사람인지도 알지 못한 채, 정화가 천천히 고개를 주억거리며 주변을 둘러보았다. 밖을 나오자마자 그를 맞이한 것은 새하얀 밤이었다. 시간이 꽤 지났으니 분명 아홉 점은 되었겠으나, 어둑한 기색은커녕 여전히 하이얀 풍경이 이색적이었다. 그래봤자 원래 살던 곳에서 조금 북쪽으로 올라갔을 뿐이며, 그 거리는 경성에서 영흥까지의 거리와 큰 차이가 없으리라. 헌데 마치 다른 세계에 온 듯하였다. 다른 나라에 가면 낮과 밤도 바뀌는 것인가, 정화가 그만 발걸음을 멈춘 채로 하늘에서 눈을 떼지 못하였다.

"안 가고 무엇 해?"

"언니, 지금이 몇 점이나 되었어? 아라사는 조선 땅과 밤낮이 달라? 헌데 아까도 밝았는데,"

"아, 네가 백야를 처음 보는구나."

"백야?"

"이곳의 여름은 해가 지지 않아."

"와아……."

관영이 지시하는 방향으로 몸을 따라가는 와중에도, 정화는 입을 다물지 못하였다. 문득, 그가 스쳐 지나갔다. 조선 땅과는 비교도 아니 될 정도로 넓은 이 영토에서, 그 또한 백야를 보았겠지. 허나 지금쯤 그가 보고 있는 하늘은 이 빛깔이 아닐 것이다. 이제는 같은 하늘조차 바라볼 수 없겠구나.

"정화야, 안 들어오고 뭐 해?"

문이 열리는 것조차 멍하니 바라보던 정화가 그제야 정신을 차렸다. 어느새 관영은 정화의 손에서 벗어나 집 안으로 들어간 채였다. 문이 열리자마자 느껴지는 온기와 작게 소곤거리는 말소리에 당황한 정화가 얼어붙었다. 아주 오래전 아버지와 오라버니와 살 때만 해도 그런 온기를 아무렇지도 않게 만끽하고는 하였으나 그것만 하여도 벌써 수년 전이었다. 어딘지 몽글해졌으나 여전히 어색한 기색에 사로잡혀, 정화가 쭈뼛쭈뼛 집 안으로 발을 내디뎠다.

"이제 모든 오해가 풀렸으니 정식으로 소개하겠습니다. 여기 있는 이자는 제 사촌 동생이자, 우리의 새로운 동지인 남정화입니다."

열 쌍은 족히 넘는 눈동자가 정화를 바라보았다. 하나같이 강렬한 그것은 제 속을 훤히 꿰뚫어 볼 것만 같았다. 다소 날카롭기로서니, 저를 향한 살의를 품은 것이 아니라는 것만큼은 누구보다 확실히 알 수 있었다. 긴장감과는 별개로, 마음 한편이 조금 놓이는 듯하였다.

"바, 반갑습니다, 남정화라고 하여요. 나이는 열여덟이고, 함경도 영흥군 출신입니다."

"여기가 어디인지 알고 오신 것입니까?"

처음 보는 얼굴의 사내가 다소 날카롭게 물었다. 관영이 어떠한 말을 하여 이곳 사람들이 저를 받아주기로 하였는지 몰랐기에, 어디서부터 어떻게 이야기해야 할지 감이 잡히지 않았다.
"지레짐작만 하고 왔으나, 언니를 보고 확신하였습니다. 언니가 몸을 담고 있는 곳이라면 아마…… 독립운동을 하는 곳이겠지요."
독립운동, 그리 불러야 하는 것인지도 몰랐다. 조선인끼리는 그리 불렀고, 왜인들은 그런 이들을 불령선인이라 하였다. 허나 이곳에 터를 잡고 그 일에 몸담은 사람들은 그걸 무어라 부르는지를 알 수가 없어, 저도 모르게 몸이 움츠러들었다.
"본디 이 일을 하던 이가 아니며, 총독부 관저에서 지냈다 들었습니다. 어찌 된 일이며, 예까지는 어이하여 오게 되었습니까?"
"…… 집안 사정이 좋지 않아 돈을 벌어야 했기에 그곳에서 여급으로 일을 했습니다. 그러다 지난해에 서대문 감옥으로 언니의 면회를 가게 되었습니다. 그때 언니의 모습을 보고, 제가 몸담고 있던 곳에 더 있어서는 아니 된다 생각하였습니다."
그제야 주필이 무언가를 깨달았다는 듯, 속으로 탄성을 내뱉었다. 보름 정도 되었으려나. 총독부 앞에서 인력거꾼으로 위장하여 운에게 정보를 전달받을 당시였다. 인력거에 오르던 운에게 도시락을 건네주던 한 여인이 있었다. 그를 향한 시선은 그저 일별에 그친 것이었기에 그 직후 기억할 새가 없었으나, 이제야 그때의 모든 상황이 떠올랐다. 운의 곁에서 일을 하던 여급이며, 그가 조선어를 더 편히 여긴다는 사실까지는 안다고 했지. 그래, 제아무리 위장했을지라도 그마저 숨길 수는 없었으리라. 생각해 보니, 운은 이미 그때도 정화가 관영의 사촌이라는 사실을 일러주었다. 어찌 기억하지 못했을까.
"총독부 관저에서 지내셨다면, 혹 왜어를 할 줄 아십니까? 허면 왜어로 된 글도 읽을 줄 아셔요?"

"아, 예. 비록 조금이지만요."

"안 그래도 왜말을 할 줄 아는 사람이 더 필요했거늘, 이 얼마나 잘된 일입니까? 잘 오셨습니다."

반갑기 그지없는 목소리로, 한 여인이 정화의 어깨를 감싸며 반겼다. 이리 갑작스럽게 새 동료를 맞이하는 것이 익숙한 듯한 얼굴이었다.

"그래, 잘 왔소. 함께 '물빛 안개'의 뜻을 이룹시다."

"물빛…… 안개요?"

"동지께서 '독립운동'이라 하는 것을 우리는 그리 부르오. 아라사 땅이라지만 왜놈들의 손길이 적지 않게 닿는 곳이니, 정체를 들킬 공산이 크오. 허니 지금부터는 습관적으로라도 그리 부르도록 하시오."

"아아……."

정자, 아니 자현의 것에 비할 정도로 또렷한 빛을 띠는 두 눈이 정화를 사로잡았다. 천천히 고개를 끄덕이며, 정화가 재형에게 제대로 인사를 건네었다.

"비밀리에 진행하는 일이니만큼 은어가 차고 넘치나, 달포만 몸담아도 금방 익힐 수 있을 거요. 반갑소, 동지. 나는 김이직이라 하오. 본디 니꼴스크[i], 아니 소왕령에서 페치카 선생과 함께 일하고 있지만, 요즘 상황이 상황인지라 잠시 이리로 내려와 지내고 있소. 잘 지내봅시다."

"감사합니다……."

"반갑습니다. 나는 최성학이고, 여기 계신 페치카 선생님은 우리 부친 되십니다. 아버지의 뜻을 받들어 에서 함께 물빛 안개를 도모하고 있습니다. 아라사에서 장교를 준비 중이라 몇 년 후에 떠나지만 그간 잘 부탁드립……."

---

[i] 연해주 남부에 위치한 도시이며, 한자식 표기로는 '소왕령(蘇王嶺)'이라 한다. 현재의 명칭은 '우수리스크(Уссурийск)'이며, 작중 시기에는 '니콜스크-우수리스크(Никольск-Уссурийск)'라고 불렸다.

"Паша[i], Паша! (파샤 오빠, 파샤 오빠!)"

어린아이의 외침에 성학의 말은 묻히고 말았다. 허나 당황한 이는 정화 뿐이요, 되려 묘하게 방 안을 감싸고 있던 긴장감이 완전히 풀어졌다. 어딘지 낯이 익은 아이는, 저를 안아 들어 어르는 성학과 놀라울 만치 닮아 있었다.

"어, 이 아이는……."

"아, 저와 많이 닮았지요? 제 누이동생인데, 예서 나고 자란지라 아라사 말을 더 편히 여깁니다. 이름은 옐리자볘따인데, 편히 리자라 부르세요. 아직 조선말을 잘 못하니 혹여라도 귀찮게 하면 저나 다른 동지들을 부르시면 됩니다. Лиза, здоровайся. (리자, 인사드려야지.)"

말똥말똥한 두 눈을 자신에게 고정한 채로 성학의 품에 안겨있는 어린 리자는 하얗고 포동포동하였다. 그 어떤 때조차 묻지 않은 순수한 이가 있다면 바로 이 아이리라. 정화의 입가에 안온한 미소가 번졌다.

"아, 안녕……."

"Паша, кто она? Откуда она? Как её зовут? Почему она здесь? (파샤, 이 사람 누구야? 어디서 왔어요? 이름은 무언가요? 이자는 어찌 여기 있어요?)"

"이런, 아이가 보채네요. 잠시 달래고 오겠습니다. 마저 인사들 나누세요."

다른 이들의 웃음 너머로 함께 미소를 띠며 양해를 구하고, 성학이 자세를 고쳐 리자를 제대로 들어 안았다.

"Это наша новая подруга, Лиза. Ну что, пойдём развлекаться? (우리의 새 친구란다, 리자. 자, 이제 우리 놀러 갈까?)"

"Почему? А куда мы идём?

---

i 최성학의 러시아 이름인 '파벨(Павел)'의 애칭. 원어 발음은 [빠샤]

안개가 걷히다

(왜요? 우리 어디 가?)"

 조잘거리는 알 수 없는 말은 어딘지 정겹게 들렸다. 정화가 아이가 사라진 곳에서 눈을 떼지 못하다가, 재촉하는 듯한 관영의 손길에 다시금 정신을 차렸다.

 "리자가 오랜만에 새로운 사람을 봐서 신나나 봅니다. 아마 새로운 동지께서 한동안 시달리겠습니다그려."

 재형의 말에 정화가 어색한 웃음을 지었다. 그런 그를 재미있다는 듯, 관영이 미소 어린 얼굴로 바라보았다.

 "마저 인사하십시다. 난 정창빈입니다. 경성에서 예까지는 멀 터인데 고생하셨소."

 "이인순입니다. 방금 인사한 분과 부부지간이며 바로 옆집에 살고 있으니, 모르는 게 있으면 얼마든지 찾아와 편히 물어보세요. 잘 부탁드려요."

 "전 김윤신입니다. 날도 추운데 예까지 오느라 고생하셨습니다."

 '물빛 안개'가 뭔지 알려준 그 여인이었다. 마르고 단단한 손으로 정화의 작은 손을 감싸는 그의 차가운 얼굴이 일순간 미소를 띠었다. 그가 이직의 누이동생이라는 것을 깨달은 건 나중의 일이었다.

 "엄주필이오. 예까지 오느라 고생하셨소. 처음 만났을 때 너무 매몰차게 대하여 미안하오."

 주필이 정화를 향해 무뚝뚝하게 손을 내밀었다. 얼결에 맞잡은 그의 손은 생각보다 따뜻했다.

 "아, 아니어요. 경계가 삼엄한 일이다 보니 어쩔 수 없죠······. 저라도 그랬을 터입니다."

 "저는 박성희입니다. 동지와 세 살뿐이 차이 나지 않으니, 편히 언니라 불러요."

 "그리하겠어요······."

 "금일은 명중경단 본회의 정기 회의가 있는 날이라 자리를 비운 동지들이 많소. 동지는 아직 나이가 어려 어렵겠으나, 곧 함께 하십시다. 나는 최재형이오. 아라사 이름은 '표트르(Пётр)'인데, 여기 사람들은 주로 페치카라 부르더이다. 무어가 되었든, 동지께서 편한 대로 부르면 되오."

아까부터 말이 나오던 페치카 선생이 누구인지 비로소 알게 되었다. 비로소 제대로 쳐다본 재형의 얼굴에는 다정함이 가득했다. 어찌하여 모든 이들이 그의 이름을 그리도 자주 불렀는지 보자마자 이해할 수 있었다.

"온 지 얼마 되지 않았기로서니 벌써 존함을 많이 들었습니다. 그저 깊이 감사드립니다."

재형은 따스히 웃으며 정화의 어깨를 다독였다. 그 옛날, 자신을 한없이 아껴주던 아버지와 그 아버지를 대신하여 자신을 길러준 유석이 떠올라 정화의 눈가가 어른거렸다. 그만 참지 못하고 흘릴 뻔한 눈물을 떨쳐내려 정화가 황급히 고개를 틀었다.

"동지들, 배고플 텐데 우선 식사부터 합시다. 새로운 동지도 왔는데, 간만에 샤슬릭[i] 한 번 구울까요? 낮에 멧돼지 한 마리를 잡아서 말입니다."

어디선가 들려오는 목소리에 모든 이들이 환호성을 질렀다. 생소한 발음의 그 음식이 무엇인지는 모르겠으나, 멧돼지로 만드는 듯하였다. 며칠간 제대로 먹지도 못한 정화의 배에서도 덩달아 꼬르륵 소리가 났다. 멧돼지가 자주 출몰하는 영흥의 산골에 살 때도 멧돼지 고기는 먹어본 적이 없었다. 그저 천상의 맛이라고만 들었는데, 덩달아 웃음이 났다. 허나 그것과는 별개로, 앞으로 이곳에서 어찌 살아가야 할지 막막했다. 모두가 밖으로 나간 틈을 타, 정화가 관영을 제 쪽으로 잡아끌었다.

"저 언니……. 헌데 내가 노국 말을 할 줄 모르는데도 받아주신 거야?"

"지금부터라도 배우면 되지, 뭐."

"그래?"

---

i 러시아식 고기 꼬치구이 요리

"너 저기 가서 리자랑 하루에 두 시간씩만 놀아줘도 귀는 금방 트일걸? 동지들이 다 알려주실 테니까 그런 건 걱정하지 않아도 돼. 나 또한 그리 배웠어."

"정말?"

"아까 뵈었던 페치카 선생님께는 나중에 가서 감사하다는 말씀을 드려. 널 받아주신 분인 데다, 내게 학당 장학금을 주신 분이기도 해."

관영은 학당에서도 단연코 군계일학이었다. 하여 늘 맡겨놓은 양 장학금을 받았고, 그때마다 돈을 영흥으로 보내었다. 그즈음부터 정화가 학교에 다니기 시작했던 데다 한민회로부터도 장학금을 받았기 때문이다. 그는 무리 없이 학업을 마쳤고, 이후 곧바로 개척리로 건너갔다. 단지 은혜를 갚기 위해서만은 아니었다. 돈을 빌미로 원치 않는 일을 강요받았다 호도하는 것도 어불성설이었다. 관영은 단 한 번도 자신이 원하지 않는 것을 억지로 행한 적이 없던 위인이었다. 여타 동지들과 연유는 같았다. 그저 그것이, 이런 난세에 자신이 마땅히 해야 하는 일이라 생각했을 뿐이었다.

"가자. 너 며칠간 제대로 먹지도 못했잖아."

"알았어……."

정화가 다시 한번 관영을 부축하며 밖으로 나갔다. 이제는 해가 뉘엿뉘엿해질 줄 알았으나 여전히 하늘은 밝았다. 초저녁의 노을조차 보이지 않았다. 여전히 그 하늘에서 눈을 떼지 못하면서도 관영의 손길에 이끌리는 대로 걸음을 옮기자, 기억 속에 흐려져만 가던 맛있는 냄새와 함께 도란도란하는 말소리가 들려왔다. 중간중간 노어가 섞여 들려왔다.

"어머, 벌써 굽고 계셨어요?"

"말도 마라, 오랜만에 왔는데 앉아만 계실 거냐고 성희가 어찌나 쪼아대던지……."

"선생님, 그리 말씀하시면 제가 뭐가 됩니까? 아 남정화 동지, 제 곁에 와서 앉으세요."

성희의 손에 옷깃이 붙잡힌 채로 정화가 얼결에 이들의 틈에 자리하였다. 이름도 다 외우지 못하였고 얼굴도 여직 익숙지 않았으나 어쩐지 웃음꽃이 피어올랐다. 가만히 고개를 들어 여전히 환한 하늘을 바라보았다. 저 하늘이 어두워질 즈음에는 경성의 하늘도 어둡겠지. 그리고 일곱 점 정도가 되면 아마 그곳의 하늘도 밝아올 터이다.

간절히 바랐다. 그때만이라도 같은 하늘을 바라볼 수 있기를, 그리고 그 또한 나를 잊지 않기를.

해후邂逅

1920년 3월 6일

　경성이었다면 슬슬 눈이 녹는 날씨였겠으나, 북쪽의 땅에는 아직도 가끔 눈이 내렸다. 이따금 내리는 빗방울은 차디찼으며, 행여 잘못 맞았다가는 고뿔에 걸리기 일쑤였다. 해삼위보다 북쪽에 있는 쌍성자[i]는 더욱 그랬다. 아직은 때가 일렀으나, 일전에 비해 점점 해가 길어지는 것이 이쪽은 슬슬 극야를 벗어나려는 듯싶었다. 어딘지 불안하고 초조한 얼굴로, 한 사내가 집 안에서 불안스레 거닐고 있었다. 최재형이었다. 가족들은 전부 신한촌에 보내 둔 채 홀로 집에 남아 있는 그의 모습은 묘하고도 의미심장했다. 누군가를 기다리는 듯도 하였고, 무언가를 간절히 바라고 있는 듯 보이기도 했다. 이윽고 그는 안락의자에 앉아 이마를 짚었다. 그리고 마치 기도를 하듯, 두 손을 모아 가슴팍으로 가져갔다.
　끼익, 하는 소리와 함께 문이 열리자, 그가 다급히 문을 향해 달려갔다. 아직 문을 여는 이의 얼굴이 보이지도 않았거늘, 재형의 두 눈가에 뜨거

---

i 雙城子. 우수리스크의 옛 이름

운 눈물이 들어찼다.

"운아!"

흰 눈발을 전부 털어내지도 못한 사내의 얼굴은 추위에 붉게 물들어 있었다. 아직 벗지 못한 황갈색 제복과 더불어 팔뚝의 욱일기가 선명하였으나, 그것은 그의 진심이 아니었다. 백운이었다.

"선생님……!"

운이 일본육군사관학교로 떠난 이후, 재형과 직접 마주하는 것은 햇수로 구 년 만이었다. 목소리조차 주고받지 못하였던 데다 행여라도 꼬투리가 잡힐까 사진 하나 갖고 가지 않은 탓에 실로 얼굴을 까먹지는 않을까 걱정하던 때가 수 날이었다. 허나 재형을 만나자마자 모든 것이 기억나는 듯했다. 주름도, 흰머리도 전보다 늘었으나 인자한 미소와 따뜻한 목소리, 그리고 제 것과 유독 닮은 어투마저도 흐릿한, 머나먼 기억 속의 재형이었다. 지난 나날들이 눈앞에 스쳐 지나갔다. 제 곁을 떠난 이들의 얼굴과 이름이 하나둘 떠올랐다. 애수와 회한에 잠긴 운의 눈가에 물기가 어렸다. 허나 울 수 없었다. 그들의 아픔을 함께하지 못한 것만 같아서, 차마 더한 고통을 겪은 이들 앞에서는 눈물을 흘리지 않겠다 다짐했기에.

"고생이 많았다. 홀로 그 모든 일들을 짊어지느라 얼마나 아프고도 괴로웠느냐."

"온몸으로 고통을 감내하던 동지들에 비하면 아무것도 아닙니다."

"다친 데는 없느냐? 또한 혹 정체가 드러났느냐?"

"확실하지 않으나, 아마 그저 조용히 실종되었다고 보고됐을 겁니다. 아직은 그 모든 증좌에도 불구하고 저를 의심하고 있지 않습니다. 그러니 설혹 정체가 드러나더라도 달포는 지난 후일 겁니다. 이젠 다시 돌아갈 일이 없으나, 훗날을 대비하여 부러 알리지는 않았습니다."

"그래, 참으로 수고가 많았구나."

"행여 꼬리를 밟힐까 싶어서 이 흉물스러운 것을 입고 오게 되었습니다.

부디 용서하십시오."

"아니, 잘했다. 우선 여독을 좀 풀도록 하거라."

재형이 말을 마치자마자 운이 제복을 벗어버렸다. 당장이라도 태워버리고 싶었으나, 훗날을 대비해야 하기에 그리 성급히 행동할 수도 없는 노릇이었다. 재형이 찬장에서 흑빵[i] 하나를 꺼내어 운에게 건네었다. 오랜만에 재회한 이에게 대접하기에는 충분치 못하였으나, 황군의 시선을 피하여 수일을 도망치던 탓에 실로 굶주렸던지, 운은 물 한 모금 없이도 그것을 잘만 삼켰다.

"난 동이 틀 때까지 신한촌으로 가려 한다. 몸이 고단할 테니, 이곳에서 눈 좀 붙이고 있거라. 내일 너를 데리러 다시 오마."

"…… 이제는 누가 있습니까."

"네 정체를 아는 자 말이냐?"

되묻는 재형의 얼굴에 쓸쓸한 빛이 돌았다. 조금 전, 운의 얼굴을 물들였던 그 빛과 다르지 않았다.

"…… 더 늘지는 않았다."

운이 떨리는 탄식을 내뱉었다. 제 머릿속에 떠오른 그 사람들을 살아서 다시 볼 수 없다는 것이 그제야 실감이 났다. 나는 과연 이들을 언제쯤 놓아줄 수 있을까. 아마 숨이 끊어지고 그다음 생, 또 연달아 그다음 생이 이어져도 놓을 수 없겠지.

"…… 그 아이는 잘 있습니까."

"정화 말이냐?"

실로 오랜만에 듣는 이름이었다. 자신이 아닌 다른 이의 입을 통해 그 이름을 듣게 될 날이 다시 올 줄 몰랐다. 기분이 묘했다. 기쁘면서도 눈가가 서서히 시큰해지며 숨을 쉬이 쉴 수가 없었다. 동시에 가슴이 뛰었다. 설

---

i 호밀빵. 러시아에서는 주로 '흑빵(Чёрный хлеб)' 또는 '검은 빵'이라 부른다.

렘을 뛰어넘는 불안함과 그것을 넘는 애수. 처음 마음에 품었던 그날 이후로 지금까지, 정화의 이름은 제게 그런 의미였다.

"누구보다 네가 잘 알지 않으냐."

알 수 없는 운의 표정을 재형이 가만히 바라보았다. 오랜 시간 만나지 못했기로서니, 운에게서는 실로 처음 보는 표정이었다. 자신은 저 표정을 언제 지어 보았을까. 한참을 고민하였고, 내릴 수 있는 결론은 하나뿐이었다.

"그간 궁금했거늘, 이제야 묻게 되는구나. 그 아이를 이곳으로 보낸 연유가 단지 물빛 안개 때문만은 아니었던 게지?"

이번에는 운의 대답이 없었다. 허나 그것만으로 모든 말을 다 한 셈이었다.

"알았다. 내일 보자꾸나."

* * *

"다들 모였는가?"

명중경단의 모든 인사가 모인 자리였다. 이리저리 작전을 나가는 경우가 많아 모두가 한데 모이는 경우는 드물었기에, 이는 수년간 물빛 안개를 위해 힘써왔던 모든 이들에게도 다소 익숙하지 않은 자리였다.

"어쩐 일로 저희 모두를 부르셨습니까?"

"오늘 그대들에게 밝힐 중한 사실이 하나 있네. 내일, 새로 소개해 줄 동지가 하나 있소."

이곳에 들어오는 이들 중, 갑작스럽게 합류하게 된 경우는 잦았다. 몇 년 전, 다소 급작스러웠으나 큰 이견 없이 정화가 받아들여진 것 또한 그때문이었다. 경성이나 만주, 상해 등 다른 지역에서 왕래하는 경우가 적지 않기에 새로운 동지를 맞는 자리는 그리 낯설지만은 않았으나, 정작 소개받아야 하는 사람도 없이 이리 새벽부터 사람을 모은 것은 지극히도 드문 일이었다.

"새로이 단원이 된 동지가 있습니까?"

"아니, 그 전부터 단원이었네. 다만 멀리서 작전을 수행하느라 동지들조차 몰랐을 뿐이지."

"그런 동지가 있습니까? 어디에서 오신답니까?"

"조금 전, 경성에서 쌍성자로 당도하였소. 내 자택에서 잠시 머물며 여독을 풀고 있소. 우리가 왜군 측에 심어둔 밀정인지라, 아마 정체를 알게 되면 동지들이 놀랄까 싶어 미리 일러두고자 모집한 거요."

"그게 무슨 말씀이십니까?"

"그간 우리 단원들 가운데서도 오직 아홉 명만 알고 있었던 동지가 있소. 명중경단의 주요 단원들이 알고 있는 모든 정보를 전부 알고 있으며, 무려 구 년간 왜군으로 잠입했던 거물급 인사요."

정보의 유출을 막고자 주요 인사들끼리만 비밀리에 공유하는 내용이 있다는 것은 모두가 지레짐작하던 터였다. 다만 모두 그 속에 담긴 뜻을 알았기에 부러 묻지 않았을 뿐이었다. 무엇보다 그들을 너무 믿고 있었기에 부러 그것이 무언지 알고자 하지 않았고, 서운해하지도 않았을 뿐이었다. 허나 그것이 무려 밀정에 관한, 그것도 신한촌에서 황군 측에 잠입시킨 밀정이라는 것에까지는 차마 생각이 미치지 못하였다. 웅성웅성하는 말소리와 함께 당혹스러운 눈동자 수십 쌍이 재형을 바라보았다.

"말씀인즉, 지금껏 친일파 왜군 장교라 여겼던 이가 우리 동지였다는 뜻입니까?"

"그렇소. 미리 말하지 못해 미안할 따름이오."

"믿을 만한 자인 것은 확실합니까?"

"군사 기밀은 물론 막대한 양의 자금을 지원하는 데 일조한 자이지. 허나 혹여라도 우리가 붙잡혀 고문이 이어졌을 때 그자의 정체가 발각된다면 명중경단은 물론이요, 신한촌 자체가 위험해질 수도 있는 상황인지라 어쩔 수 없이 그 존재를 동지들에게까지 숨길 수밖에 없었소."

"그자가 누구입니까?"

"여기서 오랜 시간을 보낸 이들이면 진즉부터 그 존재를 알고 있을 거요. '선윤'이라는 자요."

재형의 말이 끝나기도 전, 성학이 사색이 된 얼굴로 비틀거렸다. 상상도 못 한 이름을 듣고 온몸에 힘이 풀린 그를 이직이 부축했다. 허나 다른 이들은 그저 그런 그를 쳐다보며 고개를 갸웃할 뿐이었다. 운이 신한촌을 떠나기 전에는 친형제만큼이나 가까웠던 성학이었다. 그 뜻을 정확히 알지는 못하기로서니, 운이 일본으로 건너간 후에 지은 호까지도 어렴풋이 들어서나마 알고 있던 그와 다른 이들은 사뭇 다른 처지였기 때문이리라.

"아마 왜식 이름으로 더 유명할 테지. '후지와라 히로유키'라 하면 아마 모두가 알 듯싶소만."

"설마, '백운'을 말씀하십니까?!"

"그렇다."

"말도 안 됩니다, 후지와라 히로유키라뇨! 그 어찌……!"

"목소리를 낮춰라, 파벨."

절규하듯 울부짖는 성학을 향해 주필이 짐짓 엄한 목소리를 내었으나, 그는 이 혼란스러운 상황을 받아들일 준비가 되어 있지 않은 듯 보였다. 그만 의자에 털썩 주저앉고 마는 그의 어깨를, 이직이 가만히 토닥였다.

"아버님, 이게 대체 무슨 말씀이십니까? 신한촌을 버리고 간 그 금수만도 못한 난신적자가 우리의 밀정이었다고요?!"

"함부로 말하지 마라. 선윤은 신한촌을 버린 적이 없었다. 단 한 순간조차도 말이지."

"뭐라고요……?"

"선윤은 우리가 왜 측에 심어놓은 밀정이다. 어릴 적부터 이곳에서 자란 데다 한인 학교도 다니지 않아서 왜놈들에게 책잡힐 여지가 없었을뿐더러, 정체가 전혀 노출되지 않았지. 하여 왜군 장교로 위장하고 잠입하였다. 그리고 운이 좋게 총독의 눈에 들어 그의 양자가 되었지."

"허나 역설적이게도, 이미 물빛 안개에 몸담은 이들 사이에서는 다른 의미로 유명 인사였소. 심지어 이 사실을 모르던 단원들 사이에서 제거 대상으로 논의까지 되었던 이요. 가장 많은 기밀을 알고 있기에 더욱 그 목숨이 귀중한 이가 목숨을 잃을 위기에 처하는 것만큼 위태로운 것도 없을 거요. 하여 이제는 이곳에 돌아올 때가 되었다 판단하였소."

"이고르 선생님, 선생님께서도 알고 계셨습니까? 알료샤 형이, 정녕……!"

"이고르 뿐만이 아니다. 나와 제냐, 까롤[i], 유리[ii], 발로쟈[iii]만이 알고 있었지. 비록 지금은 없지만 싸샤[iv]와 레나[v], 그리고 나제쥐다도……."

한 명 한 명, 이름을 읊는 재형의 얼굴빛이 더없이 서글펐다. 눈물만 흘리지 않았다 뿐이지, 그들의 이름을 떠올리는 것만으로도 참담하기 그지없다는 표정이었다.

"진정 믿을 만한 자가 맞습니까? 그 사이 찻잎이 우러났을지도 모르는 일 아닙니까?"

"저녁마다 받던 노란 봉투 속 서신은 전부 선윤이 보내온 걸세. 선윤은 나제쥐다를 서대문 감옥에서 구하고, 밀정을 제거할 때마다 정보와 도움을 주었지. 또한 군사 기밀을 우리에게 비밀리에 넘기고, 수년 동안 팔만 원[vi]이 족히 넘는 자금을 지원해 준, 없어서는 안 될 존재일세."

"허나 왜군으로 잠입하여 피치 못 하게 우리 사람들을 해쳤을지도 모르

---

i Кароль. 황경섭의 러시아 이름
ii Юрий. 이범윤의 러시아 이름
iii Володя. 이위종의 러시아 이름인 '블라디미르(Владимир)'의 애칭
iv Саша. 이상설의 러시아 이름인 '알렉산드르(Александр)'의 애칭
v Лена. 최자현의 러시아 이름인 '일레나(Елена)'의 애칭.
vi 2025년 환율로 약 5억 원

는 일이 아닙니까? 제아무리 위장이라지만 혹여 그간 동지들의 죽음에 그자가 일조하였다 생각하면……!"

"절대. 절대 아닐세. 단 한 명의 우리 사람도 해친 적이 없었고, 설령 위해를 가했다면 그자는 이미 제거하기로 말을 마친 밀정이었네."

"너무하다 하진 않겠습니다. 적을 속이려면 아군부터 속이라 하였으니……. 헌데 조금 섭섭합니다그려."

창빈이 부러 과장된 어투로 말하였다. 분위기를 풀어보고자 한 행동이었으나, 재형의 얼굴은 되려 어둡게 잠겨 들었다.

"사실을 밝히지 못한 것을 미안하게 생각하네. 허나 자네들을 못 믿어서가 아닐세. 비밀은 아는 자가 적을수록 오래 지켜지는 법이 아닌가. 그저 정보를 아는 객원 자체를 줄이기 위해서였음을 알아줬으면 하네."

"선생님의 깊은 뜻을 어찌 모르겠습니까. 다만 이제 모든 사실이 밝혀졌으니, 그자를 만나 이야기를 나누고 싶습니다. 비록 인제야 사실을 알아 더없이 당황스럽지만, 그래도 묻고 싶은 것이 많습니다."

"맞습니다. 그자는 지금 함께 와 있습니까?"

"자정 즈음, 페치카 형님의 자택으로 돌아왔다 하네. 금일은 여독을 풀게 두고 내일 즈음 데리러 소왕령으로 가려 하네. 동지들이 괜찮다면 함께 마중 나가세. 나도 그간 형님 댁에 가지 못하여 여직 얼굴은 보지 못하였네."

"선생님, 아직 근명 동지가 당도하지 않았습니다. 조금 기다렸다 함께 가는 것이 어떻습니까?"

"그리할까, 그럼."

재형이 여전히 입을 다물지 못하고 있는 다른 이들을 둘러보았다. 예상은 했던 것이나, 사실을 토로치 못했다는 죄책감은 차마 감출 수가 없었다. 허나 운이 이곳에서 본격적으로 물빛 안개를 함께 하기 위해서는, 반드시 알릴 수밖에 없는 일이었다.

"동지들을 이리 당황스럽게 만들어 진심으로 미안하네. 섭섭한 마음은 이루 말할 수 없겠지. 그 점에 대해서는 내가 더 할 말이 없네."

"그런 말씀 마십시오, 선생님. 선생님들의 깊은 뜻을 어찌 헤아리지 못하겠습니까."

"한없이 고맙네. 허면 내일 모두 함께 마주하러 나가세."

"근명 동지가 비슷하게 당도하겠습니다."

인순이 말을 마치자마자 문밖에서 발소리가 들렸다. 이 시간에 찾아올 이는 아무도 없었다. 아직 해도 뜨지 않은 새벽에 밖에서 뛰어다닐 아이들은 물론이거니와 찬 공기를 벗 삼아 산책하는 이가 있을 리도 만무하였다. 이 시간에 밖에 다닐 만한 모든 이들은 전부 이 안에 함께 있었기 때문이다. 창빈이 다급히 문밖을 내다보았으나, 자욱한 안개 탓에 아무것도 보이지 않았다. 곧이어 똑똑, 하는 노크 소리가 들렸다. 긴장한 기색이 역력한 채, 수많은 사람들이 눈빛을 주고받더니만, 이어 소리 없이 재빨리 움직여 총을 가져왔다. 문이 덜그럭거리자, 모두가 문을 향해 총구를 겨누었다. 뒤쪽에 서 있던 성학이 무리를 헤치고 제일 앞으로 나아갔다. 어느새 그의 손에는 장총 한 자루가 들려 있었다.

철컥, 하고 총알이 장전되는 소리가 들렸다. 동시에 문이 어스름한 분위기를 자아내며 천천히 그 틈을 벌렸다. 성학이 힘껏 문을 열어젖히자, 뜻밖의 얼굴이 그를 마주하였다. 갑자기 열린 문에 흠칫 놀라던 이가 이내 들고 있던 총구가 땅을 향하도록 짚으며 얕은 한숨을 내뱉었다.

"기껏 고생하여 돌아왔기로서니, 이리 매정히 대하시면 섭섭하여 어찌 합니까?"

정화가 냉소를 지으며 성학의 총구를 한편으로 밀어냈다. 말을 마치기가 무섭게 모두가 총기를 던지듯 팽개치고 정화에게로 달려들어 끌어안느라 여념이 없었다. 앞서 무슨 일이 있었는지는 모두가 잊어버린 듯하였다.

잠시 당황하면서도 이내 되찾은 옅은 미소는 사그라들지 않았으나, 묘하게 어린 차가운 기색과 더불어 여유로운 표정은 분명 예전과는 많이 달라져 있었다. 한층 낮아진 목소리는 어리고 여렸던 그때의 것이 아니었으며 어투에 서린 단호한 기색 또한 마찬가지였다. 오랜만에 만난 동지들의 앞에서 한없이도 행복한 표정에 기쁜 기색을 감추지도 않았으나, 정화는 더 이상 크게 웃지 않았다. 그렇다고 울지도 않았다. 어떠한 일에도 제법 무덤덤한 얼굴은 여전히 옛날 그때처럼 고왔고 지난번보다 관영을 더욱 닮아 있었으나, 차마 쉬이 범접할 수 없는 새로운 기류가 담겨 있었다.

"근명 동지! 무사해서 다행이오."

"동지께서도 고생이 많으셨소."

"정화야."

신한촌을 떠나 있던 달포간 가장 그리워하던 목소리였다. 다급히 고개를 든 정화의 눈에, 유독 시선이 떨어지지 않는 한 사람이 보였다. 나를 가슴으로 낳은 나의 아버지요, 이곳 사람들을 살아 숨 쉬게 해준 이였다.

"페치카 선생님……."

"고생했다, 그간 힘들었지."

"선생님들의 노고에 감히 비할 수 있는 것이 아닙니다."

"헌데 어찌 이리도 빨리 돌아왔느냐?"

"생각보다 일이 일찍 끝났습니다."

"뒤쫓는 이는?"

"회령 즈음에서 밟힐 뻔하였습니다만, 오는 길에 처리하였습니다. 그 뒤에는 더 없는 것을 확인했습니다."

"다친 데는 없느냐?"

"방금 여기 올라오다 발을 헛디뎌 넘어지기는 했는데, 그것조차 다친 것으로 칩니까?"

정화의 무심하면서도 농이 섞인 한마디에, 모두가 안도의 한숨을 내뱉으며 다시 한번 웃음을 터뜨렸다.

"수고했다. 작전이 성공적으로 끝났으니, 물빛 안개를 볼 날이 더 가까워진 셈이겠지."

"전부 동지들께서 힘써주신 덕입니다."

"네 공이 큰 것을 모르는 이가 없다. 헌데 그건 무엇이냐?"

"아, 이것 말입니까."

주필의 말에 정화가 손에 쥐고 있던 종이 하나를 건네었다. 구겨진 종이에서는 화약 냄새가 짙게 배어났다.

不逞鮮人懸賞手配 (불령선인 현상수배)

名前：尹寬榮 (이름: 윤관영)

生年月日：1892年3月15日 (생년월일: 1892년 3월 15일)

身長：5隻2村3分 (신장: 5척 2촌 3분[i])

賞金：4千ウォン (현상금: 4천 원[ii])

12月19日午後9点鍾路4街で朝鮮総督府關係者殺害未遂。
2月29日午後7点総督府を出ていた警察2人殺害。
特異点：日本人並みの國語力。小さな体球。目が大きくて矮小。
(12월 19일 오후 9점 종로 4가에서 조선총독부 관계자 살해 미수.
2월 29일 오후 7점 총독부를 나서던 경찰 두 명 살해.
특이 사항: 일본인 수준의 국어 실력. 작은 체구. 눈이 크고 왜소.)

"경성 바닥에 제 얼굴이 깔린 지 오래더이다. 경계가 실로 삼엄하여, 당분간 저는 경성에 내려가기 힘들지 싶습니다."

"그래도 진짜 이름을 아는 자가 없으니 그 얼마나 다행이더냐."

---

i 약 158.5cm
ii 2025년 환율로 약 2,500만 원

주필이 다른 이들에게 종이를 돌려 보여주었다. 내쉬는 한숨에는 걱정과 안도가 한데 담겨 있었다. 전부 같은 반응이었다. 허나 그 누구도 어째서 '남정화'가 아니라 '윤관영'이라는 이름을 사용하는지도 묻지 않았다.

"동지, 그 사이 현상금이 더 올랐습니다. 사천 원이라니요?"

"송구합니다, 제가 부주의하였습니다. 언니와 얼굴이 닮아서 정체가 금방 드러난 듯합니다."

고개를 숙이는 정화의 어깨를 이직이 다독였다.

"그래도 뒤를 밟히지 않았으니 어찌 다행이라 하지 않겠느냐."

"그 말이 실로 옳지. 무사히 살아 돌아온 것만으로도 족하다. 먼 길을 오느라 실로 수고가 많았다. 들어가 여독을 풀려무나."

"언니는 잘 있습니까?"

정화의 말에 모두가 고개를 숙였다. 조금 전까지 그리 기뻐하던 사람들이 맞는지 믿을 수 없을 정도였다. 그들의 표정을 본 정화의 얼굴에도 서글픈 빛이 어렸다.

"언니 먼저 만나고 오겠습니다."

익숙한 듯 걸음을 내딛는 정화의 발길은 어느 한 곳에 다다랐다. 얇게 내리던 눈발은 어느새 거세졌으나, 정화의 발길은 더욱 빨라졌다. 한시라도 빨리 관영을 만나고 싶었다. 무사히 돌아왔다는 기쁜 소식을 전하고, 작전을 성공시켰다며 자랑하고 싶은 마음은 제법 성숙하고 무던해진 지금도 변함없었다. 관영의 앞에서, 정화는 늘 작고 어린아이였으니까.

추운 날씨에 몸조차 녹이지 않고, 정화가 천천히 걸어갔다. 야트막한 무덤 곁에는 위패가 놓여 있었다. 정화가 가만히 무덤 위에 몸을 누였다. 옷 사이로 시린 눈이 스며들었으나, 그런 것은 중요치 않았다. 무덤 위에 소복이 나린 눈은 차디찼으나, 그조차도 관영의 것이라 생각하면 따스하게 느껴졌으니, 되려 그 차가운 곳에 누운 이를 자신이 덮어 따뜻하게 해주고자 하였다. 정화가 무덤 앞 위패에 쌓인 눈을 털어냈다. 차가운 눈이 손가락 끝에 스며들었다. 끝내 아픈 몸을 회복하지 못하고 돌아올 수 없는 그곳으로 떠날 때, 온몸에 죽음이 깃들어가던 그 순간에, 관영 또한 이러한 기분을 느꼈을까. 다만 그가 저승에서만큼은 더 고통스러워하지 않기를 간절히 바랄 뿐이었다.

亡息秀才尹寬榮之靈

"망식수재윤관영지령……."
 정화가 가만히 위패를 읽었다. 한문을 잘 아는 상설이 적어준 것이었다. 어찌 쓰는지는 정확히 알지 못하였으나 자식에게 쓰는 방식이라 하였다. 아픈 몸을 일으켜 정성스레 위패에 글을 새기며 눈물을 흘리던 상설 또한 얼마 안 있어 관영을 따라갔다. 참척의 슬픔을 이기지 못하였는지, 그 또한 아픈 와중에도 자현과 관영의 이름을 더러 불렀다랬다.
 그 모습을 보며 정화는 참 많이도 울었다. 관영이 세상을 떠난 후에도 며칠간 울다 졸도하기를 반복하던 정화에게, 뒤이어 닥친 상설의 죽음은 곧 제 죽음이나 진배없었다. 그리고 그럴 때마다 관영이 생각났다. 홀로 폭탄을 나르던 이가 장독으로 초주검이 되어 이곳에 돌아오고도 몸이 무사할 리가 없었다. 밤마다 그가 소리를 죽이고 삼키던 비명을, 베갯잇을 적시던 피눈물을 어찌 몰랐을까. 관영의 생각만 하면 도무지 흐르는 눈물을 주체할 수 없었다. 무덤을 덮은 눈이 방울방울 녹았다. 그 눈을 전부 녹일 때까지, 정화의 눈물이 멈추지 않을 듯하였다. 한참을 소리 죽여 울던 정화가 무덤 한편에 놓인 묘비로 고개를 돌렸다.

 Здесь спится наша Надежда, отдавшая себя за Родину.
 (조국을 위해 몸을 바친 우리의 희망이 이곳에 잠들다.)

'희망(Надежда)', 그 글자는 '조국'과 더불어 첫 글자가 대문자로 적혀 있었다. 관영의 아라사 이름이기도 했기 때문이리라. 아마 평생 썼던 '관영'이라는 이름보다야 익숙하지 않았겠으나, 관영은 이름이 헛되지 않도록 참으로 열심히 살았다. 몸이 아프기 전에는 부서져라 내달렸고, 더 이상 그럴 수 없을 때에도 모든 작전을 지휘하고 동지들을 살리는 데에 앞장섰다. 어찌 그리도 자신에게 딱 맞는 이름을 짓게 되었을까. 필경 관영 또한 스스로가 신한촌의 희망이라는 것을 알았기 때문일 것이라고, 정화는 늘 그리 생각했다.

"언니…… 나 왔어."

힘없이 중얼거리며, 정화가 관영의 위패를 쓰다듬었다. 다시 볼 수 없는 이 이와 헤어진 지 어느덧 한 해가 저물어갔다. 이 추운 곳에서 숨을 거두면서도 그는 마지막까지 고향과 조선을 그리워했고, 마지막까지 대한의 독립을 부르짖었다. 물빛 안개에 동참하는 이가 그 심정을 어찌 모르랴. 그러기에 정화는 더욱 관영의 손을 꽉 맞잡았고, 그 누구보다도 그의 죽음을 슬퍼할 수밖에 없었다.

"잘 지냈지? 여긴 춥지 않았어? 한참 남쪽인 경성도 그렇게 추울 수가 없더라. 그래도 여기보다야 덜 춥겠거니, 싶어서 부러 얇게 입고 다녔는데 내 너무 방심했나 봐."

정화가 실소를 지으며 관영의 무덤에 난 풀 몇 조각을 움켰다 놓기를 반복했다.

"나…… 여기까지 오다가 들키지는 않을까 걱정했는데, 이젠 뒤쫓던 자들을 전부 따돌리고 도망칠 수 있을 정도로 성장했어."

실로 그러하였다. 정화는 신한촌에 온 지 세 해 만에 총포술을 통달했고, 지난해부터 크고 작은 여러 작전에 저격수로 투입되었다. 따로 훈련받지 않은 이라는 사실이 믿기지 않을 정도의 발전이었다. 산골에서 오래 살았던 탓일까, 산길에도 밝았고 체력도 좋았다. 이직이 농담 삼아, 첫 만남이 그리 험했던 것을 생각하면 틈날 때마다 사죄라도 해야 훗날 무사할 지경이라고 입이 닳도록 이야기하는 것이 괜한 말이 아니었다.

"보고 싶어, 언니……. 언니가 나 보고 더 열심히 훈련하라고 닦달해야 하는데 이제 더 이상 이 세상에 없다는 게 믿기지가 않아. 그때처럼 다시 살아 돌아와야지, 이 추운 데서 뭐 해……. 난 아직도 묻고 싶은 것이 많은데."

신한촌에 온 첫날, 관영이 했던 말들이 오늘따라 유독 선연히 기억 속에 자리하였다. 묻지 말아달라 하였기에 묻기는커녕, 궁금해하지도 않았다. 관영이 자신더러 궁금해하라고 부러 알려주지 않은 것이 아니라는 사실을 모르는 바 없었기 때문이요, 자신도 얼마 안 있어 감옥에 갇힌 다른 동지들을 빼내기 위한 작전을 세우곤 하였으니까. 아마 관영은 자신이 자연스럽게 모든 것을 알 수 있도록, 그리고 생각이라는 틀에 갇혀 작전을 그르치는 일이 없도록, 정형화된 방법을 알려주지 않은 것이 자명하였다.

허나 시간이 꽤 지난 지금도 관영이 어찌 탈출했는지를 명확히 아는 이는 없었다. 관영의 생각이 유독 뼈아프게 떠오르는 오늘따라, 그가 그날 삼켜버린 말이 무엇인지, 그리고 그날의 진실이 무엇인지를 알고 싶었다.

"언니를 살려준 그분이 누구인지, 어찌하였는지도 말해줘야지. 끝까지 말도 않고,"

"여기 있다."

낯선 목소리는 어쩐지 낯이 익었으나, 정화는 망설일 틈도 없이 곧바로 품에서 권총을 꺼내었다. 좌측인지, 우측인지는 확실하지는 않았으나 분명 숲속에서 나고 있었다. 목소리가 들려온 방향을 살피고자 온갖 신경을 집중시키던 정화의 귀에 다시 한번 바스락, 하는 소리가 났다. 벽시계가 열점을 가리키는 방향이었다. 아마 저쪽에 있는 가장 큰 나무 뒤에서 나는 소리겠지. 이자는 기척을 숨길 기색이 없다. 무엇이 그리 당당한지는 알 수 없었으나, 이자가 자신의 뒤를 좇아온 것이라면 신한촌 전체가 위험했다.

정화가 손가락을 방아쇠에 걸쳤다. 총 끝에 달린 천을 손에 휘감았다. 그래, 자신은 오늘로 관영을 보러 가게 될 것이다. 그리고 천천히 나무 뒤로 총을 겨누었다.

"웬 놈이냐."

정화의 말이 끝나기가 무섭게 운이 나무 뒤에서 나타났다. 자신을 향해 총구가 겨누어져 있다는 것도, 정화가 자신의 얼굴을 알아보고서도 총을 내리지 않았다는 것을 앎에도 그는 양손을 머리 위로 올리기는커녕 되려 정화에게로 한 걸음 다가갔다. 아무런 무기도 없었고, 옷도 어디 하나 튀는 구석 없이 평범하였으나 정화는 실로 경악한 표정이었다.

잠시 간 헛것을 보고 있나, 싶었던 정화의 눈에 그의 모습이 더욱 선명하게 다가왔다. 그토록 잊고자 애썼던 얼굴이었다. 떠올릴 때마다 차오르는 눈물을 주체할 수 없어서, 차라리 아예 잊고자 했던 그 얼굴. 어느 순간부터는 그에 대한 생각 자체를 거부하였다. 허나 작전을 위해 경성에 발을 들일 때마다 자꾸 발걸음이 총독부 관저 쪽으로 향하고 있는 것은 어찌할 수 없었다. 그리고 그때마다 메마른 허공이 울리도록 제 뺨을 내리쳤다. 어쩌면 그렇게 계속해서 스스로를 세뇌하였을지도 모른다. 늘 그를 그리워하고 있었음에도.

"다…… 당신이 어찌 여기에……!"

실로 꿈을 꾸는 것이 아닐 수가 없었다. 지극히도 잔인한 악몽이었다. 결국 이자를 다시 만나고야 말았다. 다시 만난다면 둘 중 하나는 죽어야 한다는 것을 알면서도, 해묵은 그리움이 손끝에 남아서 아무런 것도 할 수가 없었다. 이자를 죽여야 마땅했다. 단 한 번도 그리 생각한 적은 없었으나, 당연히 그리할 수 있을 줄 알았다. 이자를 잊었다고 스스로를 속여왔으니까. 그래서 다시 보더라도 기억하지 못할 줄 알았다.

허나 목소리에서 익숙함을 읽어내고, 멀리서 보이는 그의 걸음걸이마저 눈에 익는 순간, 그리고 마침내 그리도 제 가슴을 찢어발기던 그 얼굴이 눈앞에 있는 것을 알아차린 순간, 그만 숨이 멎는 듯하였다. 다시 깊은 곳에 빠져들려던 찰나의 순간, 정신이 돌아왔다. 죽여야 한다. 이자를 살려두어서는 아니 된다. 떨려 미끄러지는 손가락을 방아쇠 끝에 간신히 걸친 정화가 들어가지 않는 힘을 주었다.

"근명 동지! 그만두십시오!"

저 멀리서 들려오는 성학의 외침은 귀에 들려오지 않았다. 어째서 그만두라는 것인지, 그런 것을 신경 쓸 겨를이 없었다. 그저 사시나무 떨리듯 떨려오는 제 손에 힘을 주려는 것 말고는 아무 생각도 들지 않는지라, 정화는 그쪽으로 고개를 돌릴 생각조차 하지 않았다.

"파벨 동지, 이자는 조선을 배반한 자요. 이 자리에 왔다는 건 필경……!"

"정화야, 잠시만! 잠시 내려놓거라! 우리가 미처 일러주지 못한 사실이 있다!"

이범윤의 목소리에 정화가 다급히 고개를 틀었다. 불현듯, 한 줄기 생각이 스쳐 지나갔다. 범윤은 지금 신한촌에 있을 수 없는 이였다. 작전을 나갔고, 자신보다 늦게 돌아오기로 하였다. 아까 정신이 없어 제대로 보지 못하였으니, 황급히 기억을 되짚어보니 범윤은 아까 다른 동지들과 함께 자리하고 있었다. 어째서인가? 아니 그보다, 일러주지 못한 사실이란 것은 또 무엇이란 말인가?

"선생님, 어찌 여기에……! 그보다, 사실이라니요?"

"선윤은 우리 동지이다. 친일파로 위장하고 동지들을 공격하는 체하며, 우리에게 정보를 넘겨주고 동시에 동지들을 구해냈지. 후지와라 가문의 양자로 입적되기 전부터 선윤은 신한촌의 사람이자, 명중경단의 일원이었다."

이 모든 상황을 하나도 이해할 수 없었다. 선윤은 누구이며, 신한촌의 사람이었다니? 머릿속에 난립한 단어들은 전부 함께 있을 수 없는 것들뿐이었다. 대강 떠오른 생각이 있었으나, 도무지 믿을 수가 없었다. 지금껏 조선인들을 그리 잔인하게 대하던 친일파가 어찌 하루아침에 동지가 된단 말인가? 정신을 차려 보니, 이미 자신은 총을 거둔 채였다. 당초부터 쏠 생각 따위는 없었을지도 모르겠다.

모든 정신을 놓아버린 채 혼이 거두어진 사람처럼 서 있는 정화의 눈에 하나둘, 익숙한 얼굴들이 다가오고 있었다. 천천히 시선을 반대편으로 돌렸다. 여전히 저를 바라보고 있는 그는, 이윽고 자신이 떨군 총을 주워 들고 있는 범윤에게로 천천히 다가갔다.

"오랜만에 뵙습니다, 여옥[i] 선생님."

"운아. 참으로 고생이 많았다. 그 긴 세월 간 겪은 고초를 어찌 말로 다 표현하겠느냐."

특별히 제 감정을 드러내지 않는 범윤이 운을 끌어안고 눈물을 흘렸다. 그보다 한참 큰 운이 벌겋게 물든 눈두덩이를 한 채 범윤을 마주 안았다. 곧이어 그들을 향해 또 다른 사내가 천천히 걸어갔다. 성학이었다. 정화를 말리기는 하였으나, 그 또한 이 상황이 믿기지 않는 듯 차마 가까이 다가가지 못하고 제 의형을 바라보았다.

"…… Паша[ii]."

"형, 이게 어찌 된 일이야."

성학은 눈물을 흘리고 있었다. 제 감정에 솔직한 이였으나, 그가 눈물을 흘리던 것은 동지들을 잃었을 때뿐이었다. 눈앞에서 펼쳐지는 모든 상황이 하나도 말이 되지 않았다. 비틀거리는 몸을 간신히 지탱하고 선 정화가 둘을 번갈아 바라보았다.

"…… 미안하다."

"나쁜 놈. 내가 형을 얼마나 욕했는지 알……? 우릴 버리고 기어이 친일파가 되었다며 별의별 욕을 다 했는데. 이렇게 감쪽같이 다 속이고 지

---

i 이범윤의 호
ii 최성학의 러시아 이름 '파벨(Павел)'의 애칭

금에 와서야 이렇게 사실을 밝히면……! 대체 내가 뭐가 되느냐 말이야!"
"…… 많이 컸구나. 내가 여길 떠났을 때만 해도 허리 정도까지만 오는 꼬마였는데. 잘 자라주어 고맙다."

운이 다른 팔로 성학을 끌어안았다. 자현 말고 어릴 적부터 유독 가까웠던 신한촌의 또래가 있다면 그 또한 성학이리라. 나이도, 생김새도, 성격도 너무도 달랐으나 성학은 운을 그리도 잘 따랐다. 신한촌에 오고도 오래도록 노어가 익숙하지 않던 운과 달리 조선어와 노어를 섞어 쓰는 것이 일상이 된 성학이었으나, 그는 그때부터 운을 졸졸 따라다니고는 했다. 그런 그에게 일언반구조차 하지 못하고 역적이 되어버렸을 때, 운은 누구보다 성학에게 미안함을 느꼈다. 그가 자신을 얼마나 따랐는지 알기에, 적어도 그가 살아있을 때 정체를 밝히고 돌아오고 싶었다.

함께 눈물을 흘리며 성학의 등을 토닥거리던 운의 시선 저 너머로 하나 둘, 사람들이 다가오고 있었다. 당황과 황당, 환희와 분노가 뒤얽힌 표정으로, 하나같이 눈물을 흘리며. 재형이 어디까지 얼마나 설명했는지는 알지 못하였으나, 다행이었다. 오면서도 과연 이 사실을 믿을지, 행여 이에 분개한 신한촌 사람들에게 영영 용서받지 못하시는 않을지, 그런 걱정을 하지 않은 것이 아니었다.

허나 제게 오는 이들의 표정을 읽자마자, 운의 가슴속에 남아있던 모든 걱정이, 허공에 흩뿌려졌다 일순간 사라지는 안개처럼 비산하였다. 개중 한둘은 처음 보는 얼굴들이었다. 익숙한 얼굴들 몇몇은 이미 이곳을 떠나, 더 이상 고통을 겪지 않아도 되는 그곳에서 새롭게 태어났으리라. 그들은 아마 지금 제게 다가오는 이들과 같은 얼굴을 하고 있겠지. 그들의 틈 사이로, 강산이 뒤바뀔 정도로 긴 시간 동안 온 힘을 다해 그리워했던 얼굴들이 떠올랐다.

"이야, 이게 누구냐. 우리 알료샤 아닌가?"

재형이 한층 여유로운, 그러나 여전히 젖어든 두 눈으로 운에게 다가왔다. 이미 모든 사실을 알고 있었던 주필과 이직도 운을 세게 끌어안고 등을 두드렸다. 실로 오랜만에 품에 안는 그의 품이 전보다 훨씬 크게 느껴졌다. 그제야 실감이 났다. 마냥 어리게만 보았던 아이가 비로소 어른이 되었다는 것을.

"송구합니다. 선생님들이 오실 때까지 기다리려 하였으나, 마음이 바뀌어 홀로 급히 오게 되었습니다. 뒤따르는 이들은 없었습니다."

"고생했다. 회포는 조금만 있다가 풀고, 우선 들어가자꾸나."

"그래, 아직 못 뵌 동지들이 많으니, 그분들께도 인사를 드리거라. 네 존재를 방금 안 분들이시니 자초지종 또한 소상히 말씀드려야겠지."

여전히 무뚝뚝한 목소리였으나, 주필의 눈은 운에게서 떨어질 줄을 몰랐다. 웬만한 일에는 눈썹 하나 까딱하지 않던 그의 눈빛이 전에 없이 측은하였다. 방 안으로 돌아오는 내내, 그는 자꾸 한편으로 고개를 돌렸다. 운은, 부러 함께 시선을 틀지는 않았으나, 알 수 있었다. 그가 울고 있다는 것을.

마침내 다다른 방 안은 비록 한기가 온전히 가시지는 않았으나, 밖보다는 훨씬 따뜻했다. 그가 방 안으로 들어가자마자 놀라는 얼굴들이 더러 있었다. 신문에서 얼굴을 본 적은 있었겠지, 싶었으나 막상 마주하니 당황스러운 것은 어찌할 수 없었다.

"인사하시게. 우리의 영원한 동지이자, 지금의 신한촌을 있게 해 준 자이네."

"…… 반갑습니다. 전 백운입니다."

이 이름을 내 입으로 말하는 것이 얼마 만이던가. 비로소 실감이 났다. 나는 돌아왔다. 그립고도 그리운 나의 고향으로, 가없이 소중한 내 사람들의 품으로.

"어쩌면 이녁들께는 황군 장교 후지와라 히로유키라는 이름이 더 익숙할지도 모르겠습니다. 허나 그것은 본래의 제가 아닙니다. 신한촌으로 위장하여 잠입하기 위해 만든 가짜 이름과 정체입니다. 당장은 페치카 선생님의 말씀을 믿기도 어렵고, 절 믿지 못하시는 것도 알고 있습니다. 억울하다 하지는 않겠습니다, 저조차도 반대의 상황이었다면 경계를 풀기 어려웠을 테니까요. 허나 그만큼 제가 밀정의 임무를 잘 해낸 것이라 생각하고 싶습니다. 또한 제 비밀을 지켜주시었던 선생님들께서는 제가 그간 행했다고 알려진 일들이 모두 사실이 아니라는 것을 누구보다 잘 알고 계시리라고 굳게 믿습니다. 아울러, 여기 계신 분들께서 어려운 상황을 이해하여 주셨음에 감사하고 또 감사할 따름입니다."

경계 어린 시선도 잠시, 이어지는 것은 박수였다. 운이 그제야 한시름을 놓으며 깊은숨을 내쉬었다. 이리 누명을 벗는 순간만을 바라보며 그리도 고된 일을 자처하였지, 싶었다. 모두의 얼굴에 환희가 들어찼다. 이제야 이 모든 사태를 파악한 정화를 제하고서는. 여전히 믿기지 않았으나, 모든 증좌가 하나만을 말하고 있었다.

이자는 친일파도, 일본인도 아니다. 제가 알고 있던 그자의 모습은, 처음부터 끝까지 물빛 안개를 위해 만들어진 것이었다. 넋이 나간 상태로 정화가 자리를 떴다. 그칠 줄 모르는 박수 소리에 묻혀 문이 끼익, 하고 여닫히는 소리조차 들리지 않았다.

"고생하셨습니다, 동지."
"소상히 이야기 좀 해 주십시오. 어찌 그리도 완벽하게 밀정 역할을 해내신 겁니까?"
"신문에 났을 적에 제가 얼마나 이를 갈았는지 아십니까?"
"…… 부끄럽습니다."
"허나 진심이 아닌 것을요. 게다가 우리는 물론, 왜놈들까지도 감쪽같이 속이셨잖습니까. 허니 자랑스러워하셔야죠, 아니 그렇습니까?"
"관영 동지를 구해주셨다 들었습니다. 비록 지금은……."
관영의 이야기가 나오자, 운이 소리 없는 탄식을 내뱉었다. 경성에서 그의 소식을 전해 듣고 얼마나 울었던가. 또 다른 자현이 스러진 것 같아서, 그리고 그것이 그를 한시라도 일찍 구출하지 못한 자신의 죄인 것만 같아서 가슴을 치며 소리죽여 통곡했다. 그의 위패 앞에서 목이 찢어져라 부르짖으며 곡하지 못한 것이 한이었다.

"…… 소식은 경성에서 전해 들었습니다. 오랜 동지이자, 깊이 의지했던 이의 곁을 지키지 못하여 면구스럽습니다."

"그런 말씀 마십시오. 동지께서는 관영 동지를 살린 분이 아니십니까."

"누구라도 했어야만 하는 일입니다. 지금으로서는 할 수 있는 것이 없어 그저 애도를 표할 따름입니다. 그래도 마지막 순간까지 좋은 분들 곁에서 위로를 받고 떠났다 하니 다행입니다."

"그러고 보니, 그간 총독부 관저에서 사셨겠군요. 그렇다면 근명 동지와는 진즉부터 아는 사이셨겠습니다?"

"근명 동지요?"

"남정화 동지 말입니다."

그제야 어렴풋이 기억났다. 한순간도 잊지 못했던 그 가련한 이를 원 없이 눈에 담느라, 아까 성학이 그를 불렀던 그 말이 무엇인지 제대로 들리지 않았었다. 아까 무슨 동지라 하더만, 그것이 '근명'이었구나.

"아, 예……. 허나 제 존재를 끝까지 알지는 못,"

허나 정신을 차리고 둘러보니, 정화는 보이지 않았다. 다른 이들의 품에 싸여 정신없는 재회를 거치던 와중 아주 잠깐 다른 곳으로 시선을 돌렸건만, 그사이 길이 엇갈린 듯하였다. 불안했다. 정화가 곁에 없던 지난 사 년간의 그 세월을 다시 보내게 될 것만 같아서, 운의 두 눈동자가 바삐 움직이며 정화를 애달피 찾았다.

"어? 방금 전까지만 해도 여기……."

"잠시 자리를 비우셨나 봅니다. 제가 다녀올까요?"

"아닙니다, 제가 가겠습니다."

운이 그 말을 하며 다급히 자리에서 일어났다. 거진 십 년 만에 찾은 고향은 낯설었다. 늘 제 손바닥 안인 듯 활보하던 이 모든 곳은 어렴풋이 옛날의 형태를 품고 있으면서도, 한편으로는 많이 바뀌어 낯설었다. 발이 닿는 모든 곳을 둘러보았으나, 정화는 없었다. 눈발이 점점 거세지고 있거늘, 발자국조차 보이지 않았다. 한참 밖을 뛰어다니느라, 운의 얼굴에 붉은 기가 피어올랐다. 실로 오랜만에 느껴보는 추위였다. 경성도 겨울에는 추웠으나 이곳의 추위에 비할 수는 없으리라. 허나 이 모든 감각이 추위 때문인 줄도 몰랐다. 그리 긴 시간 동안 돌고 돌았으나 눈앞에서 아스라이 사라질까, 마침내 잡았으나 손 안에서 산산이 부서질까 가슴을 얼마나 졸였던가. 정화마저 사라진다면, 이제 남은 삶을 살아도 사는 것이 아닌 양 보내는 길밖에는 없었다. 부디 모든 것을 설명할 수 있도록 단 일각의 시간만 준다면, 그렇다면 적어도 무릎 꿇고 이 모든 상황에 대한 이해를 바랄 수는 있을까.

"하아……."

그렇게 시간이 얼마나 지났을까, 추위가 무색하게 느껴질 정도로 온몸에서는 열기가 뿜어져 나왔고, 좀처럼 지치지 않는 운의 입에서도 가쁜 숨이 터져 나왔다. 터질 듯한 가슴을 부여잡고, 운이 어느 집 안으로 들어갔다. 일본육사로 떠나기 전, 본래 자신이 거처하던 곳이었다. 문 앞에서, 그가 벽에 손을 얹고 아껴둔 숨을 몰아쉬었다. 문득, 발끝을 타고 느껴지는 진동에 고개를 든 그의 눈이 휘둥그레졌다.

"정화야……."

"내가 여기 있다는 걸 알고 있었소?"

제게 정을 떼고자 했던 그날의 그 목소리와는 비견되지 않을 정도로, 정화의 어투는 차가웠다. 허나 분노가 아니었다. 그저 네 해 사이에, 어투가 그리 변한 듯하였다. 겁도, 눈물도 많던 그 여린 모습을 운은 너무도 생생히 기억하였다. 그리 여리던 이가 이리 변하였다는 것을 믿을 수가 없었다.

누군가가 이 이를 이리도 변하게 하였을까. 목이 메었다.

"…… 그렇다."

"그날 그 쪽지도, 그대가 주었던 거요……?"

"그래."

"어찌 한 거요? 그 아이는 우리의 동지가 아니었던가?"

"내용물을 봉인하여 다른 이의 손을 통해 전달했다. 그자는 그저 내 말에 따랐을 뿐, 물빛 안개와는 일절 상관없는 이이다."

친일파라고만 믿어왔던 이의 입에서 '물빛 안개'를 듣게 될 줄이야. 말인즉슨 설이 제게 주었던 그 보따리가 운으로부터 전달받은 것이며, 그간 보아왔던 그의 모습이 전부 가짜였다는 뜻이렷다.

비로소 모든 조각이 맞추어졌다. 그간 어찌하여 정자, 아니 자현이 그를 죽이지 않았는지, 조선말을 더 편히 여긴다는 당연한 사실을 어째서 그리도 감추고자 하였는지, 매번 용무가 끝나면 자신을 방 밖으로 내보내려던 연유가 무엇이었는지, 이제는 전부 알 수 있었다. 얽히고설켜 도무지 풀 수 없던 매듭의 실마리를 찾아낸 순간이었다.

어찌하여 이상하다 생각하지 못했을까. 저와 마찬가지로 조선 땅을 벗어난 적 없는 이가 노어로 적힌 쪽지를 줄 수 있을 리 없다는 것을, 이게 무어냐 물었을 때 평소처럼 속 시원한 답을 하지 않았던 것을, 어찌하여 한 번도 의심하지 못했을까. 걸핏하면 노어로 이야기했던 이가, 노어가 적힌 쪽지를 전해주었으리라는 생각을 어째서 지금까지 한 번도 하지 않았을까.

스스로 생각하면 할수록 어처구니가 없었다. 허망한 웃음이 터져 나왔다. 지금껏 자신은 설이, 관저에 은밀히 잠입한 밀정이라 믿어왔다. 행여라도 이 사실이 퍼진다면 설에게도 위험이 닥칠까 두려워 그 누구에게도 묻지 않았다. 이 일을 계속하다 보면 언젠가는 드러날 사실이라 생각하여, 궁금함을 애써 삼키고 넘기었다.

허나 보기 좋게 틀렸다. 어느 것 하나 제 예상에 들어맞았던 것이 없었다. 어째서 몰랐을까. 한 명과는 동무였고, 한 명과는 서로 연정을 품었던 사이였거늘. 모든 것을 알게 되었으나, 속이 시원하지 않았다.

"…… 내게 할 말은 없는가."

"…… 부디 나를 용서해 주겠느냐. 속이려 들었느냐 묻는다면 말 그대로 유구무언일지니, 어찌 변명하겠느뇨. 이리 긴 시간 사실을 말하지 못하여 진심으로 미안하,"

천천히 말을 이어가던 운의 몸이 일순간 격하게 흔들렸다. 예상치 못한 강한 충격을 받아 순간 중심을 잡지 못하고 비틀거렸으나, 정화가 더욱 강하게 힘을 주어 그를 끌어안았다. 운은 밀어내지 않았으나, 정화의 손이 그의 몸으로 더 깊이 파고들었다.

"지금 고작 그런 게 문제가 되겠는가."

"저, 정화야……."

"당신을 연모했소, 아주 깊이. 내 온몸이 상하더라도 족할 정도로 깊이 연모했소. 허나 내가 연심을 품은 이가 모로 봐도 왜놈에게 빌붙어 먹은 앞잡이라는 사실을, 그대가 내 언니를 짓밟는 데 앞장서서 끝내 죽게 만들었다는 사실을, 내 오라비를 병탄한 이들과 다를 바 없다는 사실을 깨달을 때마다 하늘이 무너지는 듯했소. 다른 이들이라면 몰라도, 그들과 피를 나눈 나는 결단코 그리해서는 아니 되니까."

명치가 서서히 젖어 들었다. 정화의 눈물이었다. 맺힌 것으로 시작된 방울은 줄기가 되어 제 앞섶을 타고 흘렀고, 곧 옷자락의 넓은 부분을 뜨겁게 적시었다. 허나 눈물을 닦아 줄 생각조차 하지 못하고, 운이 가만히 정화의 등어리를 쓰다듬었다.

"그럼에도 당신을 너무도 사랑하였소. 죽더라도, 험한 꼴을 당하더라도 당신에 대한 기억만큼은 잊을 수 없을 만큼 말이오. 그런 당신을 이제 영영 못 보는 줄 알고, 그 아픔을 이겨내고자 더 독하게 총을 쏘고 밤마다 지붕 위를 내달렸소. 친일파에게 단 한 번도 당당하지 못했던 내 스스로가 부끄러워 이를 악물고 총을 쏘았소. 허나 그러면 그럴수록, 되려 당신이 따라주었던 포도주의 향이 코끝에 풍겨왔고, 어느 날 갑자기 당신이 내 손에 쥐여주었던 양과자의 단맛이 혀끝에 맴돌았소. 그리고 끝에는 당신의 얼굴이 어른거려 정신을 차려 보면 어느새 눈물을 흘리고 있었소. 동시에 마음은 죄책감으로 타들어 가는 듯 쓰라렸소."

정화가 고개를 들어 운을 바라보았다. 붉게 젖어 든 눈을 향해, 아직 찬 기운을 떨쳐내지 못한 운의 손이 닿았다. 이 고운 얼굴을 쓰다듬기까지 얼마나 길고도 긴 시간이 걸렸던가. 결국 참지 못하고, 운의 입에서도 울음이 터져 나왔다.

"한없이 보고 싶고, 또 보고 싶었소. 밤마다 온몸으로 그리워하던 그대가 꿈에 나왔소. 손을 뻗고 또 뻗고 애원하고 빌어보아도 그대는 내 손에 잡히지 않았소. 넋을 놓고 달려들어 껴안고 나면 그대는 간데없고, 눈을 뜨면 그 모든 것은 꿈이었소. 꿈인 것을 알고서도 나는 늘 베갯잇이 젖도록 눈물을 흘리고 있었소. 그리고 한없이 공허한 슬픔의 심연에 빠져, 메마른 속에 사무치는 죄책감에 사로잡혀 가슴을 쥐어뜯고는 했소."

"…… 미안하다. 정말 미안하다……."

"이녁을 사랑하는 이로서는 사실을 끝끝내 말하지 않은 게 괘씸하기는 하나, 그럼에도 원망은 않소. 어찌 원망할 수가 있겠소. 그 어떠한 연정이라 할지라도 전부 물빛 안개 앞에서는 한갓진 타령에 불과할 테니. 우린 연모가 아닌 조국과 동지들을 잃은 슬픔에 눈물을 흘려야 하는 존재이고, 나라도 그리했을 것인즉 어찌 어리게만 굴겠는가. 설혹 나도 모르는 섭섭함이 내 가슴 속에 남아있다면, 그것은 물빛 안개가 이뤄지는 즉시 사라질 앙금에 지나지 않소. 허니 당장은 여인으로서의 섭섭한 감정은 넣어두고 대의를 위해 싸우고자 하오. 그리고 그 끝까지 그대와 함께하고 싶소."

"…… 못 본 사이 참으로 많이 변하였구나. 그 누구보다 강하고 속이 깊은 이가 되었어."

 운이 정화의 얼굴을 어루만졌다. 얼어붙은 손끝에 닿는 온기가 쓰라렸다. 허나 손을 빼지 않았다. 그 아픔조차도 간절히 바라고 또 바라던 것이었으니까.

 "허나 내 눈에 너는 여전히 작고 어린 소녀이다. 그 순수하던 이가 이리 강인하고도 성숙한 마음을 지닌 여인으로 거듭나기까지, 그 모든 무서워하던 것들을 아무렇지도 않은 것으로 여기기까지 얼마나 많은 일들이 있었을까……."

 점점 따뜻해지는 손끝에 감각이 되살아났고, 정화의 얼굴이 굼질거리는 것이 느껴졌다. 운이 정화를 향해 꿇어앉아 눈높이를 맞추었다.

 "정화야, 이제는 소리 내어 울어도 된다. 밤마다 울음을 삼키느라 그간 얼마나 고생이 많았느냐……. 여기서는 그러지 않아도 된다. 네가 그토록 그리워하던 언니와 재회하였고, 너를 아껴주는 또 다른 식구들이 생겼다. 그리고 마침내 우리는 다시 만나지 않았느냐. 너무 늦게 와서 미안하다, 너를 이리 품어주지 못해 미안하다……."

 그 말을 듣자마자 정화가 무너졌다. 실감이 났다. 물빛 안개만큼이나 간절히 바랐던 이가 드디어 내 눈앞에 있다. 이제 다시 떨어지지 않아도 된다, 모든 것이 제게 그리 말해주고 있었다. 바닥에 주저앉은 채로 전에 없이 아이처럼 통곡하는 그를 향해 함께 자리에 앉아, 운이 온몸으로 정인을 감싸안았다.

 "…… 보고 싶었다. 밤이면 네 얼굴이 아른거렸고 낮이면 네 청아한 목소리가 감돌았다. 같은 뜻을 품고 있으면서도 끝내 사실을 말하지 못한 내 스스로를 자책하고, 떠나는 너에게 노잣돈을 한 푼이라도 더 쥐여주지 못한 것을 한스러이 여겼다. 떠나기 전에 한마디라도 할 것을, 아니면 그저 어두운 밤길을 핑계 삼아 그곳까지 데려다줄 것을, 네 마음을 알면서도 끝까지 네 마음을 아프게 하였구나. 한없이 미안하고 또 미안하다."

정화가 운의 얼굴을 어루만졌다. 아직도 내 눈앞에 있는 이가 그라는 사실을 믿을 수 없었기에, 행복한 줄도 모르고 하염없이 얼굴만 적시었다.

"정말 다시는 못 보는 줄 알았다. 저승에 가면 너부터 찾아야지, 하면서도 네가 오지 않기를 바랐다. 너는 살아 있기를 바랐으니까. 네 소식을 전달받으면서도 혹여라도 그새 무슨 일이 생겼을까, 무소식조차 희소식으로 들려오지 않았다. 네 얼굴이 경성 한복판에 걸려있는 걸 보고도 안심하지 못했다. 네가 조금이라도 험한 일을 당하는 것은 죽기보다 싫었으니까. 헌데 이제 비로소 네가 내 눈앞에 있구나. 살아있어 주어 고맙다. 다시는 너를 잃고 싶지 않다. 한없이 연모하고 또 연모한다."

운이 부서질 정도로 정화를 힘껏 껴안았다. 다시는 떨어지지 않으리라 다짐하며, 마치 한 몸이 될 듯, 운이 도무지 힘을 풀 생각을 하지 않았다. 아니, 부러 준 것이 아님에도 힘이 풀리지 않았다고 말해야 정확하리라.

숨을 쉬기도 버거울 정도였으나, 거부하지 않았다. 되려 그 막히는 숨이 자신이 살아있다는 것을 알려주니 어찌 피하겠는가. 행복했다. 비로소 그간의 세월이 보상을 받는 듯하였다. 아니, 슬플 연유가 없었다. 어느 날 죽게 된다면 그의 품 안에서 부서지기를, 그리고 흔적도 없이 사라지기를 누구보다 간절히 바랐으니까.

"이름이…… '백운'이었소? 어렴풋이 듣기로는 호가 선, 운이었던가."
"'선윤'이오. 그대의 호는 '근명'이었던가?"
"그렇소."
"무슨 뜻인가?"
"일전 내 이름이 무슨 뜻인지 말한 적이 있었던가."

운이 고개를 저었다. 궁금해한 적은 있었다. 이자의 모든 것을 알고 싶었으니, 이름의 뜻이 어떠한 것인지 의문을 품는 것 또한 당연한 과정이었다. 허나 제 진짜 이름도 말하지 못하는 마당에 어찌 그걸 물으랴. 해서 부러 묻지 않았던 찰나의 생각이 머릿속을 스쳤다.

"'고요할 정靜'에 '꽃 화花'. 태몽에서 무궁화가 고요히 피어나는 것을 보고 선친께서 그리 지어주셨소. 무궁화는 대한의 꽃이 아닌가? 그 무궁화가 다시 빛을 보는 영광을 되찾는 날까지 싸우고자 그리 지었소. 그대의 호는 무슨 뜻이오?"

"…… 처음 맡게 된 작전이 조선의 이름을 버리고 일본육사의 생도가 되는 것이었소."

저도 모르게 경어가 나왔다. 이전까지는 정화가 말을 높이고 운이 하대하는 형식이었고 그편이 익숙해진 터라 부러 전처럼 말하였기로서니, 이제는 그럴 수 없었다. 비로소 정인이 되어 제 품에 안긴 이에게 더 이상의 하대를 하고 싶지 않았다.

"허나 동지들이 고통스럽게 죽어가는 와중에 나 홀로 호의호식하는 것도 죄책감이 드는지라, 진실을 어떻게든 남기고 싶었소. 그때 관영 동지가 지어 준 호요. '더러운 말들 뒤에 가리어진 선연한 진실鮮'이라는 뜻이지."

"조선의 이름자를 쓰면 쉬이 들키지 않겠소?"

"하여 평소에는 '가릴 선譱' 자를 쓰오. 헷갈릴 수도 있으니 주의하시오."

"…… 이제는 안개가 걷혔으니, 가리어졌다 걱정할 필요 없소. 모두가 진실을 기억할 거요. 참으로 고생이 많았소……."

"그대도 연해주까지의 여정이 힘들었겠소."

"길도 멀고 날씨도 혹독하여 가히 죽을 뻔하였소."

답지 않게 가벼운 어투가 귀여워, 운의 얼굴에 살포시 미소가 떠올랐다.

"사 년이 흘렀으나 이곳 추위는 익숙해지지가 않소. 알다시피 내 고향도 추운 편이나, 이곳에 비하면 훨씬 남쪽이 아니오? 게다가 여기 말도 여전히 어렵고……."

"노어는 좀 배웠소?"

"한다고는 하지만 여직 잘 못 하오. 리자가 나보다 잘하는 듯하오."

"그 아이야 예서 나고 자랐으니……. 여직 배우는 중이라면 내 앞으로 가르쳐주어야겠소."

"허나 이제 그 한마디는 아오."

정화가 운을 가만히 바라보았다. 아직 물기가 마르지 않은 두 눈은 여전히 그때처럼 맑고 또렷했다.

"Я люблю тебя[i]."

연모한다는 뜻이었다. 그걸 듣는 운의 얼굴이 순식간에 새빨갛게 달아올랐다. 민망했다. 제 입으로 저 말을 내뱉던 순간이 마치 어제처럼 생생하였으니. 어찌 기억하는지도 의문이었으나, 그보다 부끄러움이 앞서 그만 고개를 떨구고 마는 운을 보며 정화가 웃음을 터뜨렸다.

"그리 대놓고 말하다니, 정녕 아니 들키고자 했던 거요?"

"그때는 몰랐잖는가."

"알았소."

"뭐?"

"그 자리에서는 몰랐지. 허나 그대가 그 말을 한 그날, 우연히 뜻을 알게 되었소."

당황해 어쩔 줄 모르며 시선의 갈피를 잡지 못하는 운의 모습은 본래 알던 것과 참으로 다른 것이었다. 가만히 그를 바라보고 있던 정화의 얼굴에 해사한 웃음이 피어올랐다.

"많은 이야기를 들었소. 사다코 부인, 아니 최자현 동지의 이야기부터 그간 의문을 가졌던 그 모든 이야기까지도. 물론 그대가 얽혀 있다는 것은 방금에서야 알게 된 것이지. 헌데 이제 와 생각해 보니, 그대는 전부 그 자리에 있었더군. 그렇다면 내가 그대의 곁에서 지냈던 그 한 해의 시작도, 결코 우연이 아니었던 게지."

"그 이름을 이리 듣는 것이 참으로 오랜만이오. 내 누이이자 어머니이

---

i 원어 발음은 [야 류블류 찌뱌].

며, 또한 영원한 벗이었소."

자현을 떠올리는 운의 얼굴빛에 회한이 어렸다.

"그대를 내 곁에 둔 것도 실은 자현이의 선택이었소. 그대가 일을 열심히 하던 것이, 게으른 조선인이라는 말을 듣지 않기 위해서라 하던 것에 감동하였다 이야기했소. 그 때문이었는지, 관저를 떠나기 전 내게 부탁하였소. 그대를 가능한 안전한 곳에서 지켜달라고 말이오. 거기까지는 전부 계획된 것이었을지 몰라도, 내가 시나브로 그대에게 스며들었다는 사실만큼은 그 누구도 계획치 않은 것이오."

운이 다시 한번 정화의 얼굴을 쓰다듬었다. 이 자리에서 닳아 없어지더라도 감히 그 손길을 거둘 수야 있으랴. 정화가 천천히 운의 손을 맞잡았다. 커다란 손은 고왔으나, 한편으로는 투박하였다.

"…… 나와 함께 면회를 가 주었던 날을 기억하는가……?"

"…… 관영 동지 말인가?"

"그대가 이 이름을 이리 알다니, 기분이 참으로 묘하오."

"모를 수 없는 이지, 신한촌에서 하루라도 묵었다면."

마침내 이 말을 하게 될 줄은 미처 알지 못하였다. 비로소 감추었던 모든 사실을 드러내고 나니, 마치 몸에 아무것도 걸치지 않은 듯하였다.

"…… 자현이는 내 누이와 다름없었소. 아마 그대에게 관영 동지가 차지하는 바와 같겠지. 허나 너무도 허무하게 스러졌소. 관영 동지는 그런 자현이를 진심으로 존경했고, 마지막까지 자현이의 곁을 지켜주었소. 나 또한 어느 순간부터는 자현이가 동지로 환생한 것이라 여겼소."

"혹여, 그대도 그날 그 자리에 있었는가?"

운의 끄덕임에 정화가 고개를 갸웃하였다.

"어찌 된 건가? 설의 오라버니가, 키 작은 사내가 자현 동지를 그렇게 만든 일경을 쏘는 걸 보았다던데, 그렇다면 그대는 아닐진대."

"그 총은 내가 멀리서 쏘았소. 아마 그 오라버니라는 자가 보았던 이는 관영 동지였을 것이오. 작전을 나가다 보면 변장하고 나가는 경우가 허다하니, 사내로 착각하는 경우가 왕왕 있다오. 동지 또한 총을 겨누고 있었으나 쏘지는 않았소."

"…… 그날, 그 면회가 있었던 날 이후로 언니를 빼 준 이가 있었다 들었소. 그게 그대였던가?"

"그렇소."

"고맙소……."

정화가 떨리는 목소리를 내뱉으며 운의 손을 강하게 쥐었다. 힘줄이 도드라진 손등 위로 눈물이 떨어졌다.

"비록 지금은 볼 수 없지만, 언니는 마지막 순간까지 그대에게 감사해했소."

"…… 처음 만났을 때 나는 열여덟, 동지는 열아홉이었소. 우리 둘 다 나이가 바뀌기를 앞둔 상태였지. 동지는 이곳에 온 지 네 시간 남짓한 상태에서 내가 밀정이 되고자 한다는 이야기를 듣게 되었고, 반대가 가득한 상황에서 나를 믿어주었소. 오래도록 함께 알고 지내지는 않았으나 참으로 강인했고, 또 능력이 좋은 이였소. 그 기개에 서대문 감옥 순사조차 혀를 내두를 정도였지, 아마. 우리는 늘 왜놈들을 정도正道의 기개로 억누르고자 했는데, 정말 그걸 실천한 셈이었소."

"허면 그때도 알고 있었겠소?"

그때가 언제인지 명확히 일러두지 않았으나, 모를 리가 없었다. 그날의 기억을 떠올린 운이 천천히 고개를 끄덕였다.

"…… 마지막 약조를 지키지 못하여 미안할 따름이오."

"무슨 약조를 하였소?"

운이 잠시 답하기를 멈춘 채, 창문 너머 허공을 바라보았다. 바람 소리가 제게 속삭이는 듯하였다. 관영의 기운 없던 목소리가 마치 그때처럼 생생하게 귓가에 맴돌았다.

'우린 부디 살아서 신한촌에서 다시 봅시다.'
"살아서, 이곳에서 다시 만나기로 하였소."
 관영이 죽은 날, 운은 또 다른 어머니를 잃었다. 소식을 전해 들은 날 밤 어찌나 울었는지, 이다음 날 총독부에 출근하여서도 주변 사람들이 독사 장교에게 무슨 일이 있었던 게 틀림이 없냐며 수군거릴 지경이었다. 상처는 시간이 지나면 아문다 하였기로서니, 자현과 관영의 이름을 떠올릴 때마다 운의 가슴 한편의 아물지 못한 상처는 더더욱 깊이 타들어 갔다.
"약조를 지키지 못하였으니 그 이름을 떠올릴 때마다 미안해하는 것 외에는 아무것도 할 수 없는 이 몸이 원망스럽소."
"그것을 어찌 그대의 잘못이라 하겠는가. 언니는 절대 그대를 원망하지 않을 거요. 그리고 정말 고맙소. 언니를 살린 건 나를 살린 것과 다름없소."
"난 이미 너무 많은 소중한 사람을 잃었소. 허니 내가 어찌 되더라도, 그대만큼은 반드시 이 두 손으로 살리리라."
 운이 정화의 이마에 제 것을 대며 지그시 눈을 감았다.
"그대가 무사한다면, 나는 죽어도 여한이 없소. 애당초 오래 살고자 하였다면 내 어찌 이 일에 몸담았겠는가. 그러니 선생님들께서 하는 일이 무엇인지를 알고 나서부터, 그리고 그대를 마음에 품은 이후로부터, 나의 목숨은 더 이상 내 것이 아니게 되었소."
"그런 말 마오."
"내가 그대를 바라고, 또한 우리가 물빛 안개를 바라오. 헌데 내가 이 목숨을 어찌 나를 위해 쓰겠는가. 행여 살아서 보지 못할 일이라면, 보잘것없는 목숨이라도 초개처럼 내던질 수 있어야 하지 않겠는가."
 운의 말에 정화가 세차게 고개를 저으며 그의 품에 와락 안겼다. 어느덧 말라든 옷자락에 다시 천천히 물기가 배었다.
"다시는 그대와 떨어지고 싶지 않소. 농으로라도 그리 말하지는 마시오. 이제 내게 남은 이들은 이곳의 사람들과 그대뿐이오. 허니 약조하시오. 내

허락 없이는 죽지 않겠다고, 그리고 그대 스스로를 반드시 지키겠다고."

운이 정화의 어깨를 쓰다듬었다. 정화가 다시금 고개를 들어 운의 깊고도 깊은 두 눈을 바라보았다.

"나는…… 나는 그대 없이는 살 수가 없소. 나야말로 이제 더 남은 피붙이가 없소. 그대마저 잃는다면 나는 더 이상 살 연유가 없소. 그대는 물빛 안개이고, 동시에 나의 삶이오. 허니 부디 물빛 안개를 위해서, 그리고 나를 위해서라도 살아 주시오. 나 또한 그대의 허락 없이 죽지 않으리니."

말은 더 이어질 수 없었다. 추위가 앗아간 붉은 빛을 되찾은 두 입술이 서로의 것에 맞닿아 몸을 부비며 더욱 뜨거운 열기를 탐하였다. 살이 에일 듯한 추위가 불처럼 달아오르고, 찬 바람에 붉게 물든 볼이 열기에 다시 익어 더 발갛게 피어오르는 순간. 그의 온기가 칼바람을 막고, 차갑게 식는 내 피부를 덮는다. 척박하고도 맹렬한 추위에 죽어가던 내게로 그가 다시 숨을 불어넣는다.

눈이 내리는 날씨가 이토록 따뜻하고, 해가 서서히 길어지기로서니 아직 극야의 흔적이 전부 가시지 않은 이 땅이, 이다지도 밝게 빛날 수 있을까. 별빛이 쏟아져 내리는 듯한 이 새하얀 밤이, 그 작은 틈 사이로 새어 나오는 빛들이 눈이 부실 정도로 밝아서 그만 두 눈을 감고 말았다. 나는 그를 끌어당기고, 그는 나를 안아 들며 마치 한 몸이 되려는 듯, 서로를 각자에게로 밀어 넣는다. 그도, 나도 처음이었으나 어색해할 연유는 물론이요, 부끄러워할 연유도 없었다. 그런 감정에 사로잡혀 서로를 꺼리기에는, 우리는 서로의 머리털 한오라기까지 애닳듯 그리워했음이요, 모든 것을 알게 된 그 순간부터 환희가 뒤섞인 눈물을 흘리고 있었기 때문이리라. 다른 것은 중요치 않았다. 한없이 연모하면서도 손끝 하나 닿지 못했던 이와 죽기 전에 다시 만났다는 것, 이렇게 서로를 거리낌 없이 만질 수 있다는 것. 그것이면 되었다. 그 쉽고 간단한 것을 하지 못하여 지난 수년간 얼마나 섧게도 울었으며, 심연 속으로 빠져드는 그 기분을 얼마나 뼈

저리게 느꼈던가.

소복소복 쌓이는 눈의 소리가, 차디차지만 유달리 그 소리가 작게 들려오는 바람이 더없이 고요하다. 저 멀리서 들려오는 도담도담한 발소리와 간간이 들려오는 누군가의 말소리, 산짐승들이 겨울잠을 자다 뒤척이는 그 모든 소리까지 하나도 놓치지 않고 전부 들을 수 있을 정도로 감각이 곤두섰다. 허나 듣지 않았다. 아니, 들을 수 없었다. 그 작디작은 소리조차도 마치 우리의 해후를 축복하는 듯, 귓가에 부드럽게 내려앉는다. 말캉한 피부와 맑은 눈, 그리고 한없이도 부드러운 머릿결과 달큰하면서도 은은하게 풍기는 그 특유의 살내음이 전부 하나를 말한다.

살아 있었다.

귓가에 감도는 모든 소리가 흐붓하였다. 흐드러지듯 피어난 꽃밭 한복판에 떨구어져 그 깊은 향에 미혹된 듯, 정신이 아득해졌다. 한없이도 부드러운 꽃잎이 온몸을 감싸 간지럽히며, 속으로까지 파고들 듯하였다. 처음 느끼는 기분이었으나 그조차 황홀했다. 숨을 쉬고 있다는 것조차 믿을 수 없었다. 내가 내뱉는 이 탄성이 그 얼마나 그리웠던가. 겪어보지 못하여 알지도 못하였거늘, 온몸이 떨릴 정도로 행복한 것이다. 그서 이 모든 상황이 감사할지니, 정신이 혼미해지는 그 기분마저 눈물 날 정도로 좋았다. 그와 다시 만날 수 있음에, 그리고 살아 있음에, 다시 한번 천천히 눈을 감았다.

흐르는 눈물이 피붓결에 스며든다. 그의 눈물과 나의 눈물이 뒤섞인다. 보고 싶었다고, 사랑한다고, 울음이 섞인 숨 가쁜 목소리로 다시는 떨어지지 말자는 말을 닳도록 입에 담았다. 같은 말을 한 차례 곱씹고 내뱉을수록 그 의미가 더욱 깊어진다. 다시 만나면 하고 싶었던 모든 말들이 전혀 기억나지 않았다. 다만 헤어지기 전, 그에게 묻고 싶었던 수많은 질문을 기억했다. 허나 말할 수 없었다. 아니, 말하지 않아도 되었다. 앞으로 그에게 물을 수 있는 날들이 수도 없이 남아 있으니.

처음이었다. 혹한의 땅이 이리도 따뜻하게 느껴진 날은, 이 모든 기쁨을 하루에 느껴보는 것은. 앞으로의 모든 행복을 한데 모아 함께 느낀들, 이에 비하랴. 운이 천천히 눈물자국이 말라붙은 정화의 얼굴을 쓸어내렸다.

"함께 나가 보겠소?"

정화가 대답 대신 운의 품에 몸을 기대었다. 차가웠던 숨이 그의 몸에 닿자 따뜻하게 변하였다.

"단둘이 조금만 더 같이 있고 싶소."

피식, 하고 웃던 운이 다시금 정화의 입술에 자신의 것을 포개었다. 부드러운 감촉과 뜨거운 숨결이 입안으로 들어왔다. 정화가 운의 얼굴을 도담히 감싸며 눈을 감았다.

"허면 열두 점까지만 이리 있을까."

취한 듯 아득해지는 정신 너머로 들려오는 운의 나른한 목소리에 귓가가 따스히 떨려왔다. 노곤함도 함께 밀려왔다. 허나 잠들기 직전, 알 수 없는 생각 하나가 머릿속을 헤집었다. 나간다는 그 짧은 말이 무슨 뜻인지 이해할 수가 없었다. 어디로, 또한 어찌하여 나가야 하는가?

"헌데 어딜 가고자 하는 거요?"

"동지들이 기다리고 있지 않소?"

의아하다는 얼굴로 어깨를 으쓱하는 운과 달리, 정화가 잠시 멍하니 방 한 켠을 바라보았다. 그러다 이윽고 놀란 얼굴로 다급히 숨을 들이마셨다. 어찌하여 이 방에 오게 되었는지를 비로소 깨달은 것이다. 그 모습을 본 운의 눈이 반달을 그리더니만, 곧 아이처럼 해맑은 웃음을 터뜨렸다. 오랜 시간 애닯듯 그리워해도 도무지 그려지지 않던 그 얼굴을 본 정화가 멍하니 눈을 꿈벅였다.

"어찌 그러오?"

"사랑읍소."

낯선 말이었다. 온갖 어려운 말을 알던 관영도, 세상 고운 말은 다 들려

안개가 걷히다

주던 유석에게서도 듣지 못한 말이었다. 허나 어찌 된 영문인지 그 말이 무슨 뜻인지를 알 수 있었다. 정화가 입가에 달곰한 능선을 머금었다.

"나갑시다. 동지들을 보러 가야 하니 말이오."

정화가 아직 옷매무새를 다듬고 있는 운의 손목을 잡아끌었다. 마찬가지로 아직도 몽롱하게 취해 있는 정신을 애써 부여잡고 문밖으로 달려 나온 운은 비록 겉옷조차 제대로 입고 있지 않았으나 추위를 느낄 줄도 몰랐다. 아직도 달뜬 몸이 한기와 맞닿으며 서서히 가라앉다가도, 정화의 얼굴만 보면 다시 저 안에서부터 땀을 흘리기 일쑤였다. 어디로 가는지조차 몰랐던 이는 정신을 차려 보니 어느새 잘 차려진 식탁 앞에 앉아 있었다. 그의 곁에 앉은 정화는 익숙한 듯 여타 동지들과 이야기를 나누고 있었다. 어디까지 어떻게 이야기할지 둘이 따로 입을 맞춰 놓지도 못하였거늘, 새삼스럽게 등줄기가 서늘해졌다.

"동지, 보다 소상히 이야기해 주십시오. 어찌 된 겁니까?"

상황을 파악하기도 전에 제 옆에 앉은 누군가가 물었다. 함동철이었다. 후지와라 히로유키로 위장하며 지내던 시절, 연해주 쪽의 이야기를 전해 들으며 안면을 쌓았던 이름이다. 비록 그는 운의 정체를 수호로 몰랐지만. 이름만 듣던 이의 그 얼굴을 이렇게 보는 것은 처음이었다. 알 수 없는 기색을 느껴, 운이 한참 동안 그를 뚫어지게 쳐다보았다.

"어찌 그리 보십니까?"

"아, 아닙니다. 잠시 다른 생각을 하느라……."

운이 부러 헛기침을 하자, 수많은 눈동자가 삽시간에 그를 향해 몸을 돌렸다. 우려했던 그런 시선은 아니었다. 다만 아직 그 누구에게도 소상한 이야기를 한 적이 없었다. 심지어는 재형조차도, 운의 가슴속 깊이 담긴 고된 것들을 전부 알지는 못했다.

"…… 일전 누군가가 제게 그리 말했습니다. 넌 한인 학교도 나오지 않은 데다 동의회에 입회하기도 전의 어린 나이이니, 지금부터 준비하여 일본육사에 들어가서 밀정이 되라고 말입니다. 해서 여기 계신 선생님들을 설득하고 일본육사에 들어갔습니다. 그리고 운이 좋게 총독의 눈에 띄어 양자로 입적되었고, 생각보다 더 빨리 총독부에 발을 들이게 되었습니다."

그 누군가가 뉘를 말하는지는 아무도 묻지 않았다. 어떠한 연유에서였을까. 다만 정화의 머릿속에 떠오르는 이는 단 한 명뿐이었다.

"허면 어찌 아니 들키고 모든 걸 해내셨습니까?"

"제아무리 총독이 원한 것은 아니기로서니, 양자까지 된 이를 감히 어찌 의심하겠습니까. 게다가 그들은 노어를 알지 못하니, 제가 작전을 표기해 둔 책을 보아도 그저 서적이나 일기장 정도로 보고 말더이다."

"허면 총독과 사이가 좋지 않으셨다는 말씀이십니까?"

"예, 본디 조선인을 양자로 들일 생각 따위 하지 않았으나 그 아비의 말을 들을 수밖에 없던지라 저를 눈엣가시로 여겼지요. 하여 한 관저에 살았음에도 마주할 일이 적었고, 서로를 살갑게 대할 연유도 없었습니다."

"불행이라 해야 할지, 다행이라 해야 할지 모르겠군요, 허허."

"헌데 페치카 형님, 어찌 동지를 다시 부르셨소?"

이번에는 또 다른 이가 질문을 던졌다. 춘곡 원세훈이었다. 자신보다 대여섯 살 정도 많아 보이는 그에게 운은 얕게 고개를 숙여 낯선 인사를 건네었다.

"관영을 서대문 감옥에서 빼낸 것이 선윤일세. 총독부나 서대문 감옥 쪽에서는 등원유지[i]가 고문을 심하게 하다가 실수로 죽이고 말았다는 정도로 알고 있었는데 조선 내에서 근명 동지를 관영 동지로 아는 사람들이 많더군. 비록 의심이 이어지지는 못하였고 닮은 사람 정도라는 의견이 지배적이었으나 설혹 정체가 드러난다면 그 뒷감당을 할 수가 없어 복귀를 명하였네."

"정체를 조금 더 잘 숨겼어야 했거늘, 면목이 없습니다."

---

i '藤原裕之'. 후지와라 히로유키의 한국식 음독

"그럴 필요 없다. 언제고 그곳에 있을 수는 없는 법이지. 아마 아무런 일이 없었어도 이즈음에는 돌아올 필요가 있었을 게다."

고개를 숙이는 정화를 주필이 두둔하였다. 운 또한 그에게만 보이도록 고개를 천천히 주억거렸다.

"헌데 그러고 보니 근명 동지는 선윤 동지와 같은 곳에서 지낸 전적이 있지 않소? 그때도 서로 마주친 적이 있었소?"

예상치 못한 창빈의 질문에 정화와 운이 당황한 기색을 숨기지 못하고 서로를 빤히 쳐다보았다. 어디서부터 어디까지, 또 어찌 말해야 할지 난감하기 그지없어 마른침을 삼키는 소리가 집안 전체에 울려 퍼지는 듯하였다.

"아, 아무래도 그 당시 저는 동지에 대해 아무것도 모르던 여급이었던지라……. 오며 가며 마주친 적이야 많았습니다만, 감히 상상도 하지 못했습니다."

"헌데 새로운 동지께서는 어찌 근명 동지를 이곳까지 보내셨습니까?"

이번에는 정화마저 궁금해하던 것이었다. 잠시 간 많은 이야기를 나누었으나 정확한 속사정은 듣지 못하였다. 그가 어찌하여 밀정이 되었는지, 그 이상으로 궁금한 것이었다.

"…… 지금은 작고하신 애량 동지께서 오 년 전까지 저와 함께 관저에 있었습니다. 동지께서는 그곳의 다른 여급들을 책임지고 관리하고 있었는데, 저보고 넌지시 이르더이다. 자신이 보아 둔 여급 중 물빛 안개를 향한 뜻이 강해 보이는 이가 한 명 있는데, 자신이 훗날 관저를 떠나게 되면 그자를 잘 지켜보고 안전하게 지켜달라고 말입니다. 그게 정화, 아니 근명 동지였고, 나중에 알고 보니 관영 동지의 지친이었습니다. 동지께서도 같은 부탁을 하셨기에 이곳으로 보내게 되었습니다."

알 수 없는 연유였다. 운은 몰랐던 것을, 자현은 어찌 알았을까. 관영이 일러준 바가 없었기에 그저 궁금하고 또 궁금할 따름이었다. 허나 상관없었다. 시간이 흐르면 언젠가는 알게 될 터이니, 지금은 중하지 않은 것이었다.

"참으로 묘한 인연이군요."

"헌데 그럼 꽤나 지척에 계셨을 터인데 이리 다시 보게 된 것이로군요. 어색하시겠습니다그려."

다른 이들의 웃음 사이로 정화가 어색한 웃음을 흘렸다. 멋쩍은 얼굴을 한 운의 헛기침 소리가 귓가에 얹혔다.

"근명 동지, 선윤 동지께서 관저에서는 어떠하셨습니까?"

"잘은 모르겠습니다. 그저 관저에 간 첫날부터 다른 여급들이 각별히 주의하라 일러준 터라 제가 좀 두려워해서 말입니다."

정화의 말에 운의 눈동자가 흔들렸다. 비록 대의를 위해서였다고 하나, 후지와라 히로유키로서 내뱉던 그 모든 말들은 한없이도 부끄럽고 또 차마 입에 담을 수 없는 것들뿐이었다. 모든 오해가 씻은 듯이 해소되었기로서니 그때의 기억을 떠올리는 것만 같아 온몸이 죄책감에 휩싸였다.

"허나 제가 가까이서 본 동지에 대한 소문은 그저 유언비어에 불과하였습니다. 아마 저보다 오래 그곳에 계셨던 애량 동지께서 소문을 잘 만들어 주신 덕이겠지요. 두 분의 정체를 뒤늦게서야 알아차린 것이 한입니다."

"자자, 앞으로 시간이 많으니 너무 몰아서 한번에들 묻지 마시게. 이야깃거리가 하룻밤 사이 바닥나면 흥미가 떨어지지 않겠는가?"

이직이 주변의 빈 술잔을 채우며 큰 소리로 말하였다. 시의적절하게 분위기를 바꿔 준 이직 덕에, 정화와 운이 서로를 향해 하얀 미소를 지어 보였다.

"그래, 오늘만큼은 편안히 즐기시게나."

"그러고 보니 이 근방에 파견되었다던 왜병은 어찌 되었는가?"

"아직 남아있습니다만, 행여라도 이 마을을 공격하지는 않을 겁니다."

운이 입술에 맺힌 이슬을 닦으며 엄인섭의 물음에 대답하였다.

"왜놈들이 어디 명분에 따라 일을 행하였던가."

"그래도 이곳은 조선 땅이 아니잖습니까. 당장 총칼을 들고 이곳으로 온다면 그것은 곧 흰파[i]와의 내분은 물론, 적위파[ii]와의 충돌을 야기할 수도 있을 겁니다. 기껏해야 그들이 우리를 통제하는 것뿐이겠지요. 빈대 잡자고 초가삼간을 태우지는 않을 성싶습니다."

"자네는 그래도 군사 기밀을 많이 알고 있던 자가 아닌가? 직접 오지는 않더라도 아마 은밀히 사람을 보내어 자네를 위협할 수도 있네. 허니 조심하게. 되도록 밖에 나가더라도 얼굴을 가리고 말일세."

"맞습니다. 동지께서는 여천 선생 다음으로 가는 장신이신데 이리 훤칠하게 잘생기셨으니 조금만 사람 많은 곳에 가도 눈에 잘 띌 겁니다. 허니 주의하십시오."

다시 한번 호탕한 웃음소리가 방 안을 가득 메웠다. 운도 민망한 기색을 감추고 조용히 미소를 띠었다.

"그러고 보니, 이곳의 길들은 전부 기억이 나느냐?"

"달라진 것들이 많아 아직은 낯섭니다."

"허면 정화야, 네가 지금 나가서 길을 좀 알려주거라. 새로 생긴 것이 많으니 말이다."

재형의 말에 정화와 운이 방을 나섰다. 마치 무언가를 알고 있는 듯한 그 미소가 눈에 어른거렸다. 순간 둘의 눈이 허공에서 마주쳤다. 재형의 속내를 알아차린 둘의 얼굴빛이 삽시간에 달아올라 지극히 민망한 듯, 부러 말도 않고 그곳을 빠져나가 빠른 걸음을 이어 나갔다.

"…… 그러고 보니 묻고 싶은 게 있소."

침묵을 깬 것은 앞장서서 성큼성큼 걸어 나가던 정화였다.

"무엇을?"

---

[i] 러시아 내전 당시, '백군(白軍)'을 의미한다.
[ii] 러시아 내전 당시, '적군(赤軍)'을 의미한다.

"말하였소?"

놀란 듯 흔들리는 운의 두 눈이 마치 토끼 같았다.

"뭐, 뭐를……?"

"우리의 이야기 말이오."

"아, 아니 그게 아니라, 아무래도 눈치채신 듯하오……."

부모에게 꾸지람을 듣는 어린아이마냥 고개를 푹 숙이고 중얼거리는 운의 모습에 어쩐지 마음속이 간지러웠다. 정화가 터질 것만 같은 웃음을 참고 운의 손을 잡았다. 놀란 그가 무어라 말하기도 전에, 정화가 다른 손으로 저 허공을 가리켰다. 그의 손끝에는 약방 하나가 달려 있었다.

"여기가 어딘지 아오?"

"압쩨까 (Аптека) 아니오? 아, 약방. 약방 말이오."

"여기는 덕창국이오. 물빛 안개의 모든 정보가 있는 곳이지. 근자에 들어 이 근방도 전부 왜놈들의 터전이 되었소. 이따금씩 마을 어귀에서도 어슬렁거리는데, 행여라도 덜미가 잡힐 것 같아 만들어 두었소. 이 지역의 왜군들이라면 필경 그대를 아는 자일 거요. 허니 부디 주의하시오. 그래도 아직까지는 별일이 없어 아이들이 주로 놀고 있긴 하지만, 행여라도 무슨 일이 생긴다면 이쪽으로 대피하면 될 거요. 소왕령의 페치카 선생님 자택 인근에도 같은 이름을 한 곳이 하나 더 있소. 그리고 이곳은……."

피식 웃으며 말을 이어 나가던 정화가, 자신에게 물끄러미 머물러 있는 운의 검은 두 눈동자를 보고 그만 뒷말을 흐렸다. 연유를 묻지 않으면 그저 하염없이 그 얼굴로 계속 자신만을 바라볼 참이었다.

"어찌 또 그리 보시오?"

"…… 기분이 이상하오. 이곳은 분명 나의 고향이거늘, 경성 관저에서 처음 보았던 그대가 그사이 이곳에 익숙해진 것이 묘하기 그지없소."

"내가 새로 태어난 곳이기도 하오. 비록 다른 동지들에 비해서는 한없이 부족하지만."

운이 말없이 정화를 바라보았다. 한층 더 자란, 그리고 아픔에 비교적 익숙해진 모습이었다. 뇌까리듯 내뱉은 그 말처럼 정화의 온몸에 묻어있는 것은 쓸쓸함이었다.

"그간 그대의 노고가 아니었다면 지금 이 만남조차 없었겠지. 결국 그대 덕에 물빛 안개에 한 걸음 가까워진 거요."

"…… 좀 더 버티지 못하여 미안할 뿐이오."

운의 널따란 어깨를 정화가 천천히 쓸어내렸다.

"고생이 많았소. 이제는 홀로 설움을 삭히지 않아도 되오."

"내가 하고 싶은 말이오. 이제는 절대로 그대의 곁을 떠나지 않겠소."

"…… 이제 내게 남은 사람들은 동지들과 그대뿐이오. 스쳐 지나가는 말일지라도 그런 말은 부디 하지 마시오."

"…… 미안하오."

운이 다시금 정화를 안았다. 안고 또 안아 바스러지더라도 더 안지 못하여 서러워할 것이다. 그만큼 소중한 사람이었다. 보는 것만으로도 모든 감정이 누그러지는, 품 안의 이 가녀린 사람이 너무도 사랑옵다. 이런 이를 두고 어찌 사라질 수 있으랴. 수백 번 하고 또다시 다짐했다. 다시는 떨어지지 않겠노라고. 목숨을 바칠 듯 굳건하고 결연하게 다짐하는 눈가가 반짝였다.

푸른 하늘에 붉은 해

―

1920년 4월 4일

탕!

굉음을 내며 날아간 총알이 과녁 한가운데에 꽂혔다. 아직 연기가 마르지 않은 총구는 여전히 그 자리에 머물러 있었다. 총의 손잡이를 붙잡은 손은 가녀렸으나, 또한 단단했다. 그 손 위로 더 크고 굵은 손이 덮였다.

"그대의 솜씨는 감히 내가 따라갈 것이 못 되는구려."

바로 곁에서 정화를 지켜보던 운이 미소를 띠며 말했다.

"전직 장교의 입에서 그런 말을 들으니 무어라 답해야 할지 모르겠소."

정화가 어느새 제 어깨를 끌어안고 있는 운의 팔을 당겨 안았다. 이윽고 고개를 돌리자, 그의 입술이 제 볼 위를 옴폭 눌렀다.

"지난 달포간 그대가 나를 몇 번이나 구해주었는지 셀 수도 없소. 일전 국경에서 한 번, 선포문을 나를 때 한 번, 그리고 일경에게 쫓기던 때에 수어 번……."

"그걸 전부 헤아리고 있었소?"

"고마우니 부러 헤아리지 않아도 기억에 남는 거요. 앞으로는 내가 그대를 구하리다."

정화의 말에 운은 대답이 없었다. 그저 늘 정화를 바라보는 그 달콤하고도 노긋한 눈으로 검은 머리칼을 쓰다듬을 뿐이었다. 달포 사이 많은 일들이 있었고, 고생한 만큼 그들의 얼굴 또한 점점 빛이 어두워져 갔으나 눈빛만큼은 여느 때보다도 또렷하였다.

"물빛 안개가 이루어지는 그다음 날, 그대와 혼례를 올리고 싶소."

"어찌 그날이 아닌가?"

"그날은 마침내 이 모든 것을 이루어 낸 기쁨을 온전히 누려야 하지 않겠소?"

"그 말이 참으로 옳지. 그 모든 것들을 누리기 전까지 나는 죽어서도 눈을 감지 않을 거요."

"약소하지만, 지금 이 자리에서 언약식이나마 할까."

"총을 들고 말이오?"

"그 총조차 우리를 갈라놓을 수 없다는 뜻이 아니겠소?"

운의 말에 정화가 웃으며 그의 품에 안기었다. 파고드는 품속이 한없이도 광활하고 따스하였다.

"꿈보다 해몽이라더니. 허나 그대가 없었다면 내가 더 버틸 수 없었을 테니, 그것이야말로 틀림없이 옳은 말인 게지."

운이 정화의 얼굴에 제 것을 부비며 작은 손을 움켰다. 커다란 자신의 손 안에서 작은 것이 꼼지락거리며 손바닥을 간질이는 느낌이 좋았다.

"약조하리다. 조선의 푸른 하늘에 붉은 해가 떠오르는 그날까지, 절대 그대와 떨어지지 않겠다고 말이오. 그땐 그대의 고향도 가 보고, 우리가 처음 만났던 경성의 그곳에도 다시 가 봅시다."

"총독부를 말이오?"

"일이 옳게 된다면 그 건물은 즉시 허물어질 터이니, 그때는 더 이상 총독부라 할 수 없겠지. 그대와의 첫 만남을 떠올리고 싶을 뿐, 그 이상도 이하도 아니오."

천천히 걸어 나가는 모든 걸음이 꿈만 같았다. 동지를 잃었을 때 함께 울고, 작전이 성공했을 때 함께 손을 부여잡는 존재가 있다는 것만으로도, 이 모든 끔찍한 시간을 견뎌낼 수 있었다. 밤마다 홀로 울음을 삼킬 필요도, 기쁨을 혼자만 누려 미안해할 연유도 없었다. 또한 서로를 사랑하는 만큼 물빛 안개를 사랑했기에, 더더욱 서로를 귀애하며 위기에서 구해줄 수 있었다.

꿈은 단 하나뿐이었다. 속히 물빛 안개가 이루어져서, 온전히 제 것이 된 그 땅에서 행복을 누리는 것. 이 사람과 걸어 나가는 모든 발걸음이 찬란하다. 아프고 아프지만 결코 후회 없을 이 길을 함께 걸어주는 사람이 있다는 것에 매 순간 감사하였다.

"이제 오는가?"

이직의 누이동생인 김윤신이 덕창국에 들어서는 운과 정화를 반기었다. 사모바르[i]에 담긴 차를 따르며, 그가 운과 정화에게 앉기를 권하였다.

"선생님께서도 계셨군요. 다른 분들은 아니 계십니까?"

"나 혼자일세. 자네들은 닭다리를 뜯고 오는가?"

'닭다리'가 '총'을 뜻하는 암어였으니, 닭다리를 뜯었느냐는 말은 곧 총을 쏘았느냐는 뜻이었다. 운이 고개를 끄덕이자, 윤신이 찬장에서 마른 빵 두어 덩이를 꺼내 운과 정화에게 건네었다.

"이른 시간부터 고생했소."

"아닙니다. 저희의 노고가 어디 선생님께 비하겠습니까."

"자네들과 같은 동지들이 있어 참으로 든든하네. 오라버니께서 자네들을 아끼는 연유를 내 이제는 그 누구보다 잘 알겠어."

---

[i] 내부 몸통에 연료와 물을 채우면 자동으로 물이 끓는 러시아의 주전자. 주로 차를 끓이거나 보온의 용도로 사용된다.

윤신의 말에 부끄러운 듯, 정화가 고개를 숙였다.

"제가 근명 동지께 많이 배우고 있습니다. 이젠 제 정체가 경성에도 알려져 쉬이 나가지 못하는 상황이니, 물빛 안개에 짐이 되지 않고자,"

"어허, 어찌 그런 말을 하는가?"

윤신이 엄정한 표정과 어투로 운을 질책하었다. 어떠한 상황에서도 은은한 미소를 잃지 않는 이직과는 달리, 윤신은 단호하고 때때로는 날카로운 얼굴로 동지들을 권계하며 정신을 일깨워주었다. 어느 쪽이든 둘 다 필요한 존재였으며, 모두 운과 정화의 마음 한편에 큰 위로가 되어주었다. 일전, 자신이 다른 동지들과 함께 막사과[i]에 가지 못한 것을 여직 죄스러워하는 운에게는 특히 그러하였다.

"정녕 자네가 짐이었다면 자네를 두고 모두가 함께 나섰을걸세. 총을 다룰 줄 아는 이들 중 상당수가 여기 남아 있지 않았던가? 말씀하신 대로 사람이 많으면 되려 위험하기에 그런 선택을 하신 게야. 또한, 자네를 믿지 못하셨다면 당초 밀정으로 자네를 보낼 생각을 하셨겠는가? 여타 작전들이야 말할 것도 없거니와 선포문을 나르는 데에까지 자네의 공이 혁혁한 것을 모르는 이가 없네."

윤신의 나직한 호통에 운이 고개를 푹 숙였다. 당황하던 정화도 잠시 망설이다, 곧 운을 따라 몸을 살짝 움츠렸다.

"송구합니다. 또한 그리 말씀해 주시니 감사하기 그지없습니다."

"그래요, 선생님. 그만 노여움을 푸세요. 이리 생각하는 것을 어찌 이 사람 잘못이라 하겠습니까. 전부 연해주에 도사리고 있는 왜놈들 탓이지요."

정화의 아양 어린 말에 윤신이 한숨을 내쉬었다. 누구나 할 법한 사소한 한마디에 호되게 꾸지람한 것이 되레 미안해졌다.

"그대는 누가 무어라 해도 물빛 안개에 꼭 필요한 사람일세. 허니 부디

---

[i] 莫斯科. '모스크바'의 한자식 표기

그런 걱정으로 시간을 낭비하지 말게나. 자네같이 중한 사람을, 스스로를 문명국가라 칭하는 금수만도 못한 인간들의 손에 털끝만큼이라도 다치지 않도록 하기 위함이네."

"알겠습니다."

"군자의 복수는 십 년이 걸려도 늦지 않다잖는가. 우리는 이 일을 한두 해에 끝낼 각오로 시작한 것이 아니네. 조금만 더 참아주게나. 문명인이라는 이들이 조선 애국자들을 이리 학살하니 왜놈 애국자들도 죄 우리의 손에 죽어야 마땅하지, 아니 그런가?"

그 말을 하는 윤신의 두 눈에는 서슬 퍼런 기색이 어렸다. 총 한 자루 들려있지 않은 두 손이었으나, 마치 일왕의 목이라도 손에 들린 것만 같았다. 냉소 어린 말을 내뱉으며 윤신이 외투를 챙겨 입었다.

"어디 가십니까?"

"집에 가 식사를 준비해야지. 자네들도 조금 있다가 우리 집으로 오게나."

"아닙니다. 곧 신한촌으로 떠나기로 한 터라, 식사는 게서 하려 합니다."

"참, 내 정신 좀 보게나. 인사조차 건네지 못할 뻔하였군그래. 조심히 잘 돌아가시게."

"감사합니다. 곧 다시 뵙겠습니다."

윤신마저 나가자, 덕창국에 남은 것은 운과 정화뿐이었다. 묘한 기류 때문일까, 둘은 평소 단둘이 있을 때처럼 서로의 손을 맞잡지도, 곁에 나란히 앉지도 않은 채 그저 침묵을 지키고 각기 다른 곳을 바라보고 있었다. 그러다 약속이라도 한 듯, 함께 문을 나섰다.

"도착하여 다시 닭다리를 뜯으시겠소?"

바깥바람을 다시 맞은 지 얼마나 되었을까, 정화가 운을 향해 고개를 돌리며 물었다. 다시 한번 총을 잡겠느냐는 뜻이었다.

"또? 허면 내려오지 말고 조금 더 있다 올 걸 그랬군."

"산만 내려오면 허기가 져서 그렇소."

"허기라니?"

"여우를 잡으려면 응당 배를 불려야 하지 않겠는가. 그리하기 위해서는 닭다리만 한 것이 없다오."

"소리가 새어 나갈까 그렇지."

"사냥하는 소리라 하면 되오. 그대 또한 경성에 있을 적에 그리 둘러대었다 하지 않았던가."

태연한 정화의 말에 운이 그만 피식 웃고 말았다. 정화가 하얀 미소를 그리며 운을 마주 보고 앉았다.

"정말이지 금방 배우는군그래."

"암, 누구의 정인인데."

부러 짓궂게 말하는 정화의 머리를 운이 차분히 쓰다듬었다. 한 올 한 올 손끝에 닿는 머리칼이 부드러웠다. 손이 머리를 지나 얼굴로 향하여, 하얀 두 볼을 어루만졌다.

"뿌듯하군그래. 허나 지금은 총알을 조금만 아낍시다. 금일 새벽부터 내내 사격 연습을 하지 않았던가."

"두려운가, 그대가 짐이 되는 것 같아서."

운의 눈 속에 정화가 담겼다. 저 맑고도 장엄한 표정을 차마 거부할 이가 있을까. 행여 저를 꾸짖으려나 싶어 내심 두려움을 품기도 하였으나, 차마 시선을 돌릴 수 없는 기운이 있었다. 커다란 두 눈이 서리 하나 없이 맑게 얼어붙은 바이칼호[i]보다 더욱 깊고 청명하기 때문이리라.

"그대는 귀한 존재요. 온 역사를 망라하여 보시오. 그 어느 누가 간 크게 총독부 관저에 양자로 잠입하였겠는가. 행여 생각은 했을지라도, 차마 실행에 옮기지는 못하였겠지. 그대는 이미 역사를 쓴 거요. 그대가 쓴 역사로 말미암아 알게 된 정보가 그만큼 귀하기에, 어떻게든 그대를 지키려 하

---

i 러시아 이르쿠츠크에 있는 호수로, 세계에서 가장 깊은 호수이다.

는 거요. 그대가 곧 물빛 안개이니 말이오. 허니 짐이 된다 여기거나, 미안해할 필요 또한 없소."

 정화가 운의 어깨를 옴폭 쥐며 말하였다. 절제되었으나 단아하고 또 시원한 미소가 작은 얼굴에 오밀조밀 담겨 있었다. 한여름 눈이 녹듯 마음이 금세 편안해졌다. 어느새 제 얼굴은 세상에 둘도 없는 미소를 띠었고, 정화를 품속 깊이 안고 있었다.
 쪽, 운의 입술이 정화의 이마에 닿았다.
 "고맙소, 그리 말해주어서."
 운의 손끝이 장난스레 정화의 볼을 간질였다. 순간 피어오르는 아이처럼 순수한 얼굴에 운도 함께 웃음을 터뜨렸다.
 "어찌 웃소?"
 "'조선'이라는 이름을 가진 땅이 있다면 아마 그대를 닮았을 거요."
 "그대가 얼마 전까지 세월을 보냈던 곳이 아닌가?"
 "조선의 이름을 하지는 않았잖소. 하여 늘 서러웠소. 나의 고향이고 나의 땅이라는 곳을 내가 선명히 기억하지 못하니 말이오. 하여 그대에게 묻고 싶소. 어떠하였는가?"
 "추위조차도 찬란하고, 을씨년스럽지 않았소. 밤중의 달조차 밝기가 이루 말할 수 없으니, 그 땅에 비추는 햇살은 오죽하였던가. 왜놈들의 손길이 조선에 비해 비교적 덜 미치는 이곳 연해주에서도, 그대가 사랑하는 백야 속에서도 느낄 수 없는 안온함이 있다오."
 "반드시 같이 갑시다."
 운이 미소 지었다. 꼭 정화였다. 아직 한 번도 본 적 없는 물빛 안개는 이 사람만큼이나 그윽하고 또 포실하리라.
 "그대를 이리 보니 꼭 드는 생각이 있소."
 "무엇이오?"
 "모든 언어는 나이릴 때 배워야 하나 보오."

운이 정화를 향해 뜬금없는 말을 건네었다. 이해하지 못한 정화가 고개를 갸웃했다.

"느닷없이 무슨 말이오?"

"어제 야학에서 보았던 그대의 표정과 꼭 같아서 그렇소."

"선생이라는 이가 수업은 하지 않고 사랑놀음만 한 거요?"

정화의 말에 운이 꾸중을 모면하려는 어린아이마냥 저보다 작은 품에 몸을 접어 안기었다.

"그리 꾸짖는다면 내가 할 말이 없지……. 허나 수업을 듣는 그 누구도 그대의 왜어 발음을 따라오지 못하는데, 내 눈이 가는 것을 어찌하오?"

느닷없는 칭찬에 정화가 피식 웃음을 터뜨렸다. 그저 핑계에 불과하다는 것을 너무도 잘 알기에, 더더욱 웃음을 참을 수가 없었다.

"말하는 것만 듣고 어느 나라 사람인지 분간할 수 없는 것은 그대도 마찬가지이거늘, 지금 내 노어가 서툴다고 에둘러 말하는 겐가?"

"아니, 그게 어찌 그리되는 거요?"

억울한 강아지마냥 눈꼬리를 축 내리는 운을 보며 정화가 미소 지었다.

"농이오. 그저 그대가 내 노어 스승이 되었으면 어땠을까, 하고 생각할 뿐이오."

"이미 문제없이 알아듣고 말하지 않소?"

"그대만큼 잘하고 싶소. 그대는 마우재¹들보다 노어를 더 잘하잖소."

운이 두 눈으로 반달을 그리며 정화의 머리를 쓰다듬었다.

"어디 가서 무리 없을 정도로만 하면 충분하지 않겠소? 우리는 누가 보아도 조선인의 외양을 하였으니 마우재 밀정 노릇은 할 수도 없고 말이오. 그건 나도, 이곳에서 나고 자란 신한촌 사람들도 마찬가지요."

"그저 욕심인 게지."

---

i 러시아인을 속되게 이르는 말

"허면 앞으로 둘이 있을 때 노어로만 대화하는 것은 어떻소?"

운의 말에 정화가 눈을 동그랗게 떴다.

"생각도 못 한 방도요. 효과가 있겠는가?"

"해봐야 알 일이오. 허나 그대가 더 깊이 공부하고 싶어 하는 것 같아 그렇지."

"그대, 설마 얼마우재[i]가 된 거요?"

부러 짓궂게 말하였으나, 다시 한번 시무룩한 얼굴로 자신을 억울스레 바라보는 운의 손을 잡으며 정화가 피식, 웃음을 터뜨렸다.

"농이오. 우리 중에 그런 자가 있을 리가. 페치카 선생님께서 대노하실 일이 아니오?"

"그 말이 실로 옳지."

"그분이 계셔서 다행이오. 다른 나라 땅에서 스스로가 조선인임을 잊지 않고 사는 것이 그 얼마나 갸륵한 일인가. 그 마음이야말로 물빛 안개의 시발점이니, 앞으로의 백 년을 도모할 수 있는 것은 전부 그분의 덕이라 해도 과언이 아니겠지."

정화의 말에 문득, 재형이 입버릇처럼 달고 살던 한마디가 떠올랐다. 과거 이름 모를 농촌에서 교편을 잡던 이가 얼마우재들에게 괄시를 당하고 차마 교사 노릇을 할 수 없어 학교 문을 닫고 왔노라 하소연을 한 적이 있었다. 재형은 그를 다독이거나 함께 분노하지 않았다. 되려 그의 뺨을 갈기며, 애국자라 자칭하는 이가 그만한 난관도 극복하거나 참지 못하면서 무슨 수로 빼앗긴 나라를 되찾겠느냐고 책망했다.

자식과도 같은 동지들을 잃었을 때도, 친자식이 목숨을 잃었을 때도, 십수 년 전에 벌여 들었던 수많은 자금이 눈 녹듯 사라질 때도 재형은 그때의 일을 떠올리며 더욱 마음을 굳게 다잡을 수밖에 없었다. 운이 나이가

---

i 러시아인을 흉내 내며 경망스럽게 구는 사람을 이르는 말

차지 않은 때에 독립운동에 가담하겠노라 떼를 쓸 때도, 재형은 늘 그를 꾸짖으며 말하였다.

"이 짧은 시간조차 견디지 못한다면 앞으로의 백 년을 어찌 도모하겠느냐?"

운과 정화가 동시에 말하였다. 늘 제 심지를 다잡아주었던 그 말을 정화의 입을 통해 듣는 기분이 실로 묘하여서, 운이 그만 웃음을 터뜨리고 말았다.

"실로 페치카 선생님답군그래. 그대가 어릴 적 어찌 그리 꾸지람을 들었는지 알겠소."

"부끄러우니 그때 이야기는 그만하지……."

부부마냥 함께 지내다 보니, 그간 못했던 예전의 이야기들을 많이 나눌 수가 있었다. 어느 날 하루, 운은 어릴 적, 자신도 물빛 안개에 동참시켜달라고 조르다가 상설과 재형에게 하루가 멀다 하고 회초리를 맞았던 이야기를 하였다. 장성한 지금으로서는 상상할 수 없는 철없는 모습에 웃음을 참지 못하던 정화는 틈만 나면 그 이야기를 꺼내었다. 관저에 있을 적에는 한 치의 어긋남도 없이 딱딱하게 굴었으면서 어릴 적에는 그리 말을 듣지 않았던 것을 재미있어했다. 가만히 생각해 보면 그때도 그리 순종적이지는 않았더라는 말을 덧붙이는 것도 잊지 않았더랬다.

그릇된 일은 아니기로서니, 정화에게 듬직한 모습만 보이고 싶었던 운은 그것을 내켜 하지 않았다. 어린 시절의 철없음을 두고 놀림당하는 느낌이 들어 얼굴이 붉게 물들고는 하였다. 허나 이 일을 하면서 웃음을 띠는 것이 얼마나 힘든지 알고 있었기에, 말릴 수도 없었다.

비단 물빛 안개뿐만이 아니었다. 아라사 땅에서는 내전이 계속되고 있었고, 그 세력은 운과 정화를 비롯한 신한촌 식구들에게도 영향을 미쳤다. 특히 아라사 내 조선인들의 거두인 재형은 총독부의 가장 큰 경계 대상이었다. 그런 모든 것들을 생각하면 늘 머리가 아팠다. 몸 안의 모든 것을 토

해낼 만큼 깊은 한숨을 내쉬다가도, 정화를 보면 잠시나마 그런 생각을 잊게 되었다. 그리고 그것은 정화도 마찬가지였다. 무거운 이야기를 하다가도, 그들은 결국 서로를 따라 피식 웃고는 하였다.

"아마 그대가 아닌 내가 이곳에서 나고 자랐어도, 나 또한 비슷했을 거요. 그분의 뜻을 어찌 꺾겠는가. 재무 총장 자리도 단호히 거절하셨던 분이 아니오?"

재형은 조선의 해방이 임시정부를 조직하는 데 있는 것이 아니라 생각했다. 임시정부에 부정적이었던 것이 아니었다. 그저 자신의 길은 군대를 조직하고 양성하는 것이라 여겼을 뿐이었다. 임정[i]에서 재무 총장을 맡아 달라 하였을 때, 그는 단호히 거절하였다. 조선의 독립은 조선인 해방 군대를 조직하고 양성하는 데 있는 것이 그 연유라 하였다. 아울러 자신은 본시 조선의병대에 종사하였고 지금도 종사하고 있으니 만일 상해로 가는 여비가 있다면 그 돈으로 총을 사서 우리 독립 군대로 보낼 것이라고 덧붙이는 것도 잊지 않았다. 다행스럽게도 임정은 그의 뜻을 존중하였다.

"그렇지. 그런 분께 물빛 안개에 동참하도록 해 달라고 조르다 꾸중을 들은 것이 나중에 영광이 되기를 바랄 뿐이오. 멀리서도 아무쪼록 무탈하시길,"

"알료샤 형!"

소리치며 달려오는 이는 성학이었다. 가쁜 숨을 몰아쉬며, 그가 운의 앞에 엎어지듯 주저앉았다. 오랜만에 보는 반가운 얼굴이었으나 운과 정화가 당황한 기색을 감추지 못하고 서로를 바라보았다. 재형과 함께 소왕령을 떠나 피난한 성학은 지금 여기 있으면 아니 되었다.

"파샤, 네가 왜 여기에 있느냐? 어찌하여 벌써 돌아왔느냐?"

"형, 그리고 근명 동지. 지금 여기 계시면 아니 되오. 어서 떠나시오, 어서!"

---

i 대한민국 임시정부의 준말

"그게 무슨 말이냐?"

"형, 아버지가 위험하셔. 왜놈들이 아버지를 죽이러 왔어."

일본의 견제가 심해진 것은 하루 이틀의 일이 아니었다. 하여 재형은 평생을 바쳐 일구어낸 신한촌을 떠나 다른 여러 곳으로 몸을 피할 수밖에 없었다. 그를 잃는다는 것은 아라사 내 한인들 모두에게 위기나 마찬가지였기에 성학은 재형을 보호하러 함께 떠났다. 언제 돌아올지에 대한 기약은 없었다. 하여 오늘 돌아오는 것도 그리 이상한 일은 아닐지도 모른다. 다만 이 둘이 소왕령을 떠난 것이 어제였기에, 이미 어렴풋이 짐작하였기로서니 운과 정화의 얼굴이 하얗게 질려갔다.

"동지, 진정하고 말씀해 보시오. 선생님과 함께 돌아오셨다는 말이오? 대체 어이하여?"

"왜놈들이 선생님께 화를 입힌 게냐?"

"파벨 동지, 우리가 어떻게든 시간을 벌어보겠소. 그러니 어서 선생님들을,"

성학이 고개를 저었다. 파르르, 떨리는 그의 손등 위로 눈물이 떨어졌다.

"아버님께서는 남고자 하셨소."

"뭐? 그게 대체……!"

"아버님께서 떠나면 왜놈들이 반드시 어머니와 우리들을 체포하여 고문할 것이라고, 그걸 두고 볼 수 없다며……."

말끝을 흐리며 성학이 운을 쳐다보았다. 공포와 한이 서린 두 눈동자는, 운의 정체가 밝혀지던 그때와 비교할 수 없을 정도로 요동치고 있었다.

"형, 형은 어서 떠나. 동지도 함께 떠나시오. 둘마저 죽게 둘 수 없소. 어찌 이곳에서 모두 개죽음하겠는가."

"아니, 잠시만. 선생님을 뵈어야겠다."

"형, 제발!"

"내가 이야기해 보마. 페치카 선생님이 없는 신한촌이 어찌,"

운은 말을 더 이을 수 없었다. 믿을 수 없는 광경이 벌어지고 있었다. 백야가 올 시기가 아닌 사월의 한밤중에, 하늘 저편이 핏빛으로 물들어 있었다.

* * *

"어찌 남겠다 하였는가?"
성학이 떠난 후 한참 동안 이어지던 침묵을 깨뜨린 것은 재형이었다. 이직과 경섭이 똑같은 얼굴을 한 채 그를 바라보았다.
"형님과 같은 뜻이지."
"마리야[i] 동지께서 말없이 보내주시던가?"
"하여 부러 말하지 않았소. 제아무리 누이동생이라지만 그 고집을 어찌 꺾겠소. 다만 훗날 저승에서 다시 만날 때 야단깨나 맞을까 그것이 두렵소그려."
이직의 너스레에 재형과 경섭이 호탕한 웃음을 터뜨렸다.
"마리야 동지께서도 이해해 줄걸세. 우린 그래도 살 만큼 살지 않았던가. 우리의 이 선택이 다른 이들을 구할 수만 있다면 수백 번이라도 고쳐 죽어야지."
"맞소. 헌데 이게 무슨 냄새요?"
경섭의 말처럼 어딘가에서 매캐한 냄새가 스멀스멀 올라왔다. 집 안에는 셋을 제하고는 아무도 없었고, 해가 저물 즈음부터 그러하였기에 요리하다 음식을 태웠을 리는 없었다.
"옆집 주방에서 음식을 태운 것이 아니겠소? 형님, 그나저나 나는 변소 좀 다녀오겠소."

---

[i] Мария. 김윤신의 러시아 이름

"그리하게나."

주필이 자리를 비우고서도 타는 듯한 냄새는 계속 몰려왔고, 더욱 심해졌다. 어디선가 무슨 일이 벌어진 것이 자명하다는 것을 알리기라도 하듯, 밖에서 요란한 소리가 들려오는 듯하였다.

"이것이 정녕 주방에서 나는 냄새가 맞소? 또한 밖이 시끄러운즉, 무슨 일이 벌어진 것이 아닌가?"

"이 밤중에 말이오? 적진의 동태는 우리가 전부 살피고 있었지 않소?"

아라사 전체에 도사리고 있는 황군의 동태를 파악하기로 한 것은 엄인섭과 함동철이었다. 문득, 주위를 둘러보았으나 모두 없었다. 동태를 파악하기 위해 국경 지대로 간 이들이 자리에 없는 것은 당연지사였으나, 이 위태로운 상황 속 가장 의심 가는 두 명이 자리를 비웠다는 것에 마음이 심히 불안해졌다. 이들에게서 찻잎이 우러난 것은 아닐까?

"설마 그 둘이 밀정이란 말인가? 그것이 아니라면 정보가 어디서 새었다는 말인가?"

허탈했다. 수십 년간 이어온 물빛 안개를 향한 노력이 가장 가까운 변절자에 의해 소멸한다는 것이, 실수 한 번에 헛된 결과를 낳았다는 것이. 총독부에까지 우리의 밀정을 잠입시켰기로서니 어찌하여 등잔 밑을 살피지 못하였을까.

"내 가서 바깥을 살피고 오겠소."

경섭이 말릴 겨를도 없이 재빨리 몸을 일으켜 문 쪽으로 향하였다. 자신이 죽는 것이야 진즉부터 각오한 일이기로서니, 무고한 이들이 전부 학살당하고 있으리라는 불안감에 숨조차 편안히 쉴 수 없었다. 순간, 문밖에서 다른 소리가 들려왔다. 모두의 웅성거림 너머로 익숙한 얼굴이 나타났다. 원세훈이었다.

"형님, 전쟁이 났소."

"그게 무슨 말인가?"

"속히 피하시오. 일경이 들이닥칠 거요."

"선생님!"

세훈의 말이 끝나기가 무섭게 정화가 집 안으로 들이닥쳤다.

"정화야! 대체 어찌 여기에,"

"파벨 동지께 이야기를 듣고 왔습니다. 속히 피하셔야 합니다. 밖에 왜군들이 몰려와 있습니다."

정화가 서둘러 재형에게 다가갔으나, 재형은 미동조차 하지 않았다. 세훈과 정화의 등장에 밖으로 나가보지 못한 경섭도, 재형의 곁을 지키고 있던 이직도 마찬가지였다.

"선생님들, 나가셔야 합니다. 파벨 동지와 선윤 동지가 있으니 가족들은 무사히 대피시킬 수 있을 겁니다. 우선 피하십시오. 선생님들 없이 물빛 안개를 어찌 도모하겠습니까."

"정화야, 나가서 다른 이들을 구하거라. 우린 괜찮다."

"그럴 수 없습니다, 선생님과 함께……!"

"행여 내게 무슨 일이 생겨도 오지 말거라. 나는 이미 살 만큼 산 몸이 아니더냐. 이 비루한 목숨을 보전하고자 다른 이들을 죽게 만들 수는 없다."

재형의 그 말이 무엇을 의미하는지 모를 이는 없었다. 듣고도 제 귀를 의심할 수밖에 없었던 정화가 그 자리에서 휘청였다. 차마 떨어지지 않는 입술을 떨며, 다른 이들을 망연히 바라만 보았다. 모두가, 자신을 제한 모두가 같은 얼굴을 하고 있었다.

"걱정 마라, 죽지 않는다. 그저 만일을 위해 한 말이다."

그 말이 사실이 아니라는 것을 모를 리가 없었다. 누구도 입 밖으로 내지 않았으나, 모두가 직감할 수 있었다. 이렇게 서로가 마주 보는 것은 이 자리가 마지막이리라. 허나 실감이 나지 않았다. 하여 눈물도 흘릴 수 없었다. 무어라 말해야 할지도 몰랐다. 떠나야 할까, 말아야 할까.

"아아……."

허나 선택지는 하나뿐이었다. 그 누가 오더라도, 어떠한 말을 하더라도 꺾이지 않을 뜻이라는 걸 알았다.

"…… 푸른 하늘에 붉은 해가 드리우는 날, 조선 땅에서 다시 뵙겠습니다."

모든 것을 직감하고 쏟아지는 눈물을 참으며, 정화가 깊이 고개를 숙였다. 그 누구도 대답하지 못하였다. 그리고 정화 또한 그것을 바랐다. 차라리 자신을 매정히 보내준다면, 그럼 더 시간을 지체하여 다른 이들을 구하지 못하는 일이 없을 테니. 떼어내는 한 걸음 한 걸음이 가슴을 도려내는 듯하였다. 문을 닫자, 그제야 눈물이 흘러내렸다. 허나 그럴 시간이 없었다. 서둘러 마을을 향해 달리려는 순간, 누군가가 제 입을 우악스럽게 틀어막았다.

* * *

"어찌하려 그리 매정히 보냈소? 딸처럼 아끼던 아이인데, 한 번이라도 안아주지 그랬소."

경섭이 여전히 정화가 떠난 곳에서 눈을 떼지 못하며 물었다.

"자네들의 마음을 대변하였을 뿐이네."

"반드시 올 걸 알고 있지 않소. 정화도 정화지만, 만일 운이 방금의 이야기를 전해 듣는다면 그 아이야말로 반드시 올 것이오."

이직이 전에 없이 불안한 기색을 내비쳤다. 죽음을 앞둔 이의 두려움이 아닌, 자식이 위험에 처할 것을 두려워하는 부모의 얼굴이었다.

"운은 정화의 말을 잘 듣네. 그러니 오지 않을 걸세."

"덧없군. 정녕 모든 것이 이리 끝난다는 말인가."

경섭이 천장을 바라보며 탄식하였다.

"우리의 흔적이 그리 빨리 지워질 수는 없을걸세. 실로 그렇다면, 그간

벌었던 그 많은 돈을 전부 써버리고, 또 이곳 땅 전체를 누비며 동분서주하였던 그 시간이 너무도 아깝지 않겠는가."

재형의 얼굴은 무서울 정도로 담담하였다. 페치카, 그 말처럼 온화하고 따스한 기색이 드리웠다. 그가 몸을 돌려 이직과 경섭의 손을 맞잡았다.

"또한 물빛 안개는 계속되겠지. 푸른 하늘에 붉은 해가 떠오르고, 마침내 이 세상에 크고 높은 광명이 드리우는 그날까지 말일세. 우리의 이름이 달리 '명중경단明中景團'이겠는가?"

재형이 말을 마치자마자 굉음과 함께 집 안에 군인들이 들이닥쳤다. 한눈에 보아도 일고여덟 명은 되어 보이는 이들은 전부 총칼로 무장하고 있었다. 좌중의 그 누구도 놀라지 않았다. 이미 오래전부터 예상해 왔던 일이 오늘일 줄은 몰랐을 뿐이었다. 곧이어 저편에서 시끌시끌한 소리가 나더니, 익숙한 얼굴을 한 이가 결박당하여 내동댕이쳐졌다.

"…… 형님."

"제냐 자네, 괜찮은가? 변소에 다녀온다더니 이 무슨 낭패인가."

"곧 죽을 이가 넘어지는 것 따위를 신경 쓰겠소."

죽음을 목전에 둔 사람답지 않은 태연자약한 어투였다. 그러나 희미하지만 분명히 섞여 있는 웃음에, 그 상황에서조차 모두가 허탈하게나마 웃음을 짓고야 말았다.

[답하라. 네놈들이 불령한 짓을 꾸미기 위해 모은 돈과 선포문은 모두 어디에 두었느냐?]

황군의 물음에 대한 대답은 이어지지 않았다. 말없이 그들을 응시하던 주필이 재형을 향해 천천히 고개를 돌렸다.

"형님들, 타국서 고생 많으셨소."

발길질이 날아들었다. 환갑이 넘거나 그에 준하는 나이의 이들이 묵묵히 견뎌내기에는 너무도 가혹한 매질이었다. 온몸을 짓밟는 군홧발 너머로, 책장이 무너지고 액자가 떨어져 박살 났다. 액자 속에 담긴 사랑하는 이들의 얼굴이 눈에 밟혔다. 기도하였다. 부디 저들만큼은 무사토록 해달라고.

* * *

입을 틀어막히고 양팔마저 움직이지 못하게 된 정화가 몸부림을 쳤다. 양팔을 빼낼 때까지 이 억센 손아귀에서 벗어나려 안간힘을 쓰고 또 쓰려던 찰나, 알 수 없는 이가 말없이 그를 풀어주었다. 당황함도 잠시, 금세 몸을 돌려 공격하려던 정화의 어깨를 정체 모를 이가 양손으로 감쌌다.
"무사하오?"
어둠 속이라 제대로 확인할 수 없었지만 분명 확실한 목소리였다. 이어 번쩍이는 불빛 속에서, 비로소 반갑고도 그리운 그 얼굴을 제대로 볼 수 있었다.
"무사하오. 다행히 아무런 해도 입지 않았소."
말을 마치기도 전에, 운이 정화를 끌어안았다. 늘 넓고 포근했던 그의 품마저 떨고 있었다.
"이젠 어찌해야 하는가?"
"다른 동지들은 어떠하오?"
"선생님들께서 계신 집으로 가던 중에 보았소, 서, 성희 동지가 왜군의 총에 맞았소……. 머리를 맞았으니 아마 더는,"
헐떡이며 말을 잇지 못하는 정화를 운이 더욱 꽉 끌어안았다.
"잘 들으시오. 우리는 이곳을 빠져나가야 하오."
운이 한 손으로 정화의 어깨를 다독이며, 다른 손으로는 장총 한 자루를 건네었다.
"수가 몇이나 되었소? 급히 나오느라 제대로 보지 못하였소."
"수백은 되어 보였소. 허나 더 올 듯싶소."

"우리가 속히 가야 하오. 선생님들께서 위험하오. 집 안에서 나오지 않으셨소."

"뭐? 어째서 말인가?"

운이 경악하며 외치듯 되물었다. 정화가 눈물 가득한 눈으로 떨리는 숨을 내뱉었다.

"…… 이미 각오하신 듯하오……. 대신 다른 이들을 구하라 하셨소……."

"내가 다시 가 보겠소. 행여 왜군이 안에 들이닥치기라도 하였는가?"

"내가 나올 때까지는 아니었소. 허나 나온 지 조금 되어 그 안의 상황이 어찌 변하였는지는 모르오. 설혹 이미 무슨 일이 벌어진 거라면……."

이 근처에서 나는 모든 소리가 그들을 찾고 있는 듯하였다. 반드시 구할 테니 조금만 버텨달라고 마음속으로 빌고 또 빌었으나, 마치 그 안에서 무슨 일이 벌어지고 있는지 알고 있는 양 불안하였다. 손에 쥔 총이 바들바들 떨리며 요란한 소리를 내었다. 보다 못한 운이 제 소맷자락을 북, 하고 찢었다. 그리고 그것으로 정화의 손과 총을 단단히 동여매었다. 총과 한 몸이 된 정화의 손을, 운이 제 것으로 굳게 감쌌다.

"그 어떤 일이 있어도 물빛 안개가 들켜서는 아니 되오."

"그대는 덕창국으로 가서 자료들을 지키시오. 나는 다른 이들을 대피시키고, 선생님들을 구출하러 가겠소."

운이 총을 고쳐잡으며 정화에게 당부하였다.

"일을 마친 뒤에는 페치카 선생 자택에서 다시 봅시다. 사람들을 구출하여 데리고 가겠소."

"나 또한 그리하겠소. 만일 그곳마저 위험하다면, 숲속에서 만납시다. 그리고 행여 내가 동이 틀 때까지 오지 않는다면,"

"아니!"

운의 말에 정화가 비명을 지르며 그의 손을 잡고 주저앉았다. 놀란 운이 움찔하였으나, 곧 정화의 떨리는 어깨를 천천히 쓰다듬었다.

"제발…… 제발 그런 말은 마시오. 우리가 돌고 돌아 이리 힘들게 만났거늘, 달포 만에 허무하게 끝날 수는 없지 않은가."

커다란 두 눈은 그 어느 때보다 극심한 불안에 질려 애원하고 있었다. 죽지 말라는 것을 넘어 자신을 죽이지 말아 달라고, 파들파들 떨리는 두 눈동자는 그리 말하고 있었다. 그것이 무엇을 의미하는지 운이 모를 리 없었다. 저보고 살아달라 하는 것보다, 나를 죽이지 말아 달라 하는 정화의 그 한마디가 총을 더욱 꽉 쥐도록 만들었다.

"부디…… 부디 무사하시오. 반드시 살아서 봅시다."

"살아 돌아오겠소, 반드시. 허니 청컨대, 그대도 무사하시오."

운의 그 말은 어떠한 것보다 큰 믿음을 주었다. 지금껏 그가 한 약조 중, 어긴 것은 단 하나도 없었다. 정화가 운의 커다란 두 손을 꽉 붙들었다.

"대한 독립 만세."

"대한 독립 만세."

떨어지지 않는 손을 애써 떨쳐내고, 정화와 운이 서로 다른 방향으로 내달렸다. 정화는 덕창국을 향하였고, 운은 마을을 향하였다. 빗발치는 총탄을 헤치며, 운이 천천히 앞으로 나아갔다. 나무 뒤에, 또 벽 뒤에 숨어서 총탄을 피하며, 그 또한 총을 장전하였다. 허나 함부로 쏠 수는 없었다. 총을 쏠 줄 아는 이가 현저히 적은 이곳에서 누군가가 저격당했을 때, 제 위치가 발각되는 것은 순식간이기 때문이다. 홀로 있는 이 상황에서 더더욱 신중할 수밖에 없었다. 마을 어귀로 가려면 이 숲을 빠져나가 저 아래로 내려가야 한다. 여기서부터 백 보 정도만 간다면 아마 다른 사람들을 숲속으로 대피시킬 수 있으리라.

운이 천천히 나무 뒤에서 빠져나와 재빨리 달렸다. 무언가에 쫓기는 이처럼 빠른 속도로 내달리며, 운이 간신히 마을 입구에 당도하였다. 아비규환이었다. 도망치는 이들은 세 걸음도 못 가서 총탄에 쓰러졌고, 죽은 이를 부여잡고 울부짖다 총에 맞아 고꾸라지는 것을 벌써 몇 번이나 보았는지 헤아릴 수조차 없었다.

 몸이 쉬이 움직이지 않았다. 귓가에 맺히는 모든 소리가 비명이었다. 두려움이었다. 왜놈들의 앞에서 새빨간 거짓말을 하면서도 털끝 하나 움찔하지 않던 저였으나, 안면이 익숙한 이들이 죽는 모습을 보는 것만은 한없이도 두려웠다. 수도 없이 많은 이들이 제 곁을 떠났다. 재형 다음으로 가장 믿고 따랐던 상설도, 제 어머니이자 누이였던 자현도, 그리고 조금 더 일찍 구하지 못한 관영도. 자현이 떠나던 그날의 기억이 떠올랐다. 관영이 만신창이가 된 채로 죽어가던 서대문 감옥에서의 모습도 떠올랐다.

 운이 고개를 세차게 저었다. 지금 여기서 나약해질 수는 없었다. 그들이 바라던 것은 하나뿐이었다. 물빛 안개, 그것을 이루기 위해서 그는 다른 이들을 살리고, 재형을 구해야 했다. 그리고 그것이 곧 정화를 구하는 길이었다. 후들거리던 다리에 힘을 강하게 주었다.

 그리고 다시 한번 발걸음을 내딛으려는 순간, 운의 몸이 앞으로 고꾸라졌다. 무슨 일이 벌어졌는지 파악하기도 전에, 오른쪽 어깨에서 타는 듯한 통증이 흘러내렸다. 피였다. 천천히 상처를 더듬었다. 다행히 총알이 관통하지는 않고, 조금 스친 정도였다. 식지 않은 혈흔이 눌어붙은 왼손으로, 운이 소맷자락을 뜯어냈다. 길게 찢어진 천으로 어깨를 동여맸다. 천을 타고 피가 흘러 다시 손을 적셨다. 총알이 스칠 때와는 또 다른 고통에 이를 악물었다. 거친 숨을 몰아쉬며, 운이 다시 총의 자루를 세게 쥐었다.

 그렇게 얼마나 달렸을까, 마침내 마을이 보였다. 제발, 제발 사람들이 없기를 바랐다. 헛걸음하다 상처를 입은 것일지라도 이미 전부 도망쳤기를, 간절히 바라고 또 바랐다. 힘든 걸음일지라도 좋으니 차라리 아무도 없기를…….

 탕!

 일발의 총성과 함께 운이 쓰러졌다. 아까와는 비견할 수 없는 고통이 온몸에 퍼졌다. 어디에 맞은 것인지도 알 수 없을 정도였다. 고통에 찬 숨을 내뱉기도 전에 그만 혼절하고 말았다. 아주 잠깐 잃어버린 정신을 되찾았을 즈음, 희미하게 뜬 실눈 사이로 황갈색 군복을 입은 사람 두 명이 보였다.

[누구냐?]

비명과 총성이 빗발치며 시끄러운 소리를 뚫고 분명한 왜어가 들려왔다.

[총을 들고 있는 놈입니다!]

[뭐, 총?]

[다른 선인들과 다른 차림을 하고 있습니다! 저놈이 우리가 찾던 불령선인인 듯합니다!]

병사 하나가 쓰러진 운을 향해 달려왔다. 잠시 정신을 잃고 축 늘어진 운을 이리저리 뒤척거리던 병사가 놀라서 주저앉았다.

[주, 중대장님!]

[뭐냐?]

[후, 후지와라 히로유키입니다! 즉시 처단하여,]

[잠깐, 쏘지 마라.]

[네?]

황군 대위의 말에, 운의 머리에 총을 겨누던 병사가 의아하다는 듯 되물었다. 그 자리에 쓰러져 신음을 토해내는 운과, 그를 바라보며 살기 어린 웃음을 흘리는 이를 번갈아 보는 눈빛에는 의문이 가득했다.

[도주하였던 후지와라 히로유키가 불 속에 뛰어들어 죽었다! 이곳의 선인들은 전부 이자를 숨겨놓는 데 일조한 불령선인이니, 그 누구도 살려두지 마라!]

대위가 크게 외치며 병사에게 눈빛을 보내었다. 숲속을 향한 고갯짓까지 더해지자, 그제야 병사가 힘겹게 운의 옷자락을 잡아끌어 숲속으로 옮겼다.

[상처를 입긴 했지만 살아있습니다. 어째서,]

[이놈을 생포한 공은 반드시 우리가 독차지할 것이다. 그러니 어떻게든 숨을 붙여놔라. 피를 많이 흘려서 도망은 못 갈 테니 근처에 잘만 숨겨두면,]

탕!

 말은 길게 이어지지 못했다. 빈틈을 노려 쏜 총알은 두 군인의 머리에 정확히 박혔다. 오십 보 이내에 다른 군인들이 없는 데다, 빗발치는 총탄 소리에 운의 것을 없는다 하여 특별히 튀거나 정체가 발각될 일도 없었다. 움직이지 않는 오른 다리를 안간힘을 써서 끌며, 운이 아름드리나무 뒤로 몸을 숨겼다. 불길이 미치지 않는 곳이기로서니, 온몸이 불타는 듯한 고통에 휩싸였다. 곧 넘어갈 듯한 숨을 힘겹게 내쉬었다.

 정화, 정화는 어찌 되었을까. 살아있을까. 살아 있다면, 지금쯤 덕창국에 당도하여 자료들을 은폐하였을까. 아니면 그 모든 것들을 품에 넣고 숲속을 내달리고 있을까. 그저 범부로 오해한다면 그리 집요하게 총을 쏘지 않을 테지만 조선 땅에 거하는 황군 중, 정화의 얼굴을 모르는 이는 없었다. 윤관영의 환생처럼 여겨지는 이가 신한촌에 산다는 것까지 알려지지는 않았으나, 그 얼굴을 본다면 아마 사정이 달라질 것이다. 아니, 어쩌면 이미 알고 왔을 수도⋯⋯.

 신음조차 내지를 수 없을 정도의 고통이었다. 허벅지는 동맥이 지나는 곳이니, 복부보다 더 주의하라고 했던 동지들의 말이 떠올랐다. 의학을 공부한 적은 없으나, 이 총알은 이미 동맥을 관통한 듯하였다. 온몸에 힘이 빠져나갔다. 바싹 말라가는 입술 밖으로는 한마디밖에 낼 수 없었다.

"정화야⋯⋯."

* * *

 핏빛으로 범벅이 된 마을을, 총을 멘 정화가 내달렸다. 달리는 걸음마다 날카로운 총소리가 들려왔고, 닿는 시선마다 익숙한 얼굴들이 보였다. 그들은 히니같이 바닥에 널브러져 있었다. 움직이지도, 숨을 쉬지도 않았다. 젖먹이 어린아이부터 거동이 불편한 노인들은 물론 배가 불러온 여인도 있었다. 그럼에도 발을 멈출 수가 없었다. 저 이들의 원수를 갚기 위해서라도 멈출 수가 없었다.

 볼 위를 타고 흐르는 것이 비인 줄 알았으나, 눈물이었다. 차라리 비였으면 하였다. 적어도 불 속에서 타 죽는 이는 없을 테니. 한참을 내달려 도착한 곳은 덕창국이었다. 가쁜 숨을 몰아쉴 틈도 없이, 정화가 덕창국의 문을 걸어 잠갔다. 문을 닫자마자 총탄이 빗발치는 소리가 들려왔다. 덕창국의 문이 흔들렸다. 정화가 엎드린 채로 힘겹게 문을 걸어 잠그고, 총알이 닿지 않는 곳으로 몸을 피하였다. 급히 넘어지느라 까진 무릎 외에 다친 곳은 없었다. 총소리가 점점 가까워졌다. 정화가 눈을 감고 가만히 헤아렸다.

 "세 명, 아니 어쩌면 다섯 명⋯⋯."

 어둠 속에서 바닥을 더듬는 손길이 다급했다. 마침내 손에 묵직하고 짤랑이는 무언가를 잔뜩 집은 정화가 장총을 다시 잡아 들어 잘그락거렸다. 그리고 다음 순간, 날아오르듯 몸을 일으켜 창문 밖으로 총을 쏘았다. 총성 다섯 발이 울린 직후 비명 다섯 번이 들려왔고, 벽에 몸을 기대고 선 정화가 고개를 살짝 들어 밖을 보았다. 전부 쓰러져 있었다.

 한시름을 놓은 정화가 천천히 자리에 주저앉았다. 이 모든 상황을 헤아릴 겨를은 없었다. 그럴 시간에 한 명의 왜군이라도 더 처단해야 했다. 더 이상 지체할 시간이 없었다. 빈 탄창을 교체하고, 구석에 놓아두었던 마우제르 한 자루를 더 집어 들어 품에 넣었다. 그리고 소맷자락을 북 찢어서 장총과 함께 묶인 오른손을 다시 한번 단단히 동여매었다. 오늘 이 총이 손에서 떨어지는 순간, 다시는 물빛 안개를 보지 못하리라.

 소리 내지 않고 천천히 어둠 속을 한 번 더 더듬었다. 자료, 자료를 찾아야 했다. 허나 작은 약방 전체를 더듬어보아도 보이지 않았다. 그 많던 자료들이 전부 어디로 사라졌다는 말인가. 머릿속에 불안스러운 생각이 스쳐 지나갔다. 신한촌의 누군가가 이 모든 사실을 이미 알고 있었던 것일까? 우선 이 사실부터 전해야 했다. 그리고 그러기 위해서는, 이곳을 나가야 했다. 망설임 없이 정화가 문을 열어젖혔으나, 밖으로 나가지는 않았다. 부러 더 큰 소리를 내며 열어젖힌 문을 향해 날아드는 총알은 없었다. 오른손에 힘이 들어갔다.

 "하아······."

 천천히 문 뒤에서 몸을 빼내고, 다음 순간, 그 누구보다도 빠른 몸짓으로 정화가 내달렸다. 그렇게 열 보 정도 달렸을까.

 탕.

 탕.

 탕.

 허공에 커다란 총성이 세 번 울렸다. 세 번째 총성 끝에 작고 가녀린 몸이 풀썩, 하고 쓰러졌다. 왼팔에 난 붉은 자국이 점점 크게 번졌다. 치명적인 위치는 아니었으나, 정화가 부러 눈을 감고 기절한 척하였다. 타는 듯한 고통에, 쌀쌀한 날씨에도 식은땀이 흘렀다. 감은 눈을 뜨지 않았으나, 세 명의 발걸음 소리가 죄 없는 이들의 비명을 뚫고 분명하게 들려왔다. 소리가 다가올수록 고통에 몸부림치는 그 떨림조차 감추려 안간힘을 썼다.

 [결국 쓰러지는군, 독한 년.]

 머리가 군홧발에 툭툭, 건드려졌다. 조금만 움직여도 타는 듯한 고통에 입술을 악물지 않으려 정화가 발가락 끝에 힘을 주었다.

 [제깟 게 뛰어봤자지. 계집애가 총을 아무리 잘 쏜들, 이미 넘어간 판을 어떻게 뒤집겠어?]

[맞는 말이야. 오늘 이곳에서 살아남는 조센징은 없을 테지.]

[에이, 그래도 이년은 살려둬야지. 명색이 현상금까지 붙어 있는데, 캐낼 것이 얼마나 많겠어?]

[맞네, 백운 그놈도 죽은 마당에 이년까지 죽게 둘 수야 없지.]

천박한 웃음소리 너머로 정화의 눈꺼풀이 희미하게 꿈틀거렸다. 귓가에 박힐 듯 들려오는 한마디를 믿을 수가 없었다. 아니, 믿고 싶지 않았다. 운이 죽었다니, 하늘이 무너지는 듯하였다. 잘못된 것이다. 다른 이도 아닌 백운이 어찌 이리 허무하게 죽는다는 말인가. 아니다. 그는 한 번 뱉은 말은 반드시 지키는 이이다. 절대 죽지 않겠다고, 푸른 하늘에 붉은 태양이 떠오르는 그날 함께 혼인하자 약조했었다. 그는 반드시 살아있을 것이다.

보일 듯 말 듯 뜬 실눈 틈으로, 저를 쳐다보지 않는 세 얼굴이 눈에 들어왔다. 타는 듯한 고통을 참고 정화가 소리 없이 제 품으로 왼팔을 가져갔다.

[이렇게 다 죽어가는 모습도 꽤 볼만 하니, 우선 살려두자고. 혹시 알아, 이 모습을 전부 벗겨 놓고 다시 볼지? 하하하!]

웃음소리를 멈추게 만든 것은 단도가 가슴에 꽂히는 둔탁한 소리였다. 장교 두 명이 쓰러지기가 무섭게 정화가 다른 한 명을 저격하였고, 그 또한 이마 한가운데에 정확히 명중하였다.

"하아……."

거친 숨을 몰아쉬며, 정화가 눈을 감았다. 감은 눈 사이로 눈물이 흘러내렸다. 그토록 그리워했고, 또 원망하였으며, 그러는 스스로를, 이 현실을 사무치도록 증오하였다. 그러면서도 끝내 놓지 못하였던 이가 백운이었다. 연유도, 정확한 순간도 알 수 없었다. 이 땅에서 가장 잔인하다고 여겼던 이가 제게 조선어로 말하라 할 때부터였을까, 손에 난 상처를 치료해 주었을 때부터였을까, 관영의 면회를 선뜻 허락했을 때부터였을까, 알아들을 수 없는 말로 사랑한다 하였을 때부터였을까, 아니면 나를 끌어안고 위로해 주었을 때부터였을까. 짧디짧은 말들과 한 폭의 그림처럼 남아 있는 모든 기억은 전부가 되었고, 그 모든 순간은 연모였다. 돌고 돌아 기적적으로 재회한 것이 꼭 사 년 만이었다. 그 사 년 동안, 운만 생각하면 눈물이 차올랐고, 흐려질 줄 알았던 기억은 평생을 살아 숨 쉴 듯 자신을 괴롭혔다. 그와 함께했던 달포간 혼인도 약조하고, 함께 물빛 안개를 이루고자 하였다.

그런 그가 죽었다 하였다. 아니라고, 그럴 리가 없다고 부르짖고 싶었으나, 실은 알고 있었다. 이곳에서는 살아남았다는 소식이야말로 더더욱 믿기 힘들다는 사실을.

결심했다. 이곳에서 죽기로. 다른 소중한 이들의 곁으로 가기로. 백운이 죽었다는 것은 곧 다른 이들도 살아남지 못하리라는 뜻이었다. 이렇게 초토화된 신한촌에서, 제 소중한 사람들이 죽어가는 모습을 목도하고서는 도무지 제정신으로 살아갈 자신이 없었다.

하여 미치고자 한다. 내 소중한 이들을 죽인 이들을 죽어도 용서치 않고, 이 자리에서 전부 멸하리라. 나의 목숨과도 같은 모든 이들이 죽고, 내가 어찌 홀로 살기를 바라겠는가. 그들의 죽음은 곧 나의 죽음이었다. 반드시 다른 이들의 원수는 갚으리라. 이 속에서도 살아남는다는 것을, 우리가 어찌하여 목숨 걸고 싸우는지를 보여주리라. 손과 총을 이어두었던 천의 매듭에 손을 대었다. 지금 잡는 이 총이, 살아생전 손에 쥐는 마지막 총이리라.

허나 매듭을 풀고 권총을 손에 쥐는 순간, 뒤통수에 차갑고 묵직한 무언가가 닿았다. 헛웃음과 한숨이 뒤섞여 나왔다. 제 삶의 모든 것을 망치는 존재가 단 하나라는 이 자명한 사실 앞에, 대관절 무슨 수로 살아가랴. 알고 있었다. 백운이 죽은 마당에, 이자들은 결코 제 목숨을 끊어놓지 않을 것이다. 죽기 직전까지 고문하고서도 의사를 불러와 끊어지려는 숨을 어떻게든 붙여놓을 것이다. 젠장, 하며 정화가 천천히 뒤를 돌았다. 차가운 총구가 이마에 닿을락 말락 하였다.

[이제는 전부 소용없다, 당장 항복해!]

"백운이 죽었다 했나. 죽이는 것보다야 살리는 것이 이로운 일 텐데, 멍청하게도 실수했나 보군."

왜어에 이어지는 대답은 조선어였다. 힘없이 뇌까린 정화가 제 머리에 총을 겨누고 있는 이의 두 눈을 한 치의 흔들림 없이 똑바로 바라보았다. 나직하게 이를 가는 소리가 울려 퍼졌고, 총을 쥔 손에 힘이 들어갔다. 주먹이 부들부들 떨렸다.

"짐승과도 같은 네놈들이…… 또다시 내 소중한 이를 해하였구나."

                   * * *

고통이 서서히 흐려졌다. 통증의 열기가 온몸 곳곳으로 퍼져, 어느 쪽 다리에 총을 맞았는지조차 가물가물하였다. 정신이 오락가락하였다. 정화와의 약조를 지키려면, 다른 사람들을 구하려면 일어나 달려야만 하는데 몸을 움직일 수가 없었다. 문득, 제 다리를 바라보았다. 연한 갈색이었던 바지가 검붉게 물들어 있었다. 끔찍하게도 자명한 사실이었다. 절대로 이곳에서 살아 나갈 수 없었다.

"하하……."

당초부터 길지 않았던 목숨이라는 걸 누구보다 잘 알고 있었다. 재형에게 구원받은 그 순간에도, 얼마 남지 않은 인생을 조금이나마 덜 비극적으로 보낼 수 있겠구나, 싶은 정도였다. 밀정이 되고 싶다 자처했던 그 순간부터, 이런 최후를 실감했을지도 모른다. 허망했다. 어린 시절의 자신이 처음으로 탐하였던 그 환상 속의 물빛 안개를 어렴풋이라도 보지도 못하고, 운명처럼 해후한 정인과 헤어져야만 하는 것이. 떠나는 길에 언질이라도 줄 것을 그랬나. 차라리 두고두고 원망하라고 모질게 역정이라도 낼 것을 그랬나. 아니, 당초부터 이리 짧은 인연인 줄 알았더라면 애당초 곁에 두지 말 것을 그랬다. 내가 아닌 더 좋은 이를 만나 행복하게 살았어야 마땅한 이가, 나 때문에 평생을 괴로워하게 되었다.

이승에서 숨을 쉴 수 있는 순간이 얼마 남지 않았다는 것은 정신이 흐릿해지는 순간에도 또렷하게 알 수 있었다. 인정하고 싶지 않아 눈물을 흘렸으나, 그럴수록 숨은 더 가빠졌다. 결국 약조를 지키지 못할 것이다. 푸른 하늘에 붉은 해가 드리우는 그날에 혼인하자는 것도, 반드시 살아서 보자는 것도. 정인과의 약조 하나 지키지 못하다니, 이리도 한심한 사내가 있을까. 함께 했던 모든 순간이 환상처럼 스쳐 지나갔다. 놀랄 때마다 동그랗게 뜨던 두 눈, 누구보다 하얗고 맑게 웃던 웃음, 서럽게 울며 가슴을 쥐어뜯던 그 모습까지도 전부 그려지는 듯하였다.

바랐다. 이 세상에서 가장 아름다운 이가 나 없이도 꿋꿋이 살아가기를, 그 얼굴에서 그 어여쁜 웃음만이 가득하기를. 그리고 내가 보지 못한 물빛 안개를 직접 보고, 다시 만날 그날에 내게 그 소회를 조잘조잘 이야기해 주기를.

흐릿해지는 눈앞에 눈물이 차올라 일렁인다. 고통을 내딛고 힘겹게 입을 열어 마지막 한마디를 읊조린다.

＊ ＊ ＊

[총을 내려놓아라! 순순히 내려놓는다면 목숨은 살려줄 것이다!]
"머리에 총을 겨눈 놈이 그런 말을 하니 우습군."
허망한 한숨을 내쉬는 두 눈에서 눈물이 흘러내린다. 몸이 공중에 뜨는 듯 가볍다. 모든 것에 초연한 듯, 들이키는 매캐한 연기에도 숨이 막히지 않는다. 양쪽으로 끌어올린 입꼬리를 스치며, 흐트러진 머리칼이 어지러이 나부낀다. 총을 든 손이 천천히 치솟아, 스스로의 관자놀이에 총구를 겨눈다. 절대로 그들이 원하는 것을 이루도록 하지 않으리라. 그리고, 비로소 그리웠던 이들과 재회하리라.

'잠시만 기다리시오. 지금 내가 가고 있으니, 혼자 말고 함께 갑시다.'

두 개의 목소리가 불타는 소왕녕의 핏빛 하늘을 향해 또렷한 화음을 이루며 울려퍼진다.

"대한 독립 만세."

종장終章

1927년 4월 9일

　일천구백십육년 오월 이십이일. 그날을 기점으로 정화는 관저를 떠났다. 다시 보자는 약속도, 자주 편지하겠다는 말도 믿지 않았다. 아니, 믿을 수가 없었다. 그 아이가 어떠한 연유로 관저를 떠나는지 너무도 잘 알 것 같아서였다. 그 누구도 일러준 바 없으며 지나가다 우연히 엿들은 것조차 없었으나, 그 아이의 두 눈이 그리 말하고 있었다. 나는 살기 위해 죽으러 간다고. 좀처럼 자기 얘기를 꺼내지 않는 정화는 그 눈빛만큼은 늘 숨기지 못했다. 찰나였으나, 분명히 스친 그 눈빛은 무엇보다도 결연하였다. 내가 그 아이를 처음 보았던 을묘년의 일월과 같은 사람의 것이라고는 도무지 믿을 수 없었다. 나보다 작고 여린 여인이었으나, 그 누구도 그 눈빛을 보면 겁을 먹지 않을 수가 없었다.
　예상처럼, 편지는 오지 않았다. 물어 물어도 소식조차 전해 들을 수 없었다. 북쪽으로 가는 기차에 오르는 모습을 본 듯도 하다는 것이 마지막이었다. 그리고 약 삼 년 뒤, 나는 신문에서 그 아이의 얼굴을 보게 되었다. 유독 동그랗고 커다란 눈, 눌러쓴 검은 모자, 오똑하게 솟은 코와 도톰한 입술까지 한눈에 보아도 그 아이였다. 그때 본 그 불타오르던 눈빛이 헛것이 아니라는 사실을 증명하기라도 하듯. 허나 이름은 다른 것이었다. 윤관영. 그 이름은 그렇게 다시 살아났다. 그날 저녁, 날이 밝을 때까지 신문을 끌어안고 소리 없이 눈물을 흘렸다. 나는 차마 두려워 엄두조차 내지 못했던 것을 그 아이가 대신 이뤄 주었다.

정화가 관저를 떠나고 삼 년 정도 지났을까. 후지와라 히로유키, 아니 백운이 관저를 떠났다. 그리고 곧 흔적도 없이 사라졌다. 유일한 양자가 실종되었다는 말에도 총독은 그리 슬퍼하지 않았다. 윤관영이라는 이름을 한 정화의 소식이 알려진 지 불과 몇 개월 만이었다. 독사 장교의 비보 아닌 비보도 잠시, 죽었다던 윤관영이 살아 돌아왔다는 말에 경성은 물론 조선 땅 전체가 발칵 뒤집혔다. 닮기는 닮았어도 조금만 보면 다른 사람이라는 걸 모를 수가 없거늘, 그놈들은 그걸 구분하지 못하는 것 같았다. 그들의 눈에 그자가 그저 서대문 감옥의 장삼이사ⁱ였기 때문일까, 아니면 늘 자신들을 짓누르던 기개가 떠올라 또다시 겁을 먹었기 때문일까.

게다가 얼마 안 있어 홀연히 사라진 독사 장교가 총독부가 잡느라 혈안이 되어 있던 명중경단의 밀정이라는 사실이 밝혀지자, 조선 땅은 물론 일본 열도마저 혼란에 빠졌다. 관저 안에까지 경찰들이 들이닥치지는 않을까 걱정이 조마조마하였으나, 차마 총독이 거주하는 곳까지 뒤지지는 못했다. 후지와라 총독은 길길이 날뛰면서 우리의 손톱이라도 뽑아가며 조사코자 하였으나, 미처 소식을 접하지 못한 여급들이 '후지와라 히로유키'라는 이름만 들어도 그에게 혀를 뽑히고 싶지 않다며 살려달라 벌벌 떠는 것을 보고는 그에게 뼛속까지 속았다는 것을 알았다. 일본인은 물론 같은 조선인들조차 감쪽같이 속였으니 증좌가 남아있으랴. 그 높은 지위도 분

---

i 이름이나 신분이 특별하지 않은 평범한 사람들을 뜻하는 말

노 앞에서는 무용지물이었다. 이성을 잃은 채 악을 쓰는 그의 몸짓, 얼굴, 표정은 지극히도 추악하고 천박했다. 허나 어찌하겠는가, 결국 제 가문의 이름으로 택한 양자였던 것을.

관저를 떠날 적에도 그는 일언반구조차 없었다. 수년간 미뤄두었던 출장을 간다 하였던가. 허나 어느 누구도 그 말을 믿지 않았다. 혼인하고 싶지 않아서 부친과 거리를 둔다는 것이 더욱 믿을 법하다고 어떤 여급 하나가 말했던 것도 같다. 그가 어디로 갔는지는 정확히 알 수 없었다. 다만 신한촌 출신인 자가 지금껏 모두를 속이고 밀정으로 활동했다면 고향인 연해주로 돌아갔겠거니, 하고 짐작할 뿐이었다. 당장이라도 토벌코자 하였으나, 그간 손을 쓸 만큼 쓴 이가 밀정이었으니 그마저도 쉽지 않았다.

그 이후로 나 역시 오라버니와 동생과 함께 고향인 함흥으로 돌아왔다. 매일같이 호외며, 순보며 찾아보지 않은 것이 없었다. 소식이 끊긴 마당에 정화의 생사라도 알려면 그리하는 수밖에 없었다. 주소를 알 수 없을뿐더러, 되려 정화에게 악영향을 미칠까 두려웠으니까. 허나 백운과 함께 있다는 말은 끝내 들려오지 않았다. 관저에 있을 적 그에게서 가장 가깝게 생활했던 정화조차 실체를 알지 못했구나, 하고 짐작할 뿐이었다.

문득 궁금해졌다. 백운의 정체가 알려지기 전, 둘은 서로를 어찌 바라보았을까. 그리고 정체를 밝힌 백운과 정화가 조우한 적이 있을까. 만일 그랬다면, 그때 그들은 서로를 어찌 불렀을까. 이런 궁금증들이 나를 끝없이도 사로잡았다. 그 외에도 궁금한 것은 한도 끝도 없이 많았다. 행여나 정화가 본가에 들를 일이 있지는 않을까, 그렇다면 필경 우리 동네를 거쳐갈 텐데, 싶어 매일 저녁 대문 앞을 서성거렸으나 흔적조차 보이지 않았다.

그리고 얼마 안 가, 짧고도 아픈 마지막 소식을 전해 들었다. 불길에 휩싸여 다른 이들과 함께 숨을 거두었다는 말, 그것밖에는 들을 수 없었다. 마지막까지 그 아이는 남은 이들을 전부 잃는 모습을 지켜보고 말았다. 다만 왜놈의 손에 죽기를 거부하여 스스로 생을 마감했으리라 믿을 뿐이었다. 그것이, 그 아이가 내게 보여준 신념이었으니까. 그날, 같은 곳에서 백운도 죽었다고 하였다. 그제야 둘이 관저를 떠난 이후 함께 있었구나, 싶었다. 문득 정화가 했던 말들이 스쳐 지나갔다. 그가 후지와라 히로유키로 위장하고 있던 시절, 자신을 그리 괴롭게 하지는 않는다던 그 말. 그렇다면 정화는 그때부터 백운의 정체를 알고 있었을까? 둘의 시신이 어찌 되었는지는 알 수 없었다. 허나 그놈들이 시신 수습은커녕 묻어주지조차 않았으리라는 생각에 하염없이 눈물이 흘러 옷소매를 적셨다. 신한촌은 물론, 정화와 백운이 있던 소왕령 인근도 불바다가 되었다 들었다. 그렇다면 그들의 시신도 그리되었을까…….

 그 일이 있고 며칠이나 지났을까, 이미 죽은 정화에게서 편지가 도착했다. 정확히 내 베개 밑에 놓여 있었다고 한다. 방을 치우던 중 발견하신 어머니께서 잠시 다른 곳에 두고 잊었다가 무려 보름 만에 받은 편지였다. 그날은 죽은 정화의 소식이 전해진 지 엿새째 되는 날이었으니, 아마 이걸 전해 줄 때에는 살아있었겠구나. 관저를 떠났다는 소식도 전하지 못했기에 행여 편지를 쓰더라도 당연히 그리로 부칠 줄로만 알았거늘, 흘러가듯 일러 준 고향 집의 주소를 잊지 않았다는 사실에 주책맞게도 눈물이 났다.

설에게

　설아, 잘 지내니? 참으로 긴 세월이 흘렀구나. 우리가 못 본 지도 참으로 오래되었네. 아, 내가 누구인지부터 말해야겠구나. 네 해 전까지 관저에서 함께 일했던 남정화야. 편지를 자주 하겠다는 떠날 적 약속을 지키지 못하여 늘 마음이 괴로웠는데, 이제야 처음으로 편지를 쓰는구나. 일전 네가 말한 집 주소를 기억하고 있었어. 확실하지는 않지만, 그래도 마을에서 소식을 묻다 보면 너희 집이 어디인지는 알 수 있겠지.
　너는 늘 신문을 챙겨보고 있으니 내 소식을 접했으리라 생각해. 잘못 본 것이 아니라 그건 내가 맞아. 그리고 너는 이름의 주인이 누구인지도 알겠지. 그건 언니의 선택이었어. 언니는 정말로 살아있었거든. 네가 내게 소리 없이 호외를 쥐여주던 그날, 언니는 고문을 이기지 못해 죽은 체했고, 마찬가지로 언니를 고문하는 척하던 한 사내는 그 틈을 타 언니를 빼돌렸어. 맞아, 그자가 바로 우리가 그토록 두려워하던 후지와라 히로유키야. 지금은 백운이라는 본명이 더 익숙하지만 말이지.
　언니가 재기했을 즈음, 내가 해삼위로 갔어. 비록 지금은 정말로 우리 곁을 떠났지만, 마지막 순간까지 투사였고, 마지막까지 대한의 독립을 부르짖었어. 관저를 떠날 적, 네가 준 집 더미 속에 그곳의 주소가 있었어. 한동안 네가 우리와 뜻을 함께하는 자인 줄로만 알았는데, 나중에 백운이 그러더구나. 그 집조차 자신이 준 것이었다고. 또한 그런 말도 하였어. 사다코 부인, 아니 최자현 동지 또한 그와 가장 가까운 친우이자 우리 조직의 사람이었으며, 그분으로부터 나를 아껴달라는 청을 받았었다고. 어찌하여 몰랐을까. 돌이켜보면 의심할 법한 일들이 참으로 많았는데.
　나는 얼마 전, 신한촌에서 백운과 조우하였어. 호외에는 안 났을 거야. 우리는 철저히 정체를 숨기고 다녔으니까. 나도 믿기 어려웠어. 그를 잊지 못하는 나 스스로를 원망하고 또 원망하였거든. 허나 모든 오해가 풀린 이제는 죄책감에서 벗어나 마음껏 서로를 연모하며 지내고 있어. 이제 그와 동지들은 내게 유일하게 남은 새로운 가족들이자, 내 사람들이야. 더는 사랑하는 사람을 잃고 싶지 않기에, 나는 결국 이들과 함께 싸우다 죽기로 결심했어.

관저에 있을 적부터 네가 나와 같은 뜻을 품고 있다는 것을 알았어. 네 말을 듣고 내 스스로를 돌아본 적이 수 번이었기에 내심 언젠가 너를 찾아가서 뜻을 함께하자고 제안하고 싶었단다. 허나 차마 그러지 못했어. 이 일이 사랑하는 이를 끌어들일 만한 일은 아니라는 누군가의 말이 귓가에 너무도 맴돌더라. 내가 하는 일에는 하늘을 우러러 한 치의 부끄럼도 없지만, 아끼는 이에게 동참하기를 권하고 싶지는 않았어. 뜻을 함께 하기로서니, 어찌 고통마저 함께 나누자 하랴. 함께 할 수 없는 처지라면, 마음만이라도 함께 하는 것이 애국이야.

너는 훗날, 다시 찾을 조국의 땅 위에서 행복해하는 역할을 맡는 것으로 족하니, 그날이 올 때까지는 부디 나를 잊어 주겠니. 내가 이 말을 들었을 때는 한없이도 마음이 아팠지만, 처지를 바꾸어 놓으면 더더욱 가슴이 찢어지는 말이라는 것을 이제 알겠더라. 허나 모순되게도 그 말을 반복할 수밖에 없어. 그저 우리가 다시 만나는 그날에는, 조선의 땅에 내리비치는 조선의 햇살이 얼마나 아름다운지, 조선 땅에서 맞이하는 바람과 빗방울은 얼마나 시원하고도 가슴 아린지 설명해 주렴. 장담할 수는 없으나, 나는 아마도 그날을 보지 못하고 떠날 성싶으니.

가끔은 생각하고는 해. 내가 관저가 아닌 다른 곳에서 일하였다면, 관저에 온 첫날 옥단희를 따라 나가지 않았더라면, 모두가 보는 앞에서 그 아이가 범인이라는 걸 밝히지 않았더라면, 그리고 후지와라 히로유키로 살던 백운의 제안을 거절했더라면 어찌 되었을지. 허나 아무리 생각해도 결국 답은 하나였어. 나는 결국 이 일을 해야 하는 운명이었나 봐. 그러니 결국, 어떠한 선택을 하였더라도 끝은 이리로 귀결되었겠지. 언제 어떻게 죽어도 오늘 하는 일에 대한 후회는 없을 거야. 어쩌면 내 '만약'이라고 가정하는 모든 것들조차 실은 운명이었을지도 모르지.

　설아, 하고 싶은 말이 너무도 많지만 전부 적지 못하는 나를 부디 용서해주렴. 다시 만나는 그날, 네게 그 어떠한 것도 숨기지 않고 전부 털어놓을 테니. 저승에서 재회한 후, 함께 환생하여 독립된 조국에서 다시 동무로 만나자. 그때는 여느 학생들처럼 학교에 다니고 함께 노닐며 그 나이에 해야만 하는 것들을 즐길 수 있기를 바라. 어떠한 상황에 놓여있기로서니, 지금처럼 말하지 못하는 서로를 이해할 수밖에 없는 슬픈 일은 없을 테니. 네가 내게 궁금해한 것이 많았다는 걸 알아. 그럼에도 부러 묻지 않고 묵묵히 기다려주었는데, 어찌 고맙지 아니하겠어. 타지에서 혈혈단신으로 상경하여 외로움에 차 있던 내게 너와 같은 동무를 만났다는 것은 하늘이 내린 복이었어. 네가 아니었다면, 예까지 올 용기조차 내지 못했을 거야. 그러니 네가 어찌 애국자라 하지 않을 수 있겠어. 허니 죄책감 갖지 마. 나라를 위해 목숨 바치지 않는 것과, 나라를 팔아먹은 이들을 동일시하는 것만큼 어리석은 일도 없을 테니.

　한없이도 고마웠다. 아프지 말고, 더는 고생하는 일이 없기를 바랄게. 넌 충분히 그럴 만한 이이니까.

- 一千九百二十年三月二十一日 (1920년 3월 21일)
남정화.

　멀리서 온 것치고 구김 없이 반듯하던 편지에는 우표가 붙어있지 않았다. 부치지 않고 직접 전해주었다는 것은 필경, 그 아이가 이곳에 걸음한 적이 있다는 뜻이겠지. 대체 언제였을까. 다른 이들의 시선을 피해 몰래 왔다면 부엌 가마솥에서 밥이라도 먹고 갈 것이지, 춥고 배가 고플 터인데.

　수년이 지난 지금도 그 편지를 끝까지 읽지는 못한다. 손에 드는 순간부터 가슴이 아려 와서, 눈물이 앞을 가려서 도무지 글을 읽을 수가 없었다. 늘 그랬듯이 정화는 제 사정을 소상히 설명하지는 않았으나, 분명한 것은 있었다. 마지막 순간까지 백운과 함께였다는 것, 그리고 속사정은 잘 모르지만 둘이 남다른 관계였다는 것. 아마도 백운마저 관저를 떠난 이후에 시작된 인연인 듯싶었다. 둘 사이에 있었던 정확한 이야기는 알 수 없었다. 백운과 제대로 된 대화를 나누어본 적조차 없는 나는 그의 본모습을 알지 못하지만, 정화가 연모한다면 필경 좋은 사람이었으리라 생각할 뿐이었다. 왜놈들 틈에서 배부르게 먹고 온갖 대접을 받던 수년간 단 한 순간도 변절하지 않고 묵묵히 자기 일을 해낼 수 있는 사람이 몇이나 되랴. 그 둘이 마지막 순간에까지 서로의 손을 놓지 않았기를 바랄 뿐이었다.

오늘은 그 아이가 세상을 떠났다는 소식을 처음 전해 들은 날이다. 정확히 어느 날이 기일인지는 알 수 없으나, 그럼에도 나는 늘 이날을 그 아이의 기일로 생각하고 홀로 조촐히나마 상을 차려보고는 한다. 그리고 그때마다, 늘 그 편지를 보고 처음 했던 생각을 하지 않을 수가 없다.

* * *

정화야, 네 소식을 접한 지 한참이 흘렀거늘, 여전히 눈물이 멈출 줄을 모르는구나. 수년간 만나지 못한 것도 아쉬웠거늘, 어찌하여 이러한 소식을 가지고 온 거니. 한없이 멀고 낯선 타국의 땅에서 얼마나 무섭고 얼마나 아팠니. 피지 못한 가여운 인생이 그리도 짧게 지다니, 그때 네 나이가 고작 스물둘이었다는 생각을 하면 가슴이 저며 오는구나.

그래도 통상 독립군들이 혼자 지내지는 않는다 들었는데, 곁에 함께 있던 동지들께서 네게 큰 힘이 되었기를 바랄 뿐이야. 그들, 혹은 그들의 뜻을 받든 여러 사람들의 이야기가 매일같이 신문에 나고 있으니, 그건 너와 백운을 비롯한 다른 이들의 덕이겠지. 그러니 행여라도 이 땅에서 너와 동지들의 뜻이 사라질까 걱정하지 않아도 돼.

　지금은 쓰지 않는 남산의 관저에서 지낼 적에는 어떠한 관계였는지 모르겠으나, 백운과 운명을 함께한 것이 네게 더없이 다행스러운 일이었기를 바랄게.

　어찌하여 편지한다는 약속을 지키지 않았는지, 어찌하여 일말의 언질도 없이 그곳에 가게 되었는지는 묻지 않을게. 저마다 다른 연유가 있기로서니, 그 속사정은 다를 바 없을 테니까. 어떠한 사정이든, 내 차마 어찌 헤아리지 못하랴. 호외나 순보를 통해 너의 소식을 접할 때마다 가슴이 섬찟섬찟했었단다. 네가 부디 그놈들의 손에 잡히지 말기를, 그리고 이루고자 하는 바를 이루기를 누구보다도 간절히 바랐어. 네가 이루고자 하는 그것은, 나 또한 간절히 바랐던 것이었으니까.

　네게 그날의 일들을 보다 소상히 묻고 싶었고, 미약하게나마 나의 한마디가 희망이 되기를 바랐단다. 하여 네가 관저를 떠난 그날, 주소가 없는 편지를 써서는 늘 머리맡에 넣어두고 잠들었어. 행여라도 흐르는 눈물이 그 편지를 적셔 글씨가 엉망이 될까 걱정되어 맘 놓고 울지도 못했는데, 결국 그 편지는 끝내 부칠 수 없게 되었구나.

　그리고 보니 네 필체를 제대로 보는 것도 처음이구나. 어느새 기억이 흐릿할 정도로 오랜 세월이 지났거늘, 네 편지를 보니 관저에 함께 살 적에 전보를 쓰던 네 필체마저 어제 일처럼 생생히 떠올라. 그리고 이제야 이것이 비로소 네가 내게 직접 쓴 글이라는 게 실감이 나는구나. 네 필체로 쓰는 조선글은 이런 모습을 하고 있었구나.

　긴말은 하지 않을게. 네 말마따나 언젠가는 다시 만나서 보다 자세한 이야기를 해 줘. 언제쯤 너와 다시 만날 수 있을지는 모르겠지만, 그때까지 이번에는 네가 나를 기다려 주겠니? 용기가 없어 나서서 싸우지도 못한 이가 한 번 더 염치없는 부탁을 할게.

　나는 죽지 않고 살아서, 이 나라가 빛을 보는 그날을 하염없이 기다릴게.

그리고 반드시 오게 될 그날, 조선 땅에 당당히 발 딛고 서는 그 순간의 기억을 고스란히 담았다가 다시 만나는 날 하나도 빠짐없이 생생하게 전해 줄게. 한없이도 부족하고 못난 인간이라 네게 이 말밖에 할 수가 없구나.

 고생했다. 부디 그곳에서는 편안하기를 간절히 염원할게. 나를 대신하여, 우리를 위해 싸워 주어서 고맙다. 죽는 날까지 잊지 않으마.

물빛 안개 完

작가의 말

어느 날, 꿈을 꾸었다. 꿈속의 나는 일제강점기에 살고 있었고, 매일매일 독립운동가들이 일경에게 붙들려 가서 고문을 당한다는 이야기를 전해 들으며 두려움에 떨었다. 그러나 역설적으로, 나는 가장 잔인하기로 악명 높은 일본군 장교 '하시모토 히로유키' 밑에서 시중을 드는 일을 했다. 매일 언론에서 들려오는 잔인한 면모와는 달리 그는 늘 내게 신사적이었고, 일본인임에도 나와 단둘이 있을 때는 한국어로 이야기했다. 그런 그는 내게 주인이자, 너무 두려워서 악감정조차 품지 못하는 사람이었다. 그를 '소위님'이라 부르고 그에게 고개 숙여 인사하는 모든 행동이 비굴하다고 여겼으나, 두려워서 반항할 생각조차 못 했다. 내가 알던 사람이 감옥에 잡혀 들어갔을 때도 태극기를 흔들며 뛰쳐나가고 싶었으나 죽음이 두려웠고, 지금 나의 몸이 편안하니 그냥 이렇게 살아야 하나, 생각하였다. 그런 내가 친일파가 된 것 같아 한없이 부끄러웠으나, 용기가 나지 않아서 갈등하고 또 갈등했다. 그러던 어느 날, 그 장교가 대뜸 나를 불러서는 떠나고 싶으냐고 물었다. 어떠한 것도 묻지 않겠다는 말에 나는 고개를 끄덕였고, 그는 그 자리에서 나를 보내주었다. 그리고 친일파를 향해 소신 발언을 할 마지막 기회이다 싶은 마음에 나는 두려움에 떨면서도 이렇게 말했다.
"소위님, 저는 이제 떠납니다. 그리고…… 제발…… 이제는 더 하지 마세요. 이제는…… 그만하시고 더…… 지켜 주세요. 부탁드립니다. 안녕히 계세요……."

그런데 정돈되지 않는 말을 하는 내 눈에서 눈물이 흘렀다. 한국말을 하는 친일파를 사랑하기라도 한 것일까? 잠에서 깬 후에도 이 꿈은 며칠간 내 머릿속을 맴돌았고, 하시모토 장교의 행적이 하나하나 떠올랐다. 그러던 어느 순간부터, 나는 그가 진짜 친일파가 아니라고 생각했다. 그리고 이 생각은 '과연 독립군은 일본 측에 밀정을 보내지 않았을까?'라는 데까지 이어졌다.

독립운동사는 한국인의 가슴에 형언할 수 없는 애수를 남긴다. 한 떨기 꽃처럼 스러진 장엄한 영혼들이 해방 후에 다시 한번 좌절했기 때문이다. 우리의 힘으로 이룬 독립이 아니었기에, 죄를 지은 자들이 처벌받지 않았기에, 옳은 길을 걸었던 영혼들의 노고를 감히 폄훼하는 사람들이 잔존한다. 그리고 그렇기에 더더욱 잘 알려지지 않았던 사람들의 이야기를 쓰고 싶었다. 유명하지 않을지언정, 그들이 우리에게 선물하고자 했던 '독립'의 가치와, 일제의 통치가 부당함을 온몸으로 부르짖었던 노력은 사라지지 않기 때문이다.

이에 한국에는 잘 알려지지 않은 이들의 이야기와 노고를 함께 담고자 하였다. 그들의 상황을 있는 그대로 옮기고자 당대 사회를 최대한 그대로 재현할 수 있도록 자료 조사를 하였다. 국내에서 연해주 지역 국외 무장 투쟁은 잘 알려진 분야가 아니기에 자료가 많지 않지만, 그럼에도 그들의 노고를 엿볼 수 있는 수기 등이 여럿 존재했다. 그런 것들을 정성스레 담고, 또 당대 사회의 문화적 요소를 그대로 재현하는 것이야말로 나라를 위해 목숨 바친 선현들을 향한 예의라 생각했다.

실제 벌어졌던 사건들의 재현과 더불어 가장 중시했던 것은 독립운동가들의 마음가짐이었다. 필설로 담아낼 수 없는 숭고한 마음이기에, 한 자 한 자가 망설여졌다. 그들의 노고에 누가 되지 않도록 가족을 생각하는 마음, 그들을 가족으로 둔 이들이 느꼈을 심정을 섬세하고 담고 싶었다. 아울러 이 소설을 통해 당대 사회의 참혹함을 드러내고자 함도 있었다. 일제의 수탈로 인해 가산과 혈육을 잃은 사람들, 친일의 굴레에서 헤어 나오고자 했던 이들의 감정은 21세기를 사는 우리로서는 쉬이 이해할 수 없을 피 끓는 한일 것이기에. 이야기가 백운과 정화의 시점으로 두 번 서술되는 것 또한 그 때문이다.

이 글을 쓰기 위해 배운 것은 아니었으나 나는 러시아의 언어와 문화를 배운 적이 있었다. 더구나 잘 알려지지 않은 독립운동가 중 상당수가 연해주에서 무장 투쟁을 펼쳤다는 점을 고려한다면, 내가 러시아어를 공부한 것 또한 운명이라고 생각했다. 연해주 지역 국외 무장 투쟁을 소재로 삼은 가장 큰 이유 중 하나이다.

그리고 절대로, 친일파와 일제의 행각이 미화되지 않도록 심혈을 기울였다. 많은 사람들은 일제강점기에 태어났다면 독립운동을 할 것이냐는 질문에 대수롭지 않게 친일을 하겠다고 이야기하며, 시키지도 않았는데 앞장서서 나라를 팔 것을 천명한다. 그러나 앞장서서 독립운동을 하지 않았음에도 그 시대를 꿋꿋이 버텨낸 사람들과, 동포를 짓밟는 데 앞장선 이들을 어떻게 동일시할 수가 있는가? 짧디짧은 그 말로 이 땅을 굳게 다져준 이들의 노고를 폄훼하는 것이 싫었다. 무엇보다 각자의 방식으로 애국을 행하고, 그 힘든 시기를 버텨낸 피해자들에게도 더없는 모욕이 아닐 수 없다는 것을 반드시 이야기하고 싶었다.

이 소설에서는, '조국의 독립'을 '물빛 안개'로 표현한다. 자욱한 안개 너머로 보일 듯 말 듯 한 강물처럼, 독립운동가들에게는 '조국의 독립'이 손끝에 닿을 듯 말 듯 한 것이었다고 생각한다. 정들었던 보금자리를 떠난 이들에게는 고향의 안개조차 그리움의 대상이리라 생각하여 탄생한 말이다. 아울러 흐릿한 안갯속에 가려진 진실을 의미하기도 한다. 또한 대한의 독립을 바라는 가상의 독립군단인 '명중경단明中景團'이 존재한다. 밝고 맑은 하늘에 떠오른 별은 태극이다. 겨울에는 해가 뜨지 않고 여름에는 해가 지지 않는 혹한의 땅에서, 그들이 하늘을 바라보며 무엇을 바랐을지 생각하던 차에 나온 이름이다. 같은 의미의 '푸른 하늘에 붉은 해'라는 상징이 독립을 염원하는 그들의 심정을 조금이나마 대변해 주기를 바랐다.

소설 '물빛 안개'는 또한 자전적 서사를 내포하고 있다. 새내기의 찬란함이 여전히 생생하건만, 벌써 대학교 3학년이 저물어간다. 나는 역사를 공부하고 있고, 과거의 일들이 현재를 사는 우리에게 주는 힘, 그리고 인문학을 공부하는 이가 가진 생각하는 힘을 믿었다. 그렇기에 독립운동가들이 남긴 흔적이 더욱 의미있고, 그만큼 친일을 정당화하는 행위가 파렴치하다고 생각했다. 그릇된 것을 바꾸고자 열렬히 대학원에 가고자 했으나, 한때 누군가의 말 한마디에 그 꿈을 저버린 적이 있다. '이 나라에서 역사학자가 되려면 친일 역사를 공부하는 수밖에 없다.' 그 말은 지금까지 역사를 사랑해 온 내 세상을 무너뜨렸다. 힘든 길임을 알고서도 정도正道를 걸어야 하는가, 아니면 이 나라의 현실을 알고서 또 다른 길을 택해야 하는가. 나는 한참을 고민했고, 그 고민이 꿈으로 나타났다고 믿는다. 친일파를 사랑하는 것이 옳지 않음을 알기에 이를 포기하고 조국의 독립을 위해 싸울지, 아니면 끝내 맺어지지 않아도 좋으니, 그의 곁에 남아서 정도正道를 포기할지를 한참 고민하던 꿈속의 나처럼.

수차례의 고민 끝에 나는 이 글을 쓰기로 결심했다. 고심 끝에 내린 나의 옳은 결정이, 이 소설처럼 옳은 것으로 귀결되기를 바라며, 그리고 세상에 찬란한 빛이 도래하기를 바라며.

영온

미리 읽은 독자들의 후기

1. 일제 치하, 총독의 양자인 히로유키와 그의 하녀인 정화. 둘의 관계는 도련님과 하녀라는 로맨스의 오래된 클리셰를 보여준다. 그러나 단지 그것만은 아니다. 둘의 관계는 애틋한 동시에 역사의 소용돌이와 깊게 얽혀있다. 이 지점에서 작가의 철저한 사전 조사와 촘촘한 시대 묘사 능력이 빛을 발한다. 로맨스의 렌즈로 읽은 민족사 비극의 한 페이지. 그 시절, 누가 독립을 외치고 누가 사랑을 했을까. -고**

2. 과거는 현재를 돕고, 죽은 자는 산 자를 돕는다.
이 문장은 한강 작가가 던졌던 질문에 대한 하나의 응답이기도 했지만, 동시에 이 책을 읽으며 내 마음속 깊이 내려앉은 말이기도 했다.

일제강점기의 참혹한 시절, 그들에게는 정말로 일말의 희망조차 보이지 않았을 것이다. 그럼에도 불구하고, 희미한 빛을 따라 하루하루를 버텼다. 마치 푸른 하늘 아래 떠오른 붉은 해를 바라보듯, 그 희망을 놓지 않으려 애썼다.

지금의 나는 역사학을 전공하며 살아간다. 때때로 사료를 들여다보며 그들이 숨 쉬던 순간들을 상상하고, 조심스레 논문을 써 내려간다. 하지만 그 깊이를 다 헤아리지 못해 걸음을 멈추는 날도 있다.

그럴 때마다, 오래된 기록 속에서 들려오는 그들의 목소리가 나를 다시 숨 쉬게 해주고, 연구자로서 다시 나아갈 수 있는 용기를 건넨다.

이 책의 저자 또한 그러했으리라. 한 문장, 한 문장을 정성껏 써 내려간 글에서는 독립운동가들의 혼이 고스란히 느껴졌다. 마치 지금 이 순간에도 그들이 곁에 머물며, 이 책을 통해 우리와 함께하고, 더 나은 미래를 향해 나아가자고 조용히 말을 거는 듯했다. -호***

3. 순국선열들의 숭고한 희생은 우리의 마음을 무겁게 합니다. 하지만 그 엄숙함이 너무 커지면, 그들 또한 사람이었음을 잊게 됩니다. 제국주의가 모든 것을 집어삼킬 때에도 사람들은 일하고, 사랑하고, 힘들면 쉬었습니다. 그렇게 살아가는 것으로 탐욕스러운 착취자에 맞서 싸울 수 있었지요.

'물빛 안개'는 암담한 세상에서도 삶은 계속된다고 말합니다. 100년의 시간을 넘어, 독자의 삶이 힘겨울 때 마음 속 발 디딜 곳이 되어줄 것입니다. -묵*

4. 등장인물들의 행동묘사랑 심리묘사가 잘 서술되어 있어서 드라마 보는 기분이다. 그러면서 한국어, 일본어, 러시아어가 섞여서 서술되서 당시

의 시대상과 등장인물들을 둘러싼 배경을 더욱 강조해줘서 좋았고, 일제강점기라는 특수한 시기를 다루기 위해 주인공의 가족, 친구 등 주변 인물들의 서사를 말해주는 대사가 많아 이야기의 깊은 이해에 도움이 되었다. -프**

5. 《물빛 안개》는 사실, 다소 숭고한 면이 있다. 가볍게 읽기에는 소재부터가 그러하며, 단순히 로맨스로만 보기에도 선윤과 근명이 지닌 사명이 서로를 향한 사랑보다도 크기 때문일 것이다. 두 사람은 빼앗긴 나라를 외면할 수 없었고, 그런 서로를 사랑했다. 정확히는, 그렇기에 서로를 사랑했다고 말하는 것이 더 옳을 것이다. 일제에 빼앗긴 나라를, 죽어가는 동포들을 외면할 줄 모르는 이들이었기에 그들의 사랑이 더욱 찬란했다. 그토록 짧은 삶이었기에, 고국이 아닌 곳에서 이루어진 극야와도 같은 죽음이었기에, 더 아프고 안타깝고 애달팠다.

설의 말을 빌려, 쓰리고 아픈 사랑을 했던 구름 같은 사내와 대한의 꽃 같은 여인에게, 그리고 그들의 죽음에 이 나라가 빛이 오기만을 하염없이 기다렸던 모든 설에게 전한다.

이제 이 땅에는 푸른 하늘에 붉은 해가 뜹니다. 비록 우여곡절이 많았으나, 견디고 버티어 일구어낸 땅 위에 모두 당당히 설 수 있게 되었습니다. 고생했어요. 부디 그곳에서는 편안하기를 간절히 염원합니다. 나를 대신하여, 우리를 위해 싸워 주어서 고맙습니다. 죽는 날까지 잊지 않겠습니다. -스**

『물빛 안개』가 여러분의 심금을 울리는 작품으로
기억되기를 바랍니다.

물빛 안개 下

푸른 하늘에 붉은 해

초판 1쇄 발행일 2025년 9월 10일

지은이 영온

발행처 히스토리퀸

발행인 김연수

주소 경기도 용인시 기흥구 동백8로131번길 9

출판 등록 2022년 7월 20일 제2022-000078호

이메일 kys8702@naver.com

디자인 서승연

일러스트 해화

인쇄 열림씨앤피

값 20,000원

ISBN 979-11-992036-0-0(04810)

이 책은 저작권법에 의해 보호받는 저작물이므로 무단 전재와 무단 복제를 금합니다.
잘못 만들어진 책은 판권지의 연락처로 문의주시면 새로 드립니다.
책값과 바코드는 뒷표지에 있습니다.